推手

张晓峰 丁夕 —— 著

天津出版传媒集团
百花文艺出版社

图书在版编目（CIP）数据

推手 / 张晓峰，丁夕著. -- 天津 ：百花文艺出版社，2019.2
ISBN 978-7-5306-7661-5

Ⅰ. ①推… Ⅱ. ①张… ②丁… Ⅲ. ①长篇小说-中国-当代 Ⅳ. ①I247.5

中国版本图书馆 CIP 数据核字(2018)第 282898 号

推手
TUISHOU
张晓峰，丁夕著

选题策划：唐嵩　刘勇　　装帧设计：郭亚红
责任编辑：唐嵩　唐冠群　胡晓童
出版发行：百花文艺出版社
地址：天津市和平区西康路 35 号　邮编：300051
电话传真：+86-22-23332651（发行部）
　　　　　+86-22-23332656（总编室）
　　　　　+86-22-23332478（邮购部）
主页：http://www.baihuawenyi.com
印刷：北京印匠彩色印刷有限公司
开本：880×1230 毫米　1/32
字数：300 千字
印张：12.5
版次：2019 年 2 月第 1 版
印次：2019 年 2 月第 1 次印刷
定价：45.00元

如有印装质量问题，请与北京印匠彩色印刷有限公司联系调换
地址：北京市顺义区高丽营镇
电话：(010)69491689
邮编：101399

第一章

1

刘念走出浴室，还没脱下浴袍，就戴上了蓝牙耳机。

他不过三十出头，却已当了五年明德集团的执行总裁，算是勉强挤进了城市之巅那一小撮人的精英俱乐部。每天穿着手工定制的高级西装，出入最高档的写字楼，绝大多数人提到他的时候都不得不恭维地称一句“刘总”。他站在自家的落地窗前，几乎可以俯视整个寸土寸金的CBD商区，远处滔滔江水奔腾向海，头顶一轮红日照耀晴空。刘念肯定是都市励志故事里的典范，少女们的梦中情人，父母教育孩子的精神偶像，按照时尚杂志或者商业周刊的形容，他是“理智、自律、勤奋、努力、反应敏锐、判断精准、执行有力、做事谨慎而又富于勇气与魄力”的完美型男。他生活很有规律，爱好健身，经常在访问里强调每一天都过得“充实而满足”，但也许连他自己都不愿意承认，他并不喜欢站在奢华的落地窗前俯视这个城市，他没法克制自己的焦虑和恐慌，无法忍受没有手机不能掌控公司的分分秒秒，永远焦虑着，怕少走了一步错过机会，多走一步又落入深渊，万劫不复。

他看上去风光无限，却战战兢兢，如履薄冰，如同每一个在都市里挣扎求生的人。

今天是个大日子，刘念近乎冷漠地看着镜子里毫无瑕疵的自己，一面系紧袖扣，一面用力地挂断了始终无人接听的电话，他走出去，听见电视里记者们叽叽喳喳七嘴八舌地抢着说“那块地”。

“那块地”的官方名称是“15 号标地”，占地面积 22.5 万平方米，位于全椒区中心地带，东临国华商业中心，西临旺角金融圈。所有对这个城市稍有了解的人，哪怕对房地产一窍不通，也能从这个极度稀缺的地理位置看出来，这块土地未来的发展空间实在太大。

作为明德集团现任执行总裁，对于 15 号地的价值，刘念无疑十分清楚，他相信这块地肯定会在这次拍卖以后变成新的地王，他还知道有人早已将这块地视为囊中之物，不容他人觊觎。

这些人就是四大集团，本地最大的四个房地产开发集团，他们多年来表面争斗不休，实际上却是一个牢不可破的利益集团。他们在商场上肆意出击，大口吃肉，随意敲诈和剥削其他规模较小的房地产企业，甚至连建筑公司都不放过。其他人敢怒而不敢言，毕竟在这弱肉强食的不见血的战场上，四大集团实在是一手遮天的存在，他们一直毫不留情地用各种近乎残酷的手段警告甚至教训实力远不如他们的竞争对手：任何反抗都是以卵击石，自取灭亡。

刘念的车刚刚通过一个十字路口，距离金融中心还有好几分钟车程，四大集团的主要负责人已经谈笑风生地走进拍卖会现场。他们嚣张地跟在场的其他企业家挥手点头，在记者的镜头前也大言不惭地说“要打造亚洲最大的商业集团”或者“拿下地王能有什么悬念”之类，刘念看着屏幕里的几个老熟人，忍不住哼了一声。

然而他还是没有关掉车里的直播，看着对方大大咧咧地坐在了场内最好的位置，在他们身后不太远，却不怎么起眼的位置，找到了另外两个熟悉的身影——他的助理春雨和公司的另外一位骨干孙思明。

刘念对下属的尽职十分满意，却忍不住又拨了一次他始终没有打通的那个电话，对方的名字在屏幕上只闪了一下，他听到的也依然只有电信服务供应商无机质的回应“您所拨打的电话已关机”。

他不自觉地有些焦躁，纯粹因为多年的涵养才没当着司机的面摔手机，好在这时春雨的电话进来了：“刘总，现在就剩康迪、麦田在跟四大集团抗衡，其他公司都不敢举牌了，连明光也放弃了。现在是二十三亿八千万，哦不，二十四亿。”

此时刘念已经走进了拍卖会所在的金融中心，他没打算立刻出场，只是十分冷静地回答：“意料之中，从中心街15号标地的基本信息来看，四大集团的心理价位应当在二十五亿到三十亿左右，再往上，溢价太高，不符合他们的利益要求。”

“那我们什么时候开始，刘总？”春雨忽然压低声音，“杨总刚刚叫了二十五亿。”

“这才是我们的起拍价。”刘念微微扬起嘴角。

与此同时，场内的春雨淡定地举起了手中的号牌：“二十五亿一千万。”

在场的嘉宾们开始窃窃私语，四大集团的几位掌门人互相交换了一下眼神。随即他们明白合伙人们也都毫不知情。李总悄声问身边的张总：“我还说这块地皮上的烂尾和拆迁房麻烦，可以交给明德……刘念这是闹哪出？”

张总摇摇头，这一两句话的工夫，春雨和老杨已经各举了几次牌子，在春雨加到二十五亿六千万的时候，被气到的老杨猛然加到了三十亿。

春雨淡定的脸上第一次露出了惊诧和慌张，连四大集团的张总和李总都忍不住皱紧了眉，三十亿的溢价已经超出了他们的预算，后续的利润空间会被压缩至少百分之三十，同时整个项目的风险也会大大增加，他们很不高兴。

被他们开始愤恨的刘念就是这个时候推门而入的，在场所有人的目光都聚焦在他身上，有羡慕有疑惑有愤怒有仇恨，刘念一眼也没有看他们，像个走红毯的明星一样，大步穿过会场，走到春雨身边坐下，举起号牌："三十亿一千万。"

仿佛他只是不小心迟了个到。

老杨的脸色已经很难看，他几乎是凶狠地吼出了下一个报价："三十五亿。"

这个加价幅度引发了场内小规模的窃窃私语，绝大多数人都忍不住吸了口冷气，精明的主管们已经开始摇头："这个价格……没有利润空间了……"

甚至连刘念身边的春雨都小心翼翼地低声劝："刘总，我们的预算……已经超出很多了，不能再加了。"

她身边的孙思明更是汗都湿透了衬衫，表情就像刚吞了个大号的苦瓜，噎得发不出声。

刘念看都没看他们俩，轻描淡写地再次举牌："四十亿。"

窃窃私语变成了真正的一片哗然，刘念清晰地看到老杨的脸涨红了，额头青筋暴起，几乎要把手里的号码牌掰断。他肯定是想要继续举牌的，却被一旁的李总按住了手。张总也摇摇头，对老杨说了一句什么。刘念根据他的口型，猜出那句可能是："小不忍则乱大谋。"

老杨终究没动，拍卖师落锤，明德集团以四十亿天价，拿到了备受瞩目的15号标地。

新的地王诞生了。

新的王者也正要崛起，至少刘念带着志得意满的微笑走出金融中心，接受无数记者的追捧追问的时候，是这样认定的。

2

金融中心记者们的狂欢还没来得及传到郊外的货运码头，而且说实话，就算传过来了，这里聚集的好几十个奇装异服的小青年们也不一定能听懂，就算能听懂，也一定没兴趣。他们会兴趣缺乏地说，四十亿没有，四块拿去，给哥买瓶啤酒快点！

更何况他们现在已经被今天的两位飙车狂人吸住了全部的注意力，就算立刻地震，估计都想不起来跑。

飙车俱乐部这两年的大金主、今天的飙车主角柳青阳站在高高的集装箱货柜上冲下面寻他的大鹏吹了声口哨，在对方笑嘻嘻的催促下，帅气而熟练地几下翻到地面，潇洒地甩了一下花了好几千弄的超酷“脏辫”，问：“都搞定了吗？”

大鹏立刻拍着胸脯保证：“我办事，你放心！”他们俩勾肩搭背地绕过码头一辆不甚熟练慌慌张张挪货箱的叉车，走向放着朋克音乐、穿奇装异服的那群年轻人。

“李主任说，六点前必须结束。”震耳欲聋的音乐声里，大鹏几乎要贴着柳青阳的耳边吼叫才能让他听清楚，“还有，不能越线。”

柳青阳潦草地点了点头，他的注意力却已经被场子里的热闹吸引了，他眯着眼睛看了一会儿中心区的表演——跟往常差不多，无非是一些摩托场地特技，急停，急转，还有一些看上去相当惊人的跳跃，引得围观的年轻人发出阵阵欢呼。

今天这人是高手，不是柳青阳瞧不起的那种“开个两三千的国产改装车”“刚学会抬前轮抬后轮原地转就出来卖钱”的“混子”，要是平时柳青阳肯定要亲自过去观摩一会儿，大声地喊几次“酷毙了”。可是今天他有点心不在焉，甚至连接过香槟，在众人的簇拥下倒在摆好的香槟塔里都提不起兴致，对围在他身边跳热舞的美女更是看都没细看，反而频频向码头的另一侧观望。

“你说要来比赛的人呢？”柳青阳问大鹏。

大鹏挤在他身边，一边扭动热舞，一边跟美女们抛了很多自以为超帅的眼神，可惜没人理他。他从口袋里掏出一张闪闪发光的房卡，拍在柳青阳胸前：“就快来了，她可说了，谁赢了她，她就跟谁走。”

“这么狂？”柳青阳撇撇嘴，十分不屑。男人们总是本能地瞧不起女人，尤其是在他们自认为非常擅长的领域。

“何止！简直是嚣张！来俱乐部三个月了，没人赢过她。皮特快吧，刚出跑道，就被秒了。”大鹏色迷迷地说，“这还不算什么？最要人命的是，长得……那叫一个美！”

“得了吧你，哪次不是这么说的？”柳青阳毫不掩饰对大鹏审美的嫌弃。旁边一个正巧过来端酒的年轻人也听到了，立刻笑着附和起来：“就是啊大鹏，柳少多美的女人没见过？”

“真的！我大鹏什么美女没见过！”大鹏不甘心地叫起来，开始追打周围起哄的小青年。

就在这片喧嚣的混乱中，远处传来摩托车的轰鸣，柳青阳不由自主地转身望去，众人也纷纷转头，有人小声起哄：“来了来了，挑战者来了！”

神秘的女骑手从头到脚裹得严严实实，修长优美而富于力度的线条吸住了现场所有人的目光，连热舞的美女们都忍不住盯着她瞧，羡慕而好奇。

柳青阳尽量掩饰着内心的期待和激动，十分稳重地接过旁边人递过来的头盔，随手把那张辣眼睛的房卡丢还给大鹏：“猥琐！”

然后他在奇装异服的小年轻们更猥琐的笑声中，跨上摩托，穿过了他们自觉让出来的一条路，先停在了起跑线上。

大鹏立刻跳上了一只货柜，站在高处挥舞着彩旗，在年轻人的欢呼声中大声地宣布比赛规则：“谁率先到达终点，取下终点的彩旗，谁就是今天的赢家。”

女骑手驾驶摩托，稳稳地停在起跑线后。她始终望着前面，对身边的对手毫不在意。柳青阳也一样，他做出一个酷酷的样子，微微伏低上身，握紧了车把。

这一刻可能是很久，也可能只是一瞬间，如果站在柳青阳刚刚站过的那种高高的集装箱顶上看，停在起跑线上的柳青阳和一身黑衣的神秘骑手，紧绷的身体曲线和摩托车自然的弧度形成了一个完美对称的图案，在这微醺的夕阳里，太极般优美而和谐。

“三、二、一，准备，走！”

两辆摩托车在众人的欢呼和呐喊中，一起冲了出去。

很快，也许只有几秒钟或者十几秒钟，“柳少”柳青阳就开始有点心慌，而且不是平时飙车时那种心跳加速肾上腺素狂飙的酣畅体验，而是真的有点慌有点怕。当然怕输给这个陌生的神秘美女，毕竟男人嘛，无论在任何领域输给女人，尤其是漂亮的女人，都会觉得非常丢人，而且这个对手还是那种让他挑不出毛病的——直线加速又稳又快，弯道能力超强，看不出她单薄苗条的身体里怎么蕴含那样惊人的力量，每一次急转都侧压平稳而精准，牢牢地守住了中线，让柳青阳毫无超越的机会。而且最可怕的是，这人……这人她也太不要命了吧！

柳青阳还从来没见过这种全程不减速不避让的自杀式飙车呢，就连他这种心比叉车还大、神经比胳膊还粗的富二代，都能明显地感觉到对方身上的狂躁甚至自毁倾向。

他们冲过了几条通道，距离终点还有不到两个路口，柳青阳知道他获胜的机会不多了，然而看到码头路口正在搬运原木的时候，他还是本能地避让到了旁边的坡道，下一瞬间他的心几乎要从嗓子眼里蹦出来——那个女骑手她竟然又不避让不减速！柳青阳的耳边甚至响起了救护车叫魂儿似的声音，似乎已经看到了飞出去的摩托车和大片刺目的血迹……

掌声雷动，鬼叫般的呐喊来自各个集装箱顶上的“临时观众席”。女骑手压低身子，微微倾斜摩托的角度，竟然就这样直接从巨大的原木下方冲了过去，把搬运工人愤怒的骂声留给了斜坡道上的柳青阳。

终点近在眼前，柳青阳飞下斜坡，刚要踩一脚油门最后一搏，只见不远处，一辆重型货运卡车毫不知情地驶向他们这条路。

糟糕！柳青阳来不及多想，一拉车把，加大马力飞出斜坡，抢在对手的摩托车前急刹车，同时自己撒开车把，斜着飞了出去。

女骑手不得不狠狠地踩了一脚刹车，也同时放弃了摩托车，两辆车同时倒下去的时候，那辆重型货卡恰巧通过路口——可以预见，如果他们没有急刹车，两个人此刻怕都是车毁人亡。

柳青阳玩了几年车，算是摔得很有经验，不过这一下依旧疼得他龇牙咧嘴。他勉强站起来，一面摘掉头盔一面吼道：“这里是飙车俱乐部，不是自杀俱乐部，我们不欢迎玩命的……”

这句话越说声越小，因为对方也摘掉了头盔，抬头静静地看着他。她真的很美，不过让柳青阳没法说下去的主要原因是那双好看的眼睛里，满溢着悲伤、难以置信和某种近乎爱恋的痴迷。

他绞尽脑汁也想不起来在哪里见过这个不要命的美女，更别提始乱终弃弄得人要用这种眼神看着自己了。柳青阳刚想说点什么缓解一下眼前尴尬的局面，警车不知道什么时候从四面八方把他们给围了。他听见码头的主管李主任大声地跟人汇报：“警官同志，就是这帮小青年，又跑到码头飙车，特别危险！刚刚差点出人命！”

3

“这不……没出人命吗？”柳青阳跟着一个相熟的警官进了办公室，笑眯眯地耍赖皮，看对方看向自己，立刻赌咒发誓似的保证：“我绝对小心，绝对不能闹出人命。”

那民警无可奈何地叹了口气：“我说柳青阳，柳少，你看看你，多危险。说吧，这第几次了？”

“第六次。”柳青阳脱口而出，随即反应过来不对，忙着说，“最后一次，真的最后一次了！下不为例，我保证。”

民警白了他一眼，从抽屉里拿出一摞保证书，扔在柳青阳面前：“你写的保证书，自己看看，多少个最后一次了？”他摆摆手表示不想听柳青阳嗡嗡嗡念经般的“最后一次”和“下不为例”，一锤定音，“你自己信吗？柳青阳，你这么浑下去，早晚会出大事。我告诉你，别瞎混了啊！你过去！隔壁房间，看交通安全学习材料，看完写一份保证书，打电话找人来领你。”

柳青阳知道这就是没事了，看了眼低着头一声没吭的女骑手，随手拿走了超出必要的好几张 A4 纸。

禁闭室里的交通安全片放到第三遍的时候，那个女骑手终于来了，她捏着两张 A4 纸，心事重重地坐在距离柳青阳最远的角落。柳青阳知道她还是忍不住看自己，不由又好奇又得意，像所有自我感觉良好只要被美女多看两眼就能飞起来的男人一样。

他故作镇静地抬起头，假装没注意到对方立刻挪开了目光，柳青阳挪过去坐到她的对面，笑眯眯推给她一张纸：“美女，签个名吧，知道你不会写，替你写好了。”

女骑手看着他，眼神有点恍惚，柳青阳忍不住得意地笑起来：“不用谢，我写这个可熟练了，不麻烦，不用以身相许。”

她有些尴尬地收回目光，接过写好的保证书，签了自己的名字。

柳青阳明目张胆地念出声:“陈一凡……名字好听,字好看。”

陈一凡没看他也没搭茬,柳青阳又凑近了些:“陈一凡,本少爷今天可救过你一命,你就是这么对待你的救命恩人的,连句话都不说,太没礼貌了。我这胳膊到现在还疼着呢。”说着夸张地捂着胳膊。

“今天在码头……谢谢你。”陈一凡终于说。

柳青阳很喜欢她的声音,应该说她的车技她的相貌气质她的声音都很对他的胃口,他忍不住干脆坐到了对方旁边:“光说吗?怎么谢?”

陈一凡被他的突然接近吓了一跳,随即微微皱眉,她看柳青阳的眼神也变了:“能坐过去说话吗?”

柳青阳还没来得及回应,民警已经推门叫柳青阳:“出来。”

“你不用害怕,这里的警察我都熟,都是我哥们儿,有什么事跟我说,放心啊!”柳青阳边往外走边跟陈一凡吹牛,不意外地被民警狠狠瞪了一眼。

陈一凡并不理他,她茫然地盯着安全行驶的宣传片,在空无一人的禁闭室里,不再掩饰她的哀伤。

没想到几分钟以后灯又亮了,柳青阳又回来了,他笑嘻嘻地站在门口跟陈一凡招手:“美女,我们走。”

这小子竟然猜到陈一凡并没有叫人过来帮她,自做主张地交了她的罚款,把她也“捞”出去了。

陈一凡纵然不想跟这个举止轻浮又……对她来说有点太沉重的年轻人走得太近,却也没必要在警察局过夜,毕竟今天其实是个大日子,她应该有很多事需要处理。

她站起来,跟着柳青阳离开了警察局,然后……就被哄到了柳青阳朋友的咖啡馆喝咖啡。

好在柳青阳的朋友，也就是咖啡馆的老板看上去像是个正经人,据说名叫张小同,是柳青阳从小一起长大的死党。他礼貌地给陈一凡送了一杯水准相当专业的现磨咖啡，给柳青阳的却是一杯滚烫的白开水，显然对这个人连续六次让他去警察局领人十分不满。柳青阳被烫到大叫的时候,陈一凡差点忍不住笑出声来。

柳青阳看她神情稍霁,马上伸手:“正式认识一下吧,我叫柳青阳，他们都管我叫柳少，但是你可以管我叫青阳，这样显得亲近点。”

陈一凡没说话，脸上又出现了柳青阳看不懂的那种犹豫和悲伤,隔了好几秒钟,才放下咖啡杯,伸出一只手。

柳青阳手疾眼快地握住了她的手，没想到陈一凡反手就把手挣脱出来,并顺势轻轻一推。

柳青阳连人带椅子向后栽去,差点摔倒的时候,忽然又想起她利落的转弯和急停，他感觉到自己的心突然一动，她可真酷真好看!

陈一凡微微皱眉:“我没有带手机,借打个电话。”

柳青阳忙着安抚自己不分场合乱动的心，慌慌张张地掏出手机,递给陈一凡。

陈一凡是走到角落里打电话的，柳青阳伸长了耳朵也没听到只言片语,不过陈一凡微微低头的侧脸也好看,他都要看呆了。陈一凡刚挂上电话,他就又凑了过去:“这么晚了,吃点东西再走呗,这破咖啡馆的蛋糕还不错,老板还会烧烤。”

“破咖啡馆”老板张小同向他发射了一些眼刀,然而后者色令智昏,完全没空搭理他。

“不用了,马上有人来接我,咖啡我请。”码头上那个不要命的女骑手似乎在这个电话之后就消失了,陈一凡看上去冷漠而疏离,跟柳青阳完全是另一类的人了,“我不想欠别人的。”

柳青阳下意识地提高了声音:“我怎么能算是别人，面对救你两次的人,你这么说也太伤人了吧？”

“那你想怎样？”陈一凡用一种公事公办的眼神看着他,显然是要跟他划清界限。

“再比一场!”柳青阳被刺痛了,他慌不择路地抓住“飙车”这根救命稻草，本能地以为车技好到惊人的陈一凡跟他一样，无法拒绝,他甚至出言挑衅,“你敢吗？”

但陈一凡很淡定地摇了摇头:“看情况。”

然后她直接走向门口,几乎就在她推开门的瞬间,一辆豪车稳稳地停在了咖啡馆门口,车里坐着一个气质非凡的男人,看到陈一凡,立刻向她招了招手。

陈一凡快步过去跟他说了两句话,然后又回到咖啡馆,把一大摞现金交给柳青阳:“谢谢你替我交罚款,剩下的算请你喝咖啡。”

柳青阳赌气不接，陈一凡只得交给了看起来更通情达理的张小同。咖啡馆老板向来很会替身边的人铺台阶,立刻接了过来,还说着相当得体的客气话,送陈一凡出门。

他回来的时候柳青阳还在发愣，隔了半天才憋出一句:“她真好看。”

“所以呢？”张小同开始收拾店里的茶具餐具,准备打烊。

“我要追她！”柳青阳突然站起来,大声宣布。

“别扯淡。人家有男朋友,还是那种开着两三百万豪车的男朋友,你……赶紧回家洗洗睡了吧。”

柳青阳凑过去帮他擦一个咖啡杯:“真的,我觉得特别适合我,据我观察,她对我也挺有意思的,你敢赌吗？”

“说人话,这也能拿来赌？”张小同十分不赞同地瞪了他一眼,柳青阳当然比谁都清楚他的死党对爱情有一种近乎执着的认真,于是立刻举手投降,表示自己错了,同时不忘轻车熟路地从操作台的小抽屉里摸出几块小饼干，边嚼边说："我觉得有戏，真的，你想，她要是真跟来接她的那个，嗯，就当是她男朋友，真特别好的话，她能跑来跟我飙车？在派出所的时候，她怎么宁愿在那地方过夜也不叫他来交罚款？他们肯定有问题。"

张小同似乎被这番有理有据十分不冲动的发言给惊呆了，他重新打量了柳青阳好几眼，甚至没追究他又偷吃店里的小饼干："行，那你就认真点，好好追，别天天瞎混了！"

这是一天里柳青阳收到的第二个"别混"警告，可惜这个时候的他满心都想着刚认识的美女，不管是警察还是好友的警告，他都没有放在心上，他还不知道，他二十多年风平浪静衣食无忧可以肆意妄为随便"混"的生活，就要变了。

天翻地覆，往往就在一念之间。

第二章

1

陈一凡回到她和刘念那座位于城市中间的豪宅时，整个人有种虚脱般的疲倦。回家的路上，刘念“不经意”地通过车载电视让她了解了一下新地王的诞生，陈一凡什么都没说，她闻到了车里残留的香槟的味道，清清楚楚地看到了刘念在记者的簇拥下志得意满的样子，她觉得自己应该恭喜刘念夙愿得偿，最好像公司里的其他人一样，给他有鲜花和香槟的派对。但于公于私，无论是站在明德副总裁的角度还是站在刘念搭档的角度，她都说不出这样的话，为了不在车里闹到两个人都不愉快，她什么都没说，假装累极了睡着了。

刘念显然看出来了，但也没有再说什么，关掉了车载电视，调高空调的温度，还给陈一凡搭上了自己的西装外套。

第二天早晨，陈一凡起来的时候刘念已经准备好了早餐，看着他精心打理过的头发、笔挺的西装和与之相配的领带，陈一凡就知道了，果然刘念在她刚端起咖啡的时候就说："上午十点中心街15号的媒体见面会，一会儿春雨会把新闻通稿拿给你，关于最后一个问题，你自由发挥就好。"

陈一凡点了点头，她在工作上还是愿意支持刘念的，但她此刻想说的是另一件事："过几天是什么日子你还记得吧？"

刘念并不想回答这个问题，他急匆匆地站起来："我先过去了，你别迟到。"

陈一凡看着他的背影，面无表情心里却不知是什么滋味，她知道一切都已经变了。尽管她依然假装不知道，时隔多年依然不愿意真正地探究惨烈往事背后到底藏着什么，但唯一能确定的是，他们回不去了。

而明德却在刘念的带领下，以一种近乎疯狂的速度向前冲。

记者们也是这么想的。

作为本城最擅长利用媒体给自己造势的明星总裁，刘念三言两语就把明德对中心街15号的投资包装成了一个"代表明德地产对社会、对商业、对公众的决心和责任"的理想型项目，就好像他们花四十亿是为了做公益而不是为了赚钱一样。

事实上这个成本可能确实也赚不到钱，而且明德恐怕还面临着巨大的资金缺口，更别提绝不会善罢甘休的四大集团了，只怕还有一场硬仗……陈一凡这么想着，表面上却不露声色，依然保持着职业化的微笑，向记者们清晰得体地介绍了开发计划。

要吸引眼球的媒体们对商业数据或者计划书的兴趣远不如八卦，他们不仅热衷于挖掘明德和四大集团之间的恩怨情仇，对刘念和陈一凡的"情侣档"也兴趣极大。一直以来刘念都很擅长利用这个噱头，他说的那个让陈一凡"自由发挥"的问题，很快就由一个十分脸熟的记者递到了陈一凡面前："明德地产突然发生这么重大的转型,对你和刘念先生之间的关系会有什么改变吗?”

陈一凡当然不能说还能怎么变，我们早就分手了。她略一沉吟,记者马上追问:“恋人和生意伙伴,你们现在更偏向哪一边?”

“刘念……”陈一凡斟酌着词句,她用余光看了看那个正在跟记者侃侃谈着未来商业王国的人,心里悄悄地叹了口气,微笑着跟她眼前的记者说,“刘念是我认识的最优秀的人，我相信他可以解决一切问题,包括你提到的问题。这是我的回答。”

刘念显然听见了,他恰到好处地看向这边,在闪光灯面前,对陈一凡露出了一个温柔而充满欣赏和爱意的笑容。

2

如果柳青阳有收看新闻的习惯，他肯定能立刻惊讶地发现他昨天才认识的飙车美女竟然是明德的副总裁。可惜此刻的柳青阳正在赶回家中。他爸爸老柳也是干房地产的,也曾经有几年十分注重培养他这方面的兴趣,甚至还半强迫地让他大学选了金融系,可惜柳青阳自认为完全不是这块料，大学读了两年就退学去玩摩托了,对于金融地产这些七七八八,他连听都听不懂。

老柳总是一副心事重重的样子，看到柳青阳大白天拎着大包小包的礼物出现,就知道儿子又来要钱了:“放下吧,又要多少?”

柳青阳有点不好意思,毕竟在他这个年纪,多数人不仅已经能养活自己,甚至要独立供房供车,养老育儿,可是他又没办法,昨天在码头,跟陈一凡的比赛里伤了车,而他那个改车行这几年赚的钱……怎么说呢,还不够他们开的那几瓶香槟呢。他凑过去,给他爸捶肩:“那个,我车坏了……你知道我那辆车的,限量版,收藏级,这车就是我改车行的门面。不多,这个数就够了。”他低着头,两根指头在老柳眼前晃来晃去。

老柳叹了口气，从抽屉里拿了两万块。

柳青阳难得有点脸红，没接："不是一般的磕磕碰碰，要换一个进口的发动机，我已经托关系要了最低价，二十万。"

他不等老柳接茬，就立刻用他最诚挚的表情保证："最后一次，真的爸你放心，这是我们父子企业对企业之间最后一次输血，你就……你就当投资！低风险高回报！"

眉头紧皱的老柳似乎被他的保证打动了，他认真地看着儿子，喃喃地重复："最后一次？"

柳青阳立刻拍着胸脯保证："最后一次！从今往后，你看我怎么做一个全国最大的改车行出来！"

老柳叹了一口气，半晌从怀中掏出一张银行卡："阳阳，你可以把兴趣当生意，但是一定要脚踏实地，爸爸能帮你一时，帮不了你一世……"

他似乎还想说什么，却又说不下去，只把那张卡拍在柳青阳胸前，就走到窗边去了。柳青阳听到他似乎又叹了口气，他依稀觉得爸爸今天有点不对劲，但是即将得到新发动机的喜悦已经冲昏了他的头脑，让他开始瞎保证一些"一定好好做""放心吧老爸"之类，直到老柳烦得摆手让他去厨房看他妈，才忙不迭地揣起银行卡跑了。

3

在记者们忙着写"陈一凡刘念情侣搭档全新出击"之类的新闻稿的时候，陈一凡驾车离开了明德集团的大楼，一个人，她的呼吸急促，五分钟前才跟刘念激烈地争吵过。

这么多年来，他们只会为一件事吵架——梅先生。

梅远道梅先生是明德集团的创始人，也是陈一凡和刘念的恩师，更是陈一凡从小到大尊重如同父亲的人。五年前，因为他们俩做了一些事，梅远道离开了明德集团，他虽然还保留了百分之十的股份，这些年来却始终拒绝他们给的分红。陈一凡知道每年只有这么一小段时间，梅先生在国外疗养的妻子会短暂回国，总会和刘念一起，抽时间过去探望，而今天，刘念拒绝了她。

也许是因为拿下 15 号标地让刘念膨胀了，让他希望和明德过去的创始人划清界限，也可能是因为……别的什么，陈一凡甚至不敢细想，她心里的某个角落就像是养了怪兽的密室，被她牢牢锁着，自己都不敢看。

梅远道中年丧子，壮年退隐，现在的生活就是在郊外的别墅里喝茶和练习推手，不疾不徐，举重若轻。这位曾经的大学教授、商界奇才经历过很多惨烈的失去才学会了心平气和地面对人类搞不定的事，比如生死，比如爱恨。

跟过往几年一样，梅远道对待陈一凡的态度不冷不热，依旧对任何关于明德的消息都丝毫不感兴趣。若说今年有什么不同，就是他默许了陈一凡和他一起见梅太太的主治医生。然而尽管这位姓梁的医生有吓人的头衔，看起来也十分专业，结论依然不能令人满意——五年前，十八岁的梅恒遭遇车祸意外离世，对于她来说太过刻骨铭心，直到现在依然无法面对现实，医学几乎帮不了她。

职场上精明干练从来喜怒不形于色的陈副总裁差点被说哭了，反倒是梅远道十分平静，他和医生握手道谢："我明白。儿子死了，我也不愿承认……但这件事，必须有个结果才行。无论如何，能让她从疯狂中平静下来，我已经很感激你们的努力。"

多留也只是徒增感伤，陈一凡借着替梅先生送梁医生，心事重重地离开梅宅，一路上都在琢磨如何找人找关系帮梅太太，没想到路过一个街口的时候，一个人影突然冲出来，差点撞上她的车。而更没想到的是，这个冒失鬼长得跟梅先生五年前失去的独生子梅恒几乎一模一样，就是她昨天刚刚认识的飙车狂柳青阳。

在他身后还有一大群拿着管制刀具和木棒的混混，追着他喊打喊杀。

往日和今日，记忆里的面容与现实重合在了一起，纵然梅恒和柳青阳的气质天差地别，陈一凡依然不禁一阵眩晕，她几乎是下意识地推开了车门："上车！"

柳青阳快被这个从天而降的救星感动哭了，他一只脚才上了车，为首的混混却已经追了过来，伸手想要将他揪出汽车。

陈一凡微微皱眉，伸手拦了一下："你们干什……"

为首的混混嬉皮笑脸，色迷迷地摸陈一凡的手："美女来得真巧啊，想玩什么，哥哥……啊！"

这句猥琐的混账话还没说完，就被他自己的痛叫打断了。陈一凡手腕一转，也不见她如何发力，这混混就被推了出去，连退好几步，要不是被他的小弟们扶了一把，估计当场就要摔个大屁蹲儿。

这混混也急了，抄了手边小弟的大木头棒子就往陈一凡车上砸，同时吆喝同伙们："都别看着，给我上！谁今天最勇这小妞儿就归谁！"

柳青阳气得还想跳出去打人，陈一凡已经从驾驶座锁死了车门，随即一脚油门，价值不菲的豪车瞬间提速，那群混混又骂又追了一阵子，就都看不见了。

"一凡啊，你是不是会变戏法？刚带头的那个，叫鸡哥，出名的混蛋，据说打架没输过，怎么你一下就把他给推倒了？"柳青阳看没有危险了，立刻笑嘻嘻地问个不停。

陈一凡从后视镜里看了他一眼："安全带。"

"你飙车的时候怎么不系安全带了？"柳青阳嘴上这么说，却乖乖地拉上了安全带，"我得解释一下，我跟他们不认识，我也没得罪他们，我今天是来……"

"跟我没关系。"陈一凡尽量让自己的声音显得自然而冷漠，她不知道梅恒如果活着，二十几岁的样子是不是跟柳青阳一样，但却很清楚，再这么和一个像梅恒的人坐在一起，她早晚也会像梅太太一样精神崩溃。

"我是来找大鹏买新发动机的，就是上次派对的主持人，你见过的，没想到这小子得罪了鸡哥，正好被我给赶上了，呸，真倒霉。"柳青阳最擅长的就是按自己的意志自顾自地说下去，他顺势凑过去，盯着陈一凡的侧脸，"再比一场呗，新发动机，动力足，够劲儿。"

陈一凡皱紧了眉："最近没空。"

"那你教我两招，怎么一伸手就把人给推倒了，上次在咖啡馆，你也推了我一下是不是？"柳青阳绞尽脑汁喋喋不休，"你救我一次，我救你两次，还没扯平呢，为了跟我划清界限，你也得先教我两招啊。"

豪车唰地停在了路边，柳青阳被吓了一跳，陈一凡指着前面一辆打着双闪等客的出租车："我还有事，不耽误你了。"

"不耽误，我有空……"柳青阳脱口而出，说完才觉得不对劲儿，讪讪地解开了安全带，"那我先走了，今天……谢谢你了。"

陈一凡甚至都没再看他一眼，就这么走了。

4

大鹏向来办事效率，收了钱下午就派人把发动机给柳青阳送到了改车行，柳青阳忙活了好几个钟头，总算赶在天黑之前，完成了摩托车的改装。

摩托车酷毙了，真的酷，超酷的。柳青阳痴迷地看着爱车霸气的外观、流畅的线条，忍不住勾起嘴角，想到发动机有力的咆哮、换挡加速时车把给予双臂的强烈的拉扯感，他就心跳加速，更别提转弯时脚踏蹭地的小火花了，只要想一下，他都肾上腺素狂飙，浑身冒火，恨不得立刻放下手里的一切，跑出去开一圈。

其实绝大多数时候，他真就是这么干的，不管不顾，肆意妄为。

毕竟，他还年轻，他是个富二代，他最经常挂在嘴边的理由就是“老柳有的是钱”。有钱任性，天经地义。

他想着就蹦起来，打算呼朋唤友，到码头去试试新车。

还没来得及在乱七八糟的工作台上找到他的手机，修车行就来了一个不速之客。

“爸？你怎么来了？”突然出现的老柳把柳青阳吓了一大跳，他难得有点手足无措，一面把打架弄伤的手藏在身后，一面给他爸倒了杯水，“您喝水。”

“我看看我儿子的生意，不行吗？”老柳一眼就看到柳青阳手上的伤，问，“你的手又怎么了？这次又跟谁打架了？”

“没打架！”柳青阳断然否认，面不改色地编故事，“换发动机的时候，不小心弄的。”

老柳心疼地拽过来看了一眼，然而柳青阳早包得严严实实，看不出什么，他叹了口气，说：“以后你要少惹点事，你妈岁数大了，别让她总为你操心。”

柳青阳马上熟练地装出一副乖巧的样子：“知道了，对了爸，你来找我什么事啊？”

老柳今天显得有些心事重重，他喝了两口水，四下打量着柳青阳的改车行，隔了半天才说：“没什么事，就是过来看看你。你这买卖，一个月能赚多少？”

这个问题对于柳青阳来说还是比较尖锐的：“这……得看情况……现在主要还是圈子比较小，来的都是朋友……不过您放心，我这是投资给未来。”

老柳看着儿子，似乎有很重要的话要跟他说：“你这未来，不能太远啊。阳阳，你也不小了，小时候，我和你妈妈忙生意，不怎么管你，家里条件也不好，你跟着吃了不少苦……所以后来，我一直都任凭你自由发展，你大学才念了两年就退学了，你买了个假文凭来糊弄我，这事，你真以为我不知道？没关系，毕竟你上了两年大学，我连中学都没念完。你比我强。”他挥了挥手，示意柳青阳不必急着认错，接着说，“后来，你说你要做生意，我问都没问，就给你拿了笔钱，现在看来，这买卖也不好做吧？”

“爸，我知道错了！对不起！”柳青阳被他爸爸一说，想起大学时的荒唐，这两年的“混”，也有些羞愧，但人总是喜欢夸耀自己露脸的事，本能地回避丢人现眼的事，他嘴上认错，心里却有些不耐烦了。

老柳却笑了：“不用对不起，作为你父亲，你需要帮助的时候我都不在，没给你提供过什么有用的建议，说起来，倒是我对不起你。”

柳青阳快被他爸爸吓哭了。老柳接着说：“以后要多用心，千万别再混了……”

他似乎还有什么要说未说的话，却又说不出来，柳青阳也不敢说话。小小的改车行里，混着汽油味儿的空气似乎都被他们的沉默凝固了。

过了好几分钟，柳青阳终于忍不住问：“爸，您……没事吧？我怎么觉得您今天怪怪的。”

老柳摇了摇头，站起来，走到柳青阳的摩托车前，摸了摸最新款真皮减震的坐垫，又花了好几分钟端详那对超酷的复古 LED 灯，良久，摇了摇头：“以后不管车行做得好与不好，都要做个正事。有时候兴趣和事业分开，不是坏事。”

柳青阳被这种莫名的气氛搞得相当焦躁：“那二十万我肯定能还上，半年，半年就还。”

老柳最后瞅了儿子一眼，摆摆手，转身离开了。

“平时半年也说不了这么多话呀，今儿老柳是怎么了？”柳青阳盯着他爸用过的水杯思考了好几秒钟，不过思考真的不适合一个心很大的富二代，很快地，他就放弃了，重新开始拨电话找人试车。

5

真正的大都市永远不会真正入睡，江边的码头有飙车青年的狂欢，城里的商业街有灯红酒绿的热闹，而金融街的精英们，依然没有下班。

陈一凡没敲门就走进了刘念的办公室："你要财务报表没用的。"

刘念的眉眼间掩饰不住的憔悴，他又灌了一口早已冷透的浓咖啡："怎么，总裁都不能看一眼自己公司的报表了？"

"刘念，我们合作八年了，你在想什么我会不知道？如果你想借着上市来融资，我第一个反对。虽然上市在我们的计划之内，但是你别忘了，我们现在还有好多资金没有回笼，你在这个时候做这样的决定，只会让更多的人看我们的笑话。"陈一凡的语速很快，"我听说了，各大银行都拒绝了我们的贷款要求，其他的地产集团……段总、岳总、阮总今天没去跟你吃饭吧？"

刘念似乎被她最后一句话刺痛了："你在看笑话吗？我别无选择，按照现在的市场环境，每延后一个月，投资的总额就会增加百分之五，甚至百分之十！四十亿的地王，拖不起。"

"你也知道是四十亿！这么大的事情，你事先没有跟任何股东打招呼，他们现在都非常不满，你简直就是个自大狂。"陈一凡也提高了声音，寸步不让。

刘念把玩着咖啡杯，想起助理春雨坚定的支持，不由得有点伤心："一凡，我不知道我们怎么会变成现在这个样子，连一点点的信任都没有。没错，拍下地王的决定是有些冒险，但是这不代表我们一定会输。你能不能不要为了梅先生的事继续迁怒我？他儿子死了，老婆疯了，生意没有了，但那是他的命运，他必须承受！你何必还要折磨自己和我们呢？你就不能让这件事过去吗？我们像以前一样好不好？”

“这跟梅先生没有关系。”陈一凡惊异于刘念竟然能在这个时候说出这种话，她深深地吸了一口气，“我已经受够了。刘念，你早晚会为你的自以为是付出代价。”

她走出刘念办公室的时候，看到他忠心耿耿的助理春雨拿着文件等在门口，她不想探究春雨眼睛里火一样的情感代表了什么，只想快点离开这个地方。

6

柳青阳没机会试他的新发动机了，他还没凑满几个纨绔子弟，死党张小同就闯进了他的修车行：“别跟那帮狐朋狗友瞎混了，你家出事了，阿姨让我立刻找你回去。”

他一回到家就惊呆了，平时只有父母在的家里到处都是人，男女老少，连凳子都不够，地板上都坐满了人。柳青阳顾不得打听这都是谁，跟着张小同上了二楼。他妈靠在床边，容颜憔悴，还有泪痕。

柳青阳赶紧奔向床边：“妈，你怎么了？”

柳母眼圈红红的：“你爸爸他……不见了……”

“不对啊，我下午还见过他。”柳青阳惊呆了，随即他想起下午老柳那欲言又止的样子，心里咯噔一声。

此时站在窗口抽烟的人转过身来，那是老柳的老伙计老齐，他叹了口气：“阳阳啊，你爸的工程停工了。外面那些都是你爸手下的工人。”

柳母平静了一下心情："你爸开发的工程，一个月以前出事了，他一直没跟咱们说。"

"老柳谈的这个工程，其实一年前资金链就断了，他一直忙着拆东墙补西墙，一直到上个月，公司一分钱都没了，他说的再给他一个月时间……现在时间到了，他人没影了。"老齐把烟屁股捻灭在烟灰缸里，愁容满面。

"这……不可能吧……我爸昨天还给我……"柳青阳意识到什么停住了。

"齐叔看着你长大，什么时候骗过你？就算我骗你，外面一屋子人都骗你？他们都和我一样，是跟着你爸干了半辈子的老伙计，不到最后一步，谁愿意闹成这样？"

"我早就说，别把买卖做那么大，现在闯出祸来了……"柳母擦擦眼泪，对柳青阳说，"老齐说，你爸爸盘下这个工程，是拉着所有人集体入股的。他说只要做成，百分之百赚钱，大伙儿信得过他，把钱都投了。"

柳青阳心里又咯噔一声，想起老柳那天给他钱时说的那句"最后一次"，想起老柳在车行里跟他说的"以后可长点心吧"，整个人都像被冰水浇透了，他勉强安抚着母亲："当务之急还是把爸爸找回来，我去找。"

老齐也十分仗义："这里我先照应着，阳阳，你自己小心。"

第三章

1

很少有人知道，明德集团日理万机的总裁刘念偶尔会开车穿过半个城市，回到他的大学，跟他的恩师、陈一凡的父亲陈秋风吃一顿简单的午饭，往往在学校食堂，有时候甚至就在陈秋风的办公室里煮一袋方便面。在他这个位置，吃什么已经不重要了，重要的是那个一起吃饭的人，陈秋风某种程度上就是刘念始终缺位的父亲，在他最困难的年月给予他支持和温暖，在他功成名就的现在，每当遇到困境或者开始犹豫的时候，陈秋风依旧是唯一能为他指点迷津的人。

毕业多年，大学里的景致如故，年轻的学生们也和十几年前刘念他们一样，朝气蓬勃，追捧着校园外的成功人士和校园里的明星教授。刘念和陈秋风穿过校园，看到不止一个商学院的孩子拿着他和陈一凡当封面的杂志，叽叽喳喳地走过。

刘念有点不好意思，陈秋风却笑了：“好久没见一凡，她是不是又瘦了？”

“还好，她不像有些女孩似的就爱瞎减肥。”刘念没打算告诉陈秋风，他现在和陈一凡的关系相当微妙，他斟酌着词句，“老师最近好吗？”

陈秋风笑了：“还是老样子。倒是你，专程过来，不是为了跟我吃食堂吧？让我猜猜，有人惹毛了四大集团，来找我支招儿？”

刘念低头，有些尴尬，成年人在承认自己力不能及的时候总是特别不好意思：“他们……呵，早晚要跟这群人渣打一场。”

“年轻人，年轻人有斗志是好事。”陈秋风拍了拍刘念的肩膀，“我知道你已经想好了后着，只是，这失败的后果你承担得起吗？翅膀还不硬，做什么出头鸟？”

刘念坚定地看着老师：“不这么做，明德的翅膀永远硬不起来！”

“树大根深，伤了明德可不是你一个人的损失。”陈秋风叹了口气，“明德要发展，却不能这么一蹴而就。好在，我这张老脸还值几分面子，这样吧，我替你做个东，大家好好坐下来，重新分一下……”

“老师！”刘念立刻反对，“这是明德唯一的机会，我绝不退让！”

陈秋风停下脚步，看着刘念摇了摇头：“年轻真好。你开了这么多年车，知道什么最重要吗？”

刘念不明白陈秋风的意思，下意识地回答：“大概是……刹车。”

“这个周末，跟一凡回家吃饭吧，这丫头，从小就不爱回家。”陈秋风毫无征兆地转变了话题，“你们要稳稳当当的，开车别超速，看好刹车。”他说完，就跨上他那破旧的自行车，摇摇晃晃地走了。

刘念若有所思地看着老师的背影，站了很久。

2

柳青阳颇费了一番力气才找到老柳的公司——柳源地产，自从几年前老柳彻底放弃了让他进公司工作的念头，柳青阳就再也没去过他爸爸的办公室，毕竟柳少向来是直接回家找爸爸妈妈拿现金。

现在，柳源地产欠债太多，办公室就要被清退了，老齐打电话叫他去办公室收拾老柳的私人物品，他不得不向老齐要了地址，才跟张小同一起匆匆赶了过去。

柳源地产现在一片狼藉，每个房间的房门都虚掩着，看起来值钱的东西已经被搬走抵债抵工资了，就连老柳的总裁办公室也未能幸免，地上散落着各种文件纸和杂物，家具只剩下空荡荡一桌一椅。

柳青阳沉默地走到桌边，把父亲桌上被打翻的笔筒摆正，拾起地上的文件和散落一地的笔。

张小同看着都有些心酸，他拍了拍柳青阳的肩膀。柳青阳难受地一把抱住了好友，声音哽咽："他就是在这儿宣布柳源地产正式成立的！那时候他多好多好啊！"

"他都不知道累的，天天半夜还不回家在公司里忙活，我一打电话就管他要钱……"柳青阳使劲抹了一把眼泪，绝望又伤感，"他……我爸他到底去哪儿了啊！"

张小同只能使劲拍他的后背："没事，警察不是给立案了吗，没准明天柳叔就自己回来了呢。"

"阳阳啊，有个人找你。"老齐站在门口敲了两下门，"好像是……什么大集团来谈收购的。"

柳青阳扯过一张餐巾纸，胡乱擦了擦脸，大步走了出去。张小同和老齐一起，帮他继续收拾老柳的私人物品，没几分钟，就听到隔壁砸东西的声音和柳青阳的骂声一起响了起来。

张小同和老齐连忙跑出去，只见柳青阳正把那个号称来谈收购的男人往外推搡:“你给我出去!谁也别想打我爸公司的主意。出去！”一边说还一边狠狠地将那男人的名片掷在地上。

他们俩都知道柳青阳的暴脾气,不敢多劝,张小同主动送那人出去,老齐则叹了口气:“阳阳啊,东西也收拾得差不多了,要不我送你回家？你妈刚打电话来问呢。”

柳青阳颓然坐在老柳的椅子上,痛苦地抱着脑袋,闷闷地嗯了一声,算是同意了。

多亏了老齐这几天的各种斡旋，那些围在柳家要钱的工友们总算散了,柳母容颜憔悴,一看就是多日寝不安枕食难下咽。她接过老柳办公室里留下的东西，盯着那张全家福看了很久:“我先收拾一下,阳阳,给你齐叔倒水啊。”她不愿意在儿子和老齐面前失态,于是匆匆上楼去了。

张小同立刻去厨房忙活起来,柳青阳和老齐沉默相对,谁也不知道如何开口。过了好几分钟,老齐给自己点了根烟,问:“警察那边……怎么说？”

“说我爸是成年人,失踪不到四十八小时不能立案,不过他们查过了,我爸的身份证没有买火车票或者飞机票的记录,应该还在本地。”柳青阳强打精神,每个字都像是在流血,其实警察还说,考虑到老柳现在的状况,只怕是……凶多吉少,让他们家属做好心理准备。

这正是柳青阳竭力想否认却又隐隐害怕的。他深深地吸了口气:“齐叔您放心,这件事,我们家一定给大家一个交代。”

老齐嘬着烟,隔了半天才说:“当初说是投资,大伙儿都是知道的,本不该……哎,也是你爸仗义,项目出了问题,他就一个人扛了，把大家的投资都认成了他个人的借款，现在这些人……阳阳啊,你也别怪他们,有的搭了老婆本儿,有的还指着这钱给孩子看病,都是逼得没办法。”

柳青阳勉强挤出一个笑容:“我明白,齐叔您放心。”

老齐又叹了口气,看柳青阳的母亲走下楼,就赶紧站了起来:“嫂子,青阳,你们先休息吧,我先回了。”

“我送齐叔。青阳,伯母,你们放宽心,着急也没用,还伤身。”张小同说着,就跟老齐一道离开了。

柳青阳看大门一关上,就颓然倒在了沙发上,望着天花板一声不吭。

柳母看出儿子情绪不太对,默默地坐到他身边,柳青阳红着眼圈看向妈妈:“那天我爸去车行看我,我就不应该让他走。”

“他……跟你说什么了?”柳母问。

柳青阳心里难受,低声说:“他说,让我以后要用点心,别让你总为我操心。”

柳母渐渐红了眼圈,说道:“你了解你爸,他是见事就跑的人吗?”

柳青阳愣了一下,喃喃说:“不是,齐叔说他是主动……”

柳母摇摇头,打断了儿子的辩解:“他一辈子好强要面子,现在赔了兄弟们的钱,他是没脸见人。小同告诉我,有人要买你爸公司?”

提到这件事柳青阳就气不打一出来:“甭搭理他,一个趁火打劫的家伙,说要收购我爸的公司和那个烂尾的项目。等下,妈,你不会……打算把爸的公司卖掉吧?”

“公司该卖就卖了吧,青阳,这些事妈不懂,可你爸欠工友的钱咱们得还。”柳母递给柳青阳一张名片,“老齐说是那人硬塞的。”

“齐叔真是……问题是,卖了也还不上啊。”柳青阳声音很低,近乎自言自语,然后他勉强打起精神,把那张名片塞进口袋,“我明天再去那个集团看看,谈谈条件。妈,你放心吧。”

柳母什么都没说,转身去厨房给柳青阳弄吃的去了。

3

第二天一大早，柳青阳就按照名片上的地址，找到了想要收购柳源地产的明德集团。同样是地产公司，柳源地产只有几间寒酸的办公室，而明德集团却占据了金融区中心位置最好的大楼，衣着光鲜的白领们出出入入，都带着一种职业化的来去匆匆。

柳青阳纵然心大，仰望着这座闪闪发光的大楼，心里还是有些发怵，他几乎是硬着头皮走进去的，在前台结结巴巴地说明来意。昨天那个男人——明德集团的业务部经理孙思明很快就亲自出来把他带进了办公室："很高兴你能考虑我们的建议。怎么样，令尊有消息了吗？"

柳青阳打从心底讨厌这个自恃精英的男人，估计对方也一样瞧不起他，他冷着脸回答："谈正事吧。"

孙思明递上一份文件夹："好的。这是我们明德集团对令尊公司的收购协议，请你过目。"

柳青阳在孙思明轻蔑的目光里快速翻过了协议前面的英文部分，然后尴尬地发现，中文部分他也看不懂。他只能合上文件夹，拿出在码头飙车的气势来："一句话，你们能给我多少钱？"

孙思明露出职业化的笑容："柳先生很直接啊，简单说吧，把令尊的公司转让给我们明德集团，明德集团可以负担原公司的债务问题。"

柳青阳琢磨了一下这句对他来说依然十分七拐八绕并不太简单的话："……然后呢？我们家把公司和项目卖给你们，你们不给钱啊？"

孙思明保持那种职业化的笑容："柳先生，令尊的公司和项目卷入了债务纠纷，现在欠下四千万的资金，如果明德不出手，项目烂尾，公司一钱不值，柳先生还要坐一辈子牢。"

柳青阳把手指捏得咔咔响："明白了……这不是趁火打劫，这是赤裸裸的抢劫。"

"柳先生别说得那么难听，我相信这是双赢。"孙思明说着，端起咖啡杯。

柳青阳拍案而起，一把掀翻了他的咖啡杯，揪住孙思明的领带，把他从座位上拽起来："双赢？我去你大爷的，老子不卖了！"

孙思明被吓得手足无措："你……来人啊！"

保安很快就冲了进来，但他们并没动手，因为同时进来的还有另一个人。孙思明艰难地挣脱了柳青阳，一面整理衣服，一面说："陈总，这……"

柳青阳回头惊讶地发现，来的竟然是个熟人，陈一凡。他二话没说，就跟着陈一凡去了她办公室。

一身职业装的陈一凡显得特别陌生，简直跟那天码头上不要命的飙车女骑手判若两人，她叫秘书给柳青阳倒了一杯热咖啡："我们来谈谈收购协议吧。从协议本身来看，没有问题。"

柳青阳哼了一声："那就不用谈了，我知道你和那姓孙的都是一伙的。趁火打劫，不要脸。"

陈一凡拿出另一份文件，递给柳青阳，说道："坦白讲，我们是在帮你。这份是柳源地产近一年的财务报表，这家公司的净资产已为负数。当然，如果公司还有流动资金，在未来会有一个好的赢利。但如今，你们承包的项目已经没有钱继续开发，再拖下去，唯一的结果就是宣布破产。"

柳青阳盯着陈一凡："你的意思是说，我还必须卖给你了。"

陈一凡坦然看着他："这是你目前最好的选择。我也不需要向你隐瞒，你父亲承包的项目确实是个有前途的项目，可以他的实力永远无法完成，但我们明德集团可以，而且很可能是本城唯一有能力接盘的。你仔细考虑一下，要不要签这个协议。我可以保证，这里面没有任何法律上的漏洞和陷阱。”

柳青阳本能地想要信任陈一凡，他脱口而出：“但我爸那些工友……他们集资的债务怎么办？”

陈一凡微微皱眉：“对不起，投资都有风险，那些工友作为投资人，这些风险是需要他们自己承担的。”

柳青阳咬了一下嘴唇：“那我回去没法交代。”

“我也要向集团交代。”陈一凡敲敲那摞合同，“这已经是我们能给予的最优惠条件了，而且我相信，目前能给你这种条件的只有我们明德集团。”

柳青阳沉默了半晌，抓过合同：“行，那我相信你。”他说着，就狠狠地签上了自己的名字，却拒绝和陈一凡握手，苦涩地笑了笑，转身离开。

“等等。”陈一凡突然脱口而出，“柳青阳……”

柳青阳插着手看向他喜欢的女孩子，强撑着挤出一个笑容：“还有事？”

陈一凡来到柳青阳身边，递给柳青阳一张名片，压低声音：“这是我的电话，有什么需要帮忙的地方，找我。”

柳青阳接过名片看了一眼，轻佻地说道：“谢谢陈总。”

陈一凡看着他离去的背影，内心五味杂陈。

4

离开明德集团，柳青阳在街心公园里坐了好久，捏着手里那一摞厚厚的几乎看不懂的合同。有那么一刻他真希望老柳能突然出现，摸摸他的头说，没事，阳阳，交给爸爸。而下一刻，他知道，这不可能了，柳源地产和老柳寄予厚望的项目都没了，他们家再也回不去以前。

他的电话响了，电话里柳母的声音疲惫却淡定："青阳，你让老齐来家里吧，我给大伙儿结账。"

"妈……爸的公司……"柳青阳一咬牙，把明德的条件快速说了一遍，"他们说只有他们才能……"

"嗯，你做得对，那四千万我们还不上，工程也不可能完成。现在这样，对大家都好。"柳母很淡定，"行了，你给老齐打电话吧，回来再说。"

回到家不久，老齐也到了。柳母就将准备好的几张银行卡一起递给了老齐。

"妈，咱们哪儿来这么多钱？"柳青阳睁大了眼睛，惊讶地问。

柳母并没理他，而是跟老齐说："我知道，这些也还不够，但总算是一点。你主持一下，给大家分了吧，剩下的，算我和大家借的，我慢慢还。"她说完又转向柳青阳，"青阳，你和齐叔一起算算账，还欠大伙儿多少钱，给大家算好利息，该还的还清，还不清的我再给大家写个借条……还有，老齐，算完账，叫几个人帮我个忙，行吗？"

老齐收了银行卡，立刻满口答应："嫂子，有什么事您说？"

"帮我们搬家。"柳母叹了口气，柳青阳和老齐都能看出来她目光里的留恋，但是她却说，"这房子这么大，我一个人住也浪费，不安生。"

柳青阳心里咯噔一声，大声嚷起来："妈，你把房子都卖了？！那咱们住哪儿？"

柳母笑着拍拍他的后背，像安慰小孩子一样："有地方住。"

老齐有点挂不住："嫂子，这……"

"拿去，老柳出事，是我们一家的事，不能让这么多兄弟跟着一起背。"柳母断然说，"欠债还钱天经地义，该多少就是多少。"

老齐感动地快哭了："行，我这就去叫兄弟们找车来帮您搬家。"

柳青阳难受地看着母亲,他想起小时候住过的筒子楼还在,母亲大概就是要他们搬回去住。那房子地段很差,交通不方便,治安也不太好,最要命的是,那楼里没有电梯,妈妈现在这个年纪,多不方便啊。

他越想越难过,找了个借口说有事,就先走了,柳母向来溺爱他,并不阻止,只意味深长地叹了口气,说:"以后……可能得少跟你那些'朋友'来往了。"

柳青阳匆匆离开,他确实就是想找大鹏和他那些飙车俱乐部里的朋友们——多少都是有点钱的富二代,一人借几万也够他渡过眼前的难关了。

然而,想法很美好,现实很残酷。

事实证明,他妈以前叨唠他的那些话都是对的,他的"朋友们"确实全是狐朋狗友,酒肉之交,听说柳家出事,个个避之唯恐不及。柳青阳好不容易在他们经常逗留的酒吧里堵到了几个,结果不仅没借到钱,还被一番奚落,气得他大打出手,直接被酒吧的保安赶了出去。

他一路踉踉跄跄浑浑噩噩,不想回家,也不知道还有哪里能去,只好回了他的改车行。

自从老柳失踪,柳青阳忙着处理家里的事,改车行就没有营业——本来这地方日常也没有什么买卖,说实话,开不开张损失都差不多。

柳青阳打开闸门,点亮所有的灯,一时间,车行里灯火通明,那些昂贵、精致的摩托车配件安静地挂在墙上。音响里播放着熟悉的老歌,柳青阳注视着车行里的一切,依依不舍地开始擦他的爱车,擦完也不忍放手,看了许久,泪水在眼眶里打转。

他掏出手机,先跟爱车拍了个自拍,这也许是他最后一次跟它们在一起,然后他一咬牙,拨通了陈一凡的电话,问她能不能过来一趟。

令柳青阳没想到的是，迄今为止只跟他见过两三次、可以说是毫无私人交情的陈一凡竟然很快就来了。柳青阳看着她一个人走进来，想起他那些混了三五年，吃他的喝他的，经常到车行里要求免费升级改造的"铁哥们儿"，心里就特别不是滋味，脱口而出："这么晚了，你还真来了。"

陈一凡看着他红红的眼圈，猜到他因为卖掉了父亲的公司和项目难过，可能还受了别的委屈，她尽量温和平静地说："我答应过帮你的忙，当然要说话算话。"

柳青阳皱着眉头，低着脑袋，盯着手里的工具，轻声问："为什么帮我？如果是看我一个败家子走投无路表示同情，那就算了，在你面前，我还想留下一点面子。"

陈一凡看了一眼手里的头盔，有些恍惚，手无意识地敲击着头盔，半晌后说："不是。"

柳青阳苦笑："不是同情，还能是什么？好啦不用说了，我明白。"

陈一凡摇摇头："你是不是败家子我不知道，不过根据我们对柳源地产的研究，项目失败和资金链断裂都与你无关。说吧，你需要我帮什么忙。"

柳青阳站起身，环顾车行里各式各样的器件，他的摩托车，大大小小的奖杯，记录了欢笑与荣耀的合影。他的目光停留在自己那辆车上："那就照顾一下我的生意吧，你不会失望的。所有。我想把整间车行抵给你。"

陈一凡愣了一下，看出柳青阳对这里的感情十分深厚，她还没来得及问，柳青阳就自己苦笑着说："因为我缺钱。"他蹲在自己的摩托车旁，专注地摸着发动机，那低着头的侧影，让陈一凡不由有些恍惚。

他接着说:“这间车行是我这些年的心血,磕磕绊绊这么些年,没挣到什么钱,想来想去也只有你会感兴趣。”

“多少钱?”陈一凡问。

柳青阳大概问过大鹏这个车行能值多少钱，对方说一百万总是没问题的,于是他咬牙说:“三百万。”

他等着陈一凡讨价还价,没想到对方一口答应,并且在他惊异的目光中对他说:“不是因为同情你，我的同情没那么廉价。店不大,好在安静,我很喜欢。钥匙给我,我买下了。”

柳青阳拿出钥匙纠结了半天，终于交给了陈一凡。他叹了口气,苦笑着说:“陪我醉生梦死的哥们儿那么多,没想到,最后帮我的是你。”

陈一凡摇摇头:“一手交钱一手交货,谈不上帮。”

柳青阳习惯了她这种下意识的划清界限，他犹豫了一下,又问:“其实,我还有个问题,想请教你。”

陈一凡望向柳青阳，似乎有些诧异这个嬉皮青年能说出“请教”两个字。

柳青阳看着他的摩托车,想起老柳最后一次站在这里的情景,声音不由有些哽咽:“虽然我这几年都尽量躲着他，但他毕竟是我爸,我了解他。他没什么吃喝嫖赌的恶习,做生意也用心本分,为什么,他会突然输个底朝天,现在连人都找不到。”

陈一凡微微挑眉,不太明白柳青阳为什么要问她,毕竟,她从未见过老柳,甚至跟柳青阳都算不上熟识。

柳青阳自嘲地笑着,看着窗外的夜色,远处 CBD 依然灯火通明,他知道,那里有他仰着头都看不到顶的摩天大楼。

“我不懂做生意……也不对,除了玩车,我什么都不懂,在我眼里,我爸过去就是一座看不到顶的大山了。我原来打定了主意,这辈子就坐吃山空，反正都有老柳顶着……结果呢?大山说没就没了。然后我才发现，嚯，我眼里的大山其实就是个小土堆，能逼死我们的债务，有人唰唰签个字就解决了……山外有山，人外有人。你站得比我高，懂的比我多，告诉我，我爸为什么输？”

陈一凡明白了他其实是想问，是不是有人害了他父亲，然而这并不是她能三言两语解释清楚的，更何况，眼下看来风光无限、拿下地王的明德集团，面临的困境跟柳源地产几乎是相似的。她想了想，斟酌着词句说：“你父亲失踪，是因为项目烂尾；烂尾的原因是他合作的开发商资金链断裂。为什么会这样，是因为他动了人家的奶酪，这里面是个非常复杂的连环套。这个城市里每一个从业的人可能都多少有所涉猎，如果非要说你父亲失败的原因，其实只有一个……他根本不应该倾家荡产来介入，地产是个残酷的游戏，每个参加进来的人，也必须承担这样的结果。只有你足够强大，才不会被规则给玩了。”

她说完，就转身离开，留柳青阳一个人，静静地在已经属于她的车行里，与过去告别。

5

陈一凡说话算话，第二天就把三百万现金打进了柳青阳的银行账户。他看着那一串零，心里踏实多了，一面盘算着去看看房子，一面又想先去吃顿好的，缓解一下最近焦躁担忧的心情，正好大鹏打电话来叫他去喝酒，他马上就去了。

柳青阳向来跟大鹏关系不错，毕竟这个人已在“圈里”混了好多年，钱不多话不少，摩托骑得稀松平常，技术几乎没有，唯独擅长交际，一向吹嘘没他不认识的人，没他打听不到的消息，没他搞不定的事。好多人都说大鹏能“搞定”的不止飙车这一个圈，柳青阳一向都很信任这个人，他内心深处还有那么一丝幻想，也许“朋友”能找到

“关系”帮他翻身,他还能回到以前那种飙车喝酒灯红酒绿的生活。

这顿酒确实喝得舒心，大鹏不仅跟他一起把那帮忘恩负义的纨绔子弟骂了个痛快，还介绍了一个年利润能翻倍的保健品项目给他。柳青阳想到他们家的老房子,还有工友们的债务,他不想母亲一把年纪还窝在那个连电梯都没有的破屋子里，不想她辛辛苦苦到处找活干,于是他跟着大鹏去了那家公司,听了对方看起来十分专业的产品介绍会,又看了厂房,就签了合同,孤注一掷地用刚拿到手的三百万做了投资。

张小同听说这件事以后,立刻被他的勇气惊呆了:“什么?三百万就拿给人家了,柳青阳,我没听错吧,你这也太好骗了!”

柳青阳十分不服气:“我也是实地考察过的,公司、工厂,他们的这个钻,那个钻,我上午都见过。人家那是正规公司,营业执照还有资质证明我都看了,你就不用担心了。”

张小同好歹是认真开着咖啡馆的人，立刻觉得有点不对:“等会儿……这个钻,那个钻?柳青阳,你不会掉进传销组织了吧?”

柳青阳被他说得心里发虚,他腾地站起来:“怎么可能,你跟我走。我带你去看看。”

他们一到那地方,柳青阳就傻眼了,之前看上去十分正规的公司一片狼藉,放着各种保健品的展示柜被贴上了封条,满地都是散落的文件,还有一张撕坏了的海报,海报上正是之前对方吹得天花乱坠的灵芝孢子,现在上面被踩了好几个脚印。到处都是警察,一个被盘问的中年人哭天抢地:“他们说半年后,本金翻一倍。二十万啊！我给了他们二十万！”

张小同先回过神来，赶紧客气地问一个正在记录的警察:“警察同志,这里发生什么了?”

警察头也没抬:“这里涉嫌非法传销。”

“传销?不可能!”柳青阳感觉整个人都摔进了冰窟窿,像是做梦般不真实,“……警察同志,你们是不是搞错了？”

警察抬头看了他一眼，皱起了眉:“我们当然是掌握了足够的证据,两位先生,这里在录口供,你们有什么事吗？”

柳青阳难以置信地看着眼前的一切，张小同想问他要不要立刻报案,他已经转身跑了。张小同连忙追了过去:“你干吗去？”

“找大鹏！”柳青阳几乎要把牙咬碎了。

第四章

1

如果要让柳青阳说出那天晚上他是怎么跑到大鹏家的，他大概也会觉得自己像个傻子一样，毕竟“柳少”就算不骑着自己的酷摩托，也应该叫一辆车来接，动辄甩开腿自己跑这种事，实在是不符合“柳少”身份。然而柳青阳从那一刻起已经不再是“柳少”，三百万元的刺激暂时模糊了心理上从有钱到没钱的落差，身体已经诚实地决定冲向最后的希望。

张小同在柳青阳身后追了两个路口，终于看到了一排停放整齐的共享单车。当他骑着车追上发疯的柳青阳并且在对方耳边不断重复“冷静点”这种话的时候，柳青阳是一点都没听见，脑袋里全是钱。

此前的人生中，柳青阳没有意识到三百万到底是多少钱。当他把十几万、上百万的钱换成美酒和发动机的时候，也从来没有意识过那些数字到底代表什么。现在他懂了,有一种像空气一样重要的东西正从身体里悄悄流失,他大口喘着气,勉强维持着呼吸。

但他又能维持多久呢?

柳青阳正打算踹开大鹏家门的时候,门自己开了,大鹏的妻子抱着孩子站在门口,脸上挂着强堆出来的一点微笑,泪痕却都没干:"找大鹏啊?"

柳青阳推开她冲了进去。

大鹏跪在如山堆积的保健品盒子中间:"柳少……是我对不起你,你打我吧!"

柳青阳环视四周,想找个能抄在手里的东西,但大鹏家连花瓶都没剩下,整个客厅除了家具电视以外,就剩一堆药盒。张小同适时地拉住了柳青阳:"冷静冷静,打赢了,你进监狱,打输了,你进医院,都不好,都不好啊!"

"我知道错了,是我不好,把钱都败活光了!是我害了你!我该死。我混蛋!我千刀万剐!我禽兽不如!"大鹏扇着自己耳光说。

"有什么用啊!?"柳青阳失控地大叫起来。

"赵大鹏,"大鹏的妻子已经整理好了东西,"我走了,离婚协议我会叫律师拿给你的。"她看了柳青阳一眼,"你也投了?"

柳青阳没说话。

"你们这群蠢货!"大鹏的妻子在电梯门关上前,声嘶力竭地喊了出来。

柳青阳抓起保健品盒子疯狂地砸向大鹏,张小同几乎是连拖带拽才把他弄进电梯里,大鹏跪在家门口机械性地扇着自己。

"别再让我看见你!"完全失控的柳青阳扒住电梯门嘶吼着,张小同眼疾手快地摁了楼层键,电梯启动的一瞬间,柳青阳跪倒在地,虽然他迅速爬了起来,但这明显不是瞬间失重的问题。

张小同买了三听啤酒,一听浇在柳青阳头上,另外两听跟他分享。

“我记得老柳经常跟我说，做人要脚踏实地，起初我不明白这句话是什么意思，我觉得我每天在修车行修车，玩车，认真做好每一件事，怎么就不脚踏实地了？现在我终于明白了……”他把喝完的罐子捏得啪啪响，“我一直都没有认清我自己，也没有认清别人。”

张小同将一张银行卡递给他：“五万，先用着。”

柳青阳眼睛里都是血丝，声音也哽咽着：“这点钱，太少，我不要。”

张小同明白“柳少”最后的骄傲和朋友这么多年的默契——他开咖啡厅的贷款还没还完，柳青阳一直知道。他把啤酒罐子递过去：“需要的时候别忍着。”

柳青阳红着眼眶笑了笑：“不忍，不忍！好吧？”他拿自己捏得乱七八糟的易拉罐，碰了碰张小同的那只。

知子莫若母，柳青阳到家的时候，柳母就在走廊里等他。两人都不说破，柳青阳自知没脸见人，看见妈妈晾衣服，就接过来帮她挂起来。衣服散发出洗衣粉特有的清香味，柳青阳使劲吸了吸鼻子，端起脸盆要走。没想到柳母竟然没有要走的意思，就坐在了走廊里。

“这是眼瞅着它们风干呢？”他逗着母亲。

柳母也笑了：“你从小就没个正形儿，干的那些事都能写书了。”

柳青阳和妈妈挤在同一张椅子里。

“想起你小时候，你一干坏事，或者考试考得不好，就跑来这里躲着，吓得不敢回家，感觉天都要塌下来了。有次啊，把那个试卷，往张阿姨家煤炭渣里藏，哪知道那个炭渣没彻底灭掉，最后差点把张阿姨家大门口给烧了。”柳母说着说着，自己笑了起来。

“妈！这些事您怎么还没忘了呢？”

“你那个时候啊，蠢是蠢了点，但可知道轻重了，不像现在。”

柳青阳反驳道：“我现在怎么了？”

柳母看着远方，并没有接柳青阳的话，许久才说：“每个人都会遇到当时觉得过不去的坎，但是之后回头看，其实并没有什么，也许就是一个半夜想起来的笑话。”

柳青阳知道自己的心思绝对瞒不过妈妈，却还是不想说破，觉得丢人，就变着花样玩着脸盆，假装无事发生。沉默了一会儿，脸盆终于脱手玩掉了，咕噜咕噜滚向阳台。柳青阳愤愤地开口：“还别提我爸，我小时候，他指着天上一堆星星骗我，说那是狮子座。我后来才知道，这个季节根本看不到什么狮子座。我没正经啊，都是随了他。都是老柳的错。”

柳母笑着瞧着他。

柳青阳故意瞧着别处，鼻子酸酸的。

“青阳，我联系了老齐，他手上有能安排我们干的活，我觉得咱们还是得踏踏实实……”柳母拍了拍柳青阳的后背，却十分小心，她知道这又是儿子不爱听的话了。

“我同意，”柳青阳反手搂住妈妈，“我跟着你，踏踏实实的。”

“你真的想好了？”柳母挣开柳青阳，难以置信地问。

柳青阳绽出一个柳少式的笑容：“你是老佛爷，你说什么，我小阳子都遵旨。走吧，不早了，睡觉了！”

话是这么说，真到了要干活的时候，柳青阳就遇到了一堆问题。首当其冲的，就是柳少已经很久很久没有比太阳起得早了。他对看日出没有兴趣，也不想迎着初升的太阳跑步，柳少唯一的爱好就是醒来的时候发现太阳已经好端端停在天空中间——工人柳青阳丧失了这个特权，为了和工友们同步，柳青阳天不亮就被柳母拖出了家门，并且在驶向工地的面包车里睡得如同死了一样，以至于别的工友都开始搬沙子的时候，柳青阳仍然不停地打着哈欠，并且非常渴望躺在水泥袋子上睡个回笼觉。

不好意思批评他的老齐承担了柳青阳应该做的大部分任务，直到站着的柳青阳发现柳母独自扛着一袋沙子上楼，才被羞耻心刺激到，顿时睡意全无，主动贴到老齐身边开始跟着搬东西。柳母叹了口气，老齐劝她："多少年没做了，也慢慢来，青阳没干过——"

"没吃过猪肉，还没见过猪跑？"柳母说，"他能学会。"

柳青阳放下一袋沙子，累得直喘气，抬头看到妈妈却又换上嬉皮笑脸的表情："老佛爷，小阳子这就再扛一袋去！"

只不过，柳青阳没想到，扛沙子只是最初级的体力活，更难的还在后面。到了处理墙面的步骤，他跟着老齐学了一会儿就开始自己干，看着简单重复的工作，没多久就干腻了，其他工友没有停手，他也不好意思停手，只好悄悄问柳母："当年你们就这样……啊？刷刷刷，刷刷刷，不停地刷刷刷？"

柳母头都没回："你觉得呢？青阳？"

柳青阳再次拿起了刮铲。

入夜了，毛坯房里点着一盏小小的钨丝灯。

柳青阳脸上已经不见丝毫表情。他嘴巴半张着，只有手还在唰唰唰地挂着灰，如同机器人一般重复着动作。干着干着，柳青阳的眼皮越来越沉，刚一瞌睡又醒来，醒来又瞌睡。柳母却仍然精神抖擞地在一旁熟练地工作着。

柳青阳的刮铲砰然落地，他困得七荤八素地去捡，腿一软竟然摔倒了。

柳母惶急地叫着："青阳，青阳！"

柳青阳躺在地下摇了摇头，他觉得躺下太好了，大概是人间最美好的事。他再也不想起来了。

柳母叹了口气："你先歇歇吧。"

柳青阳如蒙大赦，马上断气似的放松手脚瘫软在地面，嘴里念念叨叨地说着让柳母也歇一会儿别总干活之类的话。柳母抓了一件大衣盖在他身上：“要过日子，就得干活……”

话音未落，柳青阳那边已经响起了鼾声。

柳母要说的话都吞了回去，就在柳青阳身边自己干了起来。

这一干就是几乎通宵。柳青阳一觉醒来发现太阳出来了，但柳母还在那里干着活，睡眼蒙眬地赶紧拿起铲子说：“妈，我都睡一觉了，你还在弄？歇会吧，我来。”柳母停下手中的工作，坐在一旁拧开一瓶水喝着，明显是累坏了。

柳青阳干了一会儿发现，他在重复昨天晚上的工作，确切说，他昨天晚上的工作成果有一大半都消失不见了，这让他又绝望又愤怒，几乎是喊叫起来：“怎么回事？时间倒流了？”

柳母继续铲着柳青阳的工作成果：“你这不行，干的干，湿的湿，必须重做。”

“为什么呀？”柳青阳差点崩溃，“我干了一夜啊！”

“为什么？就因为你得对客户负责。”

“不是，这又不是我家房子，差不多得了！”

柳母瞪着他：“这是你手上的活，你就要干好，干得干净漂亮，堂堂正正地拿钱。你吃点饭吧，马上你齐叔就带人过来开早工了。”

清晨的阳光投在手表上，在墙面反射出一个巨大的光斑，柳青阳看看表，不由脱口而出：“这才几点啊？又该干活了？”

柳母听着这又孩子气又少爷气的话，一声没吭，拿出泡面做了顿简单的早饭。柳青阳已经很久没吃过这种超市里买来的连火腿肠都没有的泡面了，他放下铲子，想找东西擦擦手，环视了一圈什么也没有找到，只好就这样吃了起来。

泡面原来是这个味道，他想。

2

陈一凡站在梅家庄花园的入口处，距离梅道远梅先生却有几步距离。梅家的管家东叔体贴地瞧了她几眼,陈一凡却仍然保持着这个距离——她知道自己不配再向前一步了。

一辆车缓缓驶入,陈一凡有点紧张,情不自禁地退了半步。车门打开了,一个穿着白色长外套的人先走下车,向几个人使了个眼色。

梅道远点了点头,上前握住对方的手说:“梁医生,辛苦了。”梁医生在梅道远耳边小声说了几句,随即帮梅道远打开车门。梅道远牵着梅太太的手,将她扶下车。“欢迎回家。”他小心握住妻子的手,仿佛握着世间的珍宝。

梅太太看着梅道远,笑了:“你怎么搞的,胡子都白了？像个老头子。”

梅道远眼中闪过一丝难过,依然微笑着:“不喜欢吗?那我就刮掉……走,咱们回家。”他扶着梅太太向屋里走,梅太太一路上却忍不住对自己的家产生疑惑:“……才三月份,怎么这么冷了……”

远远跟在后面的梁医生对陈一凡悄悄说:“她的时间感已经错乱了,只要平静的时候,都以为是在三月三号,梅恒去世的那天。”

陈一凡问:“那她还认识我们吗?”

梁医生点点头:“如果是过去特别相熟的人,她还有记忆,和她交流的时候,一定注意分寸,不要过度刺激她,尤其不要让她想起梅恒。”

梅太太忽然瞧见了她:“这不是一凡吗?”说着就爱怜地把她拉过来上下打量,“我出国才几天,你们一个个的,怎么都变样子了。又剪头发啦？哎,梅恒呢？他没和你在一起吗？”

陈一凡手足无措地瞧着梅先生。

梅道远敲敲自己的手表:“这才几点,梅恒在学校呢。”他从陈一凡身边拉走了妻子，“来，我带你看看新布置的房间，你总说我只会工作，现在轮到我证明你说错了。”

梅太太脸上泛起一些红润的颜色：“那我倒要看看了……”

陈一凡静静地站在原地，刚刚被梅太太握过的手冰冷颤抖。

“一凡姐，我说……”

陈一凡猛地回头，身后一个人也没有。

“一凡姐，” 梅恒笑眯眯地站在楼梯上，“跟拉链过不去干什么？”

不不不……陈一凡后退了几步，闭上眼睛。

梅恒从楼梯上走了下来，脚步很轻很稳，他已经长得比陈一凡还要高半头了，笑起来却仍然像是弟弟。他的手指很灵活，干燥而温暖，他把那条陈一凡拽了半天都没拽上去的拉链轻轻一拧，唰，他的手指就顶到了陈一凡的下巴。“好啦，”他说，“骑车小心啊，风这么大。”梅恒站在门口，额发飞扬，他倚在那里，伸出一只手捋了捋。

陈一凡用手捂住眼睛。

黑暗深处，梅恒静静地看着她：“一凡姐。”

“一凡姐，我觉得推手特有意思，上下相随，随屈就伸，说的不是拳理，反倒是人生哲理——我是想多了吗？”

“一凡姐，我跟你在一起的时候话特别多。”

“一凡姐，有一句话我想跟你说很久了……你别紧张，哎呀你这个表情……算了我不逗你了，姐你脸上这个痘都差不多俩礼拜没下去了吧？”

陈一凡松开手指，光线让她泪流满面。梅先生从楼上下来，驻足盯了她一会儿，随即进了厨房。陈一凡抹了抹脸跟了过去：“我来帮忙。”

梅道远打开冰箱取出食材：“不用了，我一个人更方便。”

陈一凡自觉地站得更远了一些。

“自从五年前我买下这所房子，这里就从来没变过，她虽然每年都回来，但每次都不记得了……”梅道远盖上锅盖，把火拧小了一些，“她的记忆，还留在五年前的那个家里。”

陈一凡紧紧贴着冰箱，把五年前的记忆从眼前赶走。

“人总要回家，我不能再让她在外面没完没了地看病了，况且……儿子死了，她想不起来，也许未尝不是好事。”梅道远苦笑着。

陈一凡把要说的话吞了回去。他们都是活在五年前的人，都是痛苦的肉休，灵魂却因为种种往事而不能抱团取暖。

“先生！”东叔冲进厨房，“我刚好像听见——”

话音未落，卧房里就传来梅太太撕心裂肺的惨呼声。

梅道远正在往锅中加作料，也不管半瓶酱油都倒了进去，立刻往楼上跑去。还有一丝理智残存的陈一凡手疾眼快地关上了火，跟了上去。

卧房内，梅太太神色惊惶，手中握着电话分机，疯狂地吼叫着：“医院来电话说儿子出事了……我们赶紧去看看！”

梅道远握住她的手：“你听错了，梅恒在学校呢。”

梅太太扯着自己的头发：“医院都打电话过来了！梅道远！你怎么回事啊！儿子出事了你都不管？我要去医院！”

梅道远抱住她的腰，梅太太却刚好看见了站在门口的陈一凡：“陈一凡？你为什么在这儿？天哪，是你害梅恒的！”

陈一凡面无血色地点了点头，又奋力摇头。

梅太太突然挣脱了梅道远，将手中的分机扔向陈一凡。陈一凡抱头躲过，话筒擦着脸颊飞过去，将身后的酒柜砸个稀烂，玻璃碴飞溅在她脸上，她看到手上有血，却不觉得痛，甚至觉得痛快。

梁医生在东叔的带领下从侧边阳台绕进卧房，给梅太太推了一针镇静剂，梅太太逐渐安静下来，挂着泪痕睡下了。他们在房间里找了一会儿，终于在床头发现了一本《太极推手》的书。“梅恒练过推手？”梁医生问。

梅道远先行离开，东叔接过话头：“是少年组的冠军呢——您给一凡看看伤口吧。”

还没等梁医生拿出纱布，陈一凡就哽咽了：“我……”她死死咬着嘴唇，口红的涩味和血腥味一起被咽下。“我先走了。”她潦草地跟梅道远道了再见，快步冲下楼梯，冲出了这个让她失控的地方。

她的车里温度适宜，助理放的芬芳剂是薄荷味的，她锁上车门，屏蔽了周遭一切杂音。后视镜里，她看见梅恒握着一瓶矿泉水坐在那里，轮廓清晰，身上的比赛服发出丝绸特有的香味。她瞪着这个影像，瞪到双眼发胀，眼泪决堤。她撩起几千块的外套擦脸，再抬头的时候，后视镜里空空荡荡。

陈一凡不敢回头看，她的过去一片狼藉，她的现在空空荡荡。

带着伤的陈一凡回到自己家里的时候，刘念正在四合院门口搬一盆花，平时西装革履的商业精英，难得穿着休闲服做体力劳动，陈一凡多看了一眼，就立刻被抓到现行。刘念把她拉到一边，找了创可贴和碘酒棒，陈一凡推开了他。刘念知道她去了梅家，看她眼圈发红，也没说什么，干脆任劳任怨地替她端着一面镜子。陈一凡遮住了伤口，还补了一点妆，以至于大家吃饭的时候，除了一凡妈妈，没人哪怕偷偷问一句，你怎么哭了。

陈一凡坐在远离陈秋风的位置上，一粒一粒夹着碗里的饭。刘念把虾夹给她，她心不在焉地剔着壳子。

没人说话，小外甥不小心将手中瓷勺子掉在地上，勺子应声而碎。小姨连忙俯身捡着碎片，低声数落着他。陈秋风放下筷子：“让他自己动手！”

陈一凡抬起头盯着父亲。

小外甥几乎被吓哭了，缩在桌边。

陈一凡给自己盛了一碗汤，勺子磕在汤碗上，发出好听的声音。

陈秋风端起酒杯,陈一凡端起碗喝汤。

一凡妈妈悄悄拉了拉陈一凡的衣角,陈一凡也只好将碗放下。

“一家人聚在一起吃饭,不容易。”陈秋风说,“这一杯,咱们敬刘念。他刚刚破纪录,拿下了地王,祝他成功!”

刘念连忙站了起来:“谢谢老师。”饭桌上终于有了点活气,大家纷纷起身,上前与刘念碰杯。刘念得体地回应着,掉了饭勺的小外甥也被小姨推着过来。小外甥与刘念不熟,祝酒词说了几次也没说对,陈秋风皱起眉头。

刘念碰了碰孩子端起的果汁杯,温柔地同他讲话。陈秋风让孩子重说一次,小外甥不肯,餐桌上顿时又陷入了一种尴尬的宁静。

陈一凡忍无可忍,站起来就走。

“站住。”陈秋风呵斥。

“我吃好了。”陈一凡看都没看她的爸爸。

“长辈还在,你不能说走就走。这是规矩。”

“是你的规矩。”

啪的一声,陈秋风的筷子重重拍在桌上。

刘念揽住陈一凡的胳膊:“快回来坐下, 老师是个讲传统的人——”

陈一凡三下两下抖落了刘念的手,借力打力推了回去,刘念被怼得肋骨生疼。

“这叫什么传统?”陈一凡冷笑一声,“叫这么小的孩子说这些迎来送往的套话,这是上刑,这不是吃饭!”

陈秋风突然站起身来,一声叹息,竟然比陈一凡先离开。刘念怨念地看了眼陈一凡,跟着陈秋风一面劝解一面远去,其他人竟然也都不打算吃了,三三两两地散去。陈一凡觉得又可笑又可气,干脆重新落座,开始清清静静地吃她最喜欢的油焖虾,还给自己倒了满满一杯白酒啜着。

3

刘念不是第一次看见陈一凡和陈秋风置气了。

从他认识陈一凡的那天起,“回家”对于陈一凡来说,就是一场漫长的拉锯战和艰苦卓绝的肉搏,并且每次都以悲剧收场。刘念还记得某个打雷闪电的夜晚,陈一凡冲出去要回他们合住的公寓,他只好穿着拖鞋追出去,站在路边陪她打车。那时候还没有叫车的软件,陈一凡固执地伸着手站在路边,每过去一辆车就失控地在雷声里大叫“我恨他”。刘念是真心疼她。

刘念不知道陈秋风身为一个父亲做错了什么——也许从来就没有对错之分,陈一凡是陈家害群之马一般的存在,但在梅家却像小太阳一样温暖明亮。刘念从来不说他看到的差异,陈秋风却似乎知道些什么,所以刘念每每劝老师“别生一凡的气”的时候,陈秋风都会说:“我不生气她的气,她是在生自己的气。”

所以此刻刘念来叫陈一凡的时候,将计就计用了这句话:“老师让你过去,你不去,刚好给了他借口生气,你不如直接过去气他。”

喝了两杯白酒,面色有些发红的陈一凡瞪了他一眼:“我是五岁吗?”

刘念笑了:“好了好了,去一下,说说地王的事。”

陈秋风坐在太师椅上等他们,手里捧着一杯茶,八仙桌上放着明显是三人份的酥皮点心。刘念端给陈一凡,陈一凡一脸不情愿接过来,放在旁边。

“你都这么大了,还是不喜欢守规矩。”陈秋风说。陈一凡刚要顶嘴,刘念就站起来倒茶,这让陈秋风顺利说了下去:“你上午在梅道远家?”

陈一凡点点头:“对,师母回来了。”

“我有段日子没去看他了……他太太病好了吗?”陈一凡沉默,陈秋风也叹了口气,“一凡,虽然我们和梅家是世交,不过,你还是尽量少跟他来往。”

“为什么?”陈一凡的语气非常冰冷。

陈秋风反问:“你不懂?”

陈一凡提高声音:“我就是不懂!”

“你认他做老师,他还认你这个学生吗?他当年为什么隐退,你心里不清楚?他是第一任明德总裁,你们两个现在是接班人,总是和他产生联系,不怕集团里传闲话吗?”

陈一凡哼笑了一声:“谁爱说谁说去,我不怕。”

“明德也不怕?”陈秋风反问。

陈一凡陷入沉默,刘念再次试图用倒茶缓解尴尬,陈秋风却说:“明德现在在你们两个人手上,你们就有责任把它做好!当然,说句自私的话,我更希望未来有一天,你们两个,能合二为一……”

刘念微笑着点头。

陈一凡站起来拍了拍手:“然后就能两仪生四相,四相演八卦了吗?”没等两人开口,陈一凡人已经消失在门外了。刘念放下茶杯要追,陈秋风轻咳一声,摆了摆手:“正好,我们谈谈,你手里的资金,还够挺多久?”

刘念看着茶杯,声音稳定:“半年吧。”

陈秋风轻轻敲了敲桌面:“你看着我的眼睛,说实话!”

刘念抬起头微笑道:“不到半年,老师。”

陈秋风也笑了。

刘念喉间吞咽了一下,像是第一次进到书房里的孩子一样,打量着整个房间的布局。最后,他轻轻叹了口气:“……三个月。”说完,他竟然觉得轻松了很多,办公室里一摞摞的资料似乎被一阵龙卷风从心口带走了,他忽然又能呼吸了。

陈秋风亲手给他倒茶:“三个月?真勇敢。刘念,我只当你是已经盘算好了后手重拳,此时此刻,你可不要唱空城计。”

“老师放心,我已经做过了最坏的打算,但现在,有更好的机会摆在面前。”刘念双手捧着茶杯,脸上浮起一点笑意,“谁拿绳索套我,我却偏要套住他——有人资金链断了,也正需要合作者——老师您?”

陈秋风刚从书架上抽出一沓资料,不由得和他最得意的学生不约而同地笑起来。刘念愉快地接过来翻开第一页,看见那个名字,便像个小孩一样忍不住勾起了嘴角。

“所见略同?”陈秋风打量着他。

“对,”刘念点点头,“老师算得巧,我也正是得到了四大集团杨总的消息。”

就在几天前,春雨把总结好的消息汇总报告拿给刘念,刘念这才知道杨总有豪赌的恶习,又爱面子,往往越玩越大,输得多了就用集团的钱去填补,但因为这种丑闻断了资金链,就算是四大集团内部也没办法帮他。而且,从财务报表看,另外三大集团已经开始提防杨总的鼎力集团拖垮大家。春雨还说,四大集团近三年的财务报表账面很好看,只有鼎力的盈利是逐年递减的。去年,四大集团共同开发的项目一共有十三个,春雨拿到的其中五个项目的资料里,鼎力所占的分红比例都是最低的。

“鼎力是这只水桶的最短板了,要想攻破四大,这大概是最巧也是最好的时机。”刘念说。

陈秋风点点头:“你的对手不是一般人,一定要小心,小心,再小心,一着下错,满盘皆输。”

刘念轻轻哼了一声:“请老师放心。”

陈秋风的叮嘱却比以往更多一些严肃与警告的意味:“你最好十拿九稳。”

你最好十拿九稳。这句话让向来做事十拿九稳的刘念第一次在商业盘算中产生了一种交考卷时才会有的摇摆感。当他还是个学生的时候，他不怕考试，却最怕交卷，他总是在站起之后觉得自己算错了得数，用错了公式，甚至会在课间疯狂地重新默记演算所有题目。别人都是考试前紧张，他的紧张感总是在交卷之后才满溢而出，直到几天后拿到接近满分的卷子的时候，刘念才能彻底安心。现在，这种学生时代的感觉又回来了，他离开陈家时甚至很想再冲进陈秋风的书房里与老师捋一遍商业计划书的所有细节——他不能这样做，他知道自己已经是一个独立而有能力的个体了，他必须彻底学会承担所有可能的后果——本来，从多年前的那天开始，刘念就不应该再为交上去的卷子而担心，可他现在又在紧张什么呢？

陈一凡在车里睡着了，刘念打开车门的时候才醒，第一句话就是冷冰冰的："以后这种饭局不要叫我。"

"怎么就成了饭局呢？这是你家。"刘念往公司开去。

陈一凡对着后视镜给自己脸上的伤口换创可贴："少来！你别在这儿装好人，所有人加起来也没有你会拍马屁，我看了就烦！"

刘念笑着点头："是，他是我的老师，我尊敬他，拍他的马屁，有什么问题？"

陈一凡直勾勾地盯着他："你只有一个老师？梅先生不是你的老师？"

刘念平静地在红灯前面停下来，一言不发。

"以后不要把话说得那么动听，你需要的，无非是他的内幕消息。"

刘念猛地起步，陈一凡被震了一下。

"说到内幕，"刘念的语调很平稳，甚至有点冷酷，"我想跟你分享一个。说来，我是集团的总裁，我们集团做的一直都是与房地产相关的项目没错，但是列表里都是熟人的名字，最近忽然有一个叫柳青阳的人和他家的项目——对，甚至还有一个车行——出现了，奇怪不奇怪？”

陈一凡哼了一声：“你查我？”

刘念平稳地拐了几个弯，这次没有故意晃到陈一凡：“我不需要也不会查你，但我总能让春雨给我拿来不认识的客户资料吧？”

“所以？”

“所以？一凡，优秀的男人有的是，你就算是要找个人来气我，也大可不必选这样一个小混混，降低了你自己的审美标准。”

陈一凡的手指笔直地戳向前面：“在那个星巴克，把我放下。”

“一凡——”

“怎么，明德的总裁，会开车会无理取闹会不可理喻，但不理解同事为什么要在星巴克下车吗？我，要，喝，咖，啡。”陈一凡一字一句地戳着玻璃说。

刘念依言，在星巴克门口停下了车，陈一凡下车前，他还体贴地把遗落在座椅上的丝巾递给她。他看着陈一凡把那块丝巾残暴地塞进包里，几乎是跑进了星巴克。丝巾是他买给她的生日礼物，早在他们还互相送礼物的时候，刘念总是偷偷记录陈一凡对这些好看的东西的反应。有一次他们参加完酒会，从商场穿过，陈一凡看见这条丝巾挂在橱窗里，她说，哇，这么好看。那时候的他们还可以手挽着手从闪光灯下笑着走过，现在，他们几乎连一句完整的话都不肯好好说了。

刘念回到公司的时候，春雨正在等他，大概是站了很久，她半倚着办公室里放置的艺术雕塑品，穿高跟鞋的脚交替放松着。

“等很久了吧？抱歉。”

“没关系啊，刘总，您回来啦？要喝点什么吗？”

刘念想都没想就说了咖啡。春雨把报告递给他，过了一阵子，端了香浓的咖啡过来，却没有像之前那样带着奶杯和枫糖浆。刘念看她一眼，她笑着说："您会需要提提神的，杨总来过电话了，说要和您谈谈。"

"这么快？"刘念看了看日历上标红的截止日期，松了口气。

"意向书已经传真过来了，您可以先看看再说，还有……"春雨几乎是从背后变出了一个文件夹，"您安排的客户，陈总已经谈定了，那个楼盘……陈总也亲自带他们去过了。我跟了。"

刘念饶有兴致地打开文件夹，却没有关心数据和价格，而是从最后的插袋里挑出了彩色照片，仔仔细细看着。

"这上面没有柳青阳，但是……"春雨欲言又止。

"说吧。"

"陈总去的时候，工人正在吃饭，柳青阳就在门口吃饭——"

"吃了什么？"

春雨笑了："大概是面条？总之，陈总看了他一眼，就走过去了。"

"就看了一眼？"

春雨点点头："像不认识那样看了一眼。柳青阳就愣在原地，也没说话，两人就这样过去了，真的什么也没发生。"

"辛苦了。"刘念把照片锁进抽屉深处，"我让你留意的事情，很奇怪吧？"

春雨的脸上闪过一丝苦涩，随即换上了职业的微笑："还好吧，刘总有自己的宏观打算，微观上……我照办就是啦！"

刘念笑着望着她，忽然觉得这个助理女孩子有种别样的熟悉感，仿佛有什么情感的开关被拨回了多年前。他多看了她几眼，又怕再看会吓到她，干脆把自己埋进了和鼎力集团合作的海量工作中。

第五章

1

陈一凡接到柳青阳电话的时候，正在跟刘念吵架。他们在工作上经常有分歧，刘念管这叫争执，陈一凡说这就是吵架。这次的争议核心仍然是刘念危险的融资操作，可惜他们之前关于柳青阳的冷战还没结束，黑锅渐渐又甩到了柳青阳身上，陈一凡说刘念是被一个建筑工人气歪了脑子，刘念说你才是为了一个陌生人而扰乱明德五年的韬光养晦。结果，背着无形黑锅的柳青阳居然在这个节骨眼上打电话过来，陈一凡拿着手机就走了出去，把争议都留在刘念办公室里。

到了见面的地方，柳青阳才说，他想和陈一凡再赛一次，陈一凡差点掉头就走，就如同她摔刘念的门那样——她又不是什么家政阿姨，随便接个电话就可以上门提供专业服务——但柳青阳说他要赌，这就耐人寻味了。

陈一凡知道柳青阳已经没有任何资本当作赌注，要说值钱，他的摩托车确实不错，但陈一凡并不是很想要车，她的车已经足够酷足够快，她缺失的东西没有任何物质可以弥补。

“我赌我自己。”

陈一凡一巴掌扇在对方的头盔上：“二十一世纪了！农奴制度已经被消灭了！”

“如果我赢了，你得要我。”

“我不要！”陈一凡莫名恼怒。

“不是，我是说，你带着我。”柳青阳拉住她。

“带你去死吗？”陈一凡崩溃地大喊。喊完的一瞬间，她浑身冷汗，不知道为什么，下意识间，她把内心深处最可怕的想法说了出来，飙车都不能提供的快感蔓延全身，她发现了自己黑暗的样子。

柳青阳的表情很微妙：“你很想……你想死啊？”

陈一凡没有说话，她不敢看柳青阳的脸，那熟悉的错觉让她仿佛已经死了。

“你要死的话，我可能就……就不跟你了吧……那个……”柳青阳怜爱地擦着自己的摩托车后视镜，“我是想，我要是赢了，你带我进你们公司吧。”

陈一凡被气笑了：“我们没有摩托车业务。”

“什么业务都行。”柳青阳的语气让人怀疑他是不是被调包了一个人格。

陈一凡叹了口气，冷静下来。柳青阳局促地瞧着她，仿佛一个求大姐姐一起玩的小朋友那样，仿佛……陈一凡把那个人的影子从眼前赶走。

“你的脸怎么了？”柳青阳伸手要碰那块创可贴。

“不关你事！”陈一凡把他的手扇到一边去，“比不比了？”

“比比比！”柳青阳几乎是跳上了车，“现在就比！马上比！”

他们在一条笔直的路上检查好车辆，两人约定，必须严格遵循红绿灯指示，不能闯前面每五百米一个、总计四个的交通灯，先到算赢。陈一凡没有说话，率先发动了引擎。

柳青阳从口袋里掏出一方手帕，高高抛起。手帕落地的一瞬间，二人如同离弦之箭，轰鸣着飞出去，几乎同时冲出，并且过了第一个红绿灯。

第二个路口黄灯闪烁，正常人都会犹豫的情况下，两人默契地同时闯了过去，就在车子经过灯下的瞬间，黄灯变成了红灯。

第三个路口没有这么幸运了，他们距离停止线还有几米的时候，灯色已经变红，两人赶紧调转车把，在路口盘旋着。他们互相看了一眼，都知道胜负在此一举，谁也不想输在起步。

柳青阳内心暗暗读秒：三、二、一——他没有输！他起步的技术非常完美，尽管陈一凡也同样完美，但是柳青阳咬紧牙关决定加速，陈一凡不甘示弱地追上，却眼睁睁看着第四个路口的灯色由绿变黄。

陈一凡有一瞬间的恍惚，甚至不到一秒，她只是用一个商业精英最习惯的思考方式估量了一下冲灯和减速的收益比，电光石火之间，柳青阳几乎是用玩命的方式将车速提到最快，冲了过去。

刹那间，车轮几乎离地，陈一凡放弃了竞争，竟然心无旁骛地欣赏到了柳青阳胜利的瞬间。

路灯变红，陈一凡熄火下车。柳青阳站在马路对面，夜半无人的街道上，她摘下头盔，朗声说："我输了！"

"那你得要我！"柳青阳拖长了声音喊道。

陈一凡远远看着他，这个人在路灯下，周身闪着光，不像是世间的人——不，她不是在想梅恒。她不知道为什么，在刚刚凝固的那几秒中，没有思念梅恒了，是一种更真实的什么东西，短暂地堵住了她心里决堤的缺口。她知道这没什么用，没等她回到家里，该决堤的地方仍然是一片狼藉，但她真的有点享受这短暂的宁静。“好，我要你。”她戴上头盔，挥了挥手，掉头而去。

她听见柳青阳在身后追着喊，但当她看后视镜的时候，那个人却还固执地等着灯色变绿。陈一凡笑了笑：她不会让他追上自己的。

但是柳青阳一定会追上她的——就算当天晚上陈一凡故意把他远远撇在身后并且电话关机，第二天早晨，当她打开手机的时候，仍然收到了比想象中还多的震撼。柳青阳并没有像真正的小孩子一样“连环夺命 call（打电话）”或者用反反复复的留言撑爆她的语音信箱，相反的，柳青阳给她发了一条规规矩矩正正经经的以“一凡姑娘”为称呼的短信。他说他是几天前在工地上看着自己的母亲吃方便面的时候，突然决定再也不做体力工人的，他说父母一辈因为时代和教育程度所限，只能选择体力劳动，而他是个正经肄业的大学生，他希望凭借智力在明德集团谋求到一个能让家里人过上体面日子的工作。

陈一凡被这个“正经肄业”逗笑了，握着手机站在窗前，觉得阴天的颜色都没有以前那么灰暗。为了不让柳青阳整个周末都担心会不会被放鸽子，陈一凡打了过去，礼貌地问他打算从事什么方向的工作。

柳青阳问：“你们那儿都要什么人？”

陈一凡本想用“保洁、保安、夜班大爷”来堵他，却不知道怎么还是正经回答了“工程、财务、金融、策划、营销、管理”。

柳青阳追问：“哪个赚得最多？”

陈一凡平静地回复：“我。”

“我不能让你失业，”柳青阳笃定地回答，“我给你当秘书吧，你说干吗我就干吗。你养狗吗，我给你遛狗也行，就……什么都能干！”

陈一凡一时语塞,哭笑不得,只好说:“明天早晨十点,我希望你准时出现在我办公室。这是一个测试,也是第一个工作任务,能行吗?”

“没——问题!”柳青阳拉长语调,“我八点五十就到。”

“明德大楼主门九点才开放门禁。”陈一凡说着,挂掉了电话。

陈一凡骗他的。明德大楼向来是二十四小时营业,一些喜欢弹性工作制的员工偶尔还会在楼内过夜,陈一凡本人也在办公室里度过了一个又一个被咖啡和能量棒强撑起来的夜晚,往往放下手里的事情打算睡一会儿的时候,早晨打卡机最后的警示音乐已经响彻全楼。说来,她有点怀念那些时候,那个她,满脑子都是烂漫的念头和天真的梦想,干劲十足,像进入轨道的卫星一样不知疲倦。不知道什么时候,也许是从那天开始,她忽然对一切都失去了兴趣,工作反而成了减轻压力的兴趣爱好,她坐在办公桌前,依旧是那个大家交口称赞的商业才女,内心深处,她知道自己已经废了。挂了柳青阳电话不久,陈一凡就悄悄离开了家,刘念似乎还在睡觉,她只从冰箱里拿了一瓶果汁。明德主楼的空调开得很足,陈一凡在办公室里仔细看着春雨送来的报告。刘念想要和鼎力集团合作的事情,表面上顺风顺水,她却总觉得不安心,开始查鼎力的资料。中间春雨来过两次,一次是送文件,另一次是说刘念也过来了,问陈一凡有没有空谈一下项目。陈一凡叫刘念过来谈,刘念却一直没有出现。

直到她觉得眼睛酸痛,实在做不下去的时候,才发现手机上的时间已经是早晨八点,又熬了一夜的陈一凡简单洗漱了一下,正打算去员工餐厅吃饭,刘念就带着早餐过来了,说要开个早餐会。

“你知道我讨厌早餐会。”陈一凡打开饭盒,看到新鲜的三明治夹着她最爱的奶酪薄片。

“我接下来要说的事情更加讨厌。”刘念坐在桌子上,“一凡,柳源地产的账有多烂,你知道吗?"

"我知道。"

"我们有多缺钱你知道吗?"

"我们不是缺钱,是没钱。"陈一凡一面吃着东西一面打印着资料。

"所以你的任性,给我们增加了一个累赘。"

"一定是累赘吗?"陈一凡抬起头,"什么都有变废为宝的可能,柳源的员工结构和企业美誉度有它的闪光点,一笔几千万的投资,至于你三番五次跟我较劲吗?刘念,你是过不了柳青阳这道坎。"她推开窗子指着楼下,"再过一会儿,这人还要出现在咱们公司里,希望你能保持一个老板的风度和远见,不要去找这样的无名小卒掐架。"

刘念摇了摇头:"现在是你不可理喻,你却不知道。"

打印机停止工作,陈一凡把几十张资料卷起来塞进刘念怀里:"我们没钱,这是你说的——我也有一个问题,鼎力的账有多烂,你知道吗?"

"我和杨总已经谈好了——"

"你比我任性,刘念,但是这块地,我们孤注一掷了,你不能出错。"

刘念什么也没说,径直离开了。

陈一凡趁着上班前的空闲时间,到街心花园里转了一会儿。那里总有几个老头老太太打太极拳,她乐得坐在旁边看一会儿,有时候也跟着打一套,老人们都说,你这样穿着漂亮裙子的小丫头,怎么不去跳舞呀,陈一凡笑笑,并不解释。

回到明德大楼的时候,正是上班高峰时间,打卡机和安检处围了太多人,陈一凡悄悄拉开保安的拦线,从旁边过去了。股东和管理层有单独的一架电梯,需要保安开启。陈一凡问保安今天怎么这么多人,保安说:"嗨,别提了,刚不知道哪儿来了一个愣头混子,居然硬闯，嗖，嘿，就翻进去了，六个人才把他拖走。”

“疯了？”陈一凡觉得好笑，“大清早的也没有送外卖和快递的吧？”

“那傻子说他是来上班的！”保安摁动上行按钮，“没有门卡，没有工牌，身份证都没带！”

陈一凡忽然意识到了什么——她约了柳青阳来见面，却没有给他通行证——这个人无疑就是柳青阳了！

“然后呢？”

保安没想到陈总对这个闹剧感兴趣，就一五一十描述了他们把柳青阳扔出门的全部经过。

陈一凡到了办公室就给柳青阳打电话，没想到电话一直是“不在服务区”状态。刘念临时叫了一个高层小会议，她开完会出来的时候，已经十点十分了，春雨和前台接待都没有告诉她有人来访。如果柳青阳因为没有门卡而感到被骗被羞辱，陈一凡觉得，她有必要道歉。

“陈一凡！哎！美女！”

全公司的人都看向接待处。

柳青阳在几个保安身后满头大汗地蹦着：“这儿这儿这儿，我来了！”

陈一凡头疼欲裂，推开办公室大门：“你给我进去。”

柳青阳进门就毫不客气地从饮水机上接了两杯水灌进去：“我说，一凡美女，你们公司的楼也太他妈——啊，那个，那什么，太高了，特别高。”

“你怎么上来的？”

“我没卡啊，”柳青阳呈一个“大”字坐在椅子里，“哎，你们保安真凶，一下给我扔出去了。我心想，这一定是一凡美女给我的考验。哎对，不能就算了，所以我就想地下车库总可以上去吧。我就猫在一个清洁阿姨后面，就到了楼梯间了，然后爬呗，哎呀你们公司真的，太高了，爬死我了。真的——你老公长得不错啊，你俩的公司啊？”他话没说完，人已经到了宣传画下面，还跟照片上的刘念比了同一个造型。

“不是我老公。”陈一凡敲敲桌子，“你过来，坐好。”

“男朋友？”

陈一凡一把抓住他的脏辫：“剪掉。”然后拽了拽他裤子上银光闪闪的骷髅挂件，“去掉。”她指着刘念，“这是男员工的着装标准，看好了。”话音没落，她一眼瞅见柳青阳手上硕大的荧光戒指，一把撸了下来，扔进了门口的垃圾桶。

柳青阳被这精准的投掷技术惊呆了，一时间竟然不知反驳，机械地问：“那我干什么啊，一凡美……不是，陈总？”

“回去，弄成照片上那样再来参加培训。”

“培训班？要上课？”柳青阳蹦了起来

陈一凡感到好笑：“不然你怎么工作？”

柳青阳抱着头问：“学什么？要多久？”

陈一凡想了想：“你要赚钱，就去做销售吧，销售有额外的提成和分红，培训的话……根据你的学习程度来定，一般是半年……”

“半年？不行！我立马就要入职，今天不行最晚明天也要入职。”

陈一凡提高声音：“这是明德，不是小区超市！你什么都不会怎么做？”

柳青阳趴在办公桌上：“我们赌过，你说你要我，你要是不教我，我就躺在你们接待处地上，哭着滚着喊陈总始乱终弃。”

陈一凡简直要被这种无赖的态度惊呆了。她一生中从未见过能把不讲理说成别人过错的人，她看着柳青阳，仿佛看着什么发明创造一样。

“行，就这么定了，我弄头发去，咱明天见啊，还十点啊，美女！”

“等一下。”陈一凡将一张卡递给柳青阳，“明天，不要再爬楼梯了。”

柳青阳笑笑，接过卡片。

“还有，” 陈一凡皱起眉头，“如果我明天再听到刚才那些胡说八道的……”

“你当场给我从楼上推下去，行吗？”柳青阳拍着胸脯，“我保证不反抗。”

“你快点走。”陈一凡指着他的鞋子，“也要换掉，穿皮鞋。”

柳青阳哼着歌离开，跟刘念撞了个满怀，当他发现这就是照片上那个人的时候，也许是出于敬畏，也许是出于“一凡美女的男朋友”，他竟然规规矩矩点头鞠躬说了个抱歉才离开。

刘念把要审的合同放在陈一凡桌上：“一口气爬了三十七层，了不起，果然是难得的人才。不过，销售团队可是我们的王牌，你让他进来，我没意见，但他的成绩一塌糊涂的话，公司依然会按规定将他除名。”

陈一凡点点头：“我知道。”

刘念看了看垃圾桶里那枚张牙舞爪的戒指：“你猜他能挺多久呢？一个月？两周？一凡，你应该知道他离我们的世界有多远吧？”

陈一凡开始埋头看合同，许久，意识到刘念还没走，才抬起头来：“我们都不是生来就属于这个世界的，刘念，你比我清楚。”

刘念的身子轻微晃了晃。“你先看合同吧。” 他虚掩了门离开。

2

刘念的公寓是开放式厨房。装修的时候，陈一凡说她不会有什么时间做饭的，更不可能搞爆炒之类的高难度动作，所以刘念让人按照美剧里最经典的样式做了长长的厨台兼餐桌，并且摆了漂亮的花束，把剩下的空间都做成了会客和休息的区域。只不过，他们很少用到这块地方，尽管钟点工总是把厨具擦得锃亮，但是他们在家的时间越来越少了。

鼎力集团的杨总得了这个便宜，此刻能坐在平时陈一凡的位置上，品尝刘念亲手煎的牛排。

“想不到，刘总不光是生意经了得，还是个好厨子！”老杨笑道。

刘念端着酒杯笑了笑：“艺多不压身嘛！如果三天内再接不到杨总你的电话，恐怕我真要去考虑开餐馆了。”

老杨笑而不语。

刘念放下杯子：“咱们都开门见山吧。这四十亿的地块，建设到位后，起码值三百亿，整个地产界却突然都变成了‘傻子’，只有你一个‘正常人’来跟我谈合作，咱们都明白四大集团在其中的作用和阻力。”

老杨擦擦嘴：“我知道，你在疑心，我作为四大中的一员，这么做就等于背叛，迟早会被群殴，为什么还要找你？”他放下刀叉，从口袋里掏出一个小物件，丢给刘念。

刘念接过来：“这是……护身符？”

老杨大笑：“是催命鬼！我带了一千万去拉斯维加斯，只剩下它自己个儿陪我回来……顺便，还输掉了集团的两块地皮。你一定早有耳闻，别再跟我装傻了。”

“区区两块地……”刘念为他斟酒，“对四大集团来说算不上什么吧？你们不是攻守同盟吗？兄弟有难，总要帮的。”

老杨哼了一声：“真要是能周转，我会冒着风险找你吗？刘念，你说的，咱们开门见山，我就有话直说。四大看你，就跟大象看鸡蛋一样，你要做出一番事业，就不能总想着把大象啄倒，你得……你得用巧劲儿。”

刘念眯起眼睛看着自己面前的刀叉:“集团老总背着赌债断了资金链,又不能向盟友求援,只好和盟友的对手联合起来……这个借口,我喜欢。”

老杨举起酒杯笑道:“是不是借口不重要,赚钱最重要!”

刘念把这话说给陈一凡的时候,他们已经在前往老杨私人会所的路上了。陈一凡一路都皱着眉头盯着手里的合同审定件,一言不发。车载地图播报还有五百米的时候,陈一凡突然要求停车:“你真的相信他会跟我们合作?”

刘念叹了口气:“我从来没相信过他,但我信钱。在三百亿面前,四大集团的联盟就像纸一样薄。”

陈一凡敲着合同:“我还是觉得……应该谨慎一点。”

刘念笑着摇了摇头,重新起步。陈一凡只是张了张嘴,并没有把话讲出来。

老杨的会所安静到令人震惊,他说输光了,把端茶倒水的小姑娘都辞退了,整个茶室只剩一个保洁阿姨还在工作。刘念和他再次核定了方案:未来的三年中,鼎力集团会持续为中心街 15 号地块项目输血,直到占股达到百分之四十;同时,无论合作怎么变化,双方都遵守“明德始终是项目的唯一操盘者”的大前提。

就在要签合同的瞬间,陈一凡握住了刘念的手。

刘念有些吃惊。陈一凡的手冰冷干燥,指节十分有力,但她却很久没有握过刘念的手了,当着外面的人,这个亲昵的举动真的吓了刘念一跳。

“关于条款的细节,我有一点不太明白。中心街 15 号由双方共同合作开发过程中,不得有第三方加入。”陈一凡飞快地说,“如果贵集团的资金无法顺利投入项目的话,杨总要怎么保证我们进一步开发?”

老杨哈哈大笑:“陈小姐——不,陈总,你还年轻,你们这一代人不知道饿肚子的滋味。我现在是个肚子很饿的人,这么大一块蛋糕放在嘴边,你却问我会不会不吃?”

陈一凡还要说什么,被刘念打断:“一凡只是谨慎而已,没有别的意思,杨总,我们签约吧?”秘书拿来了正式的合同和镀金的签字笔,刘念写下自己的名字。他忽然觉得刚刚被陈一凡握过的地方很痒,他忍着,忍到写完了好几份合同才去轻轻地抓一下。

一切尘埃落定,刘念说有约,陈一凡心不在焉地问了一句和谁。刘念刚说出那个名字,陈一凡就不耐烦地摆了摆手:“我这就去健身房了。”

刘念苦笑。他本来想说,我也是去健身的,我们可以一起去——陈一凡大概是宁可当场死掉也不会愿意跟自己父亲锻炼身体的吧,刘念望着她的背影,不知道说什么才好。

刘念还是很喜欢剑道馆的。尽管他的老师梅道远现在在练推手,他的生活和生意伙伴陈一凡过去也练推手现在却宁可举铁,明德集团赞助了城市马拉松比赛甚至员工也都参加,但这些运动他都不感兴趣。当陈秋风第一次约刘念去剑道馆的时候,他便开始喜欢上这种对抗:所有无法在商场上施展的抱负,所有积压的怨气和负能量,都在汗水里消弭了。

刘念对陈秋风发起一次猛烈的攻击,陈秋风不慌不忙地格挡了,却突然反手对刘念面部发起进攻。刘念举起竹刀护住面门,陈秋风立即改变攻击位置,斜刺一刀,击中了刘念胸前的有效位置。

他们取下各自的头盔,陈秋风笑道:“今天状态很不错,合同签了?”

刘念点点头:“项目随时可以启动。”

陈秋风一声叹息:“之前你和四大集团还算是单方面宣战,现在,就是正式开战了。希望你得偿所愿。只是,事到如今,这恐怕已经到他们最大限度的隐忍了。我也不想给你泼冷水,只是告诉你,小心。”

刘念仔细擦掉脸上的汗水，露出微笑：“请老师放心，我心里有数。”

陈秋风拍拍他的肩膀：“不说这个了。你和一凡，怎么样了？”

刘念勾勾嘴角：“还好。”

陈秋风笑了：“那就是不好。我知道，那件事之后，她对你有心结，但你对她可以讲究一点策略嘛。几百亿的事情都可以搞定，说不服我这个倔脾气的女儿吗？还是因为……她和梅道远又走得近了？”

“梅先生毕竟还是她的老师……”

陈秋风冷笑着：“那也得看人家把不把她当弟子！梅道远这家伙，向来是个怪脾气，现在更是严重，连我都觉得很难沟通了。我时不时去看看他，总觉得他在那个阴影里越陷越深。”

刘念低下头叹了口气：“明德毕竟是他一手建立的，我和一凡都只是他的学生，现在整个明德集团反倒在我们手里，他对我们，还是有恨的……”

陈秋风站了起来：“恨也是恨自己的命，没有你们，明德五年前就被四大集团吃掉了。刘念，过去的事，不要想那么多。来，我们再打一局。”

要是事先知道，这一局会把他打得筋骨疼了两天的话，刘念一定会求老师放过他的，毕竟新闻发布会的日子已经订好了，春雨替他准备的新西装也挂在办公室好几天了，刘念甚至给四大集团发了邀请函。最后一张请柬寄给了梅道远，就连陈一凡都知道，梅道远是不会来的。

“至少让老师知道，他做了那么多年没做到的事，我做到了。”刘念说着，侧头看了陈一凡一眼，“领带有没有歪？”

陈一凡摇摇头：“去吧，你是个了不起的人。”

刘念走上发布会的红毯台，身后巨大的落地窗外，是这个他爱过恨过的城市的高楼大厦组成的天际线。良久,闪光灯才停下,刘念也收回目光,终于握起话筒:"感谢各位莅临。很抱歉,今天这么重要的日子,我们的会场却没有彩带,没有气球,没有多媒体……"他的语气很轻松,把玩笑抛给了台下的一个人,"我只能把责任推给台下的鼎力集团的杨总,因为是他直到四十八小时前,才和我谈起了合作意向。"

观众席炸了锅,一时间,各路媒体纷纷打起电话,通报消息。部分新媒体的记者甚至开始直播这个地产界的惊天新闻。

刘念乘胜追击:"请允许我代替各位记者给今天的新闻起一个标题——同时也是中心街15号地块未来项目的正式命名。"他侧过身子,示意大家看向自己背后落地窗外的城市,"理——想——国。"

3

柳青阳觉得,销售有什么难的。随便弄一个哥们儿过来,站那儿,他马上就能叭叭叭叭把对方侃晕,一面放下钱一面拿走摩托车,出门前还要深深鞠躬,谢谢柳少给他花钱的机会。

太容易了。

比弄头发和买衣服容易一万倍。柳青阳那天离开明德就去做头发了,拆完脏辫的脑袋跟鸡窝差不多,他只能花钱做了个离子烫,看上去服帖一点。张小同豁出去生意都不做了,陪着他去商场买衣服。西装贵得令人咋舌,虽然柳少平时是不觉得这东西贵的——发动机一台就顶七八套西装——但现在的柳少都沦落到要刷墙了,就算一千元的衣服也觉得奢侈。最后还是张小同出主意,他们在商场里试好了型号之后,上网买了一套便宜的,总共才花了两百块,别说,看起来还挺像那么回事。

既然头发和衣服都能理顺，卖房子就太简单了。柳青阳已经算好了，明德的房子都不便宜，就算卖一套他能拿百分之一的提成吧，最起码一万元。一天怎么也能卖两套房子吧，一个月不休假了，双休日也卖房，双休日人多，一天三套，这样一个月就是至少五十套房子，五十万到手没问题。他只要踏踏实实干半年，就可以还上所有的欠款，并且痛快辞职，再次回到飙车的世界里去。

第一个下马威，来得有点早。柳青阳在陈一凡的带领下，空降到了销售团队，大家给了他一些稀稀落落七零八碎的掌声之后，柳青阳做了一个自我介绍。陈一凡拍拍肩膀嘱咐他好好干，又指派了孙思明带他之后，就上楼开会去了。柳青阳在自己的工位上看了一圈，探头问隔壁的女孩："我应该干点什么？"隔壁的女孩立刻拿起电话开始拨号，柳青阳眼看着她拨了八个0。他又问孙思明同样的问题，孙思明从书架上挑了摞起来有半米高的书让他去读。柳青阳翻了几页差点吐了——大众传播学？他又不是疾病，传播什么？销售心理学？销售能有什么心理啊，想赚钱啊！沟通原则及技巧——太烦了。柳青阳四面碰壁，不但没有人跟他说话，甚至，他去接水喝的时候，听见玻璃门后面有人低声说："本科都没毕业？这种人也能进，咱们明德销售什么时候门槛这么低了！"

这句话激怒了柳青阳。柳青阳自认是一个有上进心的人，当他玩车的时候，他的车一定要比别人酷；当他飙车的时候，他一定要比别人快；当他不能酷的时候，就花钱改车，改到酷。他为了酷，也曾在国外网站上翻了几千张图片看设计；为了快，他也起早贪黑磨炼过技术。不像其他富二代，柳青阳不是那种输了就会把赢了的人打一顿出气的小混混，他想，他既然能够靠学习赢得"柳少"的称呼，就也能看懂这些沟通啊传播啊之类的破事。

就在柳青阳正在钻研什么叫"沉默的螺旋"的时候，办公室突然沉默了一下，他抬起头，看到春雨进来了。"十分钟后，顶楼大会议室，全体参会。”众人纷纷起身，向会议室走去。柳青阳想了想，还是坐在角落里，依然旁若无人地读读写写。春雨上前，敲了敲他的隔板。柳青阳抬起头：“我也去？”

春雨微微一笑：“全体，你是不是营销部的人？”

柳青阳心说，老子想当，但是他们不让我当。看着春雨笑吟吟的面孔，他把这话憋了回去。

顶楼会议室内，刘念亲自主持销售会议，无非是让销售部深刻理解“理想国”项目对于明德的重要意义。流程 PPT 翻了一页又一页，柳青阳听得目瞪口呆，忽然发现所有人都在做笔记，就算没有纸笔的，也在手机上快速打字。他这才掏出手机，却不知道要记什么，像考试偷看答案那样瞧了瞧孙思明——靠，孙思明这厮居然在笔记本电脑屏幕上贴了防侧面偷窥的膜，一片黑乎乎的什么也看不到。等到柳青阳大概知道要记什么的时候，刘念已经讲完了。他说：“我们要让这个项目深入人心，让这个城市里的每一个人，都知道理想国的存在，知道明德地产的存在，明白吗？”

众人齐声：“明白！”

柳青阳慢了整半拍，又挨了白眼。

刘念需要一份关于理想国前期营销宣传的策划方案。他把加入营销部两年以上的人划为第一梯队，两年以下的新人划为第二梯队，鼓励新鲜血液和现有的中流砥柱来一决胜负，要他们在周末前将团队策划案交上来。

“赢的一方，不仅可以主导理想国的全部宣传工作，同时今年带薪休假的时间翻倍，还会有额外的年终奖。”

“那还去旅游吗，刘总？”有人问。

“想去哪儿？”刘念笑了。

“欧洲十国！”大家笑嘻嘻地起哄。

刘念点点头：“好，欧洲十国，再给你们报销一定额度的免税店购物怎么样？”

大家疯狂地鼓起掌来，柳青阳也傻乎乎地跟着拍了一会儿手。

刘念示意他们安静：“你们把我当许愿树了，不过，如果能让理想国做大做强，你们许什么愿都可以。那么，王经理，你是营销部主管，第一梯队就由你来统筹。第二梯队嘛，既然我们鼓励新人出来竞争，那么……柳青阳？”

“啊？”柳青阳站起来，“我在呢，我听着呢。”

众目睽睽之下，刘念微笑着说：“第二梯队，你做组长。”

第六章

1

柳青阳从小到大,很少害怕什么事。小时候,他特别怕老柳说要揍他,因为老柳说话算话,抄起什么都能揍他,一度,无论街坊邻居谁对柳青阳说“我叫老柳打烂你的屁股”,柳青阳都觉得这种威胁货真价实。不过,老柳真的没有下过狠手,小惩大诫,柳青阳一把鼻涕一把泪地跟妈妈哭诉一会儿,事情就过去了。长大一点,柳青阳只怕没钱。毕竟他也要脸,总跟老柳要钱,就要总听老柳念叨他,所以柳青阳觉得自己挺省的,能花十万的发动机就绝对不花二十万去改。他不怕弯道超车,不怕摔得鼻青脸肿,但是让他当明德销售第二梯队的组长,真真正正地吓死他了。

究其原因,柳青阳知道是他自己的错:他不但无法融入这个集体,甚至连他们在讨论的名词都听不懂。孙思明带着几个人在白板上写了一些诸如头脑风暴、GTD、四象限 To do 之类的名词,大家七嘴八舌商量了一会儿，在其中一个上面打了个圈，然后击掌散会了。等柳青阳想要去把那个词抄下来再悄悄问问陈一凡是什么意思的时候,不知道谁已把白板擦得一尘不染。

柳青阳在白板前面发着呆,陈一凡从会议室门口走过,透过门口向会议室内看去。柳青阳一抬头,刚好看到了陈一凡,只好尴尬地竖起大拇指表示一切都好。陈一凡表情严肃地点了点头,但离开前,还是不经意地勾起嘴角对他笑了笑。

柳青阳像个真正的领导那样在办公室里转了一圈，有几个组员主动问他,组长,这样行吗,那样行吗,柳青阳完全不懂他们说的什么战略周期和边际效应之类的名词，只能拍拍对方的肩膀:“很专业,很厉害,就这样啊！”

没过几天，一个看起来还有点学生气的组员将一份装帧精美的文档递给柳青阳。柳青阳感激地站起来双手接过:“哎哟谢谢谢谢,你……那个,你叫什么？”

“张森,弓长张,森林的森,组长。这就是我们这两天的成果。”

“张森,厉害啊,张森！”柳青阳翻开看了看,里面图文并茂,但大多数术语名词根本看不懂，而且中英文交杂，更是让他一头雾水。

张森问:“组长,怎么样？”

柳青阳点点头:“……嗯……这不挺好的？哎,不对,这落款怎么只有我一个人,你们呢？”

“这是公司传统,”张森说,“您是组长,您的名字,就代表我们所有人的努力。”

柳青阳皱起眉头:“不太合适吧？”

“合适,你们说呢？”张森问大家。大家纷纷点头附和。

柳青阳拿着策划案信心满满地说:“那行，我现在就去把策划案交给刘总,告诉他这是我们一组人共同的成果。各位,等我的好消息吧！”

一屋子人欢呼了一声，柳青阳先走了出去，并且清清楚楚听到了身后的笑声，他总觉得哪里不太对，但是……也许大公司的员工开心起来就这样呢？他站在刘念办公室门口等了好久，春雨进进出出几趟，最后才打开门：“可以了，进来吧。”

柳青阳规规矩矩地将手上的策划案放在刘念面前：“刘总，这是我们组……”他加重语气，“全组的，努力结果。”

刘念莞尔一笑：“这么快？”他打开文件夹翻了几页，迅速合了起来，“辛苦你了，走吧，我们到你们组去开个会。”

柳青阳看着刘念的笑容，有些疑惑。

刘总亲自来到办公区，组员们都自觉坐好了，刘念先表扬了第二梯队的拼搏精神，然后就鼓掌请柳青阳宣读这个策划案。

柳青阳毫无准备，只好硬着头皮上去，先鞠了个躬，再翻开策划案第一页一瞧，顿时后背全是冷汗：第一页全是英文啊，他刚才没看见这个啊？他这才想起来，刚才好像是从中间开始翻的……柳青阳连四级都没考过，单词书唯一画线的部分就是第一页的“abandon”，没办法，他若无其事地往后翻了几页，终于找到了中国字。

“第一条，完善和树立‘明德集团理想国项目’的品牌形象，以‘轻奢优享’为主题，进行渲染造势，针对本市媒体宣传的单一性，我们建议，少爷您常来玩啊——那什么——”柳青阳慌张地跳到下一段，“眼见他起高楼，眼见他宴宾客，眼见他楼塌了……”柳青阳僵在原地，脸突然红到了脖子根，他咬紧牙关，将策划案摔在地上，快步离去，夺门而出，来到电梯门口，拼命按着下行键。

陈一凡刚接受完媒体专访，看到柳青阳面色铁青地捶着电梯，问了一句：“怎么样，策划案写出来了吗？”柳青阳将通行证从脖子上扯下来，扔在一旁的垃圾桶上。

一头雾水的陈一凡抓住孙思明问了情况，就冲进了刘念办公室。刘念正和春雨笑谈刚才的糗事，陈一凡示意春雨出去。春雨离开后，陈一凡质问刘念："你这公事公办的，也太故意了吧？"

刘念起身走到陈一凡面前，神情严肃："陈总，柳青阳是和集团正式签约的员工，他接受了我作为集团总裁的正式委任，负责为集团项目撰写策划案。他亲口和我说，他可以胜任。我作为集团最高负责人，当员工拿工作当儿戏的时候，我这样做过分吗？别说是让他出个丑，我就算现在开除了他，也没什么不妥吧？一凡，别再胡闹了，好吗？有些事情是需要天赋的，不是谁都能坐到我们今天的位置上。就算有——也绝对不会是柳青阳。"

"坐在这个位置上的你，居高临下地为自己的极端观点找出的借口，我是不会承认的。"陈一凡说。

刘念只好笑着说："你可以不承认，理念的分歧很重要，这也是我需要你的原因之一。"

陈一凡二话没说，转头就走。

春雨过了半晌才敲门进来："陈总她……好像很在意柳青阳。这个新人，不会真的把陈总拐走了吧？"

刘念笑得非常开心："让他拐，他拐得走陈一凡，陈一凡的位置就是你的了。"他没料到自己眼中一闪而过的阴鸷被春雨清清楚楚地看到了，他也没看到春雨眼中同样一闪而过的惊讶与落寞。

2

张小同的咖啡厅生意不太好，这年头，大家都被星巴克热闹的杯子和卡片吸引，很少有人愿意等待现磨和手冲的咖啡了。张小同办出去的会员卡不少，回头来积印花的客人却寥寥无几，只有一位超级 VIP，几乎天天都来打卡。这位 VIP 人不错，次次都按价目表上的数字给现金,唯一可以算是臭不要脸的举动就是,他连张小同送他的咖啡都要积一个印花章。张小同干脆把印章丢给他,随便他自己盖多少,VIP 柳青阳先生却仍然只是盖满当天喝掉的份额,当然,包括不要钱的几杯。

今天的柳青阳不一样,他坐在咖啡厅角落的位置,不但没有要求加免费咖啡,就连刚买的这杯都忘了盖章。桌上喝了一半的咖啡已经冰冷,张小同重做了一杯放过去。

柳青阳露出一个半死不活的表情:“这么好,白给?”

“是人话吗?”张小同说,“你要死死外边去,我生意已经很差了,晦气——哎哟!”他使了个眼色,柳青阳顺着他的眼光看去。

窗外,陈一凡穿着漂亮的深蓝色西装裙,正朝着咖啡厅走来。

柳青阳跳起来就走,却被张小同按回了椅子上:“难得人家主动来找你,装什么装?之前天天在我这儿发疯似的哔哔,‘我要追她’‘你说她是不是对我有意思’‘我真的特喜欢她’,人家真来了,你蹿得跟耗子似的?德性!”

陈一凡走到柳青阳面前:“这儿有人吗?”柳青阳耸耸肩,别过脸:“你坐呗。”张小同非常识趣地离开了。

陈一凡开门见山:“你为什么放弃?”

柳青阳想到张小同的话,忽然表露真心:“对你,我从来没有放弃。”

陈一凡对他的荒唐感到无奈,站起来要走,张小同狗腿子似的端上果汁,然后狠狠踩了柳青阳一脚,又把纸巾和小点心放在陈一凡面前:“他不说人话,你就揍他,我不会报警的。”

柳青阳愤怒地翘着咖啡杯:“刘念故意整我,你也帮他?”

陈一凡哼笑一声:“流程上他没有错。策划案你看都不看就拿去邀功,难道我能帮你?我帮你就是对的?”柳青阳被戳到痛处,闭紧了嘴。陈一凡从包里拿出通行证,放在柳青阳面前:“就算要走,我希望你正式提交辞职报告，有理有据，堂堂正正地离职——老板,果汁能打包吗？”

“能！”张小同拉长语调,“不能也得能！”

陈一凡温柔地笑了笑:“我要四十五个大杯橙汁，五杯去糖去冰,八杯去糖,送到明德大厦前台,就说是我请APP开发部的下午茶。你不需要记下来？”

张小同一脸鄙夷地瞧着柳青阳:“我不像某些人！你放心,一杯错不了。”

柳青阳盯着桌上的通行证,仿佛能从里面看出电影来。

陈一凡走了之后,张小同也要去给明德送果汁,嘱咐柳青阳帮他看店,柳青阳就跟死了一样毫无反应,没办法,命苦的咖啡店老板只好把他的发小反锁在店里，寄希望于这人不要闲极无聊把他几万块的咖啡机弄坏。没想到,等他从明德大厦回来,柳青阳还坐在那里,姿势都没变。

张小同过去踢了他两脚:“跟你说死外边去,怎么不听话呢？”

柳青阳横了张小同一眼:“我的思路被你踢走了，你赔得起吗？”

“您还有思路呢？”张小同呸了一句,“就您这个脑子？”

柳青阳罕见地红了脸:“行了行了,你们羞辱我没完没了,我也是要脸的,行吗？”

张小同说:“听我一句劝,该放手则放手——”

柳青阳跳了起来:“我不。我凭什么？我想通了，我得争这口气！”

“你说什么呢？”

“我说策划案的事啊？我必须给弄出一个惊天地泣鬼神史无前例的,没古人没来者,没有任何人能赢过我的。”

“我说的是陈一凡。”张小同嗫嚅着。

柳青阳闭上了嘴瘫坐下去。他喜欢过不少姑娘,有好看的,有酷的,有个性鲜明的,但是又好看又酷又个性鲜明的,只有陈一凡。说真的,他看到刘念和陈一凡的照片,真心实意地嫉妒,他也曾幻想过,如果他当年好好上完大学,如果老柳的公司红红火火经营下去,他也是拥有企业的小少爷呀,不比刘念差,何况,他还会飙车呢。刘念站在会议室听他读策划案时候的哂笑,他永远也忘不了,那是他第一次意识到,他喜欢却追不到的好姑娘——不管她是有意还是无意——为他开了一个 VIP 的门,他却笨得连把手都找不到在哪儿。某种程度上,"柳少"被激怒了,不仅因为有个好看的姑娘他拥抱不到,更因为,这个姑娘随时随地可能会成为别人的老婆。

"我不!"柳青阳再次跳了起来,"我非要追到她不可,我就是喜欢她!"他觉得自己的身姿都因为这个目标而伟岸起来,"大不了……我追到她,再把她甩掉!"

张小同抡圆了给他的屁股一记猛击:"你敢甩了她?那我第一个打死你!"

柳青阳心里是暗爽的,他要是追到了陈一凡,就要给陈一凡的车换上最快的动力系统,买最酷的头盔,跟她骑到宇宙尽头去。

当然,这个堪称伟大的目标,他是没有胆子告诉陈一凡的。他灰溜溜地回到明德销售部去上班之后,确实刻苦钻研了几天,写了一个策划案,并且悄悄拿给了陈一凡。没想到陈一凡看完就放进了碎纸机:"明德要宣扬的是一个对社会负责任,有担当的集团形象,理想国是上百亿的地产项目,代表着地产界的一个大地震——你写的什么?一百辆摩托车环城暴走?夜总会开张啊?"

柳青阳示意她小点声:"要脸,要脸……那……那怎么办啊?"

"可笑!"陈一凡冷冰冰地看着他,"怎么办?重写!"

柳青阳二话没说,扭头就回工位。陈一凡被他气得不轻,一低头看到碎纸机正在吃最后一张纸,她顺手拽了出来。纸上赫然写着:“策划人:明德集体销售部销售员柳青阳。”她笑了笑,把这张纸片塞进了抽屉里。

3

刘念已经第三次让春雨拨打鼎力集团杨总的电话,和前两次相同,手机关机,总裁室座机再一次被那个声音很柔很细的女孩子接起来:“抱歉,杨总目前人不在国内。有什么事的话,请您留言。”距离合同规定的最后注资期限还有二十三天,新闻播报中,银行政策调整,明德之前申请的贷款,几乎全都没有批下来。刘念有一些莫名的惊慌。

春雨放下电话,看着刘念。

“我们该怎么办呢?”刘念用一种玩玩具的口气自我发问,收拾着桌子上零碎的文件和资料。春雨见状接过来:“我来吧,刘总。”

刘念半躺进他的办公椅里面,转向落地窗,背对着春雨。这样他就不用让他的助理看见这一脸愁容,也不用强颜欢笑说“不着急”了。

身后传来纸张碰撞的轻微声响,春雨这人总是温温柔柔的,资料在桌子上磕整齐的声音都跟她本人一样轻柔,刘念忽然想起陈一凡的样子。陈一凡最不爱做的就是这些琐碎的事情,堂堂一个副总,能过手上亿的生意,却永远要跟不乖乖排队站好的 A4 打印纸较劲,那模样真是可爱极了。

“杨总是不会放弃理想国的。”春雨忽然说。

刘念没有转回身。

“这是鼎力在洪水里遇见的最可靠的漂浮物,他如果聪明,应该要抓牢。”这话从春雨嘴里说出来,令刘念大吃一惊。他以为春雨不会在意生意的起伏和合作的坎坷,没想到,她都看在眼里了。她不懂经商，刘念想，但她的话可以当作一个吉利的彩头，难怪听起来，有那么一些安心。

春雨还想说话，但刘念一直沉默。她掩上门离开，到底也没有告诉刘念，她可以从玻璃的倒影里，读到刘念深深的忧虑和疲惫。

这种疲惫在几天之后达到了巅峰。刘念第二十六次拨打鼎力杨总电话的时候，电话通了，老杨说鼎力集团海外业务临时出了点问题，需要处理一下，人不在国内，实在爱莫能助。刘念沉默了很久，老杨说："喂，刘念，在听吗？"刘念声音里带着笑意："在听，那杨总，先不打扰您。"

挂了电话，刘念深呼吸了几次，抄起咖啡杯扔了出去。春雨听到动静跑过来，看到这样子，机灵地关上了门。

"春雨！"刘念叫道，"去查一下，现在咱们市什么地方有街舞比赛。"

春雨一头雾水："街舞……比赛？跳的……那个街舞？"

刘念点点头："一分钟前在场上比赛的是师范学院。"刚才和老杨通电话的时候，他特意不说话，竖起耳朵默记下了周边所有的杂音。不到十分钟，春雨就得到了结果："就在咱们大厦往西，利民大路和环路交叉口的市民广场，大学生街舞大会。"她迟疑了一下，"您现在去看的话，可能只能看到颁奖仪式了。"

"哦？是吗？"刘念冷笑了一声，"那就不看街舞了，广场二十米周边有没有什么娱乐场所，最好是有小姐的。"

春雨脸都红了，局促地在平板电脑上戳来戳去，最后小声说："有……有个夜总会行吗……您……一个人吗？"

刘念抄起手机就冲了出去，不到半小时后，就把"在国外"的老杨堵在了有酒和性感美女的包厢里。众人都噤声，刘念缓缓解开袖口，卷了卷洁白的衬衫，看着那些美女，抬起手臂指向门口。几个美女几乎夺路而逃，刘念这才坐下，给自己倒了一杯酒："钱呢？"

老杨也很坦诚:“四大集团搞我,我现在拿不出来。”

“所以你就搞我?”刘念把酒倒了个见底,抄起瓶子拿在手里玩。

老杨忍不住往后缩了缩:“刘念,你想干什么?”

“想做理想国。”刘念盯着他。

老杨叹了口气:“我再努努力,好吧?”

刘念把空酒瓶稳妥地放回桌面:“我再给您一个机会,杨总。”

刘念本来是打算把这个“机会”的时间延长到下周的,尽管他知道老杨跑路在即,基本上毁约已成定局,但是他在没有更好的机会之前,不能放弃手里的任何一块筹码。没想到他人还没有回到公司,就接了一个扭转命运的电话——刘念几乎是立刻掉转行进方向,拦了出租车,直奔陈秋风办公室。

陈秋风倒是不惊讶:“尚嘉集团的张总联系你了?”

刘念点点头:“电话刚打过,还没开条件,只是要找我聊聊。”

陈秋风笑出声:“聊聊?有什么好聊?你怎么想?”

刘念摇了摇头:“我不知道,所以才来找老师。四大集团这个时候找上门来,无非是想趁火打劫。”

陈秋风看着窗外想了一会儿:“鼎力的钱,是空头支票吧?”

刘念叹了口气:“杨总并没有知会他旗下的小公司,也没有联合任何资本展开哪怕一块钱的运作。”

陈秋风也皱起眉头:“四大的邀约是个机会。你如果等待明德破产才向四大低头,就是开门揖盗,明德的处境会比五年前更糟。”他看见刘念的骨节被自己捏得发白,忍不住拍了拍他的肩膀,“家底都抵押了?”

刘念低下头去:“我没有那个魄力,大厦抵押书的字……我签不下去。”

陈秋风攥了攥他的肩头:“做你自己吧。”

“可是，”刘念抬头看着他尊敬的老师，“加入四大集团，和我的初心——”

“这世上哪有什么初心！”陈秋风笑了起来，“只有你们这样的孩子，才在意这些听起来美好的东西。这世界不会如你所愿地改变哪，刘念，你要随机应变，应势而走，就势而动，才能守得住。就算真有初心这样单纯美好的东西，你也只有守住了，才能谈。”

离开陈秋风办公室之后，刘念在大学校园里站了好久。他几乎已经忘了当年自己是怎样不知疲倦地穿梭在各个教学楼之间的，他看到年轻的学生脸上洋溢着一种简单的幸福，不禁觉得自己与他们身处两个世界。

两天后，刘念在助理的引导下，走进了四大集团会所，老李、老宋、老张三人分别坐在三张椅子上，根本没有给刘念留下坐的地方。

这是提审哪，刘念的眼中充满了戒备。

李总笑着说：“老杨……对我们来说，已经是个局外人了。”刘念身体一震。“但是‘四大集团’的说法由来已久，突然变成‘三大’，不好听，所以，刘总——”李总拍拍手，几个助理便抬了一把跟其他三人一模一样的椅子过来，放在了刘念身后。

刘念愣住了。

张总上下打量着他：“怎么样啊，刘念？敢不敢坐？”

刘念忽然知道陈秋风说的对。初心，不过是一个美好的愿景，是假设心里有这么一块地方，不受外界纷扰干预，静静地长着娇美的花朵。刘念的心里没有这样的地方了，他卧薪尝胆，为的就是有一天有能力改变格局，现在机会来了，尽管这与他最初的梦想不同，但他知道，如果错过这个机会，他可能永远都不会再有这样的力量重新开局——他不能被虚拟的概念耽误了判断力。

刘念仔细审视了一下那把椅子，撩起衣摆，坐了上去。

高低刚好合适。

4

柳青阳双手撑在办公桌上，死盯着刘念，咬牙切齿地问："为什么？"

刘念的表情很痛苦："我不能陪你再玩下去了。柳青阳，这是你交来的第六份非常不靠谱的策划案，我想，这足够证明你的能力有限了。就算看在一凡的面子上，我也不能给你第七次机会了。"

"可你上回还说我进步了！"

"进步，不代表合格。"刘念接过春雨递给他的一大捆文件，沉得让他手臂一酸，"你看，这都是我要看的东西，我不能再在你的垃圾策划案上多浪费哪怕一分钟——我希望你，给一凡留个台阶，尽快辞职。"

柳青阳脸色铁青。首先，这个人说他的策划是垃圾。其次，这个人管他喜欢的姑娘亲昵地叫一凡。叫了两次。最后，这个人提到了"台阶"，"台阶"简直是比面子还要丢面子的词，一个人要很失败很失败很失败，才需要一个滚蛋的台阶。

"别抬出一凡压我。你不就是看不起我吗？没关系！二十四小时内给不出让你满意的策划案，我求陈总当众开除我，让你笑个够。"柳青阳说完，转身就走。刘念的脸色也像柳青阳一样难看了。首先，这个人在挑衅他。其次，这个人管他喜欢的姑娘亲昵地叫一凡。要不是因为和三大集团有太多合约要审，刘念真的想跟他决斗。

而一凡本人是第二天下午才听说二十四小时军令状的事的，春雨说，刘总桌子上搁了一个倒计时电子屏，现在上面已经只剩分钟那格有数字了。本着关心下属的态度，陈一凡冲到销售部，打算看看柳青阳是不是正在破罐子破摔。没想到柳青阳正趴在桌子上呼呼大睡。陈一凡一把抓住他的肩胛骨，利用推手借力使力的方式，将他硬生生拉了起来。

“我要被你整吐了！”柳青阳揉着眼睛，“我二十四小时没睡了！”

“写出来了吗？”

柳青阳摇了摇头：“没有。”

陈一凡沉下脸来。

“但我想出来了——用嘴说不犯法吧？”

“取决于内容的滑稽程度。”

“真挺好的，我觉得。”柳青阳打了个哈欠，“我现在就说吧，别一会儿忘了。”

陈一凡又好气又好笑，把他推进了小会议室。

柳青阳说：“明德集团一直都在做慈善，是创始人梅道远定的规则，每一年都会将一定比例的利润投入公益事业，理想国可以在这上面做文章。既然理想国是给年轻人的项目，就不妨从年轻人的周边开始考虑，年轻人本身不需要慈善服务，但是这代独生子女的父母中，却有很多失独老人和独居老人。”

陈一凡的眉头稍稍展开一点，她嫌弃地小声说：“捐款捐物？公益广告？老龄化社会的主题我们已经做过三次了。”

柳青阳差点翻白眼：“你们是个地产公司！没错，地产公司是很有钱，但是除了大把撒钱之外，你们还能做什么？盖房子啊！做你们的本行啊！”他用手比画着，“设想一下，如果有这么一栋楼，不是你们买来的，而是真正由集团的成员，一砖一瓦地盖起来的——钱不重要，重要的是过程——由明德集团员工亲手建好老人院！有人做过吗？”

陈一凡的眼睛亮了，“没有。”她和柳青阳异口同声地说。只不过柳青阳的声音里明显带着邀功请赏的骄傲。陈一凡想了想：“宣传活动的周期有限，买地新建是来不及了——”

“郊区建国路那个商场西北角，有个叫夕阳红的老人院，哎哟，真的破得不成样子，我都看不下去了——”

“你都找好了？”陈一凡惊喜地问。

“那是！”柳青阳打开手机，“我把定位共享给你。”

陈一凡一把箍住他的腕子，柳青阳挣扎了两下，完全没有甩开，陈一凡借力把他推出去：“快点，立刻上楼！”说着竟然比柳青阳还快几步地朝刘念办公室走去。柳青阳快步跟在后面，没忘记给张小同发信息：陈一凡跟我拉手了！

第一梯队的组长刚讲完他的方案，刘念看了看倒计时电子牌，在上面的数字显示剩九分钟的时候关闭了电源。“我以为你已经走了。”他说。

柳青阳耸耸肩：“嗨，来都来了，随便讲讲呗。”

“第一梯队做了问卷调查，理想国活动人群以年轻人为主，明星的推广能力显然要大于其他，他们选了性价比和号召力都是最好的两位明星，并且有一套完整的推广方案了。你呢？”刘念问。

柳青阳挠了挠头：“指望追星的小屁孩买房不现实吧？他们买个演唱会门票还要跟爹妈要钱呢，能买得起明德的楼盘？我的方案，做慈善。”他把刚才跟陈一凡叙述的内容重复了一遍——他终于用上了自己把人侃晕的技能，尤其是这些话已经跟陈一凡练过一遍，说得越发有条理了。

刘念站了起来。

“还有，明德买了地，钱花完了吧？”柳青阳嘿嘿笑着。刘念看了陈一凡一眼，陈一凡立刻瞪了回去。柳青阳注意到了这个细节，赶紧找补：“哎哟我可不是窥探商业机密啊，刘总，是这样的，我家就破产了，我就猜的，地王家里也没有余粮了吧？”

“少贫嘴！”陈一凡呵斥。

“你们想，一个资金匮乏的公司怎么会在自己的危急关头去做慈善？这刚好堵住了外界关于明德资金链断裂的传言，就意味着会有更多有信心的人把资金注入到理想国项目。这比找明星划算多了！”

办公室陷入了一阵宁静。刘念抿着嘴唇站了一会儿，突然坐下，摸出一张纸写了一会儿，又把纸妥帖地折成了三折，攥在手里。“大家辛苦了，”他说，“理想国的事情，以后还要仰仗各位工作，销售部从明天开始享受带薪休假四十八小时，内部值班你们自己安排。”说着，他把纸递给柳青阳。

所有人都走出去了之后，柳青阳冲了回来，挥舞着那张纸：“什么意思？”

刘念微笑着：“你不识字？”

“兹派销售部员工柳青阳，就老人院修缮事宜与工程部协调，请予以接待支持。”柳青阳念了一遍，抬高声音，“不是逗我吧？”

刘念摇了摇手，示意春雨可以拿要签字的文件过来了。春雨关上了门。

走廊里传来柳青阳放肆的大笑，刘念尽量不去想陈一凡的表情和动作。

事实上，陈一凡也没有什么表情和动作，只不过柳青阳抱她抱得太紧，她在考虑什么时候出手打他才不算过分。

“谢谢你，一凡。”柳青阳终于松开了她。

陈一凡看着他的笑颜，往事又在眼皮下不安地耸动了，她迅速挪开目光躲进办公室，只留下一句“谢你自己吧”。

“你真是了不起！柳青阳！”柳青阳手舞足蹈地大叫起来。

第七章

1

“就老人院修缮事宜与工程部协调”只有短短十四个字，柳青阳整整忙活了七天，每天工作时间都超过了十四小时，这还是在陈一凡的帮助下——她亲自出马说服了老人院的领导同意这项他们毫无准备的修缮工作，同时，以明德集团的名义向政府申请了修缮工程所需的一切审批手续，最后，陈一凡还叫她的助理协调安排好了老人们在修缮期间的住宿和生活。柳青阳则跟工程部一起，对整个修缮工程进行了系统的测量和规划，下班以后，还跑去找老齐恶补了一番施工技术。

然而，等到修缮工作正式开始那天，柳青阳才发现，他又是整个团队里唯一的异类了——原来只有他是真的像策划书里写的那样，打算亲自动手，一砖一瓦地修房子。

明德集团的公关部把工程现场布置得像是要开宴会，本城各大媒体、自媒体都到齐了，长枪短炮聚集主席台。孙思明在台上大讲明德集团“义利兼顾、德行并重、发展企业、回馈社会”的精神。刘念和陈一凡坐在台下首席，时不时向着记者们的镜头露出专业的笑容——这些年他们带领的明德集团确实始终热心社会公益，只不过此时此刻，两个人都有些心不在焉。刘念琢磨着以后跟四大集团的合作，而陈一凡，则惦记着主持这项修缮工作的柳青阳。

柳青阳就在老人院的活动室里，他给预定要“亲手修缮老人院”的白领们准备好了泥瓦匠的工具，绘制了具体的施工图，打算手把手地教他们，然而他很快就意识到一个重要的问题——这些人根本没打算学，也没打算做。

“我们需要重点修缮的是图中的红色区域，人员初步分为施工组、后勤组和安全组三个小组。”柳青阳把墙上贴着的图纸敲得啪啪响，试图引起大家的注意，“施工组由我负责，念到名字的组员麻烦过来领一下工具，我们立刻开始。张森……”

“我不会。”一直在低头看手机的张森断然拒绝，看向柳青阳那包工具的眼神充满了蔑视，“我们读了十几年书好几个学位，不是来当瓦匠的。”

柳青阳没料到他会说得这么直白，下意识地看向其他人，然后发现每一个人都一样冷漠，甚至有人故意用柳青阳能听到的声音嘲讽：“术业有专攻，没读过书就是不行，什么都自己干，当自己是哆啦A梦吗？”

“集团的决议是由我们亲手修缮老人院……”柳青阳强压怒火，一字一句，“不自己动手还有什么意义，那不就是骗人吗？”

“这是一次公关活动，意义就是解决理想国现在面临的问题。”周瑶站起来，柳青阳这才注意到绝大多数员工都刻意打扮过，从发型到衣着，都有一种精心修饰过的休闲感，显然不是来干活而是准备跟领导们一起出镜的。周瑶看着柳青阳手里那一堆工具笑着摇了摇头，接着说："刘总早就安排了施工队，真让我们干，且不说工期要拖多久吧，一群外行乱动人家房子，你考虑过安全问题吗？"

"当然考虑过，只要所有人都听指挥，严格遵守施工标准，完全可以保证施工质量，而且后续工程部也会对我们的工作进行检验……"柳青阳一句话还没说完，不知道谁突然喊了一声："刘总要上台发言了，我们下去造势呀！"屋里的员工立刻一哄而散，一转眼，已经腾空了的老人院宿舍楼里，就只剩了柳青阳一个人。

要不是手里这包工具都是从家里拿的，每一样都是老柳曾经用过的，柳青阳可能当时就要砸几个出出气。他走到窗边，只听刘念对记者说："包括我在内，我们明德的精英们都已经习惯了坐在办公室里的工作，电脑和电话是我们唯一依赖的工具。但是今天，我们就是要走出办公室，真真正正，一砖一瓦地将这所老人院修缮一新！让老人们的晚年，能有一个真正安全舒适的环境……"

说的真漂亮啊。柳青阳讽刺地勾起嘴角，他已经知道了刘念、张森、周瑶们都永远不会真正地拿起他手里这些工具，哪怕垒一块砖、刷一下墙都不可能。柳青阳摇了摇头，挽起袖子，在工具箱里挑拣一番，从提出这个方案的时候他就决定了，就算只剩他一个人，也要认认真真地把工程做完。

陈一凡就是在这时候悄然出现的："怎么就剩你了？"

"他们玩不转啊，这可是技术活。"柳青阳故作轻松地回过头，竭力掩饰自己的尴尬，"技术含量可高了，顶三个大学文凭。"

陈一凡看上去也有心事，她勉强笑了笑，看向那堆沾了泥灰的工具："我能帮忙吗？"

"还是不用了。"柳青阳上下打量着她精致的妆容和发型，还有手工定制的西装与高跟鞋，"这种脏活，你们干不来的。"

"我们？"陈一凡脸上还带着笑容，可是柳青阳莫名听出了一丝酸楚和难过，他下意识地递给她一个抹子："也不是不行……哎，其实我的意思是，你这么好看，不去接受采访，跟我干这个太浪费了啊。”

陈一凡这次是真的被他逗笑了，她接过那个抹子，卷起袖子，给柳青阳打下手：“那些漂亮话，我不想说。”

“刘总又要气死了。”柳青阳抡起铁锹，准备撬掉几块早就报废的地砖，“他……批准这个提案还是对老人有利的。”

“不过是因为这个方案能让集团的利益最大化。”陈一凡叹了口气，低声说，“我早就接受他是个实用主义者了，不过，现在……都是为了理想国。”

柳青阳对这些高层运营的事知之甚少，他所能做的就是连蹦带跳地冲过去，一把抢走了陈一凡刚刚打开的涂料桶：“美女别闹，咱们得先做完整修才能搞装修，刷墙不是刷粉底，得最后做。”

陈一凡是真的笑了：“我真是外行了，你能教我吗？”

能，必须能，不能也要创造条件变成能！柳青阳在心里呐喊着，脸上却还勉强绷着，装得十分淡定：“试试看吧，我觉得你应该没问题。”

2

刘念已经很久没有好好吃一顿饭了，刘总跟绝大多数忙着打拼的人一样，每一顿饭都伴随着食物以外的事，比如相亲，比如约会，比如交际，比如应酬。大城市里的人崇尚时间就是金钱，吃饭的时候要是没干点别的，仿佛就是罪大恶极的浪费。

比如这一天，他上午刚刚参加了老人院的修缮典礼，陪着无数记者喝了香槟尝了甜点，说了无数的漂亮话，回答了很多看似热情甜蜜实则暗含刀剑的问题，中午也不能舒舒服服地坐下来，哪怕吃一个明德食堂出品的标准餐。他不得不去打另一场硬仗——去找鼎力集团的老杨。

刘念走进老杨约的那家高级餐厅，穿过寥寥几桌明显也是来谈生意或者约会的食客,走向靠窗的角落。老杨在那里,点了最简单的四菜一汤，看起来竟然真的在专心吃饭。刘念走到他对面坐下,他只是抬头看了一眼,甚至并没有打招呼。

看来是打定主意要贯彻“食不言,寝不语”的古训了。

刘念等了几分钟,终于忍不住先开口:“杨总好胃口。”

老杨细嚼慢咽,平平稳稳地吃完,从从容容地擦了擦嘴角,才慢条斯理地回答:“胃口好,总归要细嚼慢咽才好,吃得下,还得消化得了。倒是刘总,最近有些忙吧。”

刘念看向窗外的高楼大厦,微微勾起嘴角:“吃不上饭的人,浑身的劲儿都在觅食,什么消化不消化,抓到树皮都敢啃两口。不过,好在我年轻,没有消化不了的东西。”

老杨哈哈大笑:“到底是刘总有魄力!”他靠向身后的沙发,不紧不慢地给自己倒了杯茶,“我承诺的投资，已经到了明德账户里,我们的合同已经生效了。”他笑眯眯地向刘念举杯,“合作愉快,刘总。”

“可惜,玩过了,杨总。”刘念感觉血涌上脑门,他表面上依然是不露声色的高管精英，内心却恨不得把这老家伙揍一顿,“明人不说暗话,我清楚,你想把明德逼到绝路上,跟我玩坐地起价。”

老杨有恃无恐地看着他:“我们有合同,刘总。”

“我知道,违约金五千万,我会以三倍的价钱赔给你。”刘念说完,站起来转身就走。

老杨瞧着他的背影,露出一个冷冷的笑容:“年轻人,也是会死的。”

刘念头也不回,他把这当成失败者最后的狠话,完全没有放在心上。

餐厅外面,助理春雨正在车边焦急地等待,看到他走出来,春雨就迎上来汇报："集团的账户里突然收到两笔巨额资金，一笔是鼎力的，另外一笔是四大的李总……"

"我知道。"刘念摆摆手，示意他都知道了，"找法务，赔偿鼎力。"

春雨结结实实吃了一惊，她难以置信地望向餐厅，刘念却当先上了车："别看了，掰了，我现在去见李总。"

春雨坐在副驾，车子才刚刚开出停车场，她就不得不转过身打扰刘念的闭目养神："刘总，鼎力的律师函到了，要告我们违约。"

四大集团的会所奢华安静，刘念熟门熟路地找到了老李的包间，后者正专心致志地泡功夫茶，见刘念进来，就笑着让他坐，递给他一只小小的陶杯。

"老杨赶在违约的最后一刻注入了资金，现在违约方变成了我们明德。"刘念没心思喝茶，"他刚刚找过我了，而且，上午我们明德开媒体宣传会，竟然也有记者问到明德和鼎力的合作，他们怎么会知道？"

老李笑眯眯地提起茶壶，用细细的水流小心翼翼地冲刷着茶盘上一只笑口常开的弥勒茶宠："没必要深究，四家集团牵扯了多少人？免不了会有一个两个通风报信的。"

"只能违约？"刘念试探地看向老李，"如果带着老杨一起做……"

"不可能。"老李的语气斩钉截铁，"凡是背叛过四大集团的人，联盟内都不会再给他任何机会，否则，联盟也就失去意义了，不是吗？"

刘念沉吟了一下："您注入的资金我收到了，违约金或许不是问题，但是……我过来的路上，明德收到了鼎力的律师函。"

"这么快？刚谈完就发律师函，看来老杨是早有准备。"李总忍不住哈哈大笑，"他明知道你我已经联手，却还要诉诸法律，他呀，是真急了,不会再留任何余地。”

刘念迟疑着,他当然不想打官司,一方面,明德违约在先,基本注定了将要败诉;另一方面,一旦进入司法程序,15 号标地就会作为争议资产,被暂时封存,后续开发都要受影响。老李看出他的犹豫:“你还是没意识到,此时此刻,你不是一个人。你身后,还有我们几个老家伙。你顶不住的时候,我们又岂会袖手旁观呢?”

“理想国,对你们这么重要?”刘念从来不觉得四大集团可以相信,眼前的李总或者包括他自己在内,所有当总裁的人一样都不值得相信。

老李笑起来,抿了口茶,那样子甚至有点像刘念视作父亲的老师陈秋风。老李看着刘念,一字一句:“理想国不重要,明德也不重要——你,很重要。”

他不等刘念质疑,就接着说下去:“没有理想,谈什么理想国,没有年轻人,又谈什么理想?我们四大集团是实力比明德强一些,但是有什么用呢?我们没有刘念和陈一凡啊!你们懂得做偶像,懂得把未来的英才抓到手里,你们才是不可替代的理想,我这么说,你是不是放心了?”

刘念想起陈秋风说过,商学院的学生们十有八九都会买他和陈一凡当封面的商业杂志,这些年来,官方数据也有力地证明了毕业生十有八九都渴望在明德集团找到一份工作。他点了点头:“我明白了,李总。”

“做大事,第一重要的就是胆量。”老李给他倒了一杯茶,“你五年前从梅道远手里接过明德的胆量,我很佩服。我们老了,未来还是在你的身上。”

刘念把那杯茶一饮而尽,在这暖烘烘香喷喷极尽舒适和奢华的包厢里,有那么一刻,他似乎能确认,理想已经被抓在了手心里,随时都会变成现实。

3

柳青阳的理想正在变成现实。

他眼下的理想只是个小目标，就是要保质保量地完成养老院整修工程。他决心像他第一天抹墙的时候，他妈教他的那样，把手上的活干好，干得干净漂亮，堂堂正正地拿钱。

大概是陈一凡那天给其他员工做了榜样，包括张森周瑶这些人在内，不管是为了讨好副总裁还是真的想做公益，总之，他们十分配合柳青阳的指挥，有的敲敲打打，有的操作着各种机器，都各司其职地工作着。

柳青阳自己也没闲着，这段时间他已经清楚地了解到这个工程比他们之前计划中的要复杂得多——首先，工期太紧了，为了配合理想国的宣传，刘念给他们的时间完全不够；其次，养老院年久失修，并不是刷刷墙壁整整地砖弄得表面光鲜就可以真正地“改善老人的生活环境”。柳青阳虽然看不上周瑶张森他们那个嫌弃体力劳动的样子，却也不得不承认，他们说的有道理——外行修房子，可别给人家修塌了。

所以柳青阳格外小心，在别人午休的时候还要一层楼一层楼地巡视一遍，犄角旮旯都不放过，没想到，这天还真让他看出点毛病来。

那是养老院一层的一间盥洗室，按照施工计划，他们要把坑坑洼洼的水泥地面凿开，重新平整，做好防渗之后，铺上有防滑作用的地砖。今天上午，这里的地面才被凿开，现在，柳青阳就在凿开的地面和墙面的连接处，发现了一处沉降空洞。

他心里咯噔一下，就跟骑摩托车的时候发动机卡壳了一样，本能地感觉到危险就要来临。柳青阳赶紧蹲下来仔细察看，只见那里原本的水泥已经化为细小的残渣，轻轻一掏，建材渣便扑簌簌地滑落下来。而顺着这处墙缝，可以看到一道细细的裂缝，蜿蜒地爬过了常年没有粉刷、密布水渍的墙面，消失在了墙面和天花板的交界处。

他不敢相信地盯着这条缝看了几秒钟，转头跑出盥洗室，穿过楼道，奔上楼梯，走到二楼同样的位置察看，只见那道细细的裂缝就从地板相应的位置延伸出来，依旧爬过墙壁，消失在天花板下。

三楼、四楼……他一路跟着那裂缝往上跑，那道不祥的缝隙，竟然一直延伸到了这栋楼的最顶层。

柳青阳站在阳光灿烂的顶楼，心却拔凉拔凉的，一时间慌张和自我怀疑甚至战胜了恐惧，他怀疑一切都是他的错，他肯定被老天爷针对了——他吊儿郎当瞎混的时候，他们家败落了；他认认真真想要好好工作的时候，整个工程就出了这么大的麻烦。他莫名想起组里人那份让他出糗的策划案——眼见他起高楼，眼见他宴宾客，眼见他楼塌了。

他想盖高楼，他想宴宾客，他的楼却要塌了。

柳青阳飞奔下楼，正巧看到刘念带着浩浩荡荡的外卖骑士团来“慰问辛勤工作的员工”，他冲过去一把抓住刘念的手臂：“工程必须立刻停止！”

刘念脸上那种可以直接拿去当封面宣传“青年明星企业家”式的微笑立刻凝固了，他皱皱眉，周围被柳青阳一嗓子吸引过来的员工们察言观色，赶紧各自散开，假装只是对他带来的外卖餐品感兴趣。

“怎么了，柳青阳你做事能不能稳重点？还有，你刚才那样危言耸听，很容易对我们集团造成不良影响……”刘念发现柳青阳最擅长的就是无视所有的警告，完全把他说的话当耳边风，他一路被柳青阳拉着进了养老院一层的盥洗室，终于能站稳了，“到底出什么事了？”

柳青阳站在那堵有问题的墙前面:“看到这条裂缝了吗？从天台到地下室,全透了。这个地方当初墙面防潮就没有做好,再加上年久失修,现在墙体就是空壳子,不知道什么时候就会……砰!”他摊开手臂,做出一个整体坍塌的样子,“全完了。”

刘念没读过建筑专业,在明德集团干了十几年房地产,对于土木方面的事,依旧不敢说是专业,然而他知道这件事非同小可,沉吟了几秒钟才说:“你交上来的修缮项目书上完全没有提到这个问题。”

“我那不是……没发现么!”柳青阳的脸红了,他着急地跳过坑坑洼洼的地面,冲到刘念面前,“老柳……就是我爸,他们那群老泥瓦匠管墙上这种裂缝叫‘断头纹’,从天台通到地下室的这种最严重,救不了的,只能重新做结构……”

“要多久？”刘念打断了他,“下周一有一场非常重要的交易会,我希望整个宣传活动能赶在会议召开之前完成。”

“别做梦了!”柳青阳气到跳脚,“你卖了这么多年房子,对建房子一点概念都没有吗？就算我们找最专业的施工团队,这个整修工程也至少需要二十天!”

“按照原来的计划,周日之前就应该完成了。”刘念的目光越过柳青阳,冷漠地看着那堵水渍斑斑有一道不祥裂缝的墙壁,“你签过字的,必须完工。”

“你可以扣我工资,但是不能拿房子开玩笑。”柳青阳寸步不让,“陈一凡也签了,不够你还可以扣她工资。”

刘念快要被他气乐了:“我也签了。这不是扣谁工资的问题。柳青阳,我再说一遍,我希望你按照原计划施工,赶在周一的宣传会之前完工。”

“宣传你个大头鬼啊!”柳青阳摩拳擦掌,十分想揪着刘念的领带把他按在墙上揍一顿,让这个衣冠楚楚的大总裁清醒一下,“万一塌了怎么办？”

“宣传会之前就会塌吗？”刘念环顾整个养老院，老旧的建筑，每一处都刻着时光的印痕，人总是心存侥幸，这么多年都没事，总不会就这几天都撑不住吧？

“这……”柳青阳也犹豫了，他毕竟不是一个特别专业的泥瓦匠，他知道这种房子一定会塌，却不敢打包票说它下周一就会塌，他只能底气不足地强调，“这是危房，不能再装修也不能再住人了！”

“我知道了。你安排人来做测评，尽快出个新方案给我。”刘念言不由衷地安抚了柳青阳，转身离开，心里琢磨着要请人来加班施工，千万不能让陈一凡知道，免得横生枝节……哪怕宣传会结束以后，明德再批一笔钱重建这栋楼都没问题，但眼下，宣传会不能等，理想国不能等。

4

接下来的几天，暴风雨侵袭了整个城市，明德集团的工程部通知柳青阳，因为天气原因，老人院修缮工程暂停。柳青阳也没闲着，带着现场的照片和工程部之前测绘的图纸，冒雨拜访了他爸爸的老工友们，请他们帮忙出主意想方案，然后整个周末都窝在张小同的咖啡馆里写新的策划案，他是真的想要做一个漂漂亮亮的工程，认真负责到底。

转眼就到了周一，大雨终于停了，柳青阳骑着摩托车，穿过大半个积水的城市，带着新做好的方案到了养老院，准备重新开工。结果一到门口他就被养老院门口明晃晃的大横幅吓得差点从摩托上摔下来，只见那横幅上面分明写着：“明德集团老人院修缮竣工典礼”。

“这他妈怎么回事？”柳青阳忍不住抓住一个路过的员工爆了

粗口，对方正小心翼翼地往养老院里搬绿植，被他吓得一哆嗦，险些砸了手里的东西，十分没好气地回吼："忙着呢，别挡路！"

柳青阳知道为难一个普通员工没用，他无奈地看着明德的人进进出出，搬来更多的鲜花和绿植装点会场，几辆大巴车停在不远处，老人院的老人们也被接回来了。

"刘念！你是不是疯了！"柳青阳跑进院子，终于在主席台附近堵到了刘念。陈一凡也在，看到柳青阳这么急，也放下了手里的事，问："怎么了？"

"他没跟你说？"柳青阳不管不顾地吼道，"这楼的承重墙发生了沉降，非常危险，他答应我工程重新评估，结果居然偷偷找人继续施工！刘念，你他妈太不是个东西了！"

刘念很少被人这么指着鼻子痛骂，他想发火，但是看到周围员工纷纷好奇地望过来，看到陈一凡阴沉的神色，只能勉强控制着自己的情绪："我说过了，交易会之后，工程可以重做，把整栋楼重新翻修都没问题，但是现在，理想国等不起。柳青阳，你知道每耽搁一天，集团需要支付多少贷款利息吗？"

站在一边的陈一凡知道，刘念这句话其实是说给自己听的，她看了看正在各处拍照的记者们，又看了看由明德员工们搀扶着走进来的老人们，在刘念叫张森周瑶等人先把柳青阳带走的时候，她什么都没说。等到员工们都不再关注他们这里的小风波，陈一凡才冷冷地看着刘念说："我以为你至少能对自己的工程负责，我又失望了，刘念，是不是我根本不应该对你抱有一点点希望？"

"一凡，我……"刘念着急地往她那里走了一步，想要继续解释，没想到陈一凡几乎本能地往后退了一步，她不信任他了。

那一刻刘念几乎是绝望的，好像一个疲倦的旅人，走过了漫长的路，却再也找不回自己的故乡。他站着不动，看着他爱了很多年的女孩，良久才勉强挤出一句："我们……回头再谈，典礼就要开始了。”

陈一凡摇摇头，转身就走，她今天不想也不能跟刘念一起演偶像，她无法说服自己接受这么个潦草不负责的工程，还要说成是对社会的慈善回馈。

她也不想听刘念的漂亮话或者记者们的恭维，或者她就不该来，她也许应该回办公室去，除了理想国，明德还有几个项目正要开盘，她有很多事需要忙……

她甚至没意识到给自己找了这么多要立刻离开这里的借口，仅仅是因为她不能去找柳青阳，她不太敢面对那个年轻人纯粹的怒火，因为在这件事上，柳青阳是对的，而她，某种程度上就是刘念的帮凶。为了压上一切的明德集团，她没有立场也绝对不能在这时候阻止竣工仪式，甚至还要祈祷典礼能够平平安安地结束，给之后的交易会争取更多的筹码。

陈一凡打开车门，钻进自己的车里，无力地伏在方向盘上好几分钟，隐隐约约还能听到院子里的掌声和欢呼，然而这些热闹只能让她更难过，她不敢想象被信任的人背叛、被同事控制着的柳青阳该有多难受多伤心，她不知道以后如何再面对他，还有……他那总让她想起太多往事的脸。

她深深吸了口气，勉强发动汽车，然而还没来得及踩上油门，她的车忽然震了一下。

不是幻觉，因为从养老院的方向，传来了人们刺耳的呼救声，扩音器里传来刘念故作镇静的声音：“大家不要慌，先扶老人们撤……”

真的出事了！陈一凡连车门都没锁就冲了回去，她逆着慌忙逃命的人流勉强挤进了养老院，只见几分钟前还修整得表面光鲜的大楼，一角已经坍塌，尘土飞扬，张森和另一个员工架着周瑶正往外跑，她的一条腿上都是血。

“柳青阳呢？”陈一凡脑子嗡了一声，想起之前刘念叫张森他们几个人把柳青阳拖进养老院的楼里“控制一下”，现在，他跑出来了吗？

“危险！”刘念不知道什么时候挤到她的身边，紧紧抓住了她的手腕，“我叫了救援，你别……”

陈一凡反手甩开了他，慌急地冲进了正在坍塌的大楼。

第八章

1

陈一凡坐在医院急诊室门口的塑料长椅上，手还是在微微发抖。

她不是没见过楼塌了，这些年明德地产处理过很多烂尾的项目，定向爆破大楼也有好几次了，甚至刘念还让她亲手按过引爆按钮，然而，刚刚……就差那么一点，柳青阳就要被压在倒塌的大楼里了。

医院里刺鼻的消毒水味，闪烁的急救灯，医生和护士来去匆匆，时不时伴随着家属们绝望的呼喊和啜泣……陈一凡有点恍惚，分不清往事与现实，有那么一刻，她以为自己还在五年前的急救室里，身边站着的人不是刘念而是梅道远，手术室里正在抢救的人，不是柳青阳而是梅恒。

她的眼泪止不住地流着，已经用掉了几包面巾纸。

刘念站在她身边,戴着耳机跟春雨通电话:“公关费用不设限,明天上午八点,我要召开关于这件事的新闻发布会……”

手术室的灯灭了,陈一凡立刻站起来,却站在原地,不敢扑到护士们正在往外推的手术床边。大片的血迹,梅恒苍白的脸和大夫那句疲惫的“病人送到的时候已经死亡”如同梦魇,把她牢牢钉在那绝望的一刻,她的眼泪不由自主地又流了下来,隔了好几秒钟,护士有些不耐烦的呼喊终于把她扯回了现实:“家属呢?柳青阳的家属呢?过来签一下住院单。”

签住院单,就是没事了。

陈一凡终于找回了正常的呼吸节奏,她走过去,一面签字一面偷偷看了看手术床上的柳青阳。他脸上的灰土都被护士擦干净了,伤口也妥帖包扎过了。注意到陈一凡的关切,柳青阳立刻笑起来,对她使劲眨巴了几下眼睛。

“回家吗?”刘念看着护士们推走了柳青阳,走过来问陈一凡,“要去吃点东西吗?”

陈一凡摇了摇头,刘念看着她哭花了的妆,叹了口气,还是忍不住说了出来:“能告诉我你今天为什么会冲进那么危险的大楼里,还哭成这个样子吗?是为了……他?”

陈一凡没有回答这个问题,她一面往外走,一面说:“如果不是你急功近利,今天的事故根本不会发生!”

这是事实,刘念并不否认:“是,我的错,现在所有人都盯着我犯的错,想要借此机会彻底毁掉我,毁掉明德。理想国资金紧张,鼎力已经将我们告上法庭……但这些你都不在乎,你现在只在乎柳青阳,或者说,只在乎一个长得像梅恒的人。”

陈一凡猛然顿住脚步,回头看向刘念,她的嘴唇颤抖,却一个字也说不出来。

刘念看着她,并不掩饰自己深深的爱恋和难过:“我说柳青阳和梅恒——千万别告诉我，这是我的错觉。”

陈一凡下意识地扶住了医院的墙，冰凉的感觉从指尖传到她的全身，几乎将她整个人都冻透了。刘念说得一点也没错，她冲进正在坍塌的老人院的时候，想的是那个遭遇车祸的梅恒，她看着护士们把柳青阳推进手术室的时候，想的是再也没睁开过眼睛的梅恒……她闭上眼睛，头发垂下来挡住了所有的表情：“柳青阳……确实让我想起他。”

多年来第一次，刘念无法维持精英的身段和姿态，他在陈一凡对面，疲惫地斜靠在了医院的墙上：“一凡，你和梅恒……真的是姐弟的感情吗？这么多年你都没有忘了他？你喜欢他。”

陈一凡痛苦地低下头：“我不知道……我当时……”

刘念露出一个苦涩的笑容：“你只是不敢承认而已。我没猜错的话，当时，梅恒向你表白了，但你不知道该怎么回应。正好我向你表白，所以你选择了我，让他，更是让你自己，断了这个念想！”

陈一凡深深吸了口气，艰难地站直了身子：“我要回公司，明天的公关稿……”

刘念摇摇头，露出一个可能比哭还难看的笑容：“我会处理。我猜对了，对吗？”

陈一凡咬着嘴唇，艰难地点了点头，她绕过刘念，大步往外走。

“终于，终于听到实话了！陈一凡，好，很好……隔了这么多年，我总算知道，我在你心中只是一个备胎。”刘念追着她走下楼，看似平静，声音里却透着疯狂与自嘲，“一凡，无所谓，真的无所谓，谁让从上大学的时候起，我就是你最忠诚的追求者。”

陈一凡不能回答这个问题，她看向刘念，轻声说：“我不是……明天，我跟你一起参加新闻发布会。这也是……为了明德。”

2

从小到大，柳青阳其实都知道，自己并不是什么特别优秀的人，以前的主要优点是有钱且好花钱，因此颇收获了一些“乐于助人”“讲义气”之类的批语。自从老柳出事以后，他的主要优点大概就变成了“想得开”，遇到各种难题都能笑呵呵地应对。比如，明德集团修缮的老人院塌了不到四个小时，刚刚死里逃生的柳青阳躺在病床上，头上还缠着纱布，已经能十分挑剔地指挥着来送饭的张小同：“你这宫保鸡丁也太偷工减料了，最多能叫宫保土豆丁。这青菜萝卜的，拿来喂差点牺牲的英雄合适吗？”

张小同本来听说他差点被砸死还挺担心的，听到这话，又被气乐了：“祸害遗千年，谁牺牲也轮不到你，放心吧！”

柳青阳在汤罐里找到一块排骨，立刻开始啃，含含糊糊地问：“你给我妈打电话了吧？”

“废话，就你现在这个样子回家，阿姨不得担心死。我跟她说，晚上店里接了一个活动，人手不够，让你过来帮我几天。”张小同见护士进来查房，连忙站起来让到一边，“我听着阿姨说话有点气力不足似的，你消停点，别再让她着急了。”

柳青阳大口扒拉米饭：“我知道，我打算过阵子开了工资就带她去体检，早年她跟我爸吃了不少苦，哪哪都有毛病，得好好疗养。”

“突然长了点心，我都不习惯了，难道是你们陈总教的？”张小同回到床边，压低声音，“刚刚我还看见你跟她视频来着。”

“没错，她还哭了呢。”柳青阳两眼放光，十分得意，“你没看见，她冲进楼里把我拖出来，然后抱着我哭得可伤心了。”

“哈哈，她肯定是怕你砸死了，明德集团要吃人命官司，现在网上都是骂他们的。”张小同拿了手机给柳青阳看，“不过看明德的通稿，他们把责任都赖到天下雨和房子太旧上了，没让你这个临时工背黑锅。”

“你才临时工！你全家都是临时工！”柳青阳用骨头丢他的死党，想起养老院的事就气不打一处来，“都怪刘念那个脑残！”

“那是你们陈总的男朋友。”张小同很擅长戳柳青阳的痛处，“我来的时候，还在停车场看到他们俩一块儿走了呢。”

“肯定是回公司，这么大的事，可能要通宵。”柳青阳觉得刘念活该又心疼陈一凡，表情变得十分纠结，他用一根手指戳了戳张小同，“我没瞎说，她真是抱着我哭得特别伤心，我觉得……哥们儿有戏了。”

张小同认真地观察了柳青阳一分钟，还伸手摸了摸他缠着纱布的脑门子，不过隔着几层纱布，实在无法判断这货是不是发烧了，只能将他的想入非非归结为自作多情的人都这么蠢：“行，那你好好养伤，等你出院，再正经地约人家出来谈谈。”

“对，就这么办！”柳青阳当机立断，“我这么可怜，她肯定舍不得拒绝病号。”

张小同无语地看着他，无可奈何地摇了摇头。旁观者清，他总觉得陈一凡对柳青阳虽然很好，那好里面却有别人的影子，她爱的人或许不是刘念，却也不是眼前的柳青阳。

他心情复杂地看着抹抹嘴开始在手机上查找浪漫餐厅还订了大束玫瑰花的死党，还是决定不要把煞风景的话说出来。毕竟，万一他看错了呢，万一陈一凡也是真的喜欢柳青阳呢。

3

繁忙的大都市永远不会因为一栋房子倒了就停下匆匆的脚步，信息爆炸的时代，人们的注意力极其容易被吸引又极其容易转移，早上的“热点”晚上就凉透了。中午塌了的养老院上了热搜，但是不到傍晚，有八卦公众号爆出几张某当红明星出轨的偷拍照，立刻就没有人再关心一个无人死亡的塌房子事件了，甚至第二天明德的道歉发布会都没激起什么水花。

连续工作超过二十四小时的陈一凡一个人离开了公司，她看见刘念的办公室依然亮着灯——鼎力诉明德违约的传票已经送到了，他还有的忙。时至今日，陈一凡已经不再想要追究贸然拍下15号地王、与鼎力合作又违约、与四大集团为敌又重新合作等等一系列的决策是对是错，她甚至不愿意去想明德下一步会走向新的辉煌还是万劫不复。医院消毒水的气味挥之不去，她小心翼翼封存的往事已经破除封印，占据了她极度疲惫的身体。她坐上出租车，几乎是下意识地报了一个已经五年没有使用过的地址——她自己的公寓。

跟她现在住的那个顶层江景豪宅相比，她自己买的这个小公寓十分狭小简陋，一共只有四十多平方米，一室无厅，没有独立的厨房，沙发后面就是床，只能容纳一个人最基本的生活而已。

“地段很好啊，走路就能去上班，不怕迟到。”陈一凡记得她刚刚拿到钥匙的时候，也是这么站在公寓的门口，兴奋地看着身边的少年微笑，“是不是还不错？”

那是梅恒，这个少年有一张跟柳青阳极度相似的面容，却是利落的短发，因为常年专业的训练，身材挺拔而匀称，像一棵将要长成的小松树。或许是因为修习推手的缘故，梅恒有一种与年龄不相符的成熟和稳重，他从门口走到房间另一头的窗边，一共只用了七步。

“一凡姐真厉害啊，才工作了两年，就已经自己买大房子了。”

“要是自由，一粒沙里都藏着整个世界；要是不自由，房子再大也是监牢。”陈一凡轻快地走到他身边，胳膊支在窗台上仰望晴朗的天空，“反正我就一个人住，还好收拾。”

“你就是急着搬出来。”梅恒吐吐舌头，“陈叔叔家已经是监牢了吗？我上次去的时候，没看到有装防盗窗呀。”

陈一凡被逗笑了，她今天心情很好，并不想控诉陈秋风的不好，于是岔开话题：“交完首付，每个月还完贷款，我就没钱啦，准备自己动手装修。明德集团的太子爷，有空来帮忙吗？”

“其实，我不太懂做生意的事，所以你们人人都说我是明德集团的太子爷，我也没什么感觉。”梅恒看着陈一凡，眼睛里满溢着少年人单纯的爱意，“可是一凡，我对你有感觉，我喜欢你。”

这突如其来的表白让陈一凡愣住了，她不知道如何面对少年人炽烈的心意。对她来说，梅恒一直是比家人更亲近的存在，她跟他在一起的时候总是放松而愉悦的，她以为自己当他是亲弟弟，可是当梅恒对她说“我喜欢你”的时候，她的心怦怦乱跳，不知所措。

大概是当年的陈一凡太年轻，不知道如何面对一份过分真挚浓烈的情感，也或许是因为她和梅恒太熟悉了，她没法把他当作一个追求者来拒绝或者接受。她渴望跟梅恒的关系更进一步吗？也许是的，可是她又害怕，因为改变关系可能毁了他们现在的关系。她不禁要想，如果他们在一起以后发现彼此还是更适合当姐弟怎么办？他们会吵架吗？他们会分手吗？他们分手以后还能像姐弟一样亲密无间地聊天，分享彼此的生活吗？如果恋爱会让他们彼此伤害，永远没法再面对对方可怎么办？

五年后的陈一凡站在尘封的公寓里，看着那些被白布覆盖着的家具，想想那时候的自己多傻啊。还没有开始，就预设了失败，然后落荒而逃，慌不择路地抓住了刘念——一个追求了她好几年、十分优秀的男人。她的胆怯和逃避不仅仅伤害了梅恒，也伤害了自己，还伤害了刘念。

时至今日，她坐在沙发上，梅恒的声音似乎还在耳边，她一字不漏地记着他留给她的最后一张字条——梅恒跟她一起做完了装修，祝福她和刘念，给她留了几张推手大赛的门票，还说如果得了冠军，她得请客吃大餐……

“我也喜欢你，我们在一起吧。”陈一凡望着窗外的万家灯火，轻声地说，这句话晚了五年，错过了一生。那个站在窗前的少年，那个笑容温暖真挚的少年已经不在这世间任何一处了。

陈一凡看着她自己映在玻璃上的影子，泣不成声，甚至有那么一刻，她分不清幻象与现实，甚至想拉开窗子，一跃而下，随着梅恒离开这个世界。

把她拽回现实世界的人是柳青阳，他发给她一张他们在养老院一起修缮房子时的照片，他们都戴着用报纸糊的工作帽，她拿着抹子，看着他脸上的油漆笑得直不起腰。

她意识到自己已经很久没有这样笑过了，可能只有对着柳青阳，哦不，是对着梅恒，她才能笑得这样毫无阴霾。

可是柳青阳不是梅恒。陈一凡必须一遍又一遍提醒自己，他是无辜的，不应该因为她无法弥补的过去而受到伤害。她打起精神，强行找回理智看他的短信，他约她明晚见面，在 11 号餐厅，本城著名的情侣餐厅，约会圣地。

那年出事之前，梅恒也曾约她在那里吃过一次饭。

陈一凡擦干眼泪，她知道错在自己，从码头遇到柳青阳开始，她就给了他太多的错觉，让他误会了，她必须当机立断，结束这个错误。她不能再让柳青阳越陷越深，在感情上，她已经错过一次，也许是两次，不能再错第三次了。

4

柳青阳是第一次穿着正装，坐在一家高档的餐厅里，捧着一束精心挑选的玫瑰花，惴惴不安地等待着他的姑娘。可是陈一凡没有来，他从六点等到十一点，直到餐厅打烊，陈一凡都没有出现。期待变成焦虑，焦虑变成愤懑，最终都变成了伤心和绝望。他一个人在服务员同情的日光中，走出了餐厅，然后看到陈一凡就站在餐厅外的路灯下。

短暂的惊喜，马上就被焦虑和不安淹没了。刚刚扔掉了花束的柳青阳本能地知道陈一凡不会接受他了，可是他不甘心，哪怕只有万分之一的可能，他还是要说出来。他几乎忘记了精心准备过的情话，结结巴巴地刚刚开了个头，陈一凡就打断了他："我不是因为忙工作才迟到的，柳青阳，我不能跟你在这里吃饭，也不能接受你的玫瑰花。"

"可是我喜欢你，一凡！"柳青阳不顾一切地嚷出来，那双跟梅恒一样的眼睛里闪耀着几乎一模一样的热情和爱意。在城市温暖的路灯下，陈一凡觉得自己就像是看到仙女教母和金马车的灰姑娘。往事重现，她如果说出五年前没说出口的那句话，未来是不是就会不一样，会不会明天醒来的时候，梅恒并没有死于车祸，王子和公主从此过着幸福快乐的生活？

陈一凡痛苦地低下头，甚至不敢看柳青阳真挚的眼睛："谢谢你……但是我喜欢的人不是你。"

"你明明不喜欢刘念！"柳青阳大声嚷嚷，"他急功近利，跟你理念不合……你抱着我哭的时候，我知道你喜欢我！我也喜欢你啊，一凡！我知道我还不够好，但是我会努力的，我一定会成为配得上你的男人！"

陈一凡身体微微一震，下意识地向后退了半步，摇摇头，柳青阳的每一个字都像个小钉子，扎在她的心上。五年前梅恒就在这个餐厅里，在她能看到的那个窗边的桌旁，跟她说过类似的话。梅恒看着她，一字一句："等我回来，等我长到一个让你不会那么慌张的年纪，你……会和我在一起吗？"

那个时候的陈一凡不敢回答，后来就再也没机会回答了。时隔多年，一个长得几乎和梅恒一模一样的柳青阳站在她面前，在同一家餐厅门口，问她："等我变得像刘念……哦不，应该是比刘念还要好的时候，你……会和我在一起吗？"

"我不能。"陈一凡的指甲几乎要划破自己的手心，她深深吸了口气，看向柳青阳，"对不起，我知道我做得不对，让你误会了，但是……我从第一次看到你，就觉得你与众不同，那是因为……你长得和我以前认识的一个人几乎一模一样。"

"是爱过的人吧。"柳青阳像被锤子砸了一样，脸色惨白却强行微笑给自己解嘲，"你一直帮我，原来是因为这张脸，想不到我也有靠脸吃饭的一天。"

陈一凡终于点点头，在梅恒离开之后的第五年，她终于在一个长得像他的年轻人面前承认了她内心埋藏着的情感。"对不起。"她对柳青阳说，又像是对自己说，"那个人……已经不在了。去世了……过去我们很亲近，但是我那个时候并不知道自己对他是什么感觉，直到看见你……"

"是我占了大便宜。"柳青阳都惊讶自己怎么能说出这么懂事的话，他为了不要太难看，故作潇洒地把手插进裤兜里，假装对路灯下面扑棱扑棱的蛾子产生了巨大的兴趣，"我都懂，我明白了……可是我还想问最后一句，一凡，对我这个人，你有感觉吗？除了我像'他'之外。"

陈一凡很想直截了当地说"没有"，但是她没有，或许是柳青阳故作潇洒的表情让她难受，也许是在这个熟悉的地方，她舍不得说出伤人的话，又或者是她自己也不敢确定，在这些日子的相处里，这个跟梅恒十分相似却又十分不同的年轻人，带给她的感觉到底是什么。

"我知道了，不为难你了，我先走了，晚安！"柳青阳飞快地说完，骑上他的摩托车，落荒而逃。

他丢盔卸甲，甚至不敢回家，跑到张小同的咖啡馆里舔伤口。在“破咖啡馆”里和同样没有爱情的文艺青年老板一起灌掉了几瓶酒以后，柳青阳觉得好多了，他做了一个决定。

他要离开明德集团。

毕竟，堂堂柳少，不能靠脸吃饭，他已经答应了自己，要认认真真地工作，堂堂正正地拿钱，而不是做谁的影子，占别人的便宜。

5

离开明德集团的机会马上就来了。

为了理想国的地王开发，明德集团决定提前开盘旗下的几个地产项目，柳青阳所在的销售团队也忙碌了起来。他研究了一下销售部门的末位淘汰制度，决定消极怠工，让自己顺利地被淘汰，不给陈一凡再“照顾”他的机会。

小组讨论的时候，柳青阳一言不发，抽选的客户来参加宣讲的时候，柳青阳开始玩手机。陈一凡看不过去把他叫到自己的办公室里，跟他说了半天，他只是笑着说好好好，行行行，陈总放心。弄得陈一凡十分尴尬，毕竟，他不能当那个表白没有发生过，其实她也不能。

柳青阳甚至在选择销售任务的时候，故意选择了陈一凡千叮咛万嘱咐让他别碰的 7 号楼 1001 到 1004 室——当时的施工队出现了严重的失误，后续虽然进行了整修和弥补，问题依然很大。

然而陈一凡就是不想让他走，跟私人感情无关，她知道柳青阳需要这份工作，也在这一段时间的相处里，了解了柳青阳的为人和能力，她相信只要给他时间，他确实可以成长为不逊于她或者刘念的优秀人才，对明德来说，也是好事。

她花了很多心思，甚至动用了自己的资源，给他介绍了VIP客户，一个叫曹菲的女孩。她家境优渥，还在读书就已经是个小有名气的画家了，有实力，买房子据说是为了当画室，怕吵想要几个连续的单位，马上要出国读书所以不会常住，因此也不太介意1001到1004室的暖气管线需要重新改造之类的麻烦……怎么看，只要柳青阳努力，曹菲是很有可能买下那几个单元的。

可是柳青阳就是不努力，他一点也不想带曹菲看房，被主管骂了一顿以后，才勉勉强强地去了，毕竟他现在还是明德的员工，做人得有始有终。然而他一点也没有像正常的销售人员那样，舌灿莲花地把普通的房子吹上天，破房也能说成好房，反而十分实诚地把所有的问题都指给曹菲看："这房子在中间层，屋子里全是管道，装修的时候很麻烦，格局也不太好。你看这个窗户，几乎没有对流，夏天会很热的，厨卫的通风也不好。"

曹菲倒是看得很认真，十分有兴趣地走了好几圈，还拉着柳青阳的手，问他这几个单位能不能打通。柳青阳倒是看过图纸，便负责任地告诉她，有些是承重墙不能动，但是应该可以在楼道那边安装一个防盗门，这样的话四个单元也算能连在一起。

"那就好，帮我安排签单好吗？"曹菲笑起来很甜，大眼睛忽闪忽闪，带着一种艺术家特有的纯粹和天真，柳青阳总觉得她有点像老柳出事之前的自己——有钱任性，总想帮助别人。没错，就是帮助，尽管她没说出来，可是柳青阳明白，他们一起搭工程电梯下楼的时候，他忍不住说："别买，那房子性价比很低，我介绍其他同事带你去看好点的楼层好吗？"

"我其实无所谓的，也不常住。"曹菲对这种四面都漏风、悬挂在室外的电梯有点害怕，她小心翼翼地扶着柳青阳，"你为人这么坦诚，我相信你。"

"你是傻吗？"柳青阳忍不住瞪她，却在她吓得往后退的时候赶紧捞住了她，“小心，掉下去会死的。这个房子有问题，你相信我，那你为什么还要买呢？”

“你签了单不就能有提成吗？我没关系的，真的，也不是很多钱。”曹菲发觉自己刚刚差点一脚踩空，不由有点腿软，半个身子几乎靠在柳青阳身上，还有点微微发抖，“谢谢你。”

“你不要这么天真，买房子不是买件衣服买双鞋子，不喜欢了随时可以扔掉。”柳青阳扶着曹菲下了电梯，一字一句，“可能我比你还傻，如果你只是为了帮我才买这几间破房子，那对不起，我放弃这部分的提成，请你不要把我的名字填在销售单上，我是认真的。”

曹菲的脸又红又白，她看着柳青阳，却又露出了那种天真甜蜜的笑容：“看来陈姐说的一点都没错，你确实跟大家不一样。”

果然是陈一凡，柳青阳暗自咬牙，他知道不应该生气，毕竟陈一凡是好意，是真心实意想要帮他，可是另一方面，他作为男人的自尊被刺痛了，被拒绝的愤懑让他扎心得难受。他苦笑着看着曹菲，摇摇头不知道说什么才好。曹菲看着他，很认真地说：“你是个好人，我们能做朋友吗？”

“我没法跟可怜我的人做朋友。”柳青阳几乎毫不犹豫地说，他说完才意识到他根本不是在针对曹菲，而是还想着陈一凡，他连忙缓和了语气，对曹菲说，“那房子真的不行，而且……我们有缘见面，就已经是朋友了，不是吗？”

他一路把曹菲送出了明德大楼，然后搭电梯回去，直接把辞职书放在了刘念面前。

刘念显然已经从孙思明那里知道了曹菲的事：“有钱都不赚？柳青阳，这点你让我刮目相看。”

柳青阳对老人院那件事始终耿耿于怀，虽然他知道明德除了重新翻修了原来那栋房子之外，还捐了一栋楼给老人们居住，是认真地在给老人们送福利，不仅仅是做个样子，但他还是无法原谅刘念偷偷施工的行为，毕竟，如果那栋楼在老人们入住以后才塌，可能就会出人命了。柳青阳哼了一声："如果你要我像你们那样为了赚钱不择手段，那确实不适合我。"

刘念笑了，他挑眉看着柳青阳："我们？我们至少可以体面地活着。"

柳青阳环视刘念巨大豪华的办公室，看着他手工定做的西装、嵌钻镶金的名表，摇了摇头："对不起，我妈说做人要对得起良心，这种钱我拿不回去。"

刘念微微咬牙，不知道是为了"良心"还是"妈"，他很久很久没有听过这样直白的指责了，可是偏偏无法反驳。柳青阳说完，转身就走，到门口忽然想起什么似的，转过头问刘念："你喜欢陈一凡的，对吧？"

刘念拿着文件的手几不可见地抖了一下，语气却平静而冷淡："这和你有什么关系吗？"

"某种意义上来说，你比我还可怜一点。"柳青阳忍不住勾起嘴角，不知道是自嘲还是无奈，他像个成熟的职场精英那样叹了口气，离开了刘念的办公室，还妥帖地替他关上了门。

令他没想到的是，听说了这件事的陈一凡竟然在销售部的办公室里等他，看着他真的开始收拾自己的物品，陈一凡忍不住轻声说："柳青阳，你要想清楚，留下来，你还有机会，你是有潜力的，我不会看错。"

"承蒙错爱，不胜感激。"柳青阳用武侠小说里看到的文绉绉的词拒人千里，"但是，高价把有质量问题的房子卖给一个什么都不懂的小姑娘来赚钱，这样的潜力我估计我是没有的。"

柳青阳抬头看着她，他还是喜欢陈一凡，这种感情并没有因为她的拒绝而有所减退，反而愈演愈烈，他甚至想放弃所有的骄傲留下来，起码这样，每天都能看见她，跟她说两句话，然而他还是做不到。他深吸了一口气："这段时间，给你添麻烦了。还有，曹菲的事，我得谢谢你，不过……已经过去了。"

"曹菲人很好，也有能力，她是真的很欣赏你。"陈一凡轻声说。

"下次吧。"柳青阳小心翼翼地把桌上的相框折起支架，用纸袋妥帖包好，放进纸箱里。相框里面是从老柳办公室里拿回来的全家福，他曾经想过，要在老柳的注视下，在明德干出一番名堂。

然而现在，一切都结束了，或许根本就不该开始。柳青阳看着他心爱的姑娘，又露出他们初见时那毫无阴霾的微笑："下次，你遇上什么长得像你的姑娘，介绍给我，说不定我就很喜欢了。"

他说完，抱着装满了自己私人物品的纸箱，在众明德集团员工的注视中，大步离开。

陈一凡在那里站了很久，抱着纸箱的柳青阳和背着装备包的梅恒，他们的背影截然不同却又那么相似。有那么一刻，陈一凡觉得梅恒再次走出了她的生命，下一秒，她又清楚地意识到了这一次离开的人是柳青阳。昨天在温柔的街灯下面，柳青阳问她的最后一句话又回响在她的耳边："一凡，对我这个人，你有感觉吗？除了我像'他'之外。"

陈一凡意识到，她真的不知道如何回答这个问题，无法承认，却也无法否认。

无论最初是否因为梅恒，此时此刻，柳青阳确实已经在她的心里，占有了一席之地。

第九章

1

刘念从有记忆略微懂事的时候开始，就清楚地记住了一个真理：没有钱是万万不能的。以后的生活经历不断地验证着这一真理，他用尽全力地征服财富，如果有一天没赚到钱，他就会觉得年华虚度，从而陷入隐秘的焦虑中。这么多年，他仿佛永远被一屁股债追着、被鞭子赶着一样向钱冲。

然而赚钱这种事跟读书不一样，永远不能毕业，看不到尽头。每当刘念艰难地将自己提升一个阶层，就会发现，他以为的“财务自由”和真正的自由之间，横亘着无法逾越的深沟和无法攀登的高山。

他在当明德总裁的这些年，每天从手里经过的财富都令人咋舌，可是“缺钱”的时候更多，简直是一种跟吃饭喝水一样的日常状态了。但这也没什么，每个做生意的人都知道，“缺钱”不可怕，只要能借到钱，只要有本事让资金流动起来，企业就能保持健康，充满活力地日进斗金。

但是现在，明德的资金链完全断了。

陈一凡在例行检查公司财务账目的时候，发现整个集团的资金流很不正常。她想要找刘念商量，却被告知，一年三百六十五天每天都在加班的刘念竟然提前下班了。

事情肯定很严重，陈一凡立刻叫了包括财务在内的各部门主管开会，详细了解一下跟理想国有关的人员资金流动。最后结论很不乐观，她不得不花了很多时间安抚同样忧心忡忡的员工们，终于下班回到公寓的时候，夜已经很深。

所有的灯都黑着，她本以为刘念不在，那个人只要回到家，一定会毫不吝惜电费地打开所有造景灯，让偌大的豪宅显得温暖而有层次。“黑洞洞的，怎么像家呢？”刘念当时似乎是这么说的。在梅恒刚刚离去的日子，是这个男人温暖而包容地撑起了明德，撑起了陈一凡的生活。哪怕时至今日，她对刘念依然有感激和歉意，在某种程度上，他也已经是她的家人了。

“别开灯。”一个嘶哑的声音从角落里传出来，把正在摸黑找开关的陈一凡吓了一跳：“刘念？”她抬起头，几秒钟以后才适应了只有月光的房间，看到落地窗边刘念落寞的背影，旁边的酒桌上，一瓶威士忌已经没了大半。

这么多年来，陈一凡始终不太习惯酒桌上的应酬文化，她自己几乎滴酒不沾，对于喝醉了的男人非常厌恶，每天晚上都有应酬的刘念十分尊重她这方面的习惯，这么多年来，从来没有在她面前露出过醉态。

陈一凡小心翼翼地走过去，打开了窗畔的落地灯。刘念下意识地躲闪了一下她的目光，可她还是清楚地看到了他憔悴的容颜，仿佛一个下午没见，就老了十岁。他红着眼圈看向陈一凡：“我们……

我输了。”

“一直都是我们，但我依然相信，只要我们在，明德就不会输。”陈一凡深深吸了口气，在刘念身边坐下，“我知道资金的问题，也知道鼎力的官司，但我不知道你和四大集团之间，到底发生了什么。”

“他们从一开始就没有分裂，老杨是他们派来的，这是一个圈套，一个死局。”刘念自嘲地笑了，“给我这个狂妄自大自不量力的人量身定做的圈套，我就像个被胡萝卜牵着的蠢骡子，乐颠颠地被套住了脖子。”

陈一凡静静听着，听刘念细说。四大集团始终是本城房地产业的龙头，行业规则的制定者，从刘念拍下15号地王起，他们就已经将明德视作了眼中钉肉中刺，从那一刻开始，庞大的明德集团和小小的柳源地产已经没有区别了，刘念和老柳一样，越线了，未经许可碰了不该碰的东西，因此必将遭到凶残的反扑。四大集团根本就没有什么分裂，他们全都串通在一起，骗刘念与两边都签了合同。然后由老杨出面，假戏真做，用法律的手段拖死明德集团。

“老杨不仅将我们告上法庭，还将四大集团列为了关联方，法庭现在冻结了与15号地相关的一切商业活动，要求我们尽快提交全部相关账目备查。还有，老李之前放到明德账上的那笔钱，涉嫌违规操作，不仅全被冻结了，可能还会追究主管的刑事责任。”刘念看着陈一凡，猛地端起酒杯，一口干了剩下的半杯，“你之前没参与理想国的项目，之后也别碰，我来扛。”

“你要是真扛得住就不会坐在这里喝闷酒了。”陈一凡站起来，不由分说地收起了酒瓶和酒杯，然后给刘念倒了半杯热水，“明天开始，你在家休息，集团的事情我去处理。四大集团想要理想国，我们给；我们道歉，甚至可以像以前一样替他们收拾烂摊子给他们打工。我们熬过了这一次，早晚有那么一天，这群吃人不吐骨头的人渣会付出应有的代价。”

刘念握着那杯水，仰头看着陈一凡，忍不住笑了："一凡，你这样子……"

"很奇怪吗？如果我只会讲道理不能下狠手，我能做这么多年明德的副总裁吗？"陈一凡挺直了腰背，望向窗外的灯火，"这么多年，我没输过，刘念，你也不会输。"

"我是想说，你这样子，像是个侠客，骑着最快的摩托，碰到拦路的坏人，便是一刀一个。"刘念看着她的侧影，通红的眼睛里几乎有泪光，他真的爱死这个女孩了，哪怕她的目光从未在他身上停留，他依旧感谢上苍，能让他们相伴这么多年。

"但是四大集团要的不是理想国，他们是要我们死，杀一儆百，告诉整个行业，一切反抗都是自取灭亡。"刘念轻声说，"没用的。"

这跟陈一凡研究了一下午相关资料之后做出的判断完全一致，但是她不可能就这么认输。她给自己倒了一杯水，咣咣扔进去好几块冰，然后大口地喝掉了一大半："最后不过是从头再来，上一次创业我们俩才几岁？历练了这么多年，你反倒怕了？"

刘念瞧着她，笑得越发温柔："我很高兴，白手起家，从头再来，我依旧还在你的拍档名单里，还是'我们'。"

陈一凡顿了一下，其实经历了之前的很多事，她已经无法确定刘念是不是一个合适的合伙人了，可是在这个时候，如果他们俩不能团结，明德更没有任何希望。

她不能看着明德垮掉，更不想看着四大集团踩着明德的尸体得意洋洋，为所欲为。

她又给自己灌了两口冰水，然后换了个话题："你跟老李他们谈崩了以后，是不是去找过我爸了？他怎么说？"

刘念从茶几上摸过来一个遥控器，按了开关，客厅的电视里立刻开始播放一段很久以前的视频——明德刚刚开始创业的时候，他们在梅道远的办公室里开香槟。那个时候，陈一凡和刘念还是大学都没读完的年轻人，梅恒还活着，梅太太温婉美丽，梅道远意气风发。

陈一凡被久违的欢声笑语震了一下，她几乎是抢过了遥控器，关掉了那个视频，就在梅恒出现的镜头之前。刘念也懂，他轻轻叹了口气："那时候的我们，一无所有，其实却拥有全世界。我今天回学校，站在林荫路上，看着操场上那些年轻人，好像看到了当年的你和我。"

"我爸让你找梅先生？"陈一凡不认为她的大学有多么美好，毕竟，离她爸太近的经历，对她来说都不太美好，"但我们并没有必要非要听他的。"

"一凡，你也知道，你爸是对的。照眼下的状况，三个月内，明德集团会迫于资金压力，以最低的价格出售理想国，然后大伤元气，一年——就算我们同心协力做好其他所有项目，最多再撑两年，明德集团就将从此彻底退出地产界。但是梅先生也许能创造奇迹，他以前可以白手起家创立明德，现在，他也能重新拯救明德。"刘念又想喝酒了，可是他现在手里只剩半杯正在变凉的开水，于是他用一种干杯的姿态把水喝干了，叹了口气，"我想好了，就算磕头下跪，也得把梅道远找回来。"

"那还不如杀了你。"陈一凡是很生气刘念对梅先生的态度，但是这个时候，她敏锐地察觉到不对劲，"等等，你难道……已经去过了？"

"在梅园门口站了两个小时，他的管家说他不在。"刘念专心地盯着手里的玻璃杯，仿佛要用目光在杯子上钻一个洞，"我甚至在想，如果突然来场暴风雨，一个雷劈死我，他是不是会愿意出来看我一眼。"

陈一凡沉默良久，终于叹了口气，她走到刘念身边，俯下身子拍了拍他的手："很晚了，去睡吧，我明天就约四大集团谈判，无论如何,我们要试试。”

“这是最屈辱的时刻。”刘念摇摇头,“整件事与你无关,你一直在反对,如果我愿意对你的意见有一丁点的尊重……”

“对,你狂妄自大,没有经过董事会就做出这么多重大的决策,会闹到今天的局面,都是你咎由自取。”陈一凡冷静而有气势,“但是事情既然已经发生了,作为你的搭档,我一样要承担责任,我必须试一次。至于……梅先生……到了那一步,我和你一起去。”

“他一样也不会接受你的请求。”刘念痛苦地闭上眼睛,“是我害了你和梅家,一凡,我是不是一直都错了?”

陈一凡点头,话却说得十分委婉:“我知道,没关系,大概……这就是命中注定。”

2

柳青阳觉得自己大概命中注定要做“柳师傅”,当“柳少”或者在办公室里当“小柳”都是无关紧要的插曲,最终他还是要回到他爸爸的工友之间,拿起他爸爸留下的工具,勤勤恳恳认认真真地抹墙铺地。

不过“柳少”和“小柳”的经历可以帮助他成为更好的“柳师傅”,尤其是修缮老人院那个项目,让他第一次接触了大集团工程部的运作模式,学到了很多老柳、老齐一辈子也没机会接触到的先进理念和管理模式。柳青阳回到工程队以后的第一周,就小心翼翼地引入了明德的成本控制模式,用表格来量化所有材料消耗,统筹安排人工,果然完工时一算,整体消耗少了,盈利自然就多了。对此,工友们都赞不绝口,一致认为“小柳师傅”果然是读过大学的,早晚能超过老柳,再带着大家发家致富。

柳青阳倒是没想那么远,他还没有完全摆脱单方面失恋的苦涩，目前，只能靠忙碌而繁重的工作转移注意力。就连柳母都看出来了，可是她并不说破，只是望着儿子越来越娴熟的动作，悄悄地叹了口气。她这几十年，经历了太多大起大落，富贵过，贫穷过，老柳出事的时候，她撑起了这个家。现在儿子是真的长大了，懂事了，也许不是他们夫妻俩曾经希冀过的那个方向，但是不得不说，现在的柳青阳让她觉得踏实，甚至让她觉得以后都有了依靠，他们能挺过来，奇迹会发生，他们能还清欠债，老柳会回到家里。

柳青阳并不知道柳母心中这一番百转千回，他刚刚第一次独立完成了一套房子的基础磨面，连老齐这种干了一辈子的老工友都挑不出毛病，挑着大拇指夸了他半天。他啃着柳母给他带的苹果，正跟工友们闲侃的时候，手机忽然响了。

陌生号码，柳青阳怀疑是电信诈骗或者推销房子车子通讯套餐的，懒得接听，没想到对方十分不屈不挠，足足响了五六分钟。柳青阳啃完了那个苹果，慢吞吞地擦干净手指，才接起那个电话，懒洋洋地准备好了调戏骗子："喂？哪位？"

然后他的脸色就变了，苹果核啪地掉下去，砸在他自己的鞋上，他恍若不觉："不可能……不……您会不会搞错了？好……好……我马上到。"

他的脸色和语气吓住了房间里所有人，柳青阳挂断电话，勉强组织了一下语言："派出所……说……找到我爸了，让我立刻去医院。"

"太好了！"工友们七嘴八舌地围过来，"是病了吗？阳阳啊，你快去吧，多带点钱。"

柳母脸色惨白，一只手抓着柳青阳的胳膊，指甲几乎透过了厚厚的工装，掐得柳青阳脸色都变了。他勉强挤出一个难看的笑容，故作轻松地说："别担心……没事……"

柳母看着他的表情，脸色变得十分灰败，她松开柳青阳，勉强支撑着自己，轻声嘱咐："路上小心，叫小同跟你一起去吧。"

"我知道，妈，你先歇会儿，我尽快回来。没事……没事的，他们肯定是搞错了。"柳青阳语无伦次地说着，几乎是逃出了房门，给张小同打电话的时候，手指都在发抖，一直拨错号码，毕竟，在那通电话里，警方说的不是来"认人"，而是——"认尸"。

对于那一天的事，柳青阳整个人都是恍惚的，他不记得张小同是什么时候来的，也不记得自己是怎么到的医院，甚至连摩托车都没锁好，扔下头盔就冲进去了。张小同一路小跑跟着他，喋喋不休地说着一些宽慰的话，可是他什么都没听清楚。在停尸房门口等他的警察，就是老柳刚刚失踪柳青阳去报案的时候接待他们的警察，柳青阳恍惚想起来，这个警察当时就告诉他，老柳欠债失踪，很有可能会自寻短见。柳青阳当时气到爆炸，差点在派出所里袭警，现在……居然又是他！

柳青阳完全丧失了正常的判断能力，把警察当作杀父仇人似的，两眼血红地瞪着。幸亏张小同看出不对，一边拉着他办手续，一面轻声跟警察道歉。那警察拍拍他的肩膀："家属都激动，能理解，你们进去吧。"

"能让我一个人进去吗？"柳青阳几乎是从牙缝里挤出这句话的。张小同立刻点头，帮他推开了门。蹲在停尸房门口的一个人看到柳青阳立刻站起来了，张了张嘴，却没说出什么来，挠挠头又蹲下了。负责办案的警察压低声音，跟张小同介绍："报案人，据说是死者现在的同事。"

张小同赶紧跟那个穿着工装的朴实男人打了个招呼。那人的眼圈也是红的，瞄了一眼停尸房的门，悄声说："那是老柳的儿子？他给我看过相片，小伙子比照片上精神多了。哎，我也不会说话，那个什么……节哀顺变。"

"我爸……怎么没的？"柳青阳竟然这么快就出来了，幽灵似的站在门口，眼圈通红，脸颊上还有没擦干的泪痕。

“好好的，忽然就倒了，送到医院就没了。”那工友十分心痛地叹了口气，“我估摸着，可能是累死的。老柳说他欠人好多钱，一个人干两个工，没日没夜的。我们这行辛苦，我这年纪都受不了，何况老柳……哎，这是他的工资，老板还给额外打了点丧葬费，拿着。”工友说着，递给柳青阳一个皱巴巴的存折。

“法医查过了，死因无可疑。”警察见柳青阳确认了死者就是老柳，便拿出一些文件让他签字，“人死不能复生……哎，节哀顺变。”

柳青阳的笔尖划破了纸面，什么面子都丢到了九霄云外。老柳在停尸间里毫无生气的脸始终在他耳边，他还记得爸爸最后一句话，还记得他拍着自己肩膀时掌心的温度，一转眼，就是阴阳两隔。

张小同像护送一个贵重瓷器一样把柳青阳送回家。小小的房子里挤满了工友，为首的老齐一看他的脸色，就明白了大半，他征询地看向张小同，后者沉痛地点了点头，老齐也红了眼圈：“哎，你爸……阳阳，事情既然到了这步，你……千万撑着，你还得照顾你妈呢。”

柳青阳从口袋里掏出医院里那个工友给他的存折，递给老齐：“我爸这段时间做工赚的，不多，麻烦齐叔帮我给大家分分。”

老齐连忙推开：“别，阳阳，你先给你爸办事，这钱不急，我们大家跟了你爸几十年，不能在这个时候……”

“青阳。是他吗？”柳母脸色惨白地从卧室里走出来，看着儿子，眼泪已经止不住簌簌地落下来。柳青阳扑过去抱住了母亲，哽咽着点头，一句话也说不出来。

柳母死死捏着他的胳膊，强行说：“别哭，我们还得帮你爸办丧事。”她勉强走到老齐他们面前，看着老齐手里那个存折，她的眉头微微舒展，哽咽着说，“老柳不是要逃债才没了的……”

“是，到死都想着给兄弟们还钱！”老齐也哭，“嫂子，别急，我们大伙儿一起帮着你们操办丧事,送老柳最后一程。”

柳母几乎已经站不住,老齐连忙带着工友们离开了,临走到底把那个存折塞进了柳青阳挂在门口的夹克口袋里。

柳青阳送他们回来,只见母亲将老柳的照片摆在了柜子上:“来,阳阳,给你爸鞠躬,告诉他,以后,我们会好好过。”

柳青阳立刻应了,给老柳连着鞠了三个躬,还没站稳,只听身后有东西落地的声音。他猛然回头,只见柳母倒在地上,手里的瓷香炉落在地上,碎成三块。

3

“你说,我们家是不是冲撞了什么了?”柳青阳坐在手术室门口,焦虑地盯着门口“手术中”的灯牌发呆,他的手还是哆嗦的,“才几个月,我们家怎么就……”

张小同刚到家就被柳青阳又给叫到医院了,他把一张银行卡塞给柳青阳:“钱不多,这时候就别客气了,你先用着。”

“破屋偏逢连夜雨,黄鼠狼专叼病鸭子。”柳青阳不知道疼似的使劲揪着自己的头发,“眼见他起高楼,眼见他宴宾客,眼见他楼塌了……”

荒腔走板,苦笑和啜泣交叠在一起,柳青阳抬头看向张小同:“我原来以为我们家也就是倾家荡产,现在……这是要家破人亡了。”

“呸呸,阿姨没事,你别自己吓自己。”张小同把刚刚从自动售货机里买的冰可乐怼在柳青阳脸上,让他清醒一下,“走,给阿姨办住院手续去。”

手术室门口的灯灭了,门开了,护士们急匆匆地推着柳青阳的母亲去病房,张小同跟着,柳青阳则焦急地堵住医生:“我妈……没事吧？”

“急性气胸，慢性支气管炎导致的，应该是年轻时候就落下的病根，过去的工作环境不太好吧？”医生看他那双眼血红几乎要崩溃的样子，不由放缓了语调，“抢救过来了，但情况算不上稳定，还是要尽快手术。”

“行！”柳青阳恨不得立刻把医生拖去给柳母做手术，“要多少钱，我立刻去准备！”

“手术加后续治疗，大概要五万左右。”医生说着，旁边过来一个急匆匆的护士，手里拿着一大摞单据：“家属赶快去把今天的费用交一下。”

柳青阳捏着几张薄薄的纸，腰背都要被压垮了。他从很小的时候起，就没有为钱担心过，甚至前些年，还一直过着“有钱任性”的生活，五万，对于“柳少”来说不过是一次飙车趴的预算，不过是一对进口的反光镜或者四分之一个进口发动机，可是此刻，他知道自己卡里连五千都拿不出来。

他在ATM机里将自己的银行卡取到余额不足一块，手里也不过多了三十来张粉红色的票子，交完了今天抢救的钱，就会所剩无几，而他妈，还等着五万做手术呢。

老话说一分钱憋死英雄汉，柳青阳现在缺的钱可以憋死五百万个英雄了，他心事重重地混在一些同样忧心忡忡的家属之间，排队缴费，简直觉得不能呼吸了。忽然，远处跑来一个行色匆匆的人，捏着两张单据，一边大咧咧地插到了柳青阳前面，一边大嗓门地跟电话那头嚷嚷：“我在医院取药呢，女主角胃疼，怎么了？……啥？……加不了，告诉他，爱拍不拍，骑个破摩托车，八万块钱还嫌少……你问我……你们找啊，找个特技演员还他妈这么费劲。”

本来已经暗自捏了拳头打算揍这个插队的家伙的柳青阳，听到“八万块”和“摩托车”这两个关键词，就立刻软了。虽然摩托车特技没飙车那么好玩，他也是会点的，立刻拍了拍那个人的肩膀，客气地笑着问："哥们儿，你们那儿是需要会骑摩托车的吗？"

那人将信将疑地打量着他，柳青阳立刻带他去看自己停在医院门口的摩托车——按理说，这摩托车几个月前就应该跟车行一起抵给陈一凡，但是对方没要，柳青阳也就一直厚脸皮地接着用着，虽然这段时间他没空像过去那样天天收拾车，毕竟底子极好，一看就是专业级的摩托。那剧组的人立刻点头："行，我带你去试试。要是成了，两成介绍费？"

柳青阳飞快地算了一下，劳务费八万块的话，给他两成介绍费，自己还能剩六万四，足够手术费了，他赶紧点头："放心吧，哥们儿，少不了你的。"

"在这儿等着，我叫我们特技指导来，得面试。"这个剧组助理把柳青阳带到一个郊区的废车场门口，柳青阳还没见过剧组拍戏，十分好奇地望过去，只见里面灯火通明，地上铺着摄像专用的轨道。不远处的仓库里，几只燃烧的油筒里蹿出熊熊烈焰，到处都是烟尘。扩音喇叭里喊出"ACTION"的一瞬间，引擎轰鸣，一辆摩托车从暗处疾驰而来，车手挥舞着铁棍，狠狠打向站在正中的男主角。后者轻松拔地而起，凌空一脚将车手踢下车去，导演满意地喊了"停"，助理们立刻飞奔过来给主角补妆披毯子，那个车手却翻滚在地上，半晌都爬不起来。

这钱也不太好赚啊，柳青阳看着，心里有点打鼓，可是让他转身就走，他也做不到。明晃晃的六万块钱，对他来说，就像是马上就要饿死的人看到不远处的大白馒头，就算是拼了最后一口气，他也得爬过去。

"哎？这就是新来的特技演员？"一个挂着大金链子的男人叼着烟卷，站在门那边吆喝。带柳青阳过来的那个人赶紧迎上去赔笑说："是，俊哥，这小伙子玩车玩得真不错，让他试试呗。"柳青阳觉得金链子大哥的声音有点耳熟，他刚往前一走，金链子大哥也吓了一跳："哎，这不是柳少吗？什么风把你吹来了？！"

刚刚跟柳青阳谈妥了介绍费的助理发现他们认识，有点怕自己从中揩油的事被金链子大哥知道，赶紧说："俊哥，就是他来面试……"

"俊哥？"柳青阳有点不相信地盯着对方又看了几眼，"你不是强哥吗？"

俊哥老脸一红："咳咳，这是艺名，咱现在也是搞艺术的了，得有个艺名是吧。哎，我说小柳，我之前听圈里兄弟说，你家里遇上点事——是真的？"

转眼就从"柳少"变成"小柳"的柳青阳点了点头："我听说……这行收入挺高的。"

"可不是，有本事就能出头！你放心，哥罩着你，谁没个大起大落的，好好干，过两年说不准你就红了成大明星了呢！"俊哥热切地把他往里带，"要搁别人，我可不能这么轻易让他上场。你就不一样了，艺高人胆大，当年我把辛辛苦苦干起来的车行都盘给你了，就是看中你真懂车会玩车！"

柳青阳到底不是当年无忧无虑任性天真的"柳少"了，他敏锐地察觉到一丝不妥："我看挺危险的……"

俊哥不在乎地给柳青阳点根烟："什么事没危险？天天在家待着还有得癌症的呢。我说兄弟，趁有机会多赚点钱，比什么都实在！"

他的话音未落，废车场里传来翻车的声音，柳青阳忍不住探头关切地看过去："又出事了？"

俊哥赶紧按住他，舌灿莲花地继续说："没事没事，甭管他——柳少，你跟我干，凭你的本事，咱能混到好莱坞去你信吗？"

几个人抬着一个全副武装的车手从里面一路小跑地出来，一个助理边打电话边挥手让他们快点："送医院，快点叫救护车！"

柳青阳看着那个受伤的车手，六万块钱的诱惑一下减弱了。按理说，柳少从初中开始玩摩托，断过手断过脚，并不知道害怕，但是现在的柳青阳不能躺着进医院，他爸没了，他妈等着钱做手术，他们还欠着一屁股债……俊哥看出他的犹豫，立刻拍拍柳青阳："你们家那事，得几百万才能平吧？哥给不了那么多，不过……一百万，我只签你一年，一年以后，你还可以涨价。"

柳青阳被这个价码震了一下，他的喉咙动了一下，艰难地拒绝："俊哥，不是钱的事。"

俊哥显然信仰"金钱就是万能的"，他掏出手机："给我账号，这场你漂漂亮亮地给干完了，哥先给你打五万。柳少，大老爷们儿，行就行，不行就不行，给个痛快话，救场如救火，都等着呢。"

"五万"像个咒语，刚刚好就套住了柳青阳的死穴，他想起躺在病床上的妈，下意识地点了点头。俊哥大喜，立刻揽着他的肩膀，带他去化妆换衣服了。

一开始进行得还算顺利，估计是剧组也要看看新来的特技演员有几斤几两，柳青阳驾驶着剧组的破摩托车急转急停，拍摄了若干远景和追逐戏。导演对他赞不绝口，在天将将擦黑的时候，他们决定拍摄一场高难度的动作戏。

工作人员架设好了灯光和收音装置，摄影师排好了轨道，准备就绪，柳青阳望着足有三层楼高的陡坡皱紧了眉，导演还在他耳边大声地嘱咐："一会我喊开始，你就从这下去，记住空中开枪的姿势一定要稳住！"

柳青阳怀疑地看了看他的摩托车："我……我这么下去，怎么落地？"

导演十分不在乎地一挥手："落地镜头演员自己补，你不用担心。"

“我担心的是我自己！”柳青阳十分不客气地怼了回去，“这破摩托连减震都没有，你叫我自己当人肉垫子吗？”

导演愣了一下，随即开始叫俊哥：“俊哥，你这哥们儿行不行啊?！”

柳青阳并不打算听俊哥继续忽悠他：“导演，我要真死这儿了，你们也得停工协助公安调查，咱们能不能换个安全点的方案？”

“不可能！那怎么可能呢?！我跟你说，这是全片最出彩的一个镜头，必须完成！”导演吼道，“不行换人，俊哥，找个能干的来！”

俊哥也不说话，张开手指，一只手跟柳青阳比了个“五”，看柳青阳还在犹豫，就伸出另一只手，又加了一个指头。柳青阳额头有冷汗，却在“加一”涨到“加三”的时候，跨上了摩托车。

导演大喜，立刻挥手让摄像准备，各部门就位，灯光聚焦柳青阳。摩托车开始轰鸣，柳青阳咬紧牙关，转动了油门，摩托车笔直地向前冲去。

片场所有人鸦雀无声，所有人都关切地看着柳青阳。喜欢飙车的少年都爱死聚光灯照耀着自己的感觉了，可是柳青阳已经不是当年什么都不懂的年轻人，他最后的理智让他在冲出陡坡的前一刻，急停下来，勉强擦了擦冷汗，大口喘息着。

导演不干了，他气急败坏地挥手让摄像停下，跳着脚骂道：“你他妈什么毛病?！能不能干？不能干快滚！别耽误大事行吗?！”

柳青阳绝望地看向俊哥，希望他这个武术指导能够从专业的角度告诉导演，这动作不靠谱。没想到俊哥并不理他，还把两只手都背到身后去了。

没戏了，柳青阳站在高高的陡坡上，望向下面的人，他终究还是扔下摩托车，自己走下去离开了。

背后依稀还能听到导演的痛骂：“什么人哪！喂！你就这么走了？哎，谁想个办法，先把那个摩托车弄下来！”

活该！柳青阳头也不回地走开了，给钱就能只起飞不落地了？你们那么能耐，怎么不自己上呢？

4

陈一凡发现，明德这回真是飞太高了，无法落地，眼看就要摔死。

她花了好几天的时间，动用了这些年在地产圈所有的关系，终于约到了四大集团的负责人谈判——甚至连鼎力的老杨都来了，毕竟，他们一开始就是沆瀣一气，合起伙来坑刘念一个人。

高档的会所包间里冷飕飕的，陈一凡递上文件："15 号地王的初期建设已经开始，过去几个月，我们投入了巨额资金清除了之前的烂尾楼，整修了管道和线路，甚至完成了建筑设计规划。如果各位可以接受，我们同意由各位来操盘——明德，正式退出。"

老李摘下装模作样的金丝眼镜，把文件扔在一边："陈总好气魄。"

"我知道，明德拿下理想国的做法太激进，冒犯了各位，现在走到这个地步，明德集团愿赌服输……"陈一凡一根手指敲了一下文件夹，"这里面的价值诸位跟我一样清楚，我想，没有人会跟钱过不去吧？"

然而四大集团这几个老狐狸显然就打算当一回"没有人"，老杨先笑起来："不是明德，是刘念。"

老李立刻拍手附和："没错，任何地产集团无论大小，在利益上都可以做我们的盟友，但是刘念野心太大，他想把我们都从桌上踢下去，这就过分了。"

"如果当时拍下地王的是杨总，15 号地块上的烂尾楼和拆迁项目，不也一样要交给明德处理吗？"陈一凡在来这里之前已经做好了受委屈的准备,她翻到"基建已完成"那页,"明德集团不想把事情闹大,该做的我们已经完成了,现在,整个项目都是你们的了。"

老宋抿了口茶:"该低头求饶的时候毫不犹豫,这才是聪明人,刘念那小子永远学不会。"

陈一凡暗暗地吸了口气:"……说是和解也好,求饶也罢,各位爱怎么想,是你们的事。我只是希望能够把集团的损失降到最小。"

老杨看了看老李,老李不知道从哪儿掏出了一块蓝色的丝绸,开始慢条斯理地擦他的金丝眼镜:"我个人很欣赏陈总解决问题的态度,但是……陈总,你是不是没搞清楚情况?我们想要的,从来不是理想国。"

陈一凡放在腿上的那只手手指下意识地抓紧了自己的西服裙,她知道今天的谈判已经失败了,这几个人是跟刘念一样的人,被控制欲抹去了正常的判断,他们甚至连利益都视而不见。

果然,老李接着说:"我小时候看过一个故事,说从前有个大官,贪婪得很,搜刮了无数民脂民膏,后来皇帝抄了他的家,偏偏给他留下个金饭碗让他去讨饭。但是老百姓都对他恨之入骨,谁也不愿给他一口饭吃,这个人最后怎么样?捧着金饭碗,活活饿死了。"

老杨、老宋和老张都配合地笑起来,老李慢悠悠地总结陈词:"刘念那么想要理想国,我们也不好横刀夺爱,是不是?很抱歉,你的条件,我们不愿接受。"

陈一凡脸色苍白,她还是要最后一搏:"地王的基础开发都做好了,只要一年……甚至半年,四十亿的地块价值就能翻几倍……"

老李摆摆手打断了她:"钱随时可以赚,但是我们今天放过一个刘念,明天就会有一百个刘念站出来。陈总,换位思考一下,我们才是如履薄冰啊,别太欺负弱势群体嘛。"

陈一凡在众人的哄笑声中站起来:"这么多年,明德一直配合你们的工作，给你们赚了不少钱，你们此时连一丝生路都不给我们。要知道，困兽犹斗，明德虽然不如诸位根基深厚，也不是可以随随便便踩死的蚂蚁。”

老杨的眼神冰冷又残酷：“好啊，陈总，我们恭候明德的大招。”

老李却拦了他一下，笑着打圆场：“商场是商场，交情是交情。我们针对的人只有刘念——对陈总你，还有令尊陈秋风先生，我们都是很敬重的。如果陈总愿意退出明德加入我们，这里随时有你一个位置。”

陈一凡本来已经走到门口，闻言转过身来，看着他们几个，一字一句：“恐怕您也搞错了状况：第一，我从来不喜欢别人看在我父亲的面上给我什么优待，对我来说那是羞辱；第二，我永远也不想和你们站在一起。”

老李笑容更盛：“可是跟你在一条船上的刘念，也和我们没什么区别呀。”

陈一凡完全不想思考他的话是不是有道理，她转身大步离去。

尽管已经过了下班时间，她还是回了办公室，就算明德真要破产清算，她也得处理掉手里其他几个项目。没想到她刚走进自己的办公室，春雨就来敲门了。

陈一凡还从来没见过春雨这么失态的样子，她怀疑春雨猜到了跟四大集团谈判破裂，也不瞒她，一面收拾自己桌上的文件一面说：“对，四大集团不接受我们的条件。没关系，还有办法，你帮我把四大集团有分量的中小股东名单找出来，我还不信了，这么多人，就没一个正常点想要赚钱的？”

春雨咬着自己的嘴唇，快哭了，她递给陈一凡一份文件：“来不及了，刘念……刘总他疯了。他要炸掉理想国！”

尽管陈一凡早就觉得刘念不太正常，这件事还是超出了她的理解范围：“什么，还没有正式开工他炸什么……”她飞快地浏览了一下文件，脸色变得苍白，手都在发抖。刘念要炸的是理想国项目的基础建设工程，包括各种预设的管线，最重要的是，其中有一座已经连上城市中水处理系统的中水处理厂。

"这是要坐牢的！"陈一凡腾地站起来，"明德这么多年来始终说要服务社会，他现在在做什么？整块地会被污染，很可能会波及半个城市，他真的疯了！"

"他要求相关部门马上联系爆破专家，将我们承建的理想国周边基建设施都做定向爆破。"春雨上前一步，跟陈一凡一样焦虑，"通知我压着没发，可是昨天晚上我才知道，他已经亲自去联系好了。"

"刘念呢？"陈一凡快要气疯了，"我去找他，你马上带些人去现场阻止他，必要的时候……可以报警。"

春雨犹豫了一下："这……对刘总……"

"企图破坏公共设施未遂，咱们还能捞他，真污染了城市水源和土地，会判死刑的。"陈一凡撂下这句话，就风一样冲出去了。

她在理想国的施工现场找到了抓着爆破按钮的刘念。刘念西装笔挺，看上去依然是那个商业精英，眼神里却透着跟老杨老李他们一样的疯狂。他看见陈一凡冲过来，竟然开心地笑了起来："来得正好，我们一起送理想国最后一程吧。"

"就算输……我也要输个轰轰烈烈，理想国不光地皮值钱，地皮上的这些基础建筑——四大集团不是想要吗？我给他们留下一片空地。"刘念痴迷地看着远处明德集团竖立的巨大广告牌——"理想国"，"已经被人打到丢盔卸甲了，一凡，我现在跪着也是死，站着也是死，你说，我刘念，临死该不该拉上他们几个垫背？"

"你这是拉着半个城市给你垫背，你疯了！"陈一凡抽了刘念一巴掌，他却没感觉一样，甚至还笑了起来："都到这个时候了，别婆婆妈妈的。说实话，这个爆破仪式有你在，我心里还舒服一点。"

"走,我们换个景观好点的地方,看看明德是怎么落幕的。"刘念深深吸了一口气,拉着陈一凡就走,"一凡,你来。"

"你不要胡来!"陈一凡用肘部黏住刘念的胳膊,几乎使出全身力气把他往后拖了几步。

刘念笑了。陈一凡已经多年不练推手,这一下几乎是她的极限。刘念自认为是个靠头脑取胜的人,这几年却也被欧美健身的热潮影响,除了剑道以外,也练出了一点肌肉。他本来就比陈一凡高,趁着对方喘息的工夫,一把擒住她的腕子,几乎是把她生生拖上了旁边一处能鸟瞰理想国的高台上。陈一凡奋力反抗着,空出来的手攥成了拳头,一下一下捶在刘念后背上。

刘念已经忘了上次被陈一凡"揍"是什么时候的事,有阵子陈一凡特别喜欢敲打他,他们就像大学校园里的小情侣那样,从办公室这头,友好地纠缠扭打到另一头,乐此不疲。现在,陈一凡打他的每一下都下了重手,捶得他的心脏在胸腔里几乎爆炸。

"理想国"三个大字,静静地躺在这座城市里。从高处看去,他们无法分辨这是即将爆破的还是崭新的装置立牌,它如同理想中那样,依旧展现着最光鲜亮丽的样子。

"明德集团,到今天为止了。"他把爆破遥控器交给陈一凡,"来,我们一起按下去!按下去就解脱了,再不用被谁裹挟了。以后我们清清静静的,没有明德,没有四大集团,烦人的,都没有了。"他露出笑容,把陈一凡拢在怀里。

"你放开我。"陈一凡忽然平静下来。

刘念没有放手,他永远不会放弃陈一凡的。

"站好,刘念。如果你觉得明德只能毁在咱俩手里,就站直了看着它变成废墟。在你自己的理想面前,搂搂抱抱,合适吗?"

刘念松开了她,理了理自己的西服,细心地摘掉了一根陈一凡落在他袖子上的头发。

陈一凡飞快地后退两步站在天台旁边，小指勾着遥控器伸了出去："你有本事就过来拿，让我看看你在明德和杀人之间会怎么选——你会杀人对不对？反正你已经疯了。"

刘念的喉咙里发出低沉的咆哮："做不到就还给我！"

"还给你？真可笑，刘念，理想国是我们的，你拿什么还我？"

刘念号叫起来。他回答不了陈一凡的问题，就像是神话故事里被英雄将计就计困在迷宫里的怪兽。他对着本属于自己的领地咆哮着，但是一切都在别人手里了。他眼看着陈一凡的眼眶变红，这个他爱过、爱着，还将会爱的女孩子最后站在高台边缘无声痛哭。

"我去找他。"陈一凡的眼泪大颗大颗地滚落，"我去找柳青阳，他……只有他能请出梅先生。"

刘念想要拥抱她，陈一凡后退了一步，把遥控器装进口袋里："不要……刘念，我希望你知道，这是为了明德，不是为了你。"

第十章

1

柳青阳几乎是打破了头才从早餐摊位上抢到了一份饭。本来，他听隔壁床位的人说，医院食堂有早饭，但是他并不知道要自己去订饭，直到发现病友家属都排队去拿自己订的食物的时候，才意识到糟糕。医院门口卖早饭的摊位很多，花样也多，但是柳青阳连续问了三家，都说不接受没有预订的。“你们这是米其林餐厅还是早餐摊子啊？”他高声问。

“是什么也没饭，你拿走了别人订的，别人吃什么？”摊主都懒得理他。

最后，柳青阳在比较远的街口发现了卖小米粥和肉包子的，赶紧突围里三层外三层的排队人群给妈妈买了一份，刚回到病房楼层，就看到一个男人站在门口张望。他以为是谁家家属，没想到男人开口就叫出了他的名字：“柳青阳——柳先生。”

柳青阳警觉地问:“您哪位?”

对方文雅地欠了欠身体:“令尊的事情,节哀顺变。”

还文绉绉的!柳青阳只好顺着说下去:“谢谢您——您是?”

对方掏出名片和一张复印件:“天地信贷的周建宝,请叫我小周。令尊半年前在我们公司贷款五百万,如今算上利息——”

柳青阳看了一眼最后的数字,立刻把他推到走廊尽头:“老头欠钱,你下去找他要去,别吓着我妈。再说,真的假的还不一定呢,你说得挺像回事的。”

对方遗憾地摇了摇头:“柳先生,好听的话我已经说完了。”他打开手机,展示了几张照片,照片里只有一个渗血的麻袋,“法律上规定你有还债义务,我们也是帮人办事。柳青阳,你看好了,你想这样也行,你想让你亲娘过几天躺在太平间里也行。”

柳青阳一脚踹在对方肚子上:“你他妈再说一次?”

对方彬彬有礼地躲了几步:“国家明文禁止暴力催收,但是,柳先生,我不暴力,不代表别人也跟我一样。一个月后就是清款期,我们再见。”说完就走。刚好张小同睡眼惺忪地从拐角出来,看到了就问:“哎哟,这么早来看老太太啊?青阳朋友吧?辛苦辛苦!”

对方客客气气地说了两句,假装没有看到刚刚瘫坐在地上的柳青阳的表情。

张小同捡起那张复印件,也被上面的数字吓蒙了。他低声催问柳青阳手术费的事,柳青阳却一把推开他站了起来,把早餐放在他手里:“我妈要是醒了,你陪她吃点东西。我看见护士站有微波炉,热一热再吃。”

“你打算干吗去?”张小同拉住他,“可不能跟催收的干架啊!”

“我又不傻。”柳青阳压低声音,“刚才横归横,咱心里知道,欠钱得还上。”

“你弄不来钱了。”

“弄不来也得弄啊！”柳青阳急了。

“跪天桥上要去？”

“该跪的时候我不会犹豫的。我说张小同，你话里有话啊？”

张小同从口袋里掏出一个信封：“上次你说太少了不要，现在要吗？”

柳青阳的表情很复杂，医院里来来往往的人多了起来，有人哭，有人吵，也有小孩子在病房里咯咯地笑，柳青阳觉得十分魔幻，仿佛所有事情都不够真实一样。他狠狠堵住耳朵又放开，短暂的气流冲击了听觉，周围的嘈杂声都消失了，他看见自己接过那个信封，听见自己说：“谢了……我……”

张小同拍拍他的肩膀：“行了行了，阿姨我照顾着，你就要饭去吧。”他把信封从柳青阳手里抽了过来，“我去缴费，你别管了——哟，你妈醒了，你要不要跟她说两句话再走？”

柳青阳都走到门口了又决定放弃：“有钱了再说。”

然而现在，“有钱”对于柳青阳来说，难于上青天。好在在“上青天”这件事上，柳青阳和俊哥短暂地达成了一致：俊哥决定“不计前嫌”“好人做到底”“看在柳少过去的面子上”再次让柳青阳进组一试。如果不提柳青阳低三下四地黏在俊哥身后追了他三条街的话，赚钱的计划似乎还是挺顺利的。虽然导演一看到这个临时跑路的特技替身就是一肚子气，但是柳青阳等来了一个绝佳的机会，正在拍摄的替身演员热身的时候扭伤了脚踝，冰敷无效，甚至打了封闭都无法站立，在全组人的注视下被抬上了救护车。导演骂骂咧咧地对副导演和助理发了一通脾气，俊哥恰到好处地把柳青阳推了上去。

说实话，柳青阳根本没看副导演递过来的合同上写了什么，他用最快的速度签了字，开始试车。剧组的摩托车比他的爱驾差远了，骑起来各种别扭。柳青阳远远看着那段他要飞跃的断崖，心里有些发毛，适逢张小同发了一张照片过来，医院的单据上显示着缴费成功，手术将在今天下午立刻开始。柳青阳忽然就不怕了。

“车手准备。”扩音喇叭里有人说。

柳青阳比了一个OK的手势。

“各部门准备——现场安静一点！群众手机关一下！”

世界上所有声音从柳青阳耳朵里褪去，他听见自己的心跳声从杂乱变得规整，砰砰砰，砰砰，砰砰。

“各就各位——三，二，一——”

柳青阳发动摩托向目标冲去。只要飞跃一下，没问题的。

“柳青阳！”

一辆摩托顺着摄影团队为滑轨开辟出来的通道一路蹿上去，头盔都没戴的女骑手一手指着柳青阳大喊：“你疯了？停下！”

柳青阳差点被吓得昏厥过去，奋力刹住，一回头，和陈一凡对上了视线。“你疯了？”柳青阳捶着摩托吼回去，“拍戏呢，你吗呢？”

导演愤怒的声音从扩音器里传出来：“那女的！滚！马上滚！”

陈一凡夺过工作人员身上的对讲机：“你们的拍摄损失算我的。”

导演真的崩溃了：“光都没了！有钱能买光吗？这他妈不是夜戏！你是干什么的？滚！马上滚！”

陈一凡关掉对讲机对柳青阳说：“你下车。”

柳青阳退到起跑线位置，跟导演比了个OK的手势，对陈一凡说：“你让开。”

“听我说……我知道你母亲现在在医院，你需要钱，但是——”

“所以你就别打扰我挣钱好吗？”

“如果我有一个更快的挣钱计划——”

“你把我看成什么东西了？”柳青阳哼笑了一句，“在你心里，我是不是就是一个为了钱不管不顾的人渣啊？”

“你这说的还是人话吗？下车！”

“那是鬼话？”柳青阳发动车子，“反正不是你们能说的话，对不对？陈大小姐？我跟你们不是一路人，你不要管我。”说完，在导演的指示下，柳青阳重新开始加速。

“就是在意你我才管你的！”陈一凡失控地怒吼着。

飞在空中的柳青阳听到了这句话，一字一句都戳进心里。他努力调转车身，开始做预定的翻转和盘旋动作，有那么一个瞬间，他看见陈一凡站在那里——不，不止，他的眼睛出了毛病，他竟然看见了陈一凡的眼泪！随后他的耳朵也出了毛病，他听见陈一凡抽泣的声音——隔着这么远，他听不到也看不到的，柳青阳惊讶地发现自己失去了最佳的角度和速度，直至冲向地面。

他记得的最后一件事，就是疼。太他妈疼了，他在幻觉中臭骂生活的不公，从头到脚、从内到外，每一个细胞都在号叫。

2

柳青阳几乎是和他母亲同时醒来的。唯一不同的是，柳青阳躺在急诊病房里，马上恢复了意识，但是柳母还在楼上的监护室里等待身体指标恢复。

陈一凡摁住他的肩膀，大声喊叫：“醒了！大夫！他醒了！快点！”

大夫瞪了她一眼：“醒了是好事，你不要叫得像病危一样。”

柳青阳觉得自己的头里一定是被谁穿了一根钢钉过去，整个脑袋疼得几乎裂成两半，大夫却说“没大事”，让他回家静养。大夫走了以后，柳青阳做的第一件事不是爬起来，而是怼陈一凡：“上这儿在意我来了？”

陈一凡冷着脸：“你要是死了，总得有人去告诉阿姨。”

“张小同在呢。不用你管。”

“你把张小同累死了。”陈一凡几乎是赌着气给他倒水，把瓶子捏得咔咔响，“他替你签的所有告知书，大夫都以为他才是儿子，你倒好，拍电影去了。”

柳青阳挣扎着爬起来：“我看看我妈去。”说着因为头疼，一下软了下去，陈一凡刚好撑住了他。

“别去了，我给阿姨请了一个护工——”

“我不要你的钱——”

“——给你钱！”陈一凡气得把一个纸袋甩在他身上，“俊哥给你的劳务费！”

柳青阳一张一张地捻着：“这打发要饭的呢？五十张毛爷爷？”

陈一凡冷笑：“他还让我告诉你，你身手退步了，做不了这行了，别再去砸他饭碗，这些钱让你看伤。”

柳青阳把纸袋攥在手里，半晌无语。他的命只值五千元，够不上妈妈一场手术，也不够他之前买的瑞典进口包，更不够他玩过的那些又酷又大声的发动机。他的五千元，是世界里最细微的尘埃，随便什么都可以吹走。

“之前你说什么来着？”

陈一凡故意装傻：“什么？”

“哎，我脑子不好，摔了。”柳青阳含含糊糊地说。

“你是人渣。”陈一凡怼了回去。

“别说这些啊，这不是当时话赶话才说的吗？”

陈一凡坐在病床边上：“别想了，这些事以后再说，你轻微脑震荡，躺着吧。”

“你这不是能好好说话吗？之前凶什么呢？”

陈一凡推了他一下：“你没完了？”

柳青阳痛得倒吸一口冷气，护士冷冷地瞧了他们一眼：“别对病人动手啊。家属起来，不要坐床。”陈一凡乖乖地挪到凳子上去坐了，柳青阳闭上眼睛，为“家属”这个词暗自得意起来。

虽然医嘱是“卧床七天”，但柳青阳明显不打算遵守。他悄悄到楼上去看了一下母亲的情况，继续让张小同撒谎说“柳青阳陪人出国办事了”。他听到大夫和护士对张小同说“这家儿子，过来帮忙给抬一下病人的腿”，心里怪不是滋味的，一面觉得自己无能，一面懊丧自己之前没有听张小同的话，好歹在银行里存个定期存款，至少现在可以给家里应急。

他是真的需要钱，越快越好，越多越好，要是抢银行不犯法，他发誓现在就去买丝袜，十分钟以后就正式开始抢劫。可惜这种混蛋的念头只能在他轻微震荡的大脑里当个笑话盘旋一阵，柳青阳刚能头不晕地站几个小时之后，就立刻去了明德总部。见刘念和陈一凡是一件痛苦的事，尤其是陈一凡都当过他的“家属”之后，这件事就越发尴尬，他不但要面对明德总部里铺天盖地的两人的合影，还要接受谈判桌对面是刘念和陈一凡的事实。

没想到，在刘念办公室里，陈一凡并没有和刘念坐在同一边，相反，她等柳青阳包着一脑袋绷带落座之后，拖了一张转椅过来坐在他旁边。

刘念的脸色变得不太好看了。

“柳青阳，你能坐在这里，我想这已经是我们之间合作的一个很好的开始了。”

柳青阳点点头：“算是吧！”

“那……你应该知道我们找到你的用意？”刘念问。

柳青阳继续点头：“找人嘛，而且，非我找不可。”

刘念微笑着：“你知道那是什么人了？”

“我哪儿能——”

“我什么也没讲。”陈一凡打断他们的谈话。

“那我讲。”刘念飞快接上话茬，不打算耽误一秒钟。他从梅道远创立明德集团说起。一个大学教授下海经商,当时颇热闹了一阵子,现在网上还能搜到一些当时的专题报道,尤其是这位教授转行的老板带的两个副手,都是他的得意门生。有的媒体尖刻地讽刺这是一次学生团体的自主创业课外活动,但没想到,明德集团迅速成长为一流的地产公司, 梅道远的两个副手, 走到了副总裁的位子上。但是由于个人原因,梅道远在壮年之际突然决定退出商界,并真的迅速归隐,连客人都很少见,而明德集团现在正是要请这个集团的旧主人出山,并期待他力挽狂澜,拯救在破产边缘的明德。

"'由于个人原因'……"柳青阳品味着,"什么原因?"

"梅先生不想再经营下去了。"

"不是,他不是挺喜欢干的吗?工作都不要了。"

刘念的笑容有些尴尬:"也许是对商场失望了吧。也许是累了。"

"你俩干吗了?"柳青阳敏感地看了陈一凡一眼,"你俩捅老师刀子了?"

刘念冷静地看着他:"你可以这么猜测。"

"哇,我看港片比你俩多,小弟捅大哥然后上位什么的——所以你们非得让我去找人,因为你俩没脸去,是不是?"

陈一凡出神地看着窗外,似乎没有听到他们说话。

"一凡常去梅家,我……"刘念笑了笑,"我太忙了,很少去,所以我劝不动老师。一凡呢……也因为太常去了所以劝不动。"

"我不明白这跟我有什么关系,听着特别像拐卖小孩的借口。"柳青阳说。

刘念推了一张纸过去,柳青阳看了一眼,吓得推了回去:"开玩笑呢?"

"不开玩笑。"刘念在上面写了什么,又推了回去,"如果你今天就能接下这个任务,我愿意将刚才的数字翻倍。"

“我×。”柳青阳小声念叨着，求助似的望着陈一凡。

“不用看她，我没疯。”刘念笑了笑。

陈一凡猛地回过神来：“你不愿意的话……”

“愿意，愿意。”柳青阳拿着那张纸，“但你们得保证啊，这么多钱，别是什么下贱的事啊，我还要脸呢。”他刚要签字，又抬起头补充，“违法犯罪也不行啊，我要是被抓了，马上就会供你们出来的。”

“别担心。”刘念说，“过阵子有个顶尖级别的太极推手交流盛会，到时候，全国各门各派的太极高手汇聚一堂，比武论道，交流心得——明德集团作为独家赞助商，有最好的观赛区。你的任务就是把邀请券送给梅先生，并且保证梅先生当日一定到场。”

柳青阳挠了挠头上的绷带：“他要是死也不来呢？”

刘念撇撇嘴：“那……你一分钱都得不到。”

柳青阳看着纸上那个足以还清老柳欠下的高利贷还能为母亲交齐所有治疗和住院费用的天文数字，毫不犹豫地写下了自己的名字。有陈一凡“家属”坐在旁边，他觉得这个合同不会比俊哥给他的更糟糕了，大不了就是梅老头不肯来，他一分钱拿不到呗！但是这不可能发生的，柳青阳想，为了这笔钱，他就算用麻袋装用绳子捆，也要把这个老头弄到会场去。况且陈一凡跟他说过，他长得像梅家一个人，柳青阳想，大不了他就假扮成那个人潜入梅家，再用麻袋装用绳子捆呗。总之，他要弄到这笔几乎是大风刮来的巨款。

直到柳青阳走人，陈一凡都愣愣的，甚至忘记送一送这位明德集团的“恩人”。过了很久，她才问刘念：“这会伤梅先生多深，你想过吗？”

“没有。”刘念十指相扣，语气平静。

3

梅道远喜欢早晨。从学生时代起,他就总能早早起床,对于一般人来说很难做到的这件事,梅道远向来觉得简单。就算在明德的日子里,他明明知道集团九点才开始上班,却总是五点半就起来,不到六点半就出现在办公室里。有几次,他发现陈一凡睡眼惺忪地跟着他,这才知道自己给学生带来了不小的打卡压力。年轻人都喜欢夜间工作,他叫陈一凡不要来这么早,多睡一阵子,陈一凡却说她也想改改熬夜的坏习惯了。就这样,梅道远和陈一凡办公的时间逐渐同步,刘念还颇为嫉妒地说"老师一定给一凡单独传授武功了"。现在想来,这些日子几乎是梦境一般,而梅道远真正的梦里,总有一个白衫的少年远远站着,笑着看着他们,却从不走近。他知道少年的模样,知道他为什么不肯过来,他也不点破,就隔着梦境的迷雾与他对视。今天早晨,梅道远又是在这样的梦里醒来,朝阳的光芒照亮了半边屋子,他逃离了冰冷的梦,觉得早晨的时间越发可爱。

东叔在卧房门口探了一下头,发现梅道远已经醒了,便走进来说:"太太又糊涂了,在门口等梅恒回家呢。"

梅道远披上衣服:"多久了?"

"刚下去,"东叔说,"她挺平静的,不过早晨露水重,您带个披肩给她吧。"

梅道远到门口的时候,梅太太正在藤萝架下踱步。

"笑妍,"梅道远把披肩给她披上,"这么早,干什么呢?"

"梅恒该回家了啊!"梅太太期待地看着门口,"我好久没见他了。"

梅道远伸出手腕,让她看手表:"今天几号?"

梅太太仔细瞧了瞧表盘:"三月三号——哎,我又忘了。"

“你呀，记性出问题啦！”

“对呀，我以为梅恒要回来了呢！三号，梅恒在学校呢！你看我……我怎么老糊涂了。”

梅道远挽着她的手往回走：“你老什么，你年轻着呢，你一眼就看清我手表上的字了，这是老人吗？眼睛都不花，不是老人。”

“就你的歪理邪说最多。”梅太太笑着，顺从地进了屋子。梅道远劝她再睡一会儿，她坚持要给梅恒炖骨头汤。无奈，东叔在刚熬好的银耳莲子汤里放了一点点梁大夫留的口服镇静剂，终于让梅太太安顿下来。

梅道远打了一会儿拳，拉住东叔跟他练习推手。十点多，梅太太睡醒了，情绪很稳定，一直在露台上看书，据说胃口还不错，把整份早餐都吃完了。一切似乎都静谧美好，直到保安队长说有事汇报。

不到十分钟前，保安从门口轰走一个自称是明德集团来的小混混，说有要事找梅先生。他们说梅先生从来不见客，小混混却反驳“那陈一凡怎么没事就来”，堵得他们几个保安没话可说。

“我就说，陈小姐是家里人，”保安队长说，“我们认识她，又不认识你。”

“赶走了吗？”东叔问。

保安队长说：“轰走了。骑个摩托，飞快地跑了。”

“明德……”梅道远喝了一口茶，“他有什么事？明德再不济，不至于找个小混混来找我吧？”

“真是个混子！”保安队长提高声音，“大摩托，唉呀，张牙舞爪的，打扮也是花里胡哨的，不像话。”

梅道远笑起来：“他想干什么？”

“说请您参加推手大会。”

梅道远笑出声来，东叔也笑了。保安说：“我们告诉他了，我们梅先生从来不参加这种虚头巴脑的活动，你是骗子，滚吧！”

“再碰到他，你们就别理他了。”梅道远起身，又开始练习太极。

保安队长点点头：“我们盯着了，省得他在附近搞破坏。”话音刚落，他们就听见梅太太在门口喊：“你们给梅恒开门呀！”

东叔先一步跑了过去：“梅太太，梅恒在哪儿呢？”

梅太太急得额头上都是虚汗：“刚就在花园后门，还跟我说话呢！”

东叔使个眼色，保安队长带着人跑过去看了。

梅道远温柔地环住她：“走，我们去门口等梅恒。”刚走出两步，他发现梅太太手里拿着东西，接过来一看，顿时变了脸色，“谁给你的？”

“梅恒呀！”梅太太说，“你怎么了，这是梅恒亲手给我的。”

那是一个纯白浮雕太极图案的信封，里面放着一张烫金的请柬，邀请梅道远参加由明德集团冠名赞助的全国太极推手大会。

这太奇怪了！梅道远安抚了梅太太之后，和保安再三确认，那个“小混混”说的确实是“明德要开推手大会，请梅道远先生参加”，而梅太太也再三确认，这请柬就是梅恒亲手从花园门外递给她的。“都怪你们！”梅太太为这事哭了好一阵子，“你们锁花园的门干什么！你看，梅恒到底没回家！”

他们都不敢点破梅太太的“幻觉”，但梅道远觉得，既然随便什么小混混都能在梅家庄附近骚扰他的家人，有必要彻查监控。东叔和保安队长调出了所有监控录像，从二十四小时之前开始细看。果然，半夜里，有一个骑摩托车的人在梅家庄前前后后绕了好几圈，停在门口附近一阵子，但由于那人戴着头盔，所以看不清脸。而今天早晨的监控显示，确实有一个人在门口跟保安争执了几分钟，就悻悻地骑着摩托走了。

“看他上车的姿态，和昨晚的是一个人。”东叔说。

这个人没有离开，而是在前门保安正在研究怎么告诉梅先生的时候，绕到了后门，并试图把什么东西扔进花园里。刚好梅太太读完书下来散步，两人似乎都吓了一跳。接下来，奇怪的事发生了，梅太太忽然开始奋力拽门，发现花园门锁死之后，就拼命伸手拉住那个人。而那个人似乎被梅太太吓住了，也拼命想跑。他们纠缠了一小会儿，那小混混突然冷静了下来，从衣服里掏出一个信封，妥帖地放进梅太太手里。就在梅太太愣神的时候，那人骑上摩托，真的离开了。

梅道远静静地看着屏幕："放大。"

东叔把画面放大。

"再大一点。"

画面定格在骑摩托的小混混的脸上。东叔吃了一惊："这……这是什么！"他来梅家庄工作，不过是五年前的事，当时梅恒已经不在了，家里怕梅太太精神崩溃，几乎收起了所有梅恒的照片，直到梅太太出去住院，他才在书房里看过几次梅恒和家人的合影。视频上这个所谓的小混混，几乎和梅恒长得一模一样——梅太太没有糊涂也没有发病，她是真的亲手拿到了"梅恒"给她的请柬。

梅道远长长叹了口气。

不谙其中秘密的保安队长追问："先生，这个混子下次来了怎么办？"

梅道远捏着请柬，脸上有一丝苦涩的微笑："不会了，他……不会再来了。"

第十一章

1

“不会再来”只是梅道远一厢情愿的想法，柳青阳才不吃这套。他为了拿到刘念承诺的那笔钱，除了违法犯罪的事以外，什么都敢做——关于他心里盘算的那件事算不算“下贱”，他跟自己争执了一会儿，最后，金钱的力量压倒了一切。张小同说钱马上就花完了，但是柳母的身体指标还没恢复正常水平，如果柳青阳不想让亲妈躺大街上的话，就最好快点赚钱。柳青阳颇质疑了一下钱为什么花得那么快，在看完快跟他身高差不多长的流水单据之后，就闭上了嘴。单据详细罗列了从护理尿垫到纱布的所有项目，连一次性注射器都没放过。柳青阳想了一下，决定按照原计划执行。

晚上，柳青阳重新站在梅家庄院墙下面。就这么一回，他想着，不下贱，我又不做坏事。他搓搓手，跳起来抓住围墙上沿，但是两腿只能乱蹬，根本上不去。忽然有人从下面抓住了他的腿，柳青阳怪叫一声，掉了下来。

“疯了？”张小同捂住他的嘴，“私闯民宅，犯法的，哥们儿！”

柳青阳推了他一把：“你走路不出声啊？”

“我这不是怕你掉下来吗？”

“我这不是已经掉下来了吗？”

两人互相瞪了一会儿，柳青阳指指地面：“搭把手。”

“盗窃也犯法。”

“不犯法！”柳青阳反驳着，“不是……我说，我不是进去犯法的！”

“你进去就犯法了！”

“我不跟你说了。”他重新攀了上去。张小同从下面托住他，但是死死拽住他的脚踝：“别干下贱的事啊！”

柳青阳哭笑不得地挂在围墙上：“我知道，我要脸呢！求你放手吧，兄弟。”

张小同松开了手，过了一会儿，墙里传来沉重的落地声和柳青阳的臭骂。

梅家庄装修得真不错，夜晚的花园里亮着柔光地灯，柳青阳从树木和盆栽盆景后面穿过，摸到了房子背面。他并不知道梅道远的房间在哪儿，又不好意思一个一个窗户地偷看，于是挑了一个灯光最亮的，往里看去：里面仿佛是一个休息室，有沙发床，有条案和茶具，还有大桌子，就是没人。柳青阳用手指轻轻戳了戳窗户，呦！他惊喜地发现，窗子没上锁！

刚刚翻过墙，现在翻窗几乎是轻而易举，他一直盯着房间虚掩的门，生怕有什么人突然开门进来。但事情往往是怕什么来什么的，柳青阳刚关好窗子就听见有脚步声走近，他迅速撩开窗帘躲到了后面。

有人在走廊里问：“先生睡了吗？”

柳青阳看不见，但他明确听到自己旁边有人回答：“还没，有事吗？”

那人推开门：“刚在监控里看到一个影子在花园里闪了一下，我来看看窗子上双保险没有。”

“我自己来吧，”房间里的人说，“你去看看笑妍的房间。要是野猫的话，给它们一点吃的，不要再赶了。”

“太太房间看过了，太太也睡了，您放心，早点休息。”

房间恢复了寂静，柳青阳尴尬地想用窗帘就地上吊：他只顾着看门口，根本没留意到房间角落里还有一个大活人，对方肯定是眼睁睁看着他翻窗进来，眼睁睁看着他躲进窗帘后面的，现在，他主动站出去是贼，等着被发现也是贼，命运似乎是打定主意要羞辱他。

他深吸一口气，撩开了窗帘。

梅家庄的主人捧着一本书站在那里，笑吟吟地看着他：“外面没下雨？”

“啊？”柳青阳一时被问蒙了，“没……没下啊……阴天，阴天。”

“天气预报说要下雨的。”房间的主人放下书本，坐进椅子里，“你打算干什么呢？看上了我的茶具？还是想要钱？”

“不不不不！绝对没有！”柳青阳被对方云淡风轻的气场吓得差点下跪，“我……我想见一下梅道远先生。”

“那个糟老头子有什么好看的？”

“我有事求他。”

对方嗤笑了：“现在的年轻人，真是堕落。就算没听说程门立雪和三顾茅庐，求人办事也总归需要带着礼物的。你是爬进来的，还能讲出什么体面事吗？”

柳青阳被训得哑口无言，明明知道每句话都是骂自己，但对方语气温柔慈祥又不留破绽，他只好站直，低头连声道歉，最后才小心翼翼地问:“您……就是梅先生吧?”

梅道远点点头:“刘念派你来,都不发一张我的照片给你吗?”

“说的是啊!”柳青阳忽然就换了立场,“他办事不行!”

梅道远笑了:“你的请柬我收到了,就是把我太太吓得不轻。”

柳青阳揪着自己的腮帮子:“您别生气,我的脸就长这样,真的不是故意的!一凡听说我把老太太吓着了,踢我好几脚了,说我莽撞……但真的,梅先生,我长成这样,是我爸妈决定的。”这一番跑题扯淡的功夫逗笑了梅道远,他站起来仔仔细细打量着这个长得跟梅恒几乎一模一样的孩子:“你和一凡是好朋友?”

“还行吧!”柳青阳说。

“你觉得刘念呢?”

柳青阳撇了撇嘴,别别扭扭地挤出一个“嗯”字。

梅道远明白了大半:“好了,刘念要说的事情我知道了,你回去吧。”

“我求您——”柳青阳双手握住梅道远的手,“——真的,特别真诚地,求您一定要参加!”

“我如果不去呢?”

“别呀!去一下呗!”

“为什么呢?”

“梅恒,对吧?”柳青阳大大咧咧说出这个名字,“看在梅恒面子上,怎么样?实在不行我给您表演一个太极拳!”

梅道远的眼睛里闪过一丝复杂的光彩。许久,他点点头:“好,我会去的。不过……”

“您说您说!”柳青阳差点尖叫。

“别告诉刘念。”梅道远含笑说。

“啊?”

“让他等到最后。”

“您真是厉害！”柳青阳竖起大拇指，想到刘念会为了这件事坐立不安夜不能寐，就开心得不得了。“不过您也别骗我啊！”他补了一句。

梅道远叹了口气：“好，不骗人。”

“打扰您了，谢谢您，给您添麻烦了！”柳青阳鞠了个躬，然后打开了窗子，“我做错了，您还大人不计小人过，还答应我，我真的特别感激。不耽误您休息了，我这就——”

梅道远手指着房间门：“走正门。”

柳青阳顿时萎了：“啊，我……我没事，我……”

早就从监视器里看到了柳青阳并且一直等在门口的东叔推开房间门：“客人这边请吧。”

柳青阳打算以后再也不说“我要脸”这种话了，他的脸已经在梅家庄丢完了。

2

明德集团对这届突然开办的太极推手大会下了血本。要在短时间内召集全国各大门派的高手前来，既要考虑到大家都不愿意输的面子问题，也要考虑到时间、空间距离和金钱上的可行性。刘念给春雨的标准是“出场费不设上限”，因此几家已经移居国外的门派代表，也都坐飞机赶来了。明德选了文化中心作为会场，包下来周边四家酒店最好的套房，就连从机场接人的司机和车辆都是租下了整个车行的库存，以至于春雨有一天悄悄告诉刘念，这是“花钱如瀑布”，刘念笑出声来，让她把水花搞得更大一些。

但刘念并不是全无担心。如果梅道远不来，这场盛会的目的就剩拉动 GDP 了，所有的钱都等于白花，四大集团和许多媒体已经准备了褒贬两份稿子，就等着看这一切是盛会还是笑话。刘念不止一次让陈一凡去问柳青阳的"工作"进度,陈一凡却为此跟他吵了一架,说一家地产企业弄太极推手大会,实在不伦不类。刘念信心十足的一句"只要能达成我们的愿望,就算是奥运会我也敢办",又被陈一凡挑了字眼:"是你的愿望,不是我们的。"刘念被激怒了,指责陈一凡态度消极,看起来并不想促成这件事。陈一凡一言不发,办公室里的气氛一度十分尴尬。

"一凡,"刘念想握住她的手,却被甩开了,"我知道让一个长得像梅恒的人出现在梅先生面前意味着什么。"陈一凡冷笑着说:"你真的知道吗?梅恒死了五年了!师母因此精神错乱!梅先生花了五年时间愈合家破人亡的伤口,我们做了什么?我们找了一个柳青阳送到他家门口去——我真的觉得……这样太残忍了。"

刘念没有反驳。他知道他有多残忍,但是这个世界对他也从未手软。他自从进入商业领域就没有睡过一天无梦的踏实觉,熬夜和被公事吵醒几乎像呼吸一样频繁。他牺牲了爱好,葬送了年华,一直在奋力同残忍搏斗。他不觉得只有死亡才残忍,甚至,一些活着却停止不下来的痛苦,比死亡更令人难过。比如,他发现他和爱过、爱着的陈一凡之间的距离越来越远,令他已经看不清她的模样,更别提默契地读懂她的内心了。有那么一些瞬间,刘念后悔自己选择了从商这条路,但是他拿着爆破遥控器看着"理想国"三个字的时候,又真切地知道那就是他的唯一的太阳、他永恒的光,也是他预计的终点:他一定要到那里去。

"这是救明德唯一的出路。"他平静地说。陈一凡站了起来,打算离开刘念的办公室。"一凡。"刘念叫住她,"希望你能够监督好柳青阳的工作。"公事公办的语气刺痛了陈一凡,她摔门离去。

而柳青阳从来不把刘念这些公事公办的短信电话当回事,甚至有一次刘念说他发了梅道远的资料给柳青阳的时候,柳青阳满脸吃惊:"我没有电子邮箱。"刘念这才知道柳青阳入职的表格是随手乱写的，邮箱的前缀是“ztmsmwye”，按照柳青阳的解释，就是取“这他妈什么玩意儿”的首字母，甚至包括儿话音。刘念气得不轻却又不好发作，好话和威胁都说尽了，柳青阳也没有明确表达过梅道远出席与否的确切消息，这股怒气在推手大会开幕当天，爆发了。

刘念质问柳青阳的电话从早晨七点开始，每隔三十分钟一次，打到柳青阳被迫关机。随后，刘念勒令陈一凡去找人。陈一凡说柳青阳又不是她养的鱼，她怎么知道这人在哪儿呢？春雨跑到医院去看过，张小同说柳青阳早晨送了个早饭就走了，至今没见人，手机还关机了。

直到上午九点四十五分，刘念终于在文化中心门口看到了柳青阳。

柳青阳说：“请柬我送到了，他来不来我怎么知道？我说了，违法的事不做，我不参与绑架的。”

“明德的损失——”

“你有什么损失？”柳青阳觉得好笑极了，“空头支票让我去办事，钱还没见五毛呢，先说你损失，你损失什么——哦，你是想把坏结果都甩锅给我是吧。嘿，刘念，我跟你说，我现在穷得内裤都穿不起了，真不怕这个，多少钱，我都赔不起的。”

就连陈一凡都要被柳青阳的无奈和歪理邪说气疯的时候，一辆豪华轿车驶来，在门口停下。梅道远走下车来，刘念几乎是跑步迎上去：“梅先生，近来可好？”

梅道远向他和陈一凡点了点头：“托你们的福，都好。”

柳青阳站在一大堆记者后面，不经意和梅道远目光相对，梅道远点了点头。记者们抓住时机，疯狂地拍着这位商界传奇人物的照片。

刘念引梅道远进入大厦：“这边请。”

梅道远一马当先，走进会场，柳青阳借机抓住刘念衣摆：“喂喂喂，结账了，老板。”刘念哪有心思理他，一面让春雨拦住柳青阳一面说：“你的工作还没有结束！”

“你这不是不要脸吗？”柳青阳大叫着。

没人注意到这个小波澜，推手大会已经正式开幕。

因为怕各个门派之间互相忌惮产生罅隙，推手大会以表演和交流为主，场内不排名次，不分长幼，兼比兼学，只要有兴趣都可以一试。刘念怕气氛尴尬，特意找了武术学校的一些学生承担互动任务。当有一个非常年轻的女孩子大大方方彬彬有礼地向在太极圈子里赫赫有名的王师父鞠躬请教之后，王师父愉快地与她推了几轮，还矫正了一些动作，场内气氛活络了起来，各个门派的师父徒弟们开始交流，一些前来看热闹的外国人也开始在场外研究学习，热闹非凡，让记者们的报道声和闪光灯停不下来。

梅道远开始并没有入场，只是在贵宾席观看，等到参与的绝大多数人体力不支退下去之后，场上就剩下了十几位大家都叫得出名字的高手，其中几位壮年的师父，堪称顶尖。梅道远起立的瞬间，记者的长枪短炮都对准他，快门声响彻文化中心。场内有几位梅道远的熟人，他们客气了一番之后，王师父主动迎上来，两人寒暄几句，很快搭上了手。

“磨豆腐开始了。”柳青阳突然出现在陈一凡身后开口。

陈一凡瞪了他一眼：“闭嘴。”

“这么凶干吗……”柳青阳哼了一声。

几分钟之后，陈一凡主动指给他看：“这是最顶尖的比试了，这才几分钟，梅先生已经至少化解了对手四次攻击了。”豆腐渣攻击吗？柳青阳把这些吐槽憋在心里没说出来。“……又来了。第五次。”

柳青阳瞪大了眼睛也没看出和之前的动作有任何分别。但他忽然反应过来：“你上次救我用的是不是就这个，推手？”

陈一凡点点头：“这是推手，是以柔克刚借力打力的功夫。其实，那位王先生第三次探梅先生失败的时候，就应该明白自己和梅先生之间的差距了……现在还不认输，只能自取其辱。”果然如此，王师父脸上的神情越来越焦躁，但梅道远依然气定神闲。

场内寂静无声，没想到王师父眼前一亮，梅道远脚下有些失去节奏，被对方抢进一步。对方右手抢前，顺着梅道远的衣袖捋了过去，可梅道远竟然微微一笑，不退反进，沉力在腰，压住底盘，左手顺势穿过王师傅的肘弯。二人如同定格一般，四手相交，一动不动。

陈一凡噌地站了起来，柳青阳也跟着站了起来："怎么了怎么了？"陈一凡小声说："这是死手，如果对方动一下，他的手就会立刻折断。"

"这么凶？"柳青阳脱口而出。

王师父仍然不肯放弃，怕丢面子，甚至想要硬扛下这一招，梅道远竟然就此松开手，后退一步："勉强平手，惭愧惭愧。"王师父的神色很是复杂，纠结良久，他向梅道远施礼，留下一句"多谢指教"后转身离去。

"这就完了？"柳青阳问。

陈一凡的脸上浮现出崇敬和欣喜："梅先生是得道了。他超脱出表面的胜负了，这样的人，怎么可能再来管我们的事？这是他给的答案！"

一直沉默的刘念笑了笑："推手我是不懂，但我只明白一个道理，要是梅先生超脱，他一开始就不会上场。"

陈一凡叹了口气，追着梅道远而去，柳青阳依旧是伸手到刘念鼻子底下："结账，刘总，结账啦！"刘念的目光穿透柳青阳的身体，一直注视着陈一凡的背影。

3

梅道远坐在刘念办公室的会客沙发上，平时最会泡茶的春雨不见了，陈一凡亲自泡了高山乌龙递给他。梅道远示意她坐，她却有些尴尬地和刘念站在了一起。“《千里江山图》呢？”梅道远问。

刘念办公室的装饰墙上，本来是一幅一比一复制的《千里江山图》，尽管是青绿山水，但选了一个典雅别致的框子，与现代化的办公区域没有任何违和感。

“我换掉了，不好意思……”刘念笑着指着墙上的新作品，“本来想买一幅莫奈的真迹睡莲——那年价格不错，只可惜一凡说那是莫奈老眼昏花乱画的，又太贵了，坚决不要，最后还是选了几张买得起的达达主义。”

“我不懂西洋画，”梅道远笑着起身，欣赏了一下刘念收购的艺术品，“你的办公室，你喜欢的东西挂在这里，心情就会好，是不是？”

刘念点点头。

他们陷入了尴尬的沉默。梅道远仔细看了看这间熟悉又陌生的办公室，又在落地窗前面欣赏了一会儿城市风景，最后他不打算跟两个孩子耽误时间了：“找我到底是什么事，现在可以说了吧？”

刘念上前一步：“请老师力挽狂澜，明德危在旦夕。”

梅道远轻笑：“到底把四大集团惹毛了吧？”

刘念低下头：“不敢说死里求生，至少想要一点余地，不甘心就……就这么放手。对不起，老师，我们能力不足。”

梅道远放下茶杯，陈一凡要为他添满，梅道远拒绝了：“我不想再参与地产界的事情了，明德对我而言，早就是死的，甚至没有存在的必要。我没有理由花心思救它。”

刘念的脸上闪过绝望的神色。

陈一凡终于开口："梅先生，求求您……救救明德。"

梅道远看了她一眼，拍了拍她的肩膀："我无心救明德，这无可改变，对我来说，这件事毫无意义。"他看了看脸色惨白的刘念，"我老了，每天的日子就是休闲，所以如果有什么休闲的活动，我倒是可以参与一下。"

"请老师明示！"刘念急迫地上前一步。

梅道远笑了笑："那我出个题，你们做得出来，我就权当陪你们玩个游戏。"

刘念点头，拉住陈一凡的手站在梅道远面前，陈一凡不动声色地甩开了他。

"那个长得像梅恒的孩子，我不知道你们从哪儿找来的，既然你们把这个人突如其来送到我家，我现在也要礼尚往来：一个月后，我想和这个孩子推手，只要他能在我手下接过一招，我就给你们一个应急方案。"

此言一出，刘念和陈一凡大吃一惊。

"武学重视师承，我要求陈一凡做这个孩子的师父，学陈一凡的架子，打陈一凡的套路——别蒙我，我虽然老了，但他如果学杂了，我也是认得出的。"梅道远说完，站起来就走，刘念一直追出去，陈一凡则僵在原地。

本来在门口等着催刘念结账的柳青阳，还不知道自己再一次成了明德集团生死攸关的赌注，他只知道刘念匆匆跑出去送走了梅道远之后，回来就跟陈一凡大吵一架。具体原因不知道，只听见陈一凡说"我不教，我宁死也不会教的"。他以为刘念要逼陈一凡交出明德的控制权之类，正打算冲进去见义勇为的时候，陈一凡红着眼圈往外跑，和柳青阳撞了个满怀。

"你被利用了！"她声音颤抖，泪水一颗一颗地落下来，"你是所有人的棋子，你还打算玩下去吗？"

柳青阳一面掏纸巾一面莫名其妙地附和着:“别哭别哭，你俩吵架别带着我好吧,我干什么了就被你骂一顿？”

陈一凡抢过纸巾跑进自己办公室锁上了门。

柳青阳探头看里面的刘念:“结账吗,刘总？”

刘念不但给了柳青阳一笔钱,还跟他又签了一个合同,大意就是一个月内说服陈一凡并跟她学太极推手,然后去跟梅道远比赛,能赢一下就行。这次,刘念开出了“请梅道远来看比赛”两倍酬金的价格。“你不是快破产了吗?”柳青阳把签字笔放在手里转,“怎么还乱花钱呢？”

刘念冷冷地瞧着他:“建议你快点签字。”

“态度好一点!”柳青阳也冷冷地瞧着他,“我算是看出来了,你们不是下棋,你们是玩我,而且只能是我被玩,别人都不行,所以拜托你对你唯一的指定品牌玩具态度好一点。”

刘念脸上的表情，可能是自打柳青阳认识他以来最难看的一次。

“我知道你心里骂我呢,”柳青阳笑嘻嘻地,“‘这个人渣会不会临时加价’之类的,对吧?”他把自己的签名画在合同上面,“我还就告诉你,刘念,我虽然是个败家子,做生意不行,上学不行,但是我人品行,我觉得,比你强。”

刘念的牙齿咬着嘴唇内侧。

“你还别没事就欺负陈一凡,我告诉你,你再把她气哭,我分分钟毁约——哎,你也别这么瞪着我,你知道我身无分文——你有本事来告我。”

刘念活到今天,在地产界打拼到今天,和各式各样的人打交道到今天,第一次见到柳青阳这个类型的对手,并且毫无悬念地输给了他。

然而,还有一些人是不打算输的。

当柳青阳走到街口并被四个穿着黑西服的人拦住的时候，他的第一反应是掉头就跑。但他身后站着四个笑吟吟的小姑娘，这就让他有点不好意思喊“绑架啦”之类的话了。其中一个盘着头发的女孩恭敬地说：“是柳青阳先生吗？”

“不是。”柳青阳斩钉截铁地回答。

穿黑西服的人拿出 ipad 看了一眼，并且递给盘发的女孩，女孩也看了一眼，掉转屏幕：“是您呀，没认错。”

柳青阳快要昏厥了，他身份证照片被放大到全屏，显示在黑框里，实在是晦气得不行。就在他想伸手把照片划过去的时候，几个女孩子已经把他簇拥进了身后的酒店，并且推进了一个看起来超级奢华的包厢。

“你好，柳先生，我是嘉庆集团的张孝利。”有人伸出手来。

柳青阳同他握了握：“你好你好，不过……没听说过。”

张总笑了笑：“文化中心是我们集团盖的。”

“哦！”柳青阳恍然大悟，“你们怎么选那么难看的外墙砖？”

张总和其他几个人都哈哈大笑，柳青阳摇摇手：“行啦，你们找我干吗？”

“柳先生快人快语，那我也不兜圈子了，如果你不学推手，我们可以支付你一笔不菲的酬劳。”张总说。

“有意思，头一次听说不学东西还能拿钱的。”柳青阳兴奋地搓搓手，“给多少钱呢？”

张总拿出一张空白支票和一支笔：“刘念的五倍。”

柳青阳点点头：“你们真的有钱——我现在就写吗？”

“可以，”张总把笔递给他，“不过，为了保证你写完之后不会再去找刘念开价，我们决定送你出国旅游一个月，怎么样？”

柳青阳把笔还了回去：“那我得跟我妈商量。她同意我才能去。”

张总脸上的笑容渐渐消失:“商量多久呢?”

“三天?”

张总点点头:“那我们等你。”

柳青阳知道他现在有多值钱了,但他不知道的是,等他走出包厢,张总就打电话给工程部,要他们去街头调研一下,看看文化中心的外墙颜色是不是真的非常难看。

4

尽管陈一凡坚决反对,刘念依然把明德大厦顶层在三天之内改装成了推手练习场地,不但放置了装满运动饮料和小零食的吧台,还搞了一整套多媒体设备辅助教学。陈一凡碰都没碰那把房间钥匙,刘念怎么给她的,几天之后还在同一个位置。明德集团的工作因为经济问题陷入停滞,陈一凡联系了几个大学的继续教育学院,把高层员工统统送去上培训课,大厦里的人和事都变少了,她开始借口不舒服,拒绝来上班。刘念当然知道她哪里不舒服:陈一凡身体健康,只有一块名叫“梅恒”的心病难以痊愈。

他们同在一个屋檐下,但陈一凡每天都拒绝谈论柳青阳和她的教学任务,无奈之下,刘念只好屈尊去找柳青阳。

有了大把时间陪母亲的柳青阳辞掉了护工,自己照顾她的饮食起居,每天除了待在医院,就是从市图书馆往回搬书。同屋的病友和家属都觉得好奇,看那些书不是《杨式太极入门》《谭式推手三十六招》,就是《二十天突破太极拳》之类的,而借书的这位,正占据病房小小的阳台,神神道道地比画着什么。这种非常悠闲宁静的生活维持到第四天的时候,柳青阳轻车熟路地跨越三条大马路找到了柳母最爱的拌面并且买了两大份回到病房,发现床空了。

电视剧里那种慢镜头盖白床单的不祥的音乐在脑海中响彻,

柳青阳对着护士站大喊一声："我妈怎么了！"

护士长一拍桌子站起来呵斥："怎么回事？半小时前刚办的转院手续，现在就失忆了？你想干什么？"

柳青阳花了半小时才解释清楚他真的不是医闹、真的没给柳母办转院、真的没去办手续、真的不知道柳母转去了哪里，护士长这才带他去住院部查了具体信息。当柳青阳打车到了指定地点之后，大概就明白怎么回事了。他身处一家只在电视里见过的昂贵的私立医院住院部门口，不同于公立医院的拥挤，他走进大厅的一瞬间就被中央空调适宜的温度抚慰了，一路都有礼宾和引导员对他微笑，当他向前台查询的时候，对方竟然告诉他，坐六号电梯最快。他认识的人里面，能帮他出钱把柳母转到一个至少有六部电梯的私立医院的，目前只有刘念了。

果不其然，刘念正在病房里和柳母愉快地聊天，柳青阳放下午饭，把刘念带了出去。"把我妈转回原来的医院去。"他说。

"那是不可能的，"刘念微笑，"这里护工和设施都好，阿姨安心治病，你才能够安心学推手。"

"我不想要你的钱，好了吧？"柳青阳说。

"可以从你的酬劳里扣除。"

"那我为什么要住这么奢侈的医院呢？"柳青阳简直要被有钱人的思路给气疯了，"这不就是你摁头让我浪费钱吗？"

刘念的表情凝固了一瞬，很快，他说："柳青阳，已经七八天过去了，你不但没有开始，甚至都没有试图说服陈一凡。我不会再跟你玩贫嘴的游戏了——阿姨的住院费，我们明德全部负担，如果你无法完成梅道远的要求，那么这部分钱，会从陈一凡的工资里扣除。"

"要点脸，行吗？"柳青阳压低声音，"你干吗老是欺负她？"

刘念轻声发笑："我们的世界你不懂，你也不需要懂，我雇用你完成这个任务,你照做就行了。”

柳青阳非常愤怒。一来是因为刘念又欺负陈一凡了，二来则是,他总觉得这群做房地产的人是不是没有玩够过家家,在拿他找乐。他才不打算去找陈一凡学什么太极拳呢,他打算自学。不过他也是昨天晚上才反应过来自己借错了书,什么杨式谭式的,他应该借陈式太极拳。忽然变得特别好学的柳青阳在网上搜索了一通并且津津有味地看了几集二十年前的电视剧《太极宗师》之后,产生了一个大胆的念头。

这次,柳青阳在梅道远家门口受到了保安的迎接,并且把他一路送到了花园里。梅道远正在给紫藤搭架子,瞧见了柳青阳倒有几分高兴:“有进步,这次知道走正门了。”

柳青阳对这个老头还是有几分敬畏的，恭恭敬敬地说:“梅先生,我来找你过招。”

梅道远愣住了:“现在?”

“您说了,能接一招就行,对吧?”

梅道远摘下园艺手套:“一凡都教你什么了?”

“陈式太极。”柳青阳说,“三十六式推手,一天学六个,已经学完了。”

“你能赢她了?”

“不能,哪儿能啊,她厉害着呢,偶尔吧,我就……”柳青阳勾勒着陈一凡帮他打架的画面,“我就这样,一推,嗖,她就五米开外去了。”

梅道远含笑点头:“这么厉害?我有点怕了。”

“我也夸张了。”柳青阳嘿嘿笑着,伸出一只手,“比不比?”

梅道远放下手套,站定,搭上柳青阳的腕子:“那就试试。”话音未落,柳青阳便用力一推,梅道远的手轻轻向后一送,柳青阳应声而倒,趴在地上。

"我……我没站稳！"柳青阳赶紧爬了起来，"还有机会吗？"

梅道远点点头。柳青阳再次将手搭在梅道远的手上，这一次却不敢乱发力，小心翼翼地学着电视剧里的样子，跟对方磨起了豆腐，没想到"磨盘"越来越快，几秒钟之后，他的手已经被梅道远带挈着旋转起来，整个身体也不受控制地左右摇晃，终于自己飞了出去，躺到一丛刚修剪过的月季里面。

"最后一次！"他觉得身上每一块肌肉都不是自己的了，但是他不能错过"接一招就算赢"的机会。

梅道远还是点点头。

这一次，柳青阳上去就拧住了梅道远的手腕，反向一拽，同时伸腿绊他，没想到梅道远似乎身体上下错位了，手不知怎么就挣脱开，反倒倒提住了柳青阳的手腕，提膝把他架在空中。

"别别别！"柳青阳看着自己胸口下面的几盆仙人掌大声呼救，"对不起您！我错了！"

梅道远问他："陈一凡教你了吗？"

"没有！"柳青阳果断认错，"我自学的！就……没学成！"

梅道远被气笑了，腕子一抖，把柳青阳扔到了五步开外的花砖上："下次再来骗我，我就打断你一根胳膊。"

"您不会！"柳青阳爬了起来。

"为什么呢？"梅道远反问。

"我不知道，"柳青阳拍着衣服，"你们在互相布局，为什么？我看不出来，但是我知道，因为我长得像梅恒，你们才把我卷进来——我对你们是无关紧要的棋子，却又是唯一有效的药引子。"

梅道远打量着他："你知道梅恒是谁吗？"

柳青阳忽然正了正神色："您儿子，我知道，一凡提过，还说……"他压低声音，"……已经去世了。"

梅道远含笑望着他："我们这一群自私的人，在做一个自私的游戏，也要谢谢你陪我们玩——我摔疼你了吗？”

“没事！”柳青阳笑嘻嘻地说，“您别生气啊，我就来试试。”

“万一赢了，就省下一个月时间，对吗？”梅道远重新戴上园艺手套开始搭架子，“我送你四个字，欲速不达。”

柳青阳撇撇嘴：“反正就是只能跟陈一凡学呗。”他一面走一面嘟囔，“陈式太极怎么就不行了……”

“陈一凡的太极是跟谁学的？”梅道远问。

“跟您学的吧？”柳青阳随口一答，恍然大悟，“我应该借梅式太极的书——嘿，我怎么就……”

梅道远看着他的背影，笑了笑，继续手里的活。做着做着，他忽然觉得天地变色，悲从中来，他摘下手套，看了看自己的手，尤其是刚刚被柳青阳握过也握过柳青阳腕子的手。五年了，他第一次感到温暖的力量从指尖传来，尽管他知道柳青阳不是梅恒，也变不成梅恒，但他开始期待再次看到这个孩子。大约是因为柳青阳年轻的温度终于赶走了噩梦里的冰冷：梅道远五年来几乎每天都能回忆起他在太平间里握住梅恒冰冷的手的感觉，如果这感觉有名字，他认为它应该就是“死亡”——现在，他似乎又能活下去了。

第十二章

1

二十年前的这座城市，主要的代步工具已经泾渭分明地划成了两个阵营。早高峰的时候，有私家车的人们在短暂的拥堵里摇下窗子，偶尔会从自行车道里看到熟人，他们友好地打着招呼，并不会因为交通工具不同而互相敌视。相反，那时候的人们喜欢自嘲汽车或者自行车的缺点，直到渐渐的，骑自行车的人越来越少，车道上行车的窗子，也都越来越少摇下来。

陈秋风和梅道远都是骑自行车上班的。Z大的校园并不大，比起同等级的其他高校来说，甚至显得有点局促，骑车常速穿行的话，只需要七分四十九秒就可以到达另一个校门，梅道远经常在课堂上说，“这是一道骑车穿校园就可以做出来的题目，非常简单”，总是引起解不出答案的学生们一片哀号。陈秋风骑得比梅道远慢一些，每当梅道远的学生抱怨到他这里来的时候，他就笑笑说：“你们梅老师的速度太快了,我就需要九分三十秒才能骑到。”梅道远朱红色的自行车常年停放在一号教学楼的月季花坛西边，陈秋风的车子则是墨蓝色的,放在花坛对面的玉兰树下,同一个型号,同一家店买的,甚至钥匙都一样。有那么几次,先下课的梅道远发现自己的车子被堵在里面拿不出来，干脆就把陈秋风的车骑回家去了,陈秋风便趁着梅道远偶尔在教室后面听课的时候,故意敲敲黑板告诉同学们:“经济学院的梅老师,这个人不像话。”

作为老师,梅道远确实不像话,他不但鼓励学生凑钱炒股,甚至经常说创业才是经济学的唯一实践基础。“经济学院的陈秋风老师,太老土了。”梅道远在自己的课堂上也反驳着,“你们听他的课,最后会变成一个理论空想家。”毕业的时候,梅道远学生们集资的股票账户里净盈利超过一万元,这在当时的经济条件下,简直是天文数字,他们把钱捐给了Z大图书馆;而陈秋风的班里出了十七个保研、直博、出国和破格进入研究机构的学霸,他们和陈秋风的合影,在经济学院办公楼的大厅里,足足挂了五年之久。

尽管梅老师骑车的速度越来越快,题目出得越来越难,尽管陈老师抱怨梅老师的时间越来越多,理论卷子越来越不好答,学生仍旧喜欢他们。Z大经济学院把他们的照片放在一起,印在招生简章最醒目的位置。

直到十几年后的一个秋季,陈一凡入学了,并且只选了梅道远的课。

陈秋风对梅道远的抱怨上升到了顶点，曾经抢过他自行车的同事,现在抢走了他的女儿。陈一凡与陈秋风的关系一直紧绷,就连梅道远都听说了一些。大学刚开学不久,陈一凡就借口学生会活动,开始常年待在学校。后来她因为要参加模拟企业大赛,而模拟软件只有梅道远的主机里才有密钥,所以频繁出入梅道远家,还一度让陈秋风质疑,这是他的女儿,还是梅道远的女儿。

彼时，梅道远对纸上谈兵的经济学教学已经彻底厌烦，而陈秋风作为理论派，在很多观点上与梅道远相左，两人在办公室里不止一次争吵过，为学术，也为一个女儿。学生们也渐渐发现，梅老师和陈老师之间的“抱怨”已经不再是自行车的问题——陈秋风早就买了一辆奥迪，梅道远摇到了非常好的号牌，正在申请驻校教师的车位。他们像两个比赛口算成绩的小孩子一样，开始攀比选课人数、参加考试的人数以及学生的成绩。陈秋风的卷子稍微好答一些，人数渐渐偏多。而梅道远的班里却因为真金白银的实践操作，总是充斥着风险和争吵，人数落了下风。选课之争成了梅道远辞职的导火索，陈一凡大二的某一天，梅道远主动叫住了陈秋风，告诉他，自己要离开校园，去真正的商业战场上一试身手了。陈秋风只把这句话当作老对手聊发的少年狂，没想到一周之后，他最得意的学生、经济学院保研的内定人选刘念，向他正式提出提前毕业的申请。

刘念成绩傲人，头脑灵活，性格坚韧，是一块做研究的料子，但是刘念要跟的人，却是梅道远。陈秋风不能理解刘念为什么放着好好的研究室不去，非要冒险做生意。刘念在一个冬天的午后，站在陈秋风办公室里，脸上也不知道受冻还是什么，泛起微红：“老师，我……我有了奋斗目标。”

压垮陈秋风的最后一根稻草，就来自这个目标。没过几周，只有大二的陈一凡向梅道远申请休学，希望加入梅道远的创业团队。这件事，陈秋风竟然是最后一个知道的。眼看女儿越走越远，陈秋风失控地指责梅道远拐走了他的得意弟子和宝贝女儿，梅道远却淡定地收拾着办公室的东西反问，你知道一凡和刘念在一起多久了吗？

陈秋风终于明白，刘念说的那个目标，不是什么商业大鳄金融巨头，他说的是陈一凡，他脸上的笑容，是留给她的。

梅道远的照片从 Z 大经济学院的展板上消失了，陈秋风的课堂堂爆满，外系蹭课的学生站在过道里，就算不计学分也想要一份测验卷来答。Z 大已经全面换装多媒体设施，黑板消失了，陈秋风偶尔也会出现教室最后站着梅道远的幻觉，但他再也不会敲敲黑板说“这个人不像话”了。他再也不想提到这个人的名字。

两年之后，明德地产以横扫之势进入业界十强名单，集团领导人梅道远在明德大厦的剪彩仪式上，向大家介绍了他的两位副总裁：刘念和陈一凡。明德的项目做得一个比一个漂亮，商业广告甚至贴到了 Z 大校门对面的公交站。刘念和陈一凡背靠背站在一起，像两棵年轻而旺盛的树。

陈秋风被晚高峰的车流堵在校门口的红绿灯下面。很多年过去了，他第一次摇下车窗，看着明德集团的广告。他是多么希望这两棵树枝繁叶茂啊，但有一些甜美的果实，终究不是他的了。

2

十年前，当梅恒第一次提出要去学推手的时候，梅道远停下了手里的工作，几乎是当场笑出声来：“太极拳？”十几岁的男孩子脑袋里总有许多念头，也有无穷无尽的旺盛精力，梅道远因为一直在考虑离开大学去做明德地产的事情，这几年很少跟梅恒交流，他只是有点不懂，太极拳这种老头老太太用来健身的东西，怎么吸引了一个少年。

梅恒要了三个月的学费，去办了一张季卡。没过几天，他又要钱，说要买一台 DV（摄像机）和三脚架。梅道远以为儿子又迷上了拍电影，教育他不要“三分钟热度”，结果梅恒说不是拍电影，是用来录训练视频，然后看自己哪里有问题的。梅道远把自己的卡给他，要他去挑个喜欢的。那个周末，梅道远记得梅恒叫了陈一凡一起去数码商城。陈一凡一早就来了，还吃了早饭，两个人兴冲冲出门，结果回来的时候都不太高兴。他留陈一凡吃晚饭，陈一凡别别扭扭地拒绝了。最后她都要出门了，梅恒才追了出来，两个人在门口似乎是吵架又似乎是争论。总之，当天的晚饭，他们四个人还是坐在了一起，梅恒因为每天学拳的缘故，胃口极好，他把吃空的碗递给陈一凡，陈一凡就自自然然地接过去，帮他添饭。

彼时，梅道远对太极拳的印象停留在"慢吞吞的武术类舞蹈"，他不惊讶儿子爱好运动，但他总是期待儿子选一些轮滑、滑冰、搏击之类的看起来"更年轻"的项目，而不是什么推手。梅恒在吃饭的时候，向梅道远详细解释过推手的原理和太极的拳理，梅道远意兴寥寥，最后是梅恒主动岔开话题，问妈妈什么时候回家。

梅太太自从听说丈夫有心辞职做生意之后，就全力支持他改行，不但动用了自己在美国留学时的同学关系，甚至托老父亲找了上面主管商业的领导，为梅道远的新公司选址。在梅道远辞职之前，所有事情都需要梅太太出面，一家三口聚在一起的时间逐渐被各种琐事压缩，最开始还能逢年过节相聚，再后来，逢年过节的时候变得更加忙碌：梅道远要应酬，梅太太要出国应酬，梅恒则笑眯眯地说着"家庭也算是一张空头支票"之类的话。

梅道远当时是真的没有听出任何抱怨来。

他确实很少听梅恒讲话了，儿子沉迷推手，往往从师父那里回来了，还要在家里练习几个小时。他霸占着电视，一遍遍研究自己的训练录像，甚至拉着陈一凡一起学起来。陈一凡起初说"我才不学这个""太没意思了"，后来不知道怎么，竟然可以和梅恒过招。梅道远从来不知道儿子有这等巧舌如簧的本事，他把这事通过越洋电话告诉妻子的时候，梅太太笑出声来："你们真是亲父子，蠢笨都是一样的。"梅道远花了很长时间才醒悟其中的奥妙，当他终于意识到陈一凡可能变成家里真正的成员的时候，梅恒已经是少年组推手冠军了。

夺冠当天，梅道远没在会场。那时候还不流行网络直播，电视台才懒得转播一场小孩子之间的推手比赛，梅恒自己打车回家，把奖杯放在客厅里，美美地睡到第二天早晨。梅道远是因为接到学校电话，说梅恒没来上学，才知道儿子是比赛太累了才睡过头的。那时候他已经连续三天住在办公室里，风风火火回家找人的时候，甚至没有留意壁橱上多出来的巨大的奖杯。

他给梅恒补办了一个小小的庆功宴，陈一凡在餐桌上跟梅恒头并头地说了许多悄悄话。梅恒用比赛奖金支付了剩下的培训费用，加倍努力练习着推手。“我要拿成年组的冠军，”他说，“我拿了之后，想要一个奖赏。”

这真是奇了怪了。梅道远从来不知道儿子有任性的一面，梅恒从小自律勤奋，学习生活都没有让家里操心，就算一直练推手，成绩也还是年级第一第二，他不是那种用“奖励”喂大的孩子，梅道远竟然想不出他有什么想要的。

“得了再说。”梅恒笑着，“看你敢不敢答应喽。”

“有什么不敢？”梅道远应了下来，“随你要什么——我等着你得奖。”

他再也不可能等到梅恒得奖了。成年组比赛那天，梅道远在红灯下面停住车子：“你早说今天比赛就好了。”

梅恒坐在一旁，心不在焉地看着窗外：“我说过了——今天要开会吗？”

梅道远没敢看后视镜：“有会——你妈知道吗？”

“我说过了。”

他们沉默了很久，梅恒说要在前面那个红绿灯下车，梅道远问他比赛不在体育中心吗，梅恒勾了勾嘴角：“早就改到文化中心了。”

梅道远根本不知道。他在红绿灯旁边把梅恒放下去，为他加油。梅恒点点头，拎起他的装备，走上天桥。过了天桥，他再走不到五百米，再过天桥，就能到达文化中心的侧门，不算太远。梅道远想着，抬头看了看，文化中心外墙颜色突兀，从这个角度也能看到一个侧影。他假装目送儿子进了比赛场地，却在下午的时候，看见了儿子的尸体。

他永远都不会知道梅恒得奖之后想要什么了。

自从那天起，这个问题就困扰着他，他时常想起梅恒嘴角的弧度，想起那个上扬的尾音，他根据当时的环境、气氛，猜测了无数种可能的答案，再一一将它们否定。

3

五年前的那天，是刘念陪着陈一凡去认尸的。世界上绝大多数人对目睹熟悉之人尸体这件事都没什么经验，往往贸然去了，不但要遭受痛失所爱的巨大打击，同时会被尸体的真实情况冲击得昏死过去——死亡从来不是什么静谧的事，没有人在死前会摆好温柔的姿势的。刘念中学的时候，去看过母亲的尸体，据说邻居报警的时候，隔壁屋子里的恶臭已经弥漫了两天，刘念吐了，然后失声痛哭。他还没有感受到死亡的沉重，却先因为自己对着亲生母亲的尸体失态而感到无比羞愧。他没有认出母亲的模样，那具尸体冰冷恶臭，同他记忆中的母亲没有一丝相似，以至于过了很久，他收到DNA鉴定的时候，才第一次意识到他在世界上已经孤身一人。他不知道应该怎么把这个讯息告诉已经离家出走多年、杳无音信甚至面目都在记忆中模糊的父亲，他当那人已经死了，于是他在班主任的陪同下，到报社登了一份小小的讣告。透过报纸中缝两块指甲盖合并大小的面积，刘念和这个世界的联系，从此只剩自己。

所以他在处理梅恒的事情上，格外小心，先托人问了处理情况的警察。警察说梅恒的尸体很完整，他们只打算让亲属看一下头部。“挺安详的”是警察对于梅恒最后的评价。陈一凡隔着玻璃看到了梅恒最后一面，她没有哭，甚至没有任何感情波动，还能搀住差点崩溃的梅家夫妻俩。当时，刘念甚至觉得陈一凡太过冷漠了，没想到，五天以后，当梅恒的葬礼办完的那个晚上，深夜里，刘念房间的灯突然被打开，满脸通红的陈一凡强撑着站在门口说她烧到四十度了，需要去医院。陈一凡在医院里躺了足足一周，高烧不退、上吐下泻，出院的时候瘦了五斤，拿筷子的手都在发抖。刘念心疼地握住她肩膀，她却问起住院之前并购项目的进展，要看看报告。

那天下午，陈一凡终于哭了。看着看着报告，她忽然号啕。刘念坐在自己房间里静静听着她哭，一小时过去了，陈一凡安静下来，刘念出去看，吓了一跳，陈一凡的手心都是血，把雪白的报告纸堵在伤口上面。家里的急救包都过期一年了，刘念冲下楼去买了碘伏和绷带，跪在地板上一言不发地为陈一凡处理自残的痕迹。陈一凡又哭了，眼泪滴在刘念头上，最后，刘念把额头埋在她的膝盖间，轻轻叫她的名字。

梅恒的死，似乎是一条会生长的河流，环绕着陈一凡，渐渐就变成了她的护城河，如果她不肯放下吊桥，刘念就再也没办法进入她的领地。他知道，他们以前不是这样的。

他们还是学生的时候，刘念比陈一凡大一届，但是因为他早就有心提前毕业，因此课表满满当当，经常辗转于不同的教室间，碰到来上课的陈一凡。陈一凡最开始还是恭恭敬敬地问一声“学长好”，后来就开始直呼其名了。彼时，陈一凡每周末还是象征性回家一趟的，刘念有时候会在陈家见到她，甚至因为搬跑步机、挪鱼缸之类的小事，借搭把手的机会，进过陈一凡的房间。与想象的不同，陈一凡一个女孩子，并没有什么粉色的芭比娃娃和五彩的独角兽玩偶，她的卧室更像一个书房，凌乱却干净，大大的飘窗上只有一盆粉色花朵的植物暗示着房间主人可能是个年轻的姑娘。刘念问她这是什么花,她说她也不知道,是梅老师家的儿子送的。"就是他,"陈一凡指着电子相框里的梅恒说,"哇,可厉害了,太极推手,少年组的冠军,知道吗?"

刘念见梅恒的次数不太多,只是略略知道。就算他们开始和梅道远着手创立明德集团的时候,梅恒也不过是聚会名单上的一个名字罢了。印象里,梅恒身材匀称,比陈一凡高半头,有些与少年模样不符的稳重,最喜欢的事情就是打听"一凡姐最近看什么书了"。刘念不傻,他大约知道梅道远已经把陈一凡看成自家一分子,更知道梅恒嘴里一口一个的"一凡姐"代表什么,他也亲眼见过陈一凡在商场里为梅恒挑礼物时的纠结与紧张,他甚至从未期待自己可以拥有陈一凡。

陈一凡太棒了,满足了他对同龄女性最好的期待,独立、聪明、美丽、坚韧,刘念一直默默"追求"着她——他不敢说这是一种实质上的追求,他只是静静待在她身边,甚至不知道陈一凡对这一切了解多少——有一天,他实在忍不住了,他为自己几年的懦弱而感到羞耻,偏偏那一天的陈一凡与他激烈地争执着明德集团某项目的细节,他被迷住了。在会议室里,他突然放下一切工作,用残存的理智说:"一凡,我喜欢你,我可以做你的男朋友吗?"

陈一凡愣了一下,短暂地挪开目光,片刻,她说,可以的,刘念,谢谢你喜欢我。

此后无数的时间里,刘念经常想起这句话,想起当时陈一凡身上的香水味,想起那张扔满了策划案的办公桌,想起那天的太阳、云彩,还有空气里清新剂的柠檬味。直到今天,直到刘念明确地意识到他和陈一凡不再有以后的今天,他仍然会为这句话感到一丝安慰。

至少他说了,至少他主动和世界建立了另一份联系,至少……

如果躺在停尸房里的是他，他也确定，陈一凡会为他流泪、悲痛。

刘念很怀疑他的命运，他是不是只能跟这个世界产生一种联系：如果选择了母亲，就要承受父亲离家出走的痛苦；如果注定要遇见陈一凡，就要承受失去母亲的痛苦——他知道自己离彻底失去陈一凡不远了，但他已经厌倦了命运无耻的安排——他的生命里有没有下一个人把他和这个世界捏合在一起，已经无关紧要。

4

陈一凡第一次拥有自己的智能手机的时候，已经是高一。陈秋风认为手机是一个绝对足够丧志的玩物，此前只允许陈一凡使用直板键盘的老人机。其他同学都有“正常”的手机，他们邀请陈一凡加入群聊的时候，陈一凡总是淡淡地说，她不喜欢聊天。她被迫不喜欢的东西太多了，陈秋风禁止她听流行音乐，也不允许她看娱乐节目，陈一凡直到初二的时候都只会唱课本里的一些“少年歌曲”，对同学拿出来的明星海报完全茫然。初三毕业的时候搞大合唱，同学们选了周杰伦的歌，陈一凡从来没有听过，但这是一个难得的正经理由，她在房间里打开电脑，搜索到那首歌，点了在线播放。似乎在商场里和街边听过的很熟悉的旋律终于真实地传到耳朵里，她打印了歌词，一遍遍跟着唱。差不多熟练了之后，她开心地打算告诉妈妈，一回头，陈秋风站在门口——在家里不能反锁房间门，也是诸多规定中的一条——他们为流行歌曲是否应该存在而大吵了一架。陈一凡跑了出去，在小区的健身区疯狂地摇动器械，最终被甩了出去，右腿膝盖以下被碎石子擦得血肉模糊。包着纱布，就不能穿他们的班服小裙子上台了，毕业大合唱的那天，陈一凡在后台帮同学拿东西，同学们演唱的时候，她轻轻跟着哼。

因为这件事，陈一凡在中考结束之后做了一件“大事”。“大事”

发生之前，知道内幕消息的只有梅恒一个人，陈一凡威胁说，如果你敢把这件事告诉你爸，你爸再告诉我爸的话，就再也别叫我姐姐。梅恒妥帖地为她保了密。当时陈一凡的成绩足够进入最好的市重点高中，但是陈秋风仍然想让她去读特色中学的加强班或天才班。陈一凡偷偷选定了离家最远的实验中学作为目标，并且在参加其他几个中学的特别考试的时候，谨慎而“不小心”地答错了一些特定的题目。九月，高一新生陈一凡为了上学期间方便联络家人，买到了一台最新型号的智能手机，拥有了一个属于自己的手机号。

她连带图片的信息都不会发，于是给梅恒发短信：哈哈。

梅恒很快回复：你真棒！

从那以后，陈一凡就经常给梅恒发短信和打电话。从实验中学回家，地铁转公交需要至少两个小时，他们有时候聊得停不下来，陈一凡会偷偷在小区里多转几圈才上楼。陈秋风从话费账单里看出了端倪，陈一凡拿出厚厚一摞资料说她参加了模拟联合国，还是组长，要联系的事情太多了，陈秋风挑不出任何毛病。半年以后，陈一凡捧回了模拟联合国比赛的个人奖杯，电话费的事情便再也没有人提起。

其实她和梅恒本来用不到电话作为交流工具的，有一段时间，他们经常见面，毕竟梅恒家里从来没有不许大声讲话、不许唱卿卿我我的流行歌曲、不许看明星跳舞之类的规矩。陈一凡在梅家认识了当红的大部分流行歌手，看了有做爱情节的《泰坦尼克号》，还喜欢上了一个叫“枪炮与玫瑰”的硬摇滚组合。梅道远从不介意孩子们在饭桌上谈论明星的八卦，也不阻挠他们滥用流行的网络词汇，他对陈一凡傲人的考试成绩赞不绝口，就连梅太太也经常说：“我要是能生个女儿就好了，你看一凡，好得不得了。”在一次和陈秋风吵架时，陈一凡哭着说了她的不满，陈秋风得知了梅家的种种“模范”行为之后，家里多了一条规矩：禁止到梅恒家里去。陈一凡因此而努力读书、努力每天给梅恒打电话：她知道，只有大学是她唯一的解脱，只有梅恒是她的镇静剂和反抗的哨声。

大学录取通知书到手的那天，陈一凡的解放号角终于吹响了。她带着梅恒跑到文化中心顶层昂贵的咖啡厅去，透过玻璃窗俯瞰整个城市，她买了新手机，办了一个新的、不受陈家管控的、自己付费的号码。梅恒把数字挨个输入进去，点了拨号键，陈一凡的手机响了，她接起来："喂，谁呀？"

梅恒坐在对面看着她："我是你爸爸呀。"

陈一凡打了梅恒一顿，直到梅恒说"一凡姐我真的错了，我不配当你爸爸"。陈一凡说你这道歉怎么越听越别扭呢。梅恒惨兮兮地蜷在椅子里举着手机："你看，我给你设置的名称，饶了我吧。"

梅恒的手机里，陈一凡是"姐姐"。

警察也是根据这个来拨号的。

前往文化中心参加比赛的梅恒，在过马路的时候被一辆突然冲出来的竞速摩托车撞了，整个人飞出去十几米，当场身亡。交警和公安处理妥当之后，从梅恒口袋里翻出了手机，上面的最近一次通话记录，是打给"姐姐"的。

"是梅恒的姐姐吗？"警察问。

陈一凡在此后的几年中，常常被这个声音惊醒，即使再躺下，脑袋里也只能不停地重复着那一天的所有事情。

刘念把一摞厚厚的项目书递给她："……一会儿，用这个把梅先生桌上的项目书换掉，不要让他发现——你是他的助理，你去办公室，比我更方便。"

刘念低声说："我改了多少条款？细节不重要，如果一切都顺利的话，合约生效的那一刻，你和我就是明德实际上的操盘手。剩下的事，四大集团会帮我们。"

刘念脸上有笑意："梅先生可能要退居二线一段时间了……我

向你保证，只要我们稳定住局面，避免明德和四大集团的正面冲突，我一定把一切权力统统交还给梅先生。”

刘念把项目书抵在她怀里：“一凡，我们已经没有退路了。”

刘念追问：“项目书换好了吗？太棒了，一凡，你会知道，这是一次充满动力和前景的调包，时间会证明的。”

“是梅恒的姐姐吗？”警察问，“你通知一下梅恒家属啊，尽快过来一趟。”

梅道远站在会议室外面：“一凡，刘念，四大集团已经动摇，机不可失，如果能签字，今天就是最后的机会——我能不能相信你们的能力？”他从怀中掏出自己的姓名印鉴，“如果谈判妥当——”

刘念接过印章，因为激动而发抖：“老师——”

梅道远拍拍他的肩膀：“明德的未来，本来就是你们的，试试吧！”

梅太太在玻璃窗前发出了令人毛骨悚然的尖叫。

陈一凡头疼欲裂，堵住耳朵，耳鸣让她眩晕，她听到手机响了，便接起来：“您好。”

“一凡姐？”梅恒说，“起来了吗？”

陈一凡把手机猛地塞入枕头下面。

她知道自己又出现幻觉了。噩梦之后，幻觉会持续好几个小时，她上网查过，这是心理问题。有那么几次，她忽然不能分辨幻觉与真实，只好一遍遍地看自己的手机。她的手机是最新的款式，不可能出毛病，但她怎么找也找不到梅恒的呼叫记录，这就说明刚刚经历的是幻觉了。

但她竟然丝毫都想不起来最后一次和梅恒通话是什么时候，更别提通话内容了——才五年，人的忘性就足以让她羞愧和绝望。

5

今天的城市,晴,万里无云。

柳青阳穿得规规矩矩地站在梅家庄门口，等待保安为他开门引路。东叔刚好路过,笑着问他怎么不翻墙,柳青阳尴尬地点点头:“不好意思了,真的。”

梅道远在书房等他，柳青阳倒也没有客气:“我想看看梅恒到底什么样。”

梅道远愣住了。

“你们天天说我像梅恒,不瞒您说,我昨天去Z大找陈秋风陈老师了。我吧,就想问问他女儿到底怎么个意思,仿佛欠了我五百万一样,天天躲着不见我。结果,嘿,给老头吓了一跳,茶都洒了。”

“你见他啦?”梅道远倒是有些感兴趣,“他最近好吗?”

“挺好吧?”柳青阳挠挠头,“我就纳闷,按说我也不是私生子也不是捡的,怎么就能像,您有梅恒照片吗——嗨,您肯定有,让我看看吧。”

梅道远从上锁的抽屉里取出一个U盘,接入电视。录像开始于梅恒一个大大的笑容,柳青阳一下愣住了。太像了……他心说,真的太像了,除了梅恒比他看起来年幼一些,他们真的是太像了。

“一凡姐,看好了啊,我要开始了。其实推手也没有什么难学的,像一凡姐你这么聪明,配上我这样厉害的老师……”拍视频的人笑起来,是陈一凡的声音。画面里的梅恒也笑了,过了一会儿,他慢慢收起笑容,凝神,屏息,打起了一套太极拳。

“冠军老师,说说你的练习心得,学生我抄一下笔记。”陈一凡说。

“别学我爸。”

陈一凡问:“你说什么?”

梅恒没有停下动作："他很有智慧，也很会赚钱，最重要的是，他就是想赢。"

"想赢有错吗？你也是冠军哎！"

"推手有对手，有规则，才有胜负。生活没有，他太想赢，所以他会制造对手，给自己找麻烦。这么下去，他早晚会输。"

"你这么絮叨你爸，怕不怕被他知道？"

"怕。"梅恒笑嘻嘻地说，"所以我只好杀人灭口了——"

镜头晃动了几下，陈一凡和梅恒嬉笑打闹的声音不绝于耳。后来摄像机被放置在三角架上，梅恒教陈一凡推手，几下就把她掀翻在地。陈一凡嚷着不服，爬起来跟梅恒又推了几个回合。

梅道远摁了暂停："梅恒还在的时候，我整天训他，现在他不在了，我就一遍遍听他训我——我输给他了。"

柳青阳不能输给这个和他长得一模一样的小子，他可能没有什么学武的天赋，但是非常擅长死缠烂打，他打算在推手这件事上，把自己的特长发挥到极致。离开梅家，他第一件事就是去买了一套和视频里一模一样的衣服。好在梅恒穿的是标准款式标准颜色，只有胸口的刺绣是汉字姓名，柳青阳拿着照片，找了一个广告喷印店，用同样的颜色喷了上去。梅恒穿的是白色的运动鞋，是柳青阳做"柳少"的时候最鄙夷的款式，为了陈一凡，他不在乎了，他买一双，并且当场穿在脚上。别说，鞋子挺舒服的，除了一点都不时尚，没有缺点。

一切就绪。此前，他已经把陈一凡缠疯了。天天在明德大厦里晃悠的他，除了没去女厕所堵人，基本上一直跟着陈一凡，念念叨叨地要学太极推手。陈一凡发狠说你再过来我就打断你的腿，柳青阳毫不犹豫地上前一步。果然，他挨打了，陈一凡一掌把他推出去半米，撞倒了前台的发财树。等柳青阳从树下爬出来的时候，陈一凡已经锁上了办公室门。就这样纠缠着，陈一凡终于在昨天晚上的时候答应教柳青阳一下。

“就一下吗?”柳青阳问。

“你要求的,教一下。就一下。”陈一凡说,“这样你也好跟梅先生交代,教过了。反正梅先生从来没说要教多少。”

真有道理!柳青阳心想,这姑娘胡说八道的本领,不比他差!

他们约好了下午三点,柳青阳早到了几分钟,悄悄问春雨,春雨说陈总已经在道场里很久了。柳青阳却耐心地等着,直到三点整的时候,才突然推开道场大门。他不知道的是,一道灿烂的阳光同他一起进了房间。

陈一凡眯着眼睛向光亮处看去,愣在当场:梅恒披着温柔的光晕走了进来!

眼泪夺眶而出,陈一凡浑身颤抖,慢慢走向柳青阳,站在他面前仔细打量,甚至抬起手,看样子想要触摸一下柳青阳。

柳青阳保持着微笑:“一凡姐。”

陈一凡反手给了柳青阳一巴掌,声音因为愤怒而颤抖:“谁……允许你……”

柳青阳被打蒙了,当场还手推她:“怎么打人呢?”

陈一凡牵住他的腕子,将他一提一扔,摔到地面。柳青阳滚起来踢她,却被架住了腿,就在陈一凡要继续摔他的时候,柳青阳做出了非凡的决定:他伸长手臂在陈一凡的胸口狠狠抓了一把。陈一凡被这个粗鲁下流的举动惊呆了,就在这个瞬间,柳青阳凭着看电视剧学到的一点知识,把陈一凡推倒在地,并且死死握住了她的双手:“你最怕见到的人,现在就在你面前了,怎么样,你照打不误!你可以的!”

陈一凡从气愤到崩溃,带着哭腔挣脱了柳青阳的钳制,无力而凌乱地还击着。柳青阳一躲也不躲,无声地等待着。当她终于脱力的时候,柳青阳叹了口气,跪在她身边说:“以后得为你自己活着,好吗?”陈一凡看着他。“我穿得再像他,也不是他,你看清楚了,”柳青阳戳戳自己的心口,“我,是柳青阳。我还要追你呢,陈一凡,万一追到了,结婚证上要写梅恒的名字吗?”

陈一凡抱住他的肩膀失声痛哭。五年了,她很久没有这样哭过了。

站在道场门外看到了一切的刘念,默默转身离开。本来要找他签字的春雨,知趣地消失在助理办公室后面。

刘念怀念陈一凡的眼泪。陈一凡本来就很少哭,为了刘念而落的眼泪,有且只有一次。那是梅道远以一己之力对抗四大集团的关键时刻,刘念接到四大集团的邀约,吃了一顿决定命运的饭,却正巧在餐厅撞上了陈一凡,他们为到底要不要加入四大集团成为“小五”而大吵一架。后来,刘念说,一凡我想好了,梅老师是错的,我们应该主导明德的未来。

陈一凡哭了,小颗的眼泪顺着面颊滑落。“我怕你说出这句话,”她说,“刘念,我真的怕!可你还是说了。”刘念以为她是为了没跟她商议而生气,谁知陈一凡说:“我怕你变成那个‘只想赢’的人,但是现在,你已经变了。”

刘念不知道想赢到底有什么错。无论是五年前的那天,还是今天,他都能够坦然面对自己所做的决定。当年,他可以义无反顾地站到自己的老师、生意伙伴兼领导人的对立面上去,现在他也不介意抛下陈一凡独自前行。

想赢,是不会错的,刘念坚信。

第十三章

1

人们已经忘了从什么时候开始，“酒吧” 不再是奢侈糜烂的资本主义生活的代表词汇，变成了都市人生活的必备空间之一。老一辈的人仍然不能理解年轻人明明已经让人把热乎乎的饭菜送到家门口，为什么还要去酒吧“喝一杯”“解闷”——按照传统，闷酒应该在家喝的。但是现在年轻人的家里已经没有能一起喝闷酒的人了，就算有人，比如刘念，明明知道陈一凡在家，仍然跑了出去。

是春雨约了他。难得节假日，春雨说公事也要开开心心谈，刘念就提前到了酒吧，选了一个安静的位子。一向守时的春雨迟到了，刘念并没有催，过了一会儿就看见舞池里有个浓妆的姑娘走出来，径直落座：“刘总，久等了。”

刘念第一次看到春雨职业装以外的打扮，也第一次看到春雨戴耳环。他意识到自己的目光落在了错误的地方，刚从春雨的耳垂上挪开，这位助理就笑了起来："没想到吧，我也有耳洞。"

"你平时戴什么？洞不会长起来吗？"

春雨从裙子口袋里摸出一个丝绒的小袋子放在手心倒了倒："这个。"刘念看了看，是两根短小的银钉。他不禁勾勒出春雨认真地戴上这东西的样子。明德集团的负责人从来不知道他的女助理花了多少心思在妆容上，问题越来越多，他现在又开始好奇平时春雨是怎么把这一头长发盘到脑后的。

"好了，我说正经事。"春雨笑了笑，叫侍应生取她的包来。

"你常来？"刘念仍旧没有关心"正经事"。

"不可以吗？"

"没有。"刘念笑笑，"我以为你是……很传统的女孩子。"

春雨笑了："我在美国读书的时候，经常因为参加派对玩太嗨，错过第二天的课，期末考试的时候欠了许多作业怎么办——"她卖个关子，刘念期待着答案。"轰趴回来熬夜做啊，"她笑了，"我和您想象中的，大概不是同一个春雨。"碰巧侍应生送来了包，她没等刘念再问，就拿出一个牛皮纸信封，里面是一沓照片："四大集团前几天又去找柳青阳了，比上次态度差很多，叫助理在巷子里堵他，问他想好没有。柳青阳原话说的是'你们给得太多，我怕我花不完浪费了'，拒绝了四大集团的支票。"

刘念挑挑眉："还是有点骨气。"

春雨抽出一张照片放在最上面。

"他这是……要打人家？"刘念问，照片上柳青阳摆出了推手的架势，看起来很像那么回事，"他学得这么快？"

春雨笑着摇头："没有。我看过道场的监控，陈总教得很密集，他却学得很慢，推手是个苦差事，他……太急躁了。还有两周，他学不会的。"

刘念皱起眉头："一凡倒是跟我说，他学得很快。"

春雨不置可否："监控视频都在这里了。"她把U盘和照片都给了刘念。

刘念逗她："这是挑拨我跟陈总的关系哪？"

春雨笑出声来："哪儿敢！再说，您和陈总的关系，还用得着挑拨吗？"

刘念倒也坦诚："说得好。旁观者清，你可能比我们更早发现问题。"

"我有句话想说。"

"一般不都是说，'不知当讲不当讲'吗？"

春雨露出一个刘念从未见过的笑容，有点狡黠，有点不自然："我……不是一般的人吧？"她在明德集团的名片上的头衔是"特别助理"，刘念也笑了，点了两杯不含酒精的饮料："说吧。"

"我看了一点资料，根据备忘录上记载的时间表来看，梅恒出车祸的两个星期后，梅道远就从董事会辞职了。虽然没有提到他辞职的原因，不过从另一份和四大集团的合作意向书来看，您和陈总成了赢家。更有趣的是，和梅道远一同离开的，还有当时集团的第二大持股人，也就是他的太太。不过和梅道远不同，他太太并不是主动离职的，按照记载，她是因为家庭变故导致身体健康受损，不适合履行集团职务，所以才离开。"春雨讲起这些的时候，似乎是在复述楼盘报告一样轻松。她喝了一口饮料，嘴角露出一点笑意："在生死攸关的会议上，学生代表老师签了将来会让老师走人的合同，而老师呢，不但全盘皆输，甚至家破人亡，学生……是无辜的吗？"

刘念玩着杯子上的装饰食材："只靠一点文件里的只言片语，你就能看到这么多，很了不起。过去我觉得你很能干，现在，我觉得你有点太能干了。"

春雨盯着他："和陈总的关系，从那个时候起就已经开始出现裂缝了吧？"

“那时候你还没来明德呢。”

“那时候的事情摆在明面上一半，”春雨说，“我天天看着听着，又悟出一半。刘总放心，其他人是不会知道的。”

刘念的脸色沉了下来。

“既然在酒吧，刘总就假装我喝多了，听我瞎说。我想问问您，真的不怕柳青阳和陈总走到一起吗？”

刘念想了想说：“给死人当影子的家伙，还不值得我嫉妒。”他拿起U盘和照片放进包中，站起来对春雨伸出手，“我送你回家。”

春雨搭上他的手：“我想请您跳舞。”

刘念竟然慌了神：“我……我不行……”

春雨轻轻拉了他一下。

刘念下意识地放下公文包，一脚踏入炫彩的灯光里。春雨紧紧握住他的手，把他推入人群。

2

柳青阳学推手的第一周，感觉距离被陈一凡打死只有一拳的距离。他以为“磨豆腐”就是推倒对方算了，但第一次被陈一凡推出去的时候，柳青阳确凿地体会到了什么叫“屁股开花”。关键是陈一凡每次推倒他也不打算道歉，反而是三步并作两步跑来把他拽起来继续推倒。“您是出气呢，还是教学呢？”柳青阳真是被她打怕了。陈一凡用非常可怕的语气说：“都有。”

柳青阳当沙袋当到第二周的时候，学会了躲。打不过就跑，是他为人处世很重要的原则之一。当意识到自己被陈一凡摔得太可怜的时候，他聚精会神体会“力”的来源，居然真的开始感觉到要把他推倒的力是带方向的——他顺着方向躲避，在一个阳光明媚的上午，第一次让陈一凡的攻击失效了——如果不提他马上被补过来的一掌推出去的话。这是一个很好的开端，柳青阳专心致志地研究了几天如何避闪之后，陈一凡发觉了他的目的，换了新招数，但柳青阳似乎比第一周进展快多了，他几乎是几小时就掌握了避闪新招数的方法，甚至挑衅似的问："陈老师不会只会这些吧？"

陈一凡不置可否，并且在接下来的教学时间里把他折磨得很惨。

柳青阳的练功服被弄脏了，也被弄破了，身上多了一些七七八八的瘀青，膝盖也戴了刘念送过来的进口护具，但最疼的还是屁股，他非常不理解为什么陈一凡总是能把他推"倒"。"难道不应该是……"他比画着，"我一下飘起来，弹到空中，向后，美丽的弧线……然后用轻功落地——你是不是不会教？我应该先学轻功吧？"陈一凡卷起袖子，露出肌肉线条很漂亮的手臂："那就让你试试能飞很远的这种？"

算了。柳青阳想，何必那么认真呢——真的算了吧！

第三周，在痛苦和钻研中终于找到了一点门道的柳青阳，开始打别人了。最先受害的是张小同，被当成人桩不说，柳青阳对他上下其手一番，最后把他推出去十公分，脑袋磕在了进口咖啡机上，洒了半箱咖啡豆。张小同让他滚远点，他又开始跟桌子较劲，最后还是拉张小同坐下，跟他说陈一凡有多么多么厉害。"这姑娘真的太棒了！"柳青阳眯起眼睛，"我必须追到她。"

"用你长得像她过世的前男友的特长吗？"张小同从柳青阳这儿听了一百八十遍梅恒的故事了，至于柳青阳从哪儿打听来的，他都懒得去问。

"你听你这个贱嘴里说出来的屁话！"柳青阳愤愤地敲着咖啡杯，"这多伤害一凡啊，我能做这么不是人的事吗？不能啊！"

"堂堂正正地追啊？"

"这不正在堂堂正正追吗？"

"你敢说你没私心？"

柳青阳嘿嘿一笑："挣钱算什么私心？谁不喜欢钱？"

看在钱的面子上，柳青阳很努力地在学了。在他不去乱打张小同的时间里，他都在道场研究步伐和身体的姿态，陈一凡却忽然停止了新动作的教学，只让他练习固定的几个基础动作。

"这能行？"柳青阳质问。

陈一凡点点头："不行也得行。一个月，任你怎么学习也不可能赢过潜心钻研五年的梅先生。梅先生要你接一招，接，可以是接住也可以是化解。他不会全力打你，你只需要找到合适的时间接招就可以了，但是如果你的基本动作都是乱来，梅先生就……"

"总不能打死我吧？"

"……梅先生会很失望。"

"因为你没教好？"

陈一凡脸上露出一个苦笑："因为你不够像梅恒。"

柳青阳拍拍她的肩膀："别说了，我练，我练还不行吗？"

陈一凡说："谢谢你。"

柳青阳怀疑自己幻听了，追问几次，陈一凡都说她没说话，柳青阳后悔自己没拿手机给她录下来，问多了就会被打一顿，不问又憋着难受，直到明德大厦的下班音乐响起，陈一凡都没有再接这个话茬。他们收拾了道场准备回家，柳青阳说叫车吗，我半途给你放下。陈一凡说她这几天都住在办公室里。柳青阳只当是她有业务处理，都走到电梯口了忽然想起来明德距离破产一步之遥，没有什么业务可以处理了。他立刻丢下运动包，一把拉住了陈一凡的衣服："怎么了，和他吵架了？"

"他"就在隔壁办公室里，贴着总裁名牌的大门紧闭。

陈一凡瞥了柳青阳一眼："和你有关吗？"

"有呀，"柳青阳兴奋地搓搓手，"那我就可以正式开始追你了。”

在陈一凡出手打人之前,柳青阳知趣地躲进了电梯,并且规规矩矩向她道了个“再见”。刚走到明德大厦下面的小广场,柳青阳就意识到他的运动包还在前台的发财树旁边扔着,不拿吧,里面有他的训练录像,按理说他得复习一下的;拿吧,就要重新刷卡进门坐电梯上到顶层再下来……但是不拿吧,明天如果被陈一凡发现动作没练好,又要被怼一天……但是拿吧……柳青阳累了一天,真的很想立刻躺下,但是……他被这个简单而无比困难的事情钉在了楼下,就在他心里的小恶魔和小天使正在斗争的时候,忽然有一个人死死搂住了他的腰。

要不是因为对方是个明显上了年纪的女性,已经会点功夫的柳青阳怕不是要把她直接推到五米开外。此刻他只好向意外投降,高举双手小声问:“您……您要干什么……光天化日的……”

“你怎么不回家?”对方急切地抓着他的衣服抬起头来,“放学了怎么还不回家?我等你多久了?”

柳青阳这才看到,这人是梅家的女主人,梅道远的妻子。那天在花园紧锁的后门,他们见过一次,柳青阳被这个女性眼中的绝望刺痛了,因此对这张面孔记忆犹新。他赶紧扶住她:“您怎么一个人在这儿呢……老头呢?不是,我说,你老公呢?”

有一个出租车司机把车停在路边摇下车窗:“喂,小伙子,给你妈付个车钱!”

柳青阳赶紧掏出手机扫码,司机愤愤地教育他:“老太太精神不好,你们家人也不看着点,别让她一个人出门!一上车就跟我说,‘小王,你几天没上班了’,吓死人了!一路上我跟她说话吧,她就说儿子如何如何;我不跟她说话吧,她又说我缺勤,要开除我。到了地方,车钱也没有,拉开门就走——”柳青阳赶紧又转了二十块钱红包:“谢谢您,太谢谢您了,是我们不对。”

梅太太穿着得体的连衣裙，拎着精致的小包站在那里等，柳青阳付完钱刚一转身，梅太太就拉住他的手："走，回家，我给你炖骨头汤去。"

柳青阳束手无策地小声说："您认错人了，我真的不是梅恒，我——"

梅太太眼睛里的光熄灭了："儿子，是妈妈错了，妈妈忙工作，没有好好照顾你，你别说气话啊！""我真的——"柳青阳话说到一半，看见陈一凡拎着他的运动包追了下来，立刻跳起来示意救命。陈一凡看到梅太太也吓了一跳，梅太太让她劝劝"梅恒"，陈一凡眼睛放空了好久，泪水涌上来又生生憋了回去，最后她把运动包放在柳青阳手里："梅恒，你多大了，还丢三落四的。"

柳青阳只能顺势演下去，顺便给陈一凡提醒："好了，一凡姐别骂我了，快去打电话订餐厅吧！"

梅太太难以置信地看着他："你……还是不回家吃饭吗？"

"妈，说什么呢，今天一凡姐生日，咱们说好了吃日式火锅的，你忘了。"

梅太太居然顿时安静了下来："哦……是我忘了，是是是，一凡过生日。你看，我都没有给一凡买个礼物。"

柳青阳搀着她往大厦里走："您的记性哟，真的不行，上周买过了，那么大一个熊，比她都高，我给她送过去了。"

"我不记得了……"

"没事，一凡姐是外人吗？不拘这个小节！"

梅太太在明德大厦的休息室里，紧紧抓着柳青阳的手，却因为跑了这一趟而体力不支，慢慢闭上眼睛，安心地靠在柳青阳肩上睡着了，直到梅道远和东叔带着镇静剂过来都没醒。

看着两个老人合力把另一个精神失常的老人带回家的画面，柳青阳忽然觉得悲痛不已。此前的生命里，他很少感叹这个世界上负面的事情，毕竟，对他来说，钱能解决的事，都不算事；甚至几周前，他差点不能用钱解决自己母亲的医疗问题的时候，也始终有个出路可以一试；现在，他意识到了人的一生中，有一些事情是金钱、时间都无法解决的，有一些疾病，是什么顶级医学都无法治愈的，还有一些人，是别人完全帮助不了的。

他为自己才意识到这个事实而感到了一丝羞愧，他下意识地握住了离他最近的人的手。那只手的手指修长，微微发凉，皮肤非常细腻。陈一凡看了他一眼，没有说话，也没有躲闪，而是用力握了回去。

3

约定比赛的前一天，柳青阳失眠了。尽管陈一凡叫他“好好睡一觉”，他却从十点半躺在床上开始，就无比清醒，直到夜里一点还亢奋得不能闭眼。他干脆跑步到了柳母所在的私立医院，病人居住区已经宵禁，在柳青阳的软磨硬泡下，有一个好心的小护士带他到病房窗前看了看。柳母睡得非常平稳，房间整齐干净，遮光窗帘把都市的霓虹灯挡得结结实实，只有床下有几盏感应灯在闪着微弱的黄光。门外显示室内温度正是舒适区间，旁边的资料夹上，值夜的大夫半小时前刚刚签过字。柳青阳忽然有种灵肉分离的感觉，仿佛此刻在这里的不是他，真正的他躺在家里睡着了——这种想法吓了他一跳，他跑出医院，走在深夜的城市里。

柳青阳跟都市的晚上很熟悉，以前柳少最爱干的也最“刺激”的事就是骑上他声响最大的摩托，半夜三点从市中心主干道上轰鸣而过，沿着环城路狂开一整圈，在警察追过来之前，把车锁回车库，假装什么事都没发生。当时，他想，肯定有那么几个没有睡的人，听到噪音之后愤怒地打开窗子看，但是对方是永远看不到他的，他的车是整个城市里最快的，除了法律，没有什么东西能限制他的速度，他以为自己可以一辈子这样潇洒地路过全天下，向凡人展示飙车的快感。

他忽然想到了什么，鬼使神差地，拨了陈一凡的号码。

陈一凡惊慌失措地接起来："出什么事了？"

"我有个问题。"

"你疯了？你怎么没睡觉？"

"我就突然——"

"——你知道现在几点了吗？"

"——你飙车是因为想死吗？"

陈一凡忽然沉默了。

柳青阳也觉得自己问得太直白太明了了，但是城市里这么安静，他听得到自己躁动的心跳声，他不想拐弯抹角了："你是不是觉得，因为你和刘念置换了梅先生的文件，出于什么因果报应的效果，等于你害死了梅恒？"

陈一凡那边，一片死寂。

"我就说你好端端怎么想到飙车。"柳青阳笑了笑，"我干别的没经验，玩车时间足够长，这行里我就没看见有几个女的。我不是歧视你们女的啊，我觉得男的跟女的不一样。男的就特别容易脑子一热寻找刺激，飙车的快感对我们来说跟打兴奋剂似的，女的吧，就冷静很多。"

"你说完了吗？"陈一凡突然发问。

"没有。"柳青阳继续说，"你这么冷静的女人，手里的生意眨眼几亿几亿的，够刺激了，还能从飙车中找到快感？我不信。你是在惩罚自己，你觉得自己害死了梅恒，所以想玩点揪着命的东西，对吧？"

陈一凡一句话都没说，挂掉了电话。

柳青阳也不知道自己是犯了什么病，要在这种时候去招惹陈一凡，但是这个电话打完，他忽然觉得灵肉又合一了，周身畅快，并且非常非常想睡觉。再次躺进被子里之后，柳青阳有点知道自己在疯什么了：他怕明天过后，他再也不能这么密集这么近地接触陈一凡，所以才想今晚把所有要说的话都说出来。他是真的在意这个姑娘，不是看上她好看、聪明、强势，而是连她灵魂深处的瑕疵都想修补——他在单相思了，浑身都是爱情的酸臭味，甚至迫不及待要医好对方的旧伤，把她修整成更加完美的样子。他不后悔自己今晚的"操之过急"和"欲速不达"，如果陈一凡不是女的，如果他明天不比赛，如果他再大胆一点，他想把她从家里立刻接出来，带她到大厦顶上去喝酒吹风，轰轰烈烈地追求她。

可惜这事只在梦里发生了一小会儿，陷入沉睡的柳青阳一觉睡到迟到，等他风风火火冲进梅家花园的时候，刘念、陈一凡、东叔都已经喝过两轮茶了。柳青阳抚着心口说："太好了，我比他早。"

"谁说的？"梅道远从假山后面出来，端着一盆漂亮的小盆景。

"来来来，赶紧的。"柳青阳脱掉外套。

但当梅道远站定了要跟他搭手的时候，柳青阳却又跑到场外，来到陈一凡身边，伸出手，握成拳，说："吹口气。"

陈一凡瞪着他，用口型说"认真点"。

柳青阳才不管："借你运气嘛，以前我打架之前都要借运气的。你还是老师呢，我要是被摔四仰八叉的，你也没面子啊！"在他们身后，梅道远不禁露出了一个罕见的微笑。陈一凡几乎是愤愤地向柳青阳的拳头吹了口气："行了？"

"太行了！"柳青阳拍了拍她的肩膀，回到场地里，与梅道远四手相交。那个瞬时间，刚才还没个正经的柳青阳目光忽然变得认真起来。梅道远点点头："你果然认真学了。"生怕对方发力偷袭的柳青阳不敢分心说话，只是缓慢地做着动作。

梅道远略略试探了几次，每次发力都被柳青阳小心翼翼地化解。陈一凡在旁边气也不喘，只有柳青阳躲过的瞬间才叹口气。刘念看了她几眼，她无知无觉，目光从未从柳青阳身上移开。

两人与其说是较量，更像是共同完成一场表演，和谐而优雅。柳青阳终于知道了陈一凡要他练习基本动作的原因：与上次他莽撞来比试不同，梅道远根本没想出手，只是像个真正的师父那样带着刚入门的小徒弟练功。柳青阳浑身都是汗，丝毫不敢松懈，生怕错过那个价值连城的"一招"，因此，他虽然看上去有些吃力，但还能保持着专注沉着。反而是梅道远时不时神游物外，看着柳青阳陷入思索，气力也不如以往有逻辑，防守更是称不上严密。

柳青阳感觉出来了。这一个月来，他最期待的事情就是能把陈一凡掀翻在地，尽管这件事从未成功发生，但柳青阳真的没有错过任何一个尝试的机会，这让只学到了一点皮毛的他，拥有了一个特别的长处，那就是侦测对方的防守漏洞。虽然每次偷袭失败之后，他都会被陈一凡多罚几个全套动作，但柳青阳乐此不疲，并且有几次确实差点成功。现在，他的机会来了。

他捕捉着梅道远出神的目光，看准时机，猛然发力。他虽然还不能"四两拨千斤"，但梅道远从神游中回来再找到重心之前，已经被柳青阳带了一个踉跄。梅道远几乎是下意识地借力打力，柳青阳只觉得周身失控，立刻摔倒在地。

完了，输了！柳青阳气得发蒙：他就是沉不住气，非要干这种偷鸡不成蚀把米的破事——被陈一凡打了一个月的自己，真的是一点长进都没有！这么多人看着，他不好意思撒泼耍赖，只能强忍着对自己的愤怒爬了起来："……那个……哎！行了，就这样吧！"

梅道远接过东叔递来的热毛巾，也给了柳青阳一块："哪样？"

"我输得起！"柳青阳抹了一把脸，"不用这么讽刺。"

"谁输了？"梅道远说，"这算平手吧。"

柳青阳大叫，原地蹦了起来："哇，老头！你说什么?！你可不能说了不算！"

"喂！"陈一凡吼过去，"怎么叫人呢？"

柳青阳拉住梅道远的手："真的？这样就可以了吗？"梅道远的脸上闪过一丝难过的神情，但他迅速赶走了这些情绪，稳了稳声调才说："好了，可以了，按照约定，我会帮助明德走出困境。"

刘念深深地鞠躬，半天没有抬头。陈一凡把目光挪到远处好久，最后也鞠了一个躬，抬头的时候眼圈是红的："谢谢老师。"梅道远知道她不是为了明德集团而感到难过，只好拍了拍她的后背。柳青阳一时间插不上话，只好看着几位。

梅道远伸出手，想要碰柳青阳的脸颊，柳青阳下意识地格挡了一下，然后不好意思地放下了手。梅道远用毛巾擦了擦柳青阳脸上那块混着汗水的污渍。陈一凡别过头去，大幅度地抑制着自己的呼吸。柳青阳动也没敢动，直到梅道远把他的脸像擦古董一样彻底弄干净。

"你们都回吧，"梅道远说，"我太累了。"说完却又叫住了柳青阳，"你，不要再练推手了。"

"为什么？"柳青阳挠挠头，"我还真有点喜欢。"

"学得太着急了，"梅道远笑了笑，"一凡是管不住你吧？你要是真喜欢，真想练，可得换个师父。"

陈一凡在背后狠狠掐了柳青阳的腰一下。

柳青阳几乎是痛呼着喊出来："我跟您学！"

梅道远却早已转身回屋，听到这话，他只是略停了一下脚步。不过再走进去的时候，他仿佛是轻快多了。

第十四章

1

自从柳青阳离开了梅道远家，刘念就开始为梅道远整理办公室。他不仅从库房找出来之前的《千里江山图》,还置办了和梅道远之前坐的一模一样的椅子。他甚至问陈一凡，梅道远在家喝什么茶。陈一凡说好像是高山乌龙,但是也喝普洱,她拿去的龙井也没被拒绝。刘念立刻让春雨一样都备了一些,放在桐木的小抽屉里,摆在桌子一角。

陈一凡看着这一切,决定离开。

她装好了自己常用的签字笔、工作日程本,又把几瓶常吃的保健品扔进垃圾桶里,她解除了工作电脑的密码,并且把私人文件硬盘拆了下来,然后她环视了办公室一圈,从文件柜里抽了一个名叫"明德集团团建活动相册"的夹子出来带走。她礼貌地敲敲刘念的门:"我先……我走了。"

刘念正忙着和春雨说话,只对她点点头。

陈一凡悄悄把自己的门卡挂在刘念办公室门把手上,钻进电梯。

她把车开到自家四合院前的街口便停下了。刘念没有打电话,证明他还没有意识到她说的"走了"的真正含义,这让陈一凡稍微有了一点主动权。她本来应该最后一站再停靠家门口,但勇气告诉她,要反其道而行。

陈家正在吃午饭,每个人都低头进餐,除了碗筷碰撞以外,没人说话,陈一凡一天都想着心里的事,根本没感觉到肚子饿,更没意识到这是饭点,怔了一下,很快退了出去。"一凡!"陈母叫她。

"让她进来!"陈秋风说。

陈一凡站在门口:"爸爸,我有公事和您说,等您吃完吧。"

"吃饭了吗?"陈秋风问。

"吃了。"

"去书房等我。"

陈一凡不喜欢陈秋风的书房,大而满,总有一种压迫感,她在靠门口的椅子上坐着。没过多久,门突然开了,陈秋风怒气冲冲地走进来,劈头就问:"你要闹到什么时候?"

陈一凡站起来问:"您指的什么?"

"你想说的是什么?"

陈一凡全明白了,只好冷笑:"他的电话够快的。"

"自从柳青阳赢了,你就一直在和刘念吵架。刘念跟我谈过几次,我都劝他换个方法。今天可好,你这是要玩明德总裁无声辞职的游戏?"

"这不是游戏,我要离开明德。"

陈秋风重重地拍了一下书桌:"你敢?"

"为什么不敢?我是来告知,不是来征求意见。"陈一凡直视着父亲。

“为了那个长得像梅恒的小混混？”

陈一凡觉得好笑：“为什么您和刘念都觉得，我是被柳青阳冲昏了头脑——明德是梅先生创立的，现在他回来了，我也该还给他了。”

陈秋风强压着怒火问：“你和刘念呢？”

“五年前我们就已经分开了，只是为了明德的形象，我们一直维持着大家想看到的样子。我根本就不喜欢他，他恐怕也没那么喜欢我。”

“荒唐！你们多大的人了？你们是干什么事业的人？谁喜欢谁谁不喜欢谁，有什么意义？”

“我连喜欢谁都没有意义吗？我是一个活生生的人，我的感情没有意义，我的生活没有意义，我的想法没有意义，我活着是不是也没有意义——既然大家都认为这一切没有意义，我们为什么还要彼此折磨？”

陈秋风死死撑着桌面，一言不发。

“我说完了。我走了。”陈一凡拎起自己的公文包向外走去。

陈秋风怒喝一声：“站住！”

陈一凡回过身：“爸爸，我出于对您的尊重而站住，请您不要把这看成是一种妥协和听令。”

“你敢离开明德，陈家就没有你这个女儿。”

“从来也没有。”陈一凡笑了笑，“一直，一直，都没有过。”

陈一凡快步离开了家。每一次她从这里离开，都发誓再也不会回来了，但每一次离开之后她都发现自己走不出父亲的怪圈，此刻她终于知道是谁在念这个魔咒。她拨通了刘念的号码，质问他为什么不先联系他的同事、前女友、现任生活伙伴和生意搭档，而是着急向老师通风报信。

“一凡，你是在情绪中做决定，能劝你的，只有老师。”

“我已经想得很清楚了，并不是在情绪中。”

“你想清楚了什么是自己喜欢的？是梅恒还是柳青阳？一凡，我了解你，柳青阳跟你不合适，即便他长得像梅恒他也不是梅恒。”

“你不要什么事情都扯到柳青阳。”陈一凡喝断了刘念的说辞，“我们之间的问题跟他没关系，但他的出现，让我更加清楚自己想要什么。”

刘念轻轻笑了：“如果没有他，我们会变成今天这样？”

陈一凡再次喝断：“你已经不知道我在说什么了，刘念，我们的默契与合作，都不存在了，面对现实吧。”

“陈一凡！”刘念已经多年没有连名带姓地叫她，他几乎要承认自己的着急了，“我知道你一直对五年前的事情耿耿于怀，不管我怎么对别人，不管你认不认可我的做法，我对你，始终没变过。是的，我承认，我不该利用你，但凡我有其他选择，我都不会舍得让你去置换梅道远的文件，你是我唯一的家人，你就不能站在我的立场去考虑一次吗？”

陈一凡沉默不语。

刘念补了一句：“如果你觉得这样的关系没有安全感，我们可以结婚。”

陈一凡真真正正地笑了——前一秒她还在为刘念的感情表达而纠结自己的决定，现在，她知道了，他们真的不合适——她说：“你这么说，更加让我觉得，我的决定是正确的。”

她挂掉了电话，体会到了一种解脱的快感。

而刘念则是握着温热的咖啡杯，若有所思地看着就在他面前的春雨。刚才电话接通，本来正在说公事的春雨听到是陈一凡的电话，就想要回避，谁知刘念打个手势让她留下来，并且开了外放。电话的内容十分尴尬，春雨低着头，假装在读那页只有五六行内容的待签字的授权书。

“我该怎么办呢？”刘念似乎在自言自语。

春雨抬起头：“您是……问我还是……”

“问你。”刘念看着她，“换做你，也不会跟我结婚，对吗？”

春雨的表情看起来有些古怪：“不会的，刘总。”

“我不是一个好男友，对吗？”

“不是。”

刘念忽然叹了口气：“我还有改进的空间吗？”

春雨抿了抿嘴：“要看您……改进什么。”

刘念饶有兴致地看着她。

春雨合上文件夹说：“陈总想要真的自由，您就给她假的自由，等陈总打破一切束缚的时候，就会觉得，假的自由是她争取来的，变成了真的。”她把文件夹放在刘念桌上，然后又放了几份需要签字的合同，“刘总请先工作。”

刘念开始签字。他低着头看着纸面，依旧能感觉到春雨的目光穿入他的身体，径直到内心深处。

2

柳青阳离开梅道远家之后，就再也没有见过陈一凡。当天晚上，他正和张小同撸串儿的时候，陈一凡确确实实发了一条短信表达祝贺兼感谢，柳青阳回复说：“太客气了，大美女，来一起吃呗？”随后他附上了自己的定位。但是直到他喝得乱七八糟被张小同扛回家，陈一凡都没有出现。

刘念这次没有拖延付款时间也没有提出新的要求，柳青阳拿到了一笔数额可观的现金，不但清掉了所有债务，而且根据医院的清单算了算，他真的不用动用陈一凡的工资，让明德集团支付柳母的私人医院住院费了。柳青阳找了一个银行经理,认真咨询了理财和定期存款的问题,把剩下的钱都统统锁进了自己户头。其实,他明明可以再买一辆车的,就算买不了最好的摩托车,也可以买一套超棒的公路自行车,但是柳青阳忽然就不喜欢“速度”了,就连看到最新的《速度与激情》电影上映,都没有心思去买票。

他很想见陈一凡,但他没有理由再见她了。

柳青阳游手好闲了不到一周,终于迎来了这么长时间以来最好的消息:柳母身体指标恢复到了正常水平,在医生的批准下,可以出院了。他一大早就在医院门口等着,早晨的医生检查刚结束,就迫不及待去接人了。柳母收拾着行李,精神很好,可柳青阳收拾到一半忽然开始心不在焉地看手机。他知道,陈一凡和刘念一定是得到过医院通知的,毕竟为了让柳青阳专心学推手,紧急联系人都是陈一凡和刘念的名字,按理说……

春雨恰到好处地出现在门口,冲他勾勾手指。

柳青阳愣了一下,还是走了出去。春雨说:“阿姨的医药费集团已经全部结清了,还有,刘总让我转告,非常感谢你的帮助,也希望这笔钱能帮到你。”

“我不要,你们给的酬劳足够付住院费了。”

春雨从口袋里摸出一大沓单据,给他看上面的日期:“昨天就结算完毕了。我今天只是过来领凭据。”

“刘念会扣陈一凡的钱吗?”柳青阳真心实意地发问。

春雨一脸茫然,继而发笑:“刘总……怎么可能扣陈总的钱?”她从身后变戏法一样摸出一小束康乃馨,“我就不进去了,祝阿姨身体健康。要是没有别的事,我就先走了。”

柳青阳接过了花:“那个……”

“什么事?”

柳青阳说:“为什么是你来?”

春雨笑了笑:“你觉得应该谁来?”

柳青阳低头看着花:“陈一凡……怎么不来?”

春雨别有意味地看着柳青阳:“你们的生意结束了，她为什么还要见客户?”

忽然变成了“客户”的柳青阳没有讲话。

“作为一个旁观者,你们的事我不知道,也没兴趣。但作为明德的一员，我不觉得你能成为公司的目标客户。当然,如果在工作之外，你们有别的私交，那你就该用你们自己的方式来进行沟通了——还有事吗?”

柳青阳点点头,指了指花束:“谢谢你啊,辛苦了。”

春雨一转身,柳青阳就给陈一凡发信息:“我要还你钱。”这招果然有效,陈一凡很快回复:“什么钱?”柳青阳把刘念威胁要从她工资里扣住院费的事讲了一遍,又说春雨已经结算过了,要陈一凡看好兜里的钱。许久,陈一凡回复:“你被骗了。对不起,我们不该这样对你。”

这个“我们”比刚才的“客户”还要令人伤心,柳青阳几乎是把手机扔进口袋深处的。刚好柳母叫他帮忙提袋子,柳青阳便假装从未碰过手机那样，强迫自己忘掉了所有信息内容，直到在出租车上,不知道哪个失恋的小情侣在交通台里点播了一首戴佩妮的《怎样》给爱人,里面清清楚楚地唱着“我们现在还在一起会是怎样,我们是不是深爱着对方,像结束时那样,明知道你没有错,还硬要我原谅”。柳青阳佯装失眠头疼,烦躁地堵上了自己的耳朵。

陈一凡终究没有再联系他。

失落消沉了大概有二十四小时的柳青阳，在第二十五个小时决定重新开始自己的人生。他认为自己既然能在一个月内学会推手并且在一个潜心钻研五年的老头手下赢一招，证明自己不但不笨,还有可能是个天才——尽管天才这部分,他颇有自知之明地只是随便幻想了一会儿而已——他可以用自己的智慧和劳动重新生活，尤其是，此时此刻，他不再一贫如洗，他的银行卡里的结余是可观的正数。柳青阳希望在五年之内挣到完全属于他自己的第一个一百万，于是，在安顿好柳母和家里的生活之后，他几乎是立刻回到了之前的工地。

工友们还都认得他。他们谣传柳青阳去明德老板家做儿子了，柳青阳毫不留情地戳破谎言："就他？刘念？呸，老子是他爸爸！"他拿出一个小本子，仔仔细细向齐叔咨询了需要的工种、人数，还有预计的天数等详细信息，并且很快规划出了一个比较快的施工方案。"进步不少啊！"老齐尽管之前就领教过了这套量化管理方法的效率，还是忍不住感慨起来，"阳阳，你现在真跟过去不一样了，越来越像你爸爸，他就喜欢捣鼓些新玩意儿，带着大家赚钱。"柳青阳哭笑不得，却毫不辩解：他过去的生命彻底结束了，就在他还上欠债、接回母亲、被陈一凡用"我们"隔开之后，曾经潇洒不羁的柳青阳，一抹脸，就从世界上消失了。他在单相思失败的痛苦里意识到这世界上有一些壁垒不可突破，也发现了自己和梅恒长得再像也无法打破痛失所爱的人的心结，他甚至不知道自己的身份到底是"柳青阳本人"还是"像梅恒的那个人"，更不知道陈一凡与他手指相握的时候，到底心里在想什么，但柳青阳知道，他得为自己好好活着了，就算前二十多年都活错了，他从现在开始改正，也完全来得及。

有时候，他在中午吃饭时还会偶尔地、突然地，只有那么一点点地想念陈一凡。很奇怪，无论他吃的是方便面、肉夹馍还是腐乳馒头，他都能想到陈一凡，有时候他单纯好奇自己的脑子是不是有什么毛病，为什么会产生这么莫名的联想，直到后来，他才意识到，他真的喜欢陈一凡，很喜欢，喜欢到让她成为了呼吸饮食一样重要的一环。每当扛着水泥走在毛坯房里的时候，他心无旁骛，只想把房子的工程做好；每当他闲下来，他的大脑产生任何一点空隙，就会立刻被陈一凡的笑脸入侵。

这种感觉太强烈，以至于有一天当他路过食堂领饭的时候，看见食堂的悬挂电视里有陈一凡的脸的瞬间，第一反应是自己一定得了某种相思导致的精神病，大白天的出幻觉了！

然而电视里真的是陈一凡。柳青阳看了一会儿才知道，明德集团已经敲定在几天之后为梅道远举办盛大的欢迎仪式暨记者发布会，本来要秘密布置会场的陈一凡不知道怎么被记者堵在大厦下面，被迫接受了采访。她依然是化了淡妆，穿着平时上班的那套看起来很贵、实际估计也很贵的西装和短裙，拎的还是那只公文包。记者问她对之前要离开明德的传言有什么回复，陈一凡笑了笑："我是要离开明德——"记者们爆发出细碎的惊叹声，闪光灯几乎耀白了屏幕，"——没有任何一个商业集团可以世代繁荣无限增值，任何一个人也不能永久工作而不退休，明德集团更不会是我事业的终点，没错，终究有一天我会离开明德，这毋庸置疑，但不是现在。"记者们为她滴水不漏的回答而兴奋着。有人追问她和刘念的关系，陈一凡也没有回避："希望你们的股票买的是'明德地产'而不是'刘念和陈一凡的家庭小卖部'。"大家都笑了，就连看电视的工友们也开始议论"天天问人家夫妻隐私，这些记者够贱的""就是，郎才女貌的，多好"，柳青阳只好假装自己失聪。"我和刘念的私人关系，不应该也不能够成为商业运作的判断依据，我们不是艺人，不能靠炒作绯闻达到目的，我们是生意人，请大家关注我们的商业判断能力，谢谢。"陈一凡说着，画面远处，春雨带着十几个文员出现了，开始向记者分发发布会的流程手册和座次表格，陈一凡得救一般退出镜头，在几个保安的保护下，悄悄进入明德大厦。

柳青阳被她连续说出来的三个"我们"刺激得一口饭都吃不下去，下午却泄愤似的一个人卸了半车水泥。

他觉得自己真的要被自己逼疯了。

但是，不能怪他，要怪都怪陈一凡。

3

梅道远摘下眼镜，看着面前打扮得体的女孩子：“你就是春雨？”

“是的，梅先生，很高兴您能知道我的名字。”

“怎么高兴呢？”

春雨笑了笑：“您是明德的传奇，也是房地产行业的传奇。”

“你多大了？”梅道远脱口而出，却又很快摆摆手，“不好意思，我忘了现在的年轻人不爱让别人问年龄——”

“二十六。”春雨保持着微笑，“我不怕，我很年轻。”

梅道远仔细打量了她一会儿：“确实非常年轻。听刘念说，你是从国外读书回来的？读了什么？”

春雨似乎惊了一下：“……学商。”

梅道远的手指轻轻敲着她送来的请柬和发布会安排手册：“怎么想到做助理？是在偷师吗？”

“希望您别告诉刘总，”春雨顺着他的话说下去，“还有陈总。”

梅道远笑呵呵地说不会，春雨也乐得跟他开这个玩笑，临走时，梅道远忽然说：“替我约一下柳青阳。”

春雨愣住了。这是一个既不在备忘录上又不在刘念口头计划中的环节。

“可以办到吗？”梅道远温柔地问，“如果你不担心替我办事会让刘念和陈一凡多想的话。”

“不会。”春雨定了定神，打开手机，“先生想约什么时候？”

刘念理所当然地比柳青阳本人先知道了这件事，他既没有告诉陈一凡，也没有登门拜访梅道远，仍旧径直去找了自己最信任的老师陈秋风。

陈秋风对老对手临场的暗算哑然失笑："我们相交几十年，恐怕我是最了解他的人——你别看表面上一副得道高僧的样子，其实比你我都要冲动，从来不服输，对手越强，他越有斗志。十年饮冰不凉热血，说的就是他这种人。"

刘念不安地转着自己的茶杯："五年前，我看过他疯狂起来是什么样子，不过他到底要怎么化解这个危机，我心里还是没底。"

陈秋风突然抬起头，眼中寒光一闪："明德其实早就命数已尽了。"

刘念闻言起立，茶水泼了一身。他慌忙抓起桌上的一块布去擦，却又发现那是陈秋风办公的套袖，只好尴尬地放下："可是老师，您不是说——"

陈秋风递给他几张干净的纸巾："现在的明德身患绝症，弥留之际有且只有一服毒药，你渴望以毒攻毒的奇迹？奇迹也是有概率的。别说你没底，相信我，梅道远本人也没底！"

刘念点点头："我懂了，用人不疑，请他出山就要信他，但又不能全信。任他变化招数，我只要再能抱定一招大棋就可以盘活全局。"

"不愧是你！"陈秋风拍拍手，"你能懂，我很欣慰。"

然而招数的主角柳青阳却完全不懂。他接到春雨电话的时候，正在跟一块墙面较劲，工友非说已经找平了，拒绝重做，柳青阳说他肉眼看着就有仨凹陷，两人正戗在劲头上，手机响了，柳青阳接起来就怼："谁呀？不学英语，学不会！不买保险，没钱！不买别墅，保险我都买不起，我他妈还能买别墅？可别说你是卖茅台酒的，我只认伏特加！"说完就挂了。过了半小时，他终于说服工友返工之后，工地的保安队长叫柳青阳到值班室接电话。春雨在那头不紧不慢地报了姓名之后，问他："柳先生考过四六级吗？有意外伤害保险吗？别墅有酒窖吗，我这儿没有伏特加，红酒倒是不少。"柳青阳听出了对方在生气，只好一直道歉一直赔礼，直到最后才问："你怎么知道保安室电话的？"春雨哼了一声："那是明德的楼盘——明天中午两点，别忘了去见梅先生。"柳青阳完全不知道梅道远要找他干吗，加上被春雨怼得不敢还嘴，也忘了旁敲侧击打听，就这么毫无心理准备地赴约了。

梅家大门他是越进越熟悉，以前总是带着他四处走的东叔，现在也懒得管他，只是指指书房。梅道远正在沏茶，问他要不要喝，柳青阳连忙摆手说茶没意思，树叶子冲水。梅道远递给他一个精致的小茶盅："我的树叶子有意思。"柳青阳不好意思拒绝，拘谨地接过来，尝了一口，眼睛亮了："这什么味儿？"

"这是龙井，每个山头制茶味道都有所区别，这是板栗香气。"梅道远笑笑，"还要吗？"

柳青阳主动把茶盅递了过去。

"你下一步什么打算？"梅道远问。

柳青阳说他已经报了自考，打算一面打工一面读出本科文凭，然后找份工作，努力挣钱，好好生活。梅道远点点头："一凡呢？"

"嗨，我跟她不熟……"柳青阳别别扭扭地压低了声音，"我哪儿知道她今后想干什么啊……"

"我是说，你放弃她了吗？"

柳青阳被吓了一跳。他从来不知道梅道远看他们能看得如此透彻，他只当这是一个狡猾的爱玩的老头罢了！他喝着茶，嘴里十分苦涩："我……我算了吧，我跟她不是一路人。"

"若你们能走到一条路上去呢？"

"您不是想撮合我俩吧？"柳青阳放下茶碗，"我不当小三，她和刘念……"他几乎是情不自禁做出了一个嘲讽的表情，"……好着呢。”

梅道远笑了。

柳青阳不好意思地理了理衣服，站起来说：“梅先生，您要是弄相亲这些……您……真不如我妈……那什么，我就先走了。”

“我问你，柳青阳，你是梅恒吗？”

柳青阳怔了怔：“当然不是啊！”

“你是柳青阳吗？”

柳青阳半张着嘴，许久才回答：“……嗯……算是吧……”

“什么叫算是？”

“就是……我实话实说吧，最近过得有点迷糊，我也不知道自己想要什么了，我也不知道现在的我和过去的我哪个比较真实——您应该早就摸过我的底吧，我家那点事，嗨……”

梅道远示意他说下去。

“反正我是挺迷茫的。等我找到自己的定位，我就是柳青阳了。但一凡——”

梅道远摆摆手：“你喜欢陈一凡。”这是一个陈述句，而不是疑问句，柳青阳几乎不知道怎么接话，梅道远看着他微笑了，“我如果给你一个机会，让你和刘念公平决斗，胜者拥有陈一凡，你觉得如何？”

“太恶心了！”柳青阳跳了起来，“什么玩意儿啊！陈一凡是个人，怎么能赌她呢？我就不懂你们搞房地产的这些人怎么回事，老是欺负女人！”

梅道远几乎被他逗笑了，又因为这孩子天然正义地维护着喜欢的女孩的“人格尊严”而感动欣慰，向来很少承认失败的他主动说自己失言了，并且把这个约定换成了“给你一个最大限度证明‘柳青阳配得上陈一凡’的机会”。

柳青阳欣然同意并接受了全部的“设定”，却又在出门的时候悄悄回撤了两步:“为什么帮我追陈一凡啊?”

梅道远收拾着茶具说:“你说呢?”

柳青阳以为又勾起了梅道远对梅恒的思念,于是吐吐舌头告辞了,但梅道远的脸色却瞬间沉了下来。他把倒扣在桌上的报纸翻了过来,经济版头条大照片就是明德的才子佳人,记者说,两位年轻人已经请回了他们最信任的老师为明德翻盘,成败在此一举。梅道远用毛笔圈出了“信任”二字,放声大笑。

两天后,出席完盛大发布会的梅道远,时隔五年再次落座明德总裁办公室,欣赏着对面墙上的《千里江山图》。他对刘念亲自撰写的还在粉饰太平的报告嗤之以鼻,开局第一句话就把刘念骂得抬不起头来:“明德只有三条路可走:第一,等着四大集团大发善心,注入资金;第二,拱手交出理想国的全部楼盘;第三,和鼎力打官司到地老天荒,拖到明德彻底玩完为止——明德,活该这样的下场。”然而当刘念屈尊问他资金来路的时候,梅道远却说他已经被地产行业扫地出门五年之久,身无长物,没有一分现金用来盘活明德,他只能贡献一个计划,但如果要实现这个计划,他需要一个代理人。刘念几乎是想都没想就答应下来,梅道远隔着巨大的办公桌要他再想一想,刘念说不用了。

梅道远看着刘念试图偷偷拉住陈一凡的手再说这句可能会让他后悔终生的“不用了”,但陈一凡躲开了刘念的手指。梅道远几乎抑制不住自己的微笑,继而提高声音对门外说:“柳青阳,进来。”

刘念面如死灰。

第十五章

1

自从柳青阳走进明德的总裁办公室，刘念的脸上就再也没有出现过半点笑意。一向对员工礼貌温柔的刘总，最近三天已经十七次在办公室里大发脾气，就连春雨都没有放过。本来要进去问新闻稿细节的孙思明趴在门口听了听，对身后等着处理事务的人摆摆手:“第十八次开始了，散了吧。”员工们悄无声息地回到岗位上，谁也不愿意在这个节骨眼上去招惹刘念。换位思考，大家都能理解：一个白手起家、通过个人努力才打拼到现在位置上的明德总裁，忽然被空降的柳青阳夺权，发点脾气也是正常的。

正在跟刘念拍桌子的，只能是陈一凡。尽管她也不理解梅道远的用意，但她并没有像刘念一样恼羞成怒。“你之前多少次说我被柳青阳冲昏了头脑，现在你自己想想，你在和谁较劲？你是真觉得柳青阳会全权掌握明德吗？”她努力维持着声音冷静。

刘念倒是冷笑出声:“难道不是吗?我花了那么多钱,绕了那么大一个圈,请梅道远出来主持大局,他却说什么,‘让这个孩子做我的代言人’,他是有病吗?”

“他是有病!”陈一凡被激怒了,“他的病是被你我联手激出来的!他坐在这里,接过你的报告,看都没看的时候,第一句话说的是什么?”她嘲讽地看着刘念,复述梅道远的原话,“‘这份报告没有被换过吧’——老师知道当年的所有细节,他没有原谅我们!他是在惩罚我们的背叛!你说这是有病,可以,但你也病得不轻,刘念!你清醒一点,两个月前差点炸掉理想国的人,才是真的有病!”

刘念抄起咖啡杯扔了出去,直直砸在门上,陈一凡躲都没有躲:“公司财产,你得照价赔偿。哦对了,刘总不缺钱,要不要我让库管再搬一箱上来给你?”

刘念浑身发抖:“陈一凡,你到底是站哪一边?”

陈一凡盯着他:“我站哪一边你不清楚?因为老师提议我们维持正面形象,我才再也没有提到辞职的事,我站我自己这边,我替自己挽救明德!”

“你是在救你自己吧!”刘念嘶吼着,“自从梅恒死了,你也跟死了一样!五年来,你每天在用折磨自己的方式折磨我们的感情,你是怕自己完蛋了才抓住了柳青阳这根救命稻草,你在乎明德吗?不,你在乎你自己。”

“我在乎自己有问题吗?”陈一凡忽然冷静下来,她在刘念身上看到陈秋风的影子,“你这话,和我爸如出一辙,不愧是名师高徒。在你们眼里,我陈一凡是个没有意义的女人,只能附庸在你们身上才有价值,当我想要自救的时候,你们竟然还在质疑我自救的意义!我是人,这就是我的意义。”

“我从未质疑过你的能力和活着的意义,”刘念稍微平静了一点,“不管你和老师家庭关系如何,我希望你保持一个生意人的冷静和稳重，处理好明德的事情——我会让你光荣离职的。”

陈一凡挑起眉毛：“我离职需要你首肯？”

“不需要？”刘念反问，“明德是你的新公寓吗？想来就来，想走就走？”

陈一凡哑然失笑。她决定搬出去住的事情，只经过了明德内部几个人的手。因为明德有空置的公寓房产，她用市价租了半年，唯一的“滥用职权”就是挑了一个比较好的楼层位置而已——刘念的眼线真不少。“好，刘总说得对，”她笑了，“是我意气用事。不过刘总别忘了，现在有个叫柳青阳的人，比您权力更大，您猜猜，我会不会越过您，直接向柳代理提出辞职呢？”

刘念手边已经没有东西可以摔，他怒视着陈一凡，眼睛里全是熬夜带来的血丝，他想起春雨说的话，于是向着门口伸出了手：“请便，陈总，你是自由的，你想做什么就可以做什么。”

“不可理喻。”陈一凡大步流星地离开了。

敞着门的办公室陷入了一种诡异的寂静，最后是春雨大大方方地走进来，看到地下的碎片，叫清洁人员过来打扫。她抱着今天的报纸剪贴汇总问：“刘总，要看一下媒体反应吗？”

刘念强忍着心中的压抑接了过来：“从今天起，你跟着柳青阳。”

春雨皱皱眉头。

“听不懂吗？跟着柳青阳！”

春雨毫不回避刘念的怒火：“我是来给刘念做总裁助理的，不是来当私家侦探的，刘总这是变相逼我辞职吗？”

明知道陈一凡刚刚为什么和他争吵，还要特意选这个话题来说，刘念被春雨堵得意外消了气，他几乎看不懂面前的小助理的思路了：她真的不怕，为什么？他把手指深深插入发根揉了几下头皮：“好了，你也不要煽风点火了，柳青阳不会做生意，更不懂管理公司，但他现在手握明德命脉，我不能让他胡来。你盯紧了他，有什么异样及时告诉我。”

春雨点点头：“那公司这边……”

“呵呵，有他，恐怕就没有这个公司了！”刘念冷笑，“这边不用管了！”

春雨把文件夹放在桌上，出门就碰到孙思明：“偷听呢？”

孙思明急得跺脚：“说什么呢！”

春雨笑了笑：“冷静下来了，去吧！”

“还是你有办法！”孙思明比个OK的手势。

春雨转身的瞬间却黑了脸，走到自己的办公隔间里坐了下来。总裁助理独享一个很大的办公台，要同时操作三台不一样功用的电脑，桌上手机和平板的充电线就有十几条，她玩弄了一会儿这些每日相处的小物件，忽然站起来看了总裁办公室一眼，门关着。她用口型问等在外面的同事，同事说孙思明在里面汇报。春雨似乎是漫无目的地闲逛到了办公区里面某个隔间，迅速拿起一只小小的U盘形状的东西，插在了对方的一体机上。几分钟后，孙思明回到自己的工位上，瞥了一眼站在旁边的总裁助理：“检查工作？”春雨笑了笑，指指窗外：“看彩虹。”孙思明从这个角度望去，西山附近确实有一条彩虹挂着。

春雨拍了几张照片才回到自己的工位上。她把U盘状的小设备插入私人电脑，点击了“抽取”。无线信号覆盖了那个工位上的所有电子设备的记录，她只用了不到十分钟就搜到一条内容为“梅让陈教柳推手为赌约”的短信，收件人的头像她认识，是嘉庆集团的总裁张孝利，至于发件人嘛……为了不冤枉任何一个员工，春雨调取了员工登记表交叉对比，尾数都是9228，对应的工号都是01449，孙思明。

春雨想了想，从抽屉深处摸出了一部手机，开始编写一条很长很长的短信。

2

柳青阳坚决不去明德大厦上班。按理说，他现在是梅道远唯一的全权代理人，随时随地可以到刘念办公室门口去，并且对他说“站起来”，然后自己坐进总裁的大椅子里。柳青阳承认，他内心有一部分自己是打算这么干的——毕竟过瘾啊，解气啊——有时候这部分自己还会幻想一下刘念气得歪鼻子瞪眼睛的样子，但是，柳青阳要脸，自从梅道远把他当着刘念和陈一凡的面喊进办公室之后，他就再也没有踏进过明德大厦一步。

春雨倒是打过几个电话，问他近期的打算，柳青阳开始觉得奇怪，后来才反应过来一定是刘念派春雨过来的，果然，他只找了不到二十分钟，就在正对小区门口的甜品店里，看到了正在阅读一本非常厚的书的春雨。“别跟着我了，怪可怜的……”柳青阳说，“刘念也不是东西，你干不了这个，回去回去。”

春雨笑了笑：“我干哪个？”

“监视我呗！”

“谁监视你？”

“那你在这儿干吗呢？”

“这个店不让坐着啊？”春雨敲敲书本，“复习考试呢。”

柳青阳掏出手机：“来吧，小美女，加个好友，我用命保证，我只要出门，就给你发定位，怎么样？你这一天三十个电话的，我上厕所都紧张。”

春雨笑吟吟地看着他。

“服了……行吧，我那什么……我要是不发定位，让陈一凡喝凉水塞牙，行了吧？”

春雨收拾了书本站起来：“我不会告诉陈总的。”

“你最好别！”柳青阳说，“我现在会武术了，不开玩笑。”

但生活是很喜欢跟柳青阳开玩笑的，就在他送走了监视员春雨之后不久，梅家庄管家东叔打来电话，说再过三十分钟会有车来接他，叫他到楼下等着。柳青阳问了半天，对方也不说去哪儿，最后，柳青阳思索再三，给春雨发了一条消息："半小时后，我要出去，但是去哪儿，不知道。"

事实上，来接他的就是东叔本人，一上车就告诉柳青阳，他们要去 CBD 的一个著名商场。柳青阳躲在后面给春雨汇报了定位，谁知春雨回复说她就在后面的出租车上。柳青阳吓了一跳，赶紧回头看，但是身后和左右车道都没有出租车。不管了，他想着，反正梅道远看起来不坏，又能有什么坏事发生呢？

他确实想太多了。东叔把他带到商场顶层的时候，柳青阳还以为这是什么明德分公司的办公楼，直到有几个带着软尺和笔记本的人走了出来，并且把他请到有咖啡红茶和小点心的单间里，开始为他测量尺寸。怕不是让我娶陈一凡吧……柳青阳心想，老头做媒也太着急了，这时候定礼服早不早？美梦没做完，梅道远已经来了，跟裁缝助理说："面料和袖扣，你们不要问他，我来决定，鞋子在楼下选了样板，一会儿送上来。"他瞧了瞧在镜子前面尴尬地举手放下又举起来的柳青阳，"他瘦了，下摆稍做得收敛一些。"

"梅先生——"

"——不要动！"东叔先制止了柳青阳。

"我说梅先生！"柳青阳叫住他，"这干吗呢？"

梅道远笑了笑："我让你做代理人，你就打算穿着板鞋和牛仔裤去谈判吗？"

柳青阳快疯了："还得谈判哪？"

"很简单的，我会教你。"

与梅道远相熟的师傅拿了料子过来请他过目，又在柳青阳身上比画了一遍，最后才商量工期。梅道远说一定要在下周之前做出来。师傅有些为难，说三遍改不出来漂亮款型。梅道远笑笑说只要乍一看合身就行，加急的工费翻倍收取都没有问题。柳青阳一头雾水，看着梅道远来来去去挑了什么领带衬衫，后来其他店铺还送来了七八双鞋子给他试，中间梅道远接了个电话，助理就把账单递给了柳青阳。柳青阳看了一眼差点尖叫："是日元吗？"

助理憋着笑："人民币，先生。"

"去找刘念报销。"梅道远说。

柳青阳一梗脖子："我不要他的钱。"

梅道远笑出声了："明德现在是你的，你在花自己的钱。"

这笔账把刘念气得不轻，但当时他还预料不到接下来要发生什么。如果说柳青阳在梅道远的"唆使"下定了一身快十万块的行头的伤害力是一颗子弹打入身体的话，那么接下来发生的事情无异于原子弹爆炸。刘念被突然架空之后，很多事情都要春雨和陈一凡等人从其他渠道得知之后再转告刘念，因此，当刘念在电子备忘录上看到"14点与四大集团初次谈判"字样的时候，已经是中午一点半了。他其实刚从楼盘回来，买的便当刚吃了一口就惊掉了筷子，大声叫春雨过来做准备。春雨轻轻关上门说，梅道远已经让柳青阳去会场了。

刘念嘴角肌肉抽动了几下，右手死死攥住筷子，只听一声钝响，他痛得脸色发白，衬衣上飞溅了一溜血点。春雨大惊失色，走进一瞧，竹筷子被他生生捏断，尖锐的茬子戳进手心，扎了两个血肉模糊的洞。刘念撕扯了两下，用餐巾纸堵住血洞："去会场。"

"不合适。"春雨拦在面前，"您比我懂。"

刘念的牙齿咔咔打架，流血的手掌开始发抖。春雨从储物柜里找到急救包，拖着他的腕子到阳光下，开始用一次性镊子去夹嵌在肉里的竹丝。刘念痛得倒吸冷气："他怎么敢……这是明德！"

"现在，这是梅先生的明德。"春雨说着，停下了动作，盯着刘念的眼睛，“刘总想要回自己的明德，就要忍过这一关。梅先生不过是在小惩大诫，您只要立正挨打，他怎么会再刁难下去？”她把一块消毒纱布摁在伤口上，刘念痛呼出声，她扶住他的肩膀，“刘总您心里，明明知道我说得都是对的，却只是想听人说出来，以前办这事的是陈总，现在陈总感情不稳定，我就僭越了。”

刘念看着她的淡妆，看到她耳洞里扎着短而亮的银针，看到她盘得紧紧的发髻，忽然觉得陌生：“你到底是谁？”

春雨笑得眼睛都弯起来：“我的包扎技术没有这么差吧，把您疼糊涂了？我是助理啊！”

“都助什么呢？”刘念喃喃地自问。

“什么您理不清的，我帮您理。”春雨微笑着，“越理越乱的，我找人帮您理。”

3

柳青阳看着路对面豪华的会所，两手手心都是冷汗，他习惯性地在膝盖上搓了搓，才反应过来这是十万块的西装，赶紧看假装自己就是司机的梅道远。梅道远也笑着看他：“紧张？”

“太紧张了！”柳青阳说，“不过您放心，一会儿您说什么，我就说什么。”

梅道远笑眯眯地瞧着他：“我说什么？我不进去。”

“啊？”柳青阳崩溃了，他差点在副座上直接下跪，“不是，您开什么玩笑呢？您不进去？我自己？我跟他们谈，谈什么啊？”

“谈生意，”梅道远看了看表，“按照我刚才来的路上跟你说的情况，你想想，你应该怎么做。”

“我应该拉开门就跑。”柳青阳拍着心口说，“真心话，梅先生，我真就跑，绝对不管这档子破事！”

梅道远努努嘴:“那你走吧。”

柳青阳握住把手:“那我真走了！”

他们在车里僵持了几秒，柳青阳长长叹了口气:“你们这是要玩死我。您想好了吗,那个理想国,四十亿,我的妈呀,我家最富的时候我都没见过四十亿,现在,我干一天才挣四十块,您让我谈四十亿的生意,我就问您一句话,谈劈了怎么办?刘念不弄死我?您不弄死我？陈一凡不得弄死我好几次？”

“不会。”梅道远脱下司机专用的白手套,从口袋里摸出纸和笔,写了个纸条,插进柳青阳口袋里,“我给你一个锦囊,你要做决定之前,拿出来看一看,记着,到时候再看。看完了,装回口袋里,再说你的决定。”

柳青阳念念有词地重复了一遍。

梅道远又把钢笔递给他:“如果要签字,用这支笔。”

柳青阳接过来，被上面的水晶视窗和精密雕刻还有笔尖上隐约可见的黄金五星惊得瞪大了眼睛:“这又是什么高级宝贝？”

“万宝龙的圣艾修佰里限量版钢笔，”梅道远把它插在柳青阳的口袋里,“明德成立那年,梅恒用奖学金给我买的。我用它签的合同,从未失手,希望你有一样的好运气——还有十分钟,我送你到门口,祝你成功。”

柳青阳还要说什么,可是钢笔已经沉甸甸地坠在心口,他沉默地伸手摸了摸,忽然信心大增。

会所里四大集团的四位老总听到助理说,梅道远没来,只有一个司机开着梅家的车,送来了一个年轻人,正在上楼。老杨趁着最后的机会说:“明德不能留!必须搞垮掉!”老宋还在犹豫:“其实……我们是不是反应过度了?就算梅道远回来了又怎么样?我们还真怕了他吗？”老李摆了摆手:“我们谁都不怕——老杨,你说梅道远承诺一个月内让理想国项目正式开发?”嘉庆集团的张孝利是几个人中间最年轻的，他也忍不住怀疑："梅道远当初是净身出户的，这么短的时间，明德去哪里弄来这么大一笔钱——"话没说完，他立刻变了语调，"——哟，这不是柳青阳吗？我们见过！"

柳青阳站在门口点点头："各位好啊！"

老杨不耐烦地挥了挥手："梅道远呢？"

柳青阳转转眼睛："昨天晚上花园里进了一个野猫，把梅先生最喜欢的盆景倒腾碎了，梅先生一大早就上花市买盆去了，说还能抢救——"

老杨站起来呵斥："胡说八道！"

最不爱被人批评的柳青阳忽然就不怕了，逆反起来："哪儿胡说了？你们是趴墙头看了吗？况且梅先生说了，让我对你们诚实，不要撒谎！"尽管梅道远本人就在楼下的车里坐着，但是"不要撒谎"这个部分的叮嘱却是真话。只不过，梅道远说的是"你没有城府，所以他们看不破你，相信自己，不要对人说谎，也不要对自己说谎，觉得怎么对，就怎么做"罢了。

面对如此蛮不讲理的谈判对象，几个集团老总果然没话可接，最后还是嘉庆的张孝利说："我们很忙，没时间和你胡闹，你回去吧。"

柳青阳说："我是代理人，就是说，我，就是他，我说什么，就是他说什么，我做什——"

"回吧，你还是个小孩，别参与了！"有人说。

柳青阳半句话被怼了回去，十分不愉快，脸上表情也不好看了："行吧，你们多厉害啊，我哪儿能说得过你们啊？再见！"说着转身就走。

老李忽然开口："你等等。"

柳青阳人都在门外了，此刻也不进来，在走廊里见声不见人地说："听着呢！"

“你知道今天要谈什么吗？”

“不知道。”

“梅道远没教你？”

“梅先生说，不要撒谎，其他没了。”

四大集团的老总们互相对视了一眼，重新把柳青阳请回谈判桌上，从商业角度为他一一讲明明德集团所处的困境，并且告诉柳青阳，今天的谈判就是要解决问题，明德以后要和四大集团如何合作，是今天的谈判重点。柳青阳认真听了一圈，还问了几个问题，发现这一切和梅道远提前为他“预习”的内容一样，他自言自语地捋了一会儿，嫌弃地抬起头来瞧着其他四个人：“我可以说了吗？”

大家纷纷表示可以。

“融资啊风投啊股东什么的，我都不懂，但我总结了一下事情经过，就是这样：你们几个，骗刘念说‘咱们一块开发理想国’，结果不给钱，把刘念给暗算了，然后现在明德被你们骗得穷得底儿掉，你们就过来抄底说，要么给我们打工，要么就死去吧！是这个意思吧？”柳青阳环视了四个老总，“恕我直言啊，你们这个四个老大哥，够不要脸的啊！”

老宋气得拍桌子：“怎么说话呢？那是刘念自己的选择！”

“你看，你甩锅甩得挺溜的！”柳青阳也拍起了桌子，“我就最讨厌骗子每次骗完人还要说‘是那个家伙自己傻’，没良心啊！”

“柳先生，我们是谈判，不能骂人啊，不能一直骂人。”张总说。

柳青阳哼了一声：“哟，你们欺负人还不许说？行吧，咱们今天就把这个事平了。谈判什么的我不懂，我已经知道该怎么办了，你们先说还是我先说？”

四大集团的老总们巴不得先听小混混的意见，怕他不说，此刻知道柳青阳要上钩了，于是催他快说。

柳青阳站了起来，清清嗓子，刚要开口，忽然想起了什么。他从口袋里拈出梅道远写的“锦囊”纸条,摊开一看,上面一排潇洒温润的楷书:“说你想说的,天塌下来我顶,不会让你吃亏受苦。”柳青阳只觉得鼻尖一酸,不知怎么忽然想起老柳来。他小时候跟人打架,老柳在外面拉架,回家了揍他,揍完了又说阳阳头都被人打破了,要去揍那家孩子。柳青阳觉得老柳特别伟岸——他已经很久也再无法听到老柳说出来这样的话,他也不知道梅道远出于什么考虑才写了这张纸条,他把这十九个字反反复复读了几遍,然后妥帖地放进了贴身的衣兜里面。

“我宣布,明德从今天开始,独立做理想国项目。”他说。

四大集团的老总们一言不发。

“不跟你们玩了,”柳青阳站了起来,“你们言而无信,就知道欺负人,人不能踏进两条——不是,人不能一次踏进两条——都被你们气糊涂了,人不能两次踏进同一个泥巴坑,你们自己玩吧！就这样了！”

老杨跳起来指着他:“你疯了！”

“你骂人!”柳青阳也指着他,“就你是个坏人,你好意思骂人?”

“告诉你主子梅道远,让他和刘念等着吃官司吧!”老杨甩手走人。

柳青阳追到走廊里骂他:“为老不尊,什么主子奴才的,大清早亡了！”

老李和老宋也相继离开,只剩下嘉庆集团的张孝利,他不紧不慢地打开酒柜,选了一瓶,在一只高脚杯中斟入红酒,递给柳青阳:“你应该知道,我们的商战策略,只针对刘念,并不针对梅先生——当然,就更不会针对你。所以,你大可以放松一点。”

柳青阳松松领带:“我很放松啊,我相当放松——老头骂人不许还嘴啊?”

张孝利并没有说的是,确实已经很多年没有人敢在四大集团的谈判桌上跳起来指着鼻子骂四位老总了。他摆摆手，苦笑了一下："让我说完，当年我们四大集团，和梅先生有一点误会，出于商业因素的考虑，我们也确实使用过一些对他来说不大公正的手段——这一点，我们没必要否认，不过，这一切都仅仅出于生意的考虑。如果可能的话，我们依然希望能和梅先生达成合作。"

柳青阳眨眨眼睛："我脑子不好使，你有话能直说吗？"

张孝利沉吟片刻，开口说："如果你能说服梅先生改变立场，我承诺在把刘念赶走后，梅先生仍旧是明德的主人。"

柳青阳继续迷茫地眨了眨眼睛，做出大惑不解的样子："现在他也是明德的主人啊。"

张孝利解释道："但刘念如果——"

"不是，我说，您没搞清楚，"柳青阳用手指蘸着红酒在桌子上画了一个圈，"这是明德，这是梅道远创立的——我这么跟你说，他登基了，然后刘念就是一个篡位的大臣，当皇上了，现在真皇上回来了，大臣都快滚蛋了，你却跟我说，把这个大臣骗走，天下还是这个皇上的——你把皇上当大傻子吗？"

张孝利的脸色由白转红。

柳青阳捋了捋头发："你们这套，不好使。"临走前，他笑嘻嘻地看张孝利说："上次您说文化中心是您盖的？"

张孝利点点头："又怎么啦？"

柳青阳神秘地说："您看看微博热搜，'市民投票选出十大不满意的建筑'，文化中心第四——我就说你们外墙颜色忒难看！"

他知道这么做实在是有点贱，但是这么干太开心了，毕竟梅道远让他想怎么说就怎么说的。出于怕挨骂的缘故，柳青阳跑得非常快，没有注意到张孝利坐在原地，依然保持着困惑的样子，茫然地刷着手机微博的页面。

4

刘念被柳青阳气进了医院。

得知柳青阳和四大集团几位老总谈判的“硕果”之后,刘念决定走路回家,他真的怕现在的自己,在市中心开车要出大事。好在公寓不远，但是一进门，他就看见陈一凡正在指挥几个工人搬东西。他平静地从自己卧室床头拿了一些平时给陈一凡准备的杂志和抱枕之类的杂物到客厅,然后就反锁了卧室门,连陈一凡同他说再见都没有打开门。当天晚上,刘念被自己的身体痛醒了,并非手掌上的伤口,他的腰部火烧火燎,动也动不了,还凸起了一个巨大的硬块,只得一早去了医院。大夫说这就是传说中的“火疖子”,当场为他切开引流,脓水出来的瞬间,刘念似乎轻松了一些,但是当麻药劲儿过了之后,他痛得坐立不安。然而他身在总裁位置多年,早就习惯了忍受所有私人化的痛苦，从医院出来就径直到了办公室,开始筹划柳青阳胡来之后的对策。

只有陈一凡发现了他的异样。陈一凡本来是征询一下媒体发布的意见,说了几句就皱起了眉头:“你怎么这样了？”

刘念一下没有反应过来:“我连半个字都没说，又哪里惹到了你？”

陈一凡说:“你这一身消毒水味——”她被自己的推断吓了一跳,“哪里不好？”

刘念苦笑着说了原委，陈一凡这才知道他苍白的脸色和一头虚汗源自伤口的疼痛。有那么一会儿,他们相对无言,彼此凝望。隔着办公桌,他们的距离只有不到半米,但却像是落日余晖会分散在大洋两端那样,明明是一体的,却又遥不可及。最后,是刘念先开口:“你可不可以帮我办一件事？”

陈一凡点点头:“我还没有离职,你不用用这样的口气。”

“我今天走不动路，你去找一下柳青阳，详细问问谈判的情况，越详细越好——他说了什么你已经知道了，我需要知道其他的细节——连喝的是红酒还是什么，都要知道。我得复盘整个过程。”

陈一凡在张小同的咖啡馆堵到了柳青阳。破天荒的，张小同那里生意特别好，柳青阳和她只好在吧台里聊，柳青阳绘声绘色地描述了他的壮举，说完了才恳求：“我要是办了坏事，你千万别当众打人，好吗？要脸！”陈一凡面无表情地看着他：“梅先生怎么说？”

“梅先生听完哈哈大笑，说——”柳青阳模仿着梅道远的动作抚了抚陈一凡的后背，然后紧紧搂了一下她的肩，“——‘干得好！非常好！’”

陈一凡依旧面无表情地看着他：“你觉得呢？”

柳青阳撇撇嘴：“本来我觉得我挺英雄的，现在被你这个样子弄得心里有点毛毛的。”

陈一凡继续面无表情地看着他，看着看着，嘴角就忍不住绽出了一个笑意。她赶紧收起来，却被柳青阳抓个正着，最后只能笑着承认，她也觉得柳青阳做得太棒了。“那群老流氓，应该被骂。”她说。

柳青阳兴奋地搓搓手：“行，下次骂人我还去。哦对了！”他从柜台里找到自己随身的小包，从里面摸出一个纸袋，从纸袋里拿出一个小盒子，从小盒子里拽出一个小布袋：“梅先生那天给我一根钢笔让我签字，什么龙什么圣吧啦吧啦的，反正一看就是高级货，你记得还给他。”

“万宝龙，圣艾修佰里限量版。”陈一凡说。

“哦对了，”柳青阳正了正神色，“梅恒送的。”

陈一凡露出了一个夹带着幸福与残酷的笑容：“梅恒高中那点奖学金，哪儿买得起这个。这是我第一个月工资买了送给梅恒的，谁知道他不识货。”她把钢笔放进自己的手包里，“我会亲自送回去的。”

柳青阳拉了她的手一下:“能说点私事吗?”

陈一凡没有拒绝。

他拉着她的手问搬离了刘念公寓的事,是不是真的。她说是真的,他又追问她和刘念还是不是情侣关系。她说不是了,他忽然就单膝跪地,扯着她一根手指问:“陈一凡,我能追你吗?”

“不能。”陈一凡斩钉截铁地说。

柳青阳失望地从地上爬了起来。

“因为我太忙了,没有时间谈恋爱。”陈一凡走的时候说,还对他眨了眨眼睛,“等我不忙了再说。”

柳青阳抑郁地站了一会儿,忽然想到陈一凡要退出明德的传言。他几乎是第一时间跳了起来:行!他等!他一定得追到她!

六个小时之后,刘念就在自己的手机上,看到了陈一凡在张小同的咖啡馆里和柳青阳拉手、搂肩、收礼物的照片,一度,柳青阳消失在吧台后面,一会儿又出来了——正常的男人都会意识到,这是一次求爱的过程。尽管他很惊讶于对方如此迅速的调查、跟踪和偷拍过程,但他更在意的仍然是陈一凡脸上的笑意。

“我以为是什么好东西,陈一凡和柳青阳见面是我安排的,”刘念对着电话那头的人说,“这种无聊的照片,我就不评价了。”

四大集团的老杨不紧不慢地说:“照片不是给你的,你是否感兴趣我们就不感兴趣了——看报纸刷微博的人感兴趣就行喽!”

刘念的伤口又开始疼了。

“对那些一直将刘念和陈一凡看成天生一对、金牌搭档、创业榜样的媒体、股东和所有崇拜你们的人来说,他们如果知道,你们只是一对逢场作戏的骗子,还会不会再相信明德高尚的口号?”老宋的声音从多方通话中传来,“头版头条啊,刘念。”

刘念用手撑着腰部:“直接开条件吧。”

老杨为他鼓了鼓掌:“赶走梅道远,还有那个姓柳的小混混。”

刘念死死摁着自己的伤口:“我没有实权，我已经被梅道远架空了。”

“我们当年能把你扶上明德总裁的位置，现在就能把你推下去。”一直沉默的老张也说话了,“刘念,你知道柳青阳说你什么,他说你是篡位的大臣,梅道远才是皇帝。”

刘念看了看手指上沾着的血迹,他的伤口需要换一块纱布了,可他痛得甚至站不起来。他陷在明德总裁专用的大椅子里,一动不动。

“我们给你五天时间。”电话断线了。

春雨敲了敲门:“刘总,如果您现在不回家,那么我有非常重要的事要说。”

刘念强撑着站了起来,给她看腰上的血迹:“先帮帮我。”

同样的话,柳青阳也对梅道远说了。当他得知四大集团要拿他当小三、要拿陈一凡和刘念的关系炒绯闻的时候,当场暴跳如雷,拿出了柳少飙车的架势奔到梅家庄搬救兵。那支“梅恒送的”钢笔端端正正摆在办公桌上,证明陈一凡至少来过一次。柳青阳臭骂了四大集团一顿之后,恳请梅道远指点他应该怎么做。

梅道远摇摇头:“这种事我不懂的。”

“开什么玩笑!”柳青阳尖叫起来,“您不懂?得了吧,您比谁懂得都多!我求求您了,您是布局的人,您是大拿——陈一凡是无辜的,一炒绯闻,肯定是女的受害,她不能背这个锅。”

梅道远若有所思地看着远处:“她是无辜的吗?”

“当然了!一凡做错什么了?从来没有!”柳青阳一副指天发誓的样子,“快点教教我,怎么才能帮她!”

“你也是无辜的。”

“我愿意帮她的!”

梅道远看着柳青阳亮晶晶的眼睛，摇了摇头："我真的不懂，你说的什么'女的受害'——"

"——就是说，碰到这种事，大家都喜欢说女的不行，守着刘念这样的人还出轨，肯定要骂她贱什么的——"柳青阳嚷到一半忽然停下来了。

"然后呢？"梅道远含笑看着他。

柳青阳缓缓点着头："对啊……要是陈一凡没出轨呢……"他迅速掏出手机，嬉皮笑脸地蹭到梅道远办公桌前，"我能蹭您家的WIFI吗？"

"密码是H、E、N、G，大写。"梅道远斟了一杯茶，"我的树叶子冲水，还要喝吗？"

"喝点！"柳青阳头也没抬，给陈一凡发消息。他本来想了一大堆解释的话，后来全删了，他想起了那张纸条给他的安慰，一字一字地敲给陈一凡：你的事交给我，天塌下来我顶，不会让你吃亏受苦。

第十六章

1

哪怕没有陈一凡的关系，刘念对柳青阳的评价依然只有三个字——“看不上”，扩展一下大概还能有“不学无术”“靠脸吃饭”或者“烂泥扶不上墙”之类。比如此时此刻，在一天中最好的上午的工作时间，在明德集团最舒适的总裁会议室里，柳青阳面对他们的大危机，明显一副心不在焉的态度，整个人几乎要陷进意大利进口的名贵沙发里睡着了。

刘念不得不提高了声音，把文件扔在柳青阳面前：“留给明德的时间只有五天！你我都知道，这个问题解决不了，明德的名声就败了——”

柳青阳把出自名设计师之手的咖啡杯随意往那摞文件上一搁：“呸呸！”

明德的总裁，哦不，现在应该说是前任总裁的刘念先生，还从来没在这间会议室里遭到这样毫不留情地唾弃呢。他皱紧了眉，刚要发作，柳青阳已经给了他一个灿烂的笑脸："你们这咖啡真难喝，跟速溶芝麻酱似的，应该找张小同培训一下。"

刘念一点也不想知道张小同是哪位，他试图说正经事："四大集团不是随便说说的，他们手里有——"

"等等，我是不是错过什么了？"柳青阳挖着耳朵转过头，看向陈一凡，"'陈一凡和刘念的爱情'值多少钱？"

刘念感觉他的伤口就要开始流血了："柳青阳！"

柳青阳做出一个虚心请教的表情："你们的关系是写在明德的资产负债表上吗？是算固定资产还是流动资金？"

"你是不是没搞清楚状况？我和一凡——"刘念第三次被柳青阳打断的时候，都已经不生气了，毕竟今时不同往日，让他当面定义自己和陈一凡的关系，并不是一件轻松的事。他端起杯子给自己也灌了几口"速溶芝麻酱"，干脆听柳青阳说什么。

"你和一凡的关系没写在公司的资产负债表上，从法律上讲，你们恋爱分手跟别人一毛钱关系都没有，就算你们突然结婚离婚复婚又离婚，不涉及股权变更也不用向全体股东通报。"柳青阳发现陈一凡正用咖啡杯掩饰嘴角微微的笑意，不由心情大好，他摆摆手，尽量不骄傲，"我，一个读了没几天书就被学校劝退的假大学生，这点事我记得好像是大一就教了，你是读太多书读到想不起来了吗？四大集团拿了几张破照片就想搞垮明德，你还真信了，刘念，是你傻还是他们傻？"

"话虽这么说，但他们确实可以用这个来诋毁明德的信誉。"事关明德，陈一凡不得不开口，她叹了口气，"我们可以开发布会澄清——"

"澄清个……"柳青阳一不留神脱口而出，不过在千钧一发之际，意识到了他正跟女神说话，于是自己把那个"屁"给吞了，艰难地把表情调整成五讲四美好青年的样子，十分温和地开始讲道理，“昨天老头说了一堆，我想了半宿，就觉得他不对，你们都不对，是不是别人说你偷吃了他的鸡，你就得拿把刀剖开肚子，让全世界都检查一下才能自证清白？别人造谣一张嘴，你们辟谣拿命换，然后还觉得自己特帅特棒？我觉得蠢透了，简直是脑残！”他说着十分夸张地把那堆文件从咖啡杯底下抽出来，扔到刘念面前，“想让我按这规则玩，做你们的美梦去吧！”

刘念拿不准他到底知道多少，又顾忌陈一凡，一时无法组织出有效的语言来反驳。柳青阳却已经站了起来，他没当几天总裁，却无师自通地学会了把西装所有的扣子都解开，两只手插在裤兜里，生生把十万块的定制西装穿出了皮夹克牛仔裤的效果。他看向犹豫想要说些什么的陈一凡：“别总苦着脸，天塌下来柳总顶着呢。咱不搞剖肚子喊冤那套哈，太土了，丢人。”

“那你……打算怎么办？”陈一凡也站起来了，追了两步，“梅先生怎么说？”

柳青阳摆摆手：“总之，我搞定，你忙你的，别担心。”

说完，他竟然真的就这么头也不回地走了。

刘念望着他的背影消失在门口，放低了声音：“一凡，我们谈谈？”

“如果你要我同意踢走梅先生和柳青阳，我们没有什么好谈的！”陈一凡哼了一声，开始收拾东西，准备回自己的办公室，“我确实愿意为了明德演出各种戏码，但是不代表我就会受人威胁。”

“不，我不是这个意思。”刘念往她那边挪了挪，“他说的有道理，而且，我也信任梅先生。”

陈一凡有些惊讶地抬起头，她本能地感觉这次的照片事件不单纯，却又不愿意把这个朝夕相处的男人想得太坏。刘念苦笑着摇了摇头：“之前想要让梅先生和柳青阳离开，是我冲动了。我们花了那么大力气请来了梅先生，不正是相信他能够带我们走出困境吗？”

“那最好。”陈一凡的表情稍稍缓和了些，甚至又端起杯子啜了口已经冷了的咖啡。刘念见她愿意听自己说话，便叹了口气：“这种事女孩子总是吃亏些，我怕你受到伤害，一时乱了方寸，你别放在心上。我只是有些担心，不如……我们约柳青阳在你公寓那边一起吃顿饭，再问问他到底怎么安排的。说到底，解决这个危机需要我们三个人互相配合，而现在的明德，也经不起一次信誉危机了。”

陈一凡站起来，犹豫片刻，还是点了点头：“我会在我们常去的那个会所订个雅间。刘念，我希望你是真的想要配合，而不是有什么……”她不愿意凭空揣测刘念到底在想什么，也不愿意在那个充满她和梅恒回忆的公寓里招待柳青阳，千言万语不知道从何说起，只能意味深长地看了刘念一眼，转身离开了会议室。

刘念凝视着她的背影消失在走廊的尽头，他打给春雨：“计划有变，不用请记者去陈总公寓那边了……嗯，那些视频，放出去吧。”

2

柳青阳从明德的总裁会议室里出来，就没有回去工作——毕竟现在，他这位名义上的总裁在明德并没什么具体的业务需要负责，甚至连张正经的办公桌都没有。

他不想再去梅家庄打扰梅道远，也不想回家，一不留神，就溜达到了张小同的咖啡馆。他想得挺美——进去喝一杯不像“速溶芝麻酱”的现磨咖啡，再跟好朋友聊聊他马上要做的事，问问张小同的意见。没想到从来不会出门迎客的咖啡馆老板张小同直接从里面扑了出来，一把抓住了柳青阳的胳膊，将他直接拖进了屋里，卡座肯定不安全,他直接把柳青阳拖进了后厨,然后塞进了储藏室。

“这是干吗?”柳青阳被甜腻的香草粉呛了个喷嚏,眼泪汪汪地开始找纸巾。

张小同谨慎地观察了外面好几眼，才小心翼翼地关上了门:“我发的短信你没瞧见？还敢跑我这儿？”

“我又不是通缉犯,这是干吗呢?”柳青阳一只手在身上翻了几下,终于找到了自己的手机,“刚才开会,手机设静音了,怎么了？”

“跟通缉犯也差不多了。你小声点。”张小同摸出自己的手机递给他,“你都上热搜了,‘明德副总裁出轨落魄富二代’，还有视频呢。”

柳青阳第一反应是破口大骂四大集团那些老东西不要脸,说好的给他们五天时间,这才两天半,怎么就搞突然袭击？他心烦意乱地接过来一看，网上的消息却并不是之前在张小同咖啡馆里被偷拍的照片,而是他和陈一凡之前练习推手时的。拍摄的人显然有预谋,借位堪比大片,有一张尤其精彩,明明是柳青阳在练习推手的时候被陈一凡推到墙角，看起来却仿佛是陈一凡把柳青阳按在墙上亲。

“那帮狗仔不知道从哪儿得来的消息,这么一会儿工夫,来了好几拨人了,各种套我的话,还想出钱在店里装监控装窃听器呢。”张小同压低声音,“我觉得他们没走远，你一会儿记得从后门撤退……”

“你干吗不答应他们?”柳青阳盯着手机里的图片,漫不经心地说,“咱俩可以把钱分了。”

张小同踹了他一脚:“滚。”

按柳青阳惯常的脾气,他应该生气,应该跑回明德集团去砸刘念的玻璃,把他不可一世的脸按在马桶里,毕竟,除了这家伙,柳青阳想不出第二个人能把这些视频和图片放给媒体——他这是要牺牲陈一凡来保护明德的声誉，抹黑柳青阳，同时一石三鸟地削弱梅道远在明德的影响力。这甚至不是什么“丢卒保车”，而是赤裸裸的自私自利。可是此时此刻，看着那张模模糊糊却因此显得特别暧昧的图片，柳青阳气又生不起来了，他内心深处有那么一个角落，多希望这些都是真的，陈一凡喜欢他，就像他喜欢她那么真那么炽烈……刘念也好狗仔也好，将他不敢奢望的美梦当成已经发生的事实，白纸黑字地告诉全世界，这梦想成真的滋味太销魂，柳青阳一时之间甚至不想辟谣不想采取下一步的行动，他恨不得向全世界宣布，这些都是真的。

张小同看他这阴晴不定的神情也不敢吭声，正好店里的咖啡机嘀滴地响了起来，他就赶紧跑出去了，隐约听见柳青阳在里面讲电话，隔了片刻，他端着咖啡进去。柳青阳已经收了线，接过咖啡，难得认真地品尝了几秒钟：“我这就走，他们要再来问你，你就假装不厌其烦，终于松口说实话，我去西郊艺术区了。演好点，收到钱咱俩对半分。”

张小同总觉得有点不对：“你又打什么主意呢？喂，我跟你说，你现在跟以前不一样了，那套瞎混的不行……”

柳青阳笑起来，目光变得很温柔：“是啊，不一样了。”他说完，使劲拍了一下张小同的后背，大摇大摆地往外走。果然，他一只脚刚踏出咖啡馆的大门，就感受到一些窥视的目光，从四面八方聚焦到了他身上。柳青阳假装没察觉有人跟踪，哼着歌跨上他的摩托，在城里兜了几圈，估摸着记者们都跟上了，才不紧不慢地开向西郊。

3

西郊原本是新中国成立时的一片工厂区，后来城市扩张，工业区搬离大城市，厂房、仓库甚至当年的食堂、浴室等等各种设施都随着时间的流逝,成为了独具风格的地标。从十几年前开始,这里渐渐聚集了一些艺术家,尤其是现代艺术的画家和雕塑家最多,每周都有各种画展,周末还有各种新锐的表演。渐渐的,就成为了人们周末休闲约会拍照发朋友圈的好地方,本城众多婚纱摄影工作室也热衷在这里拍摄外景,因此这里甚至有了个风骚的别名,叫作“求爱圣地”。

柳青阳十分嚣张地在艺术区门口的小花店里买了一支香槟色的玫瑰花,风骚地别在摩托车的车把上,招牌似的迎风招展,简直像是把“我要去约会”做成了靶子顶在头上。

果然,他刚在“芳菲画廊”门口停下车,几辆跟着他兜了半个城市的小汽车也鬼鬼祟祟地停在了不远处,柳青阳甚至能隐约看到车窗里相机镜头的反光。于是他跟气派的大领导似的,大方地向狗仔们招了招手,然后才转身进了画廊。

记者们见状也不掩饰了,百米冲刺一样,争先恐后地跟着他冲进了门,在柳青阳拥抱等在那里的女主人时,至少有十几个带闪光灯的相机和更多的智能手机围着他们拍了个够。然而等他终于放开了女主角,记者们才发现,噫,女主竟然不是陈一凡!

这跟说好的不一样啊!

柳青阳把那支香槟色的玫瑰花随手插进旁边工作台上的玻璃杯里,双手插兜,靠在工作台上,十分随意地摆了个造型给他们继续拍。“在你们问问题之前,我得介绍一下,这……”他指了一下他刚刚拥抱过的女孩子,“这是曹菲,是芳菲画廊的大老板,大画家,最近正在开个人画展,你们背后那张最大的,入选了一个什么什么……哎,反正特别厉害的大展,国际的。”

原来,旁边的女孩子就是上次差点在柳青阳手里买楼房的曹菲,后来她确实听从柳青阳的建议,退掉了明德集团开发的那几个不怎么样的单元,转而在西郊艺术区租了这间工作室兼画廊。经营了一段时间,竟然风生水起,拿了几个国际性的奖,又卖出不少作品,欧洲有几家非常著名的艺术大学都给了她全额奖学金,过不了多久,她就要出国留学了。

"你知道我们跟你了,故意耍我们?"有一个记者先绷不住喊了起来。

"话怎么说得这么难听呢?"柳青阳挖挖耳朵,"反正你们就想问我一堆问题,我带你们出城,呼吸呼吸新鲜空气,然后在这么个挺高级的地方,大家畅所欲言,还都能要点脸,是不是?"

这基本是当面打脸了,幸好这些名为记者实为狗仔的人并不怎么太要脸,前排一个大哥举着智能手机,明显在直播:"你先出轨陈一凡,然后又跑来跟其他美女约会,你还好意思说要脸?"

"别扯淡。"柳青阳一点都不生气,他抬手在空中划了一个圈,意在代指四周挂着的油画,"我,是来看画展的,顺便在这里回答你们的问题,主要目的是为了蹭一下热搜,宣传青年艺术家曹菲的个人画展。我说你们啊,在这么好的地方,就不能让艺术的细菌感染一下吗?"

狗仔们感觉这家伙挑衅了他们狗仔生涯的底线——哪个被偷拍的明星不是慌里慌张的,要么急着发声明澄清,要么一面威胁要告狗仔们侵犯隐私一面偷偷给他们塞钱买照片,唯独这个名不经传的柳青阳,还敢面不改色地把他们当猴子耍,说好的只是一个不学无术的落魄富二代呢?

"你怎么解释你和陈一凡都被拍到亲嘴了?"那位开直播的大哥估计收到了弹幕的鼓励,抵挡了"艺术细菌的感染",不屈不挠地只想知道明德集团美女副总裁和落魄富二代的最新八卦。

他们不知道,此落魄富二代在当少爷的同时也在当混混,因此对于如何混如何胡说八道都颇有心得,柳青阳十分光棍地脱掉了碍事的西装,慢条斯理地卷起衬衫的袖子,仿佛下一刻就要抡拳头打人，话却说得不慌不忙：“亲嘴？我说这位大哥，你们是第一天玩相机吗？”

他说着，忽然一把揽住了曹菲的肩膀，身子前倾，在记者们的惊呼中，他和曹菲凑得很近，却又一丁点也没有碰到她。柳青阳举起胳膊，向后指着他六点钟方向的记者：“那边的镜头看来，我就是在亲吻大画家，然而……”他的手指一转，指向他三点钟方向的人群，在一片此起彼伏的闪光灯里接着说，“在这边的各位大哥呢，马上就能帮我辟谣。”

他说完，轻轻地放开曹菲，记者们已经急不可耐地开始提问了：“你这是否认和陈一凡有暧昧吗？”

“我否认你信吗？”柳青阳给自己开了一罐可乐，不慌不忙地喝了两口才接着说，“你们需要一个男渣女贱的出轨故事，我或者陈一凡，就算跑到白宫开发布会说真的没有，你们信吗？”

“我看你就是心虚，你们家的柳源地产破产了，听说还欠了一屁股债，你是不是想要陈一凡的钱？”后排一个年轻人大声地喊起来。

“找个女总裁少奋斗二十年是吧？”柳青阳看起来对此很感兴趣，“大兄弟，我觉得你这个想法很危险啊，说出去丢男人的脸，这年头的男人都这么拜金吗？没错，老柳是破产了，不过这跟我没关系，新社会了，没有株连九族了。他是他，我是我，他的债他倾家荡产还了，揪着我想玩‘父债子偿’那套，太老土了，本少爷不伺候。”

一阵诸如“不要脸”或者“败家子”之类的窃窃私语嗡嗡地响起来，连旁边的曹菲都有些看不下去，毕竟她是见过柳青阳为了替父亲还债，跑到明德当卖房员的。她刚想替柳青阳解释一下，柳青阳摆手阻止了她，提高声音接着说：“陈一凡好像是挺有钱的，不过拜托你们有点常识，就算谁真跟她结婚了，她的钱也叫作‘婚前财产’，人家愿意给你愿意扔水里听响都是人家自己的事，这么早就惦记上了，瞧你们那个没出息的样子！”

曹菲差点被他那夸张的语气和表情逗得笑出声，她赶紧低下头，假装玩手机，这些记者的现场直播已经吸引了很多网友的关注，然而舆论的焦点已经变了，骂柳青阳渣男或者骂陈一凡出轨的网友已经抢不到热评，更多的人开始注意到这件事可能比想象的更复杂，嗷嗷叫着“求更多”“等反转”，还有些人开始评价曹菲那些“看不懂”的现代油画，甚至还有人也想来看画展。

这些狗仔对热点向来有鬣狗嗅血味似的敏锐，有一个人马上跳出来问：“所以你是说你不缺钱也没有跟陈一凡勾勾搭搭，有人陷害你们吗？”

“等等，我说诸位，你们没有年轻过吗？没有明恋暗恋过姑娘吗？”柳青阳大方地摆出一个温柔深情的微笑给记者们拍个够本，“我喜欢陈一凡，是她无法控制的，甚至连我自己都无法控制，我爱她，我愿意付出一切来保护她，陪伴她，然而这并不代表她非要接受或者已经接受了。一个男人喜欢一个女人，既不代表他一定能成功追求到那个姑娘，也不代表他们已经勾搭成奸，更不代表是人家姑娘的错。就好像地铁里有女孩子穿超短裙吊带裙，那是为了凉快为了好看，不是为了勾引男人，谁要是动手动脚，那叫臭、流、氓！”

“那就是说有人陷害你们咯？”一个记者大声喊起来，“明德这么多年来天天宣传金童玉女创业典范，陷害陈一凡出轨，不就是砸明德的招牌，说他们是个大骗子公司吗？”

“哎，我得纠正你一下，不是‘他们’，是‘你们’，我现在好歹是明德集团挂名的代理总裁、创始人梅道远的代理人，不是外人。”柳青阳又喝了一大口可乐，“你看，几张照片，一小段视频，陈一凡跟我就说不清楚了，你们要不信干吗追着我跑到这儿呢，对吧？至于我呢，败了柳家的公司，弃了陈一凡，又脚踩两条船跑到这里约会新锐艺术家，那就是个彻头彻尾的渣男。明德集团梅道远选的代理是个渣男，明德集团的副总裁陈一凡出轨，那肯定是个贱女，明德集团里都是渣男贱女在做主，恶心死了，他们的房子肯定是不能买了，那你们说谁比较高兴呢？”

现场一片窃窃私语，网络直播里的疯狂弹幕差点把曹菲最新款的智能手机卡死，有记者小声说：“四大集团？”还有人隐约提了刘念的名字。

柳青阳立刻竖起一根手指压在嘴唇上：“嘘，别瞎说，诽谤是要坐牢的，大集团高薪聘请的律师团在看你们哦。”

记者们都看着他，柳青阳把玩着手里半空的可乐罐，斟酌词句：“我算什么富二代呢？老柳是个泥瓦匠出身，最多就是个包工头，他那个小公司，柳源地产，看着挺气派，其实跟地产不太沾边，日常的主营业务是跟在大的地产商屁股后边，给人家开发的楼盘做做整体精装修的活，为什么突然就破产了呢？”

包括曹菲都不解地望向他，不知道他为什么突然开始拉老柳的事，柳青阳接着说：“都怪前些时候，老柳觉得自己运气来了，接了个真正的地产建设项目，觉得自己距离豪门只有一步之遥，赌上了自己的全部身家不算，还带着全公司的员工们一起投资，最后甚至借了高利贷。结果呢，砸了，资金链断裂，我们柳家不仅没变成豪门，还一夜之间倾家荡产，公司卖了，住的房子也卖了，老柳连命都搭上了，什么都没了。后来有一次我就问陈一凡，老柳一辈子兢兢业业小心谨慎，他拿的项目有潜力有发展，否则也不会有大公司愿意接盘，按理说整件事老柳也不是特别急功冒进，为什么就突然破产，项目无法完成了呢？为什么他就这么栽了呢？”

记者们完全没想到嘿嘿嘿的桃色八卦突然变成了严肃的财经分析，爱情故事变成了悬疑探案，然而阴谋与死亡总是比谁出轨了谁更具爆炸性，更何况这里面牵涉地产也就是老百姓最关心的房子问题。于是这番话立刻挑起了在场所有人的好奇心，“柳青阳爆出地产业惊天内幕”之类的关键字也开始在网络上刷屏，那个开直播的记者大哥急不可耐地问：“到底是怎么回事？”

“谁知道呢？”柳青阳煽风点火，“反正本城这二三十年来，房价涨个没完，却没几个小地产公司能冒头分一杯羹，稍有动作就破产完蛋。连明德不也是么，拍个地王，就开始出事，一会儿吃官司，一会儿塌房子，现在都开始砸招牌了！哎，可能都是凑巧吧，你们说怎么就这么巧呢？”

稍微对本城商圈有点了解的人都能听出来，这是直接暗示四大集团了，记者们一阵骚动，立刻开始追问“有没有证据”，完全忘了他们是来追陈一凡出轨的八卦新闻的。柳青阳只管点火不管灭火：“我哪儿知道，哎，我可什么都没说哦，我就是一个不学无术的混子，大学都没毕业，什么都不懂的。我就是觉得这些事一件一件没完没了的，可能是冲撞了什么。哎，不说了，我先走一步，赶紧去找地方烧烧香求个平安什么的！”

他说完，竟然就留下这一屋子突然从娱乐狗仔转型财经记者、十分搞不清楚状况的家伙，大摇大摆地走了。

第十七章

1

跟大多数人想象中的不同，Z 大的教授陈秋风虽然骑自行车，住四合院，看起来像是个与世隔绝的前辈高人，却始终十分关心现代科学技术，按他自己的说法，大概就是“人不能被技术的门槛阻挡研究学问的脚步”。二十世纪九十年代，他就是整个 Z 大里第一个把互联网引入办公室的人，后来则成了最会玩智能手机的教授。此时此刻，刘念走进他的办公室，发现陈秋风正用投影仪看柳青阳的“表白直播”。

“我喜欢陈一凡……我爱她，我愿意付出一切来保护她，陪伴她……”视频刚巧播到这段，柳青阳深情的脸几乎占领了整面墙，刘念十分不适地整了整领带，感觉都要无法呼吸了。“老师？”他试探地叫了一声。

陈秋风显然不打算理他，慢条斯理地擦着眼镜，用一种听学术报告的专注，从头到尾毫无快进地听完了整场，才慢悠悠地转向如坐针毡的刘念，仿佛才发现他来了一样，点了一下头算是打招呼。

“老师，我……”刘念艰难地给自己开了个头，然后却并不知道如何说起，他顿了几秒钟，“我错了，我对不起一凡。”

陈秋风目光灼灼地盯住刘念：“可能是我的错，可能是梅道远命中注定是我的克星，我最优秀的学生，不如他随便捡来的……”他停顿了一下，再次看向直播的结束画面——柳青阳睁着无知的大眼睛，毫不留情地给四大集团下了个解释不清的大套。陈秋风摆了摆手，哼道：“……不如他随便捡来的这个什么玩意儿。”

刘念死死咬住自己的嘴唇，从牙缝里挤出一句：“我没想到……我只是想减少损失，只有这样才能救明德！”

“你抛出那几张照片那段视频的时候，问过一凡吗？想过一凡吗？”陈秋风的语气变得十分严厉，“你想牺牲一凡的名誉，塑造自己深情苦情的人设，博取公众的同情？没想到吧，人家学了几天推手，就已经能借力打力了！”

“这一手……真是厉害。”刘念不得不承认他完全低估了柳青阳和他背后的梅道远，“四大集团那边……有没有跟老师透露一下他们的应对？”

陈秋风冷笑：“四大集团拍了一凡和这个柳青阳的暧昧照片，威胁曝光，毁掉明德的信誉，这个时候明德能怎么办？下策是开发布会澄清，这是一凡会想做的。然而八卦这种事，向来是越描越黑，就算当事人说一千次，媒体也只会像闻到血腥味的苍蝇，飞得更起劲些。你选择的办法本来不错，可以算是中策，先发制人，丢卒保车，一方面保住明德的声誉，一方面将一凡赶出明德的核心业务，让梅道远在明德内部失去最有力的支持者，一箭双雕，可惜啊……”陈秋风突然暴起，把一摞文件夹狠狠摔在刘念身上，“可惜啊，你想得倒是美！”

刘念把嘴唇咬出血来，一动不动地站着，就算陈秋风甩他几个耳光，他也会老老实实地接受。

“你不是丢卒保车，你是自断手臂，而且还断得毫无价值。一凡马上就会想清楚谁扔出了那些视频和照片，谁在背后搞这些手段，又想做些什么，她那性格你是知道的，你还指望她能原谅你吗？”陈秋风打完刘念，心里痛快了些许，语气也变得平和了许多，“就算你不指望她继续和你在一起，你难道不怕她拿着明德的股份，转投梅道远？刘念，我……我真是羡慕梅道远啊！”

陈秋风说他羡慕梅道远，无异于直接说高才生刘念不如辍学仔柳青阳，这比直接抽刘念一个耳光还让他难受。他咬着牙，头却低得更恭顺，只听陈秋风接着说：“柳青阳是真聪明，他知道出轨和偷情是媒体的兴奋剂，他偏偏不澄清不解释，只是暗示他们被人误导，接着用柳源地产的破产、明德集团的困境把四大集团拖下水。事到如今，没人再关心他和一凡到底是什么关系，只怕现在要轮到老李老张他们焦头烂额地开发布会了。呵，‘垄断行业’‘推高房价’，哪样不是老百姓最关心的？这些罪名认真追究起来，都要够他们吃官司了！”

“我本以为，他最多是把过错揽到自己身上，破落富二代勾搭女总裁，无非是为了钱，那么一凡顶多是受害者，明德的信誉也就保住了。”刘念艰难地说，“这样一来，我便可以名正言顺地‘顾忌公众反应’，要求梅道远换个代理人……”

“你也知道！”陈秋风哼了一声，“梅道远对明德的感情有多深你想不出来吗？梅道远对柳青阳……就凭他那张脸，梅道远忍心让他当‘渣男’被千夫所指？他们这一招釜底抽薪，刘念，你输了，彻彻底底。”

刘念差点给他跪下，商界精英几乎又变成了十来岁那个父亲没了母亲死了的孤儿，无处容身，无法可想，他近乎绝望地抓着陈秋风的办公桌，仿佛溺水的人抓着最后一根稻草："我……不能输。"

"我也不会让你输。"陈秋风恨铁不成钢地看着他，然后扔出一个U盘，"拿去，记住，一凡是整件事的关键，她能帮你控制柳青阳，进而控制梅道远，她跟你站在一起，你就不会输。她要是转到梅道远那一边……那就谁也帮不了你了。"

2

给四大集团下个大套的柳青阳偷偷摸摸地回了家，房子是他拿了刘念给的"推手奖金"新买的，他就没怎么回去住过，不得不依靠地图软件的导航，才顺利找到自己的家门。

柳母两周以前就已经出院，经历过之前一系列的变故，她有点神经衰弱，不太愿意见生人，同时顾忌着老柳欠下的债务还没完全还清，不许柳青阳雇小时工来帮她打理家务。这时候柳青阳回来，家里果然只有柳母一个人。

"妈，我……我回来拿点东西。"柳青阳有点不自然地说，他知道他妈妈不太上网，虽然老柳之前风光的时候，老早就给她配了最新型的智能手机，然而她使用的功能十分有限，也就是发发短信，或者跟老工友老姐妹们打打电话。

柳母一见柳青阳回家，下意识地把手机塞进了茶几底层，仿佛不想让柳青阳知道她刚刚在看手机一样："嗯，行，哎……你……唉……你饿不饿？"

"没事。"柳青阳看出他妈不太自在，疑心他妈妈也看到了那场震动了本城房地产业的直播，然而她不主动问，他也不好去解释，更何况整件事就是解释不清，他只好放平和了声音，"我打算去张小同那里住几天，最近老加班，他那边方便点。我到他那儿还能饿着？”

“他那些蛋糕点心的不扛饿，牛肉都做不熟，切开都是血丝，别吃坏了胃。”柳母飞快地冲进厨房，“我还是给你下个面吧，热乎的吃着舒服。”

“牛排哪有不带血丝的，人家讲究的西餐厅都是这样……”柳青阳笑起来，刚想说几句笑话哄他妈开心，门铃突然响了。他连忙跑过去开门，只见外面戳着七八个人高马大的汉子，以老齐为首，一见柳青阳，眼圈就先红了：“阳阳……”

柳青阳赶紧请他们进来说话，门还没关严，一个工友就哭了：“柳总真是让人给害了吗？”

厨房里打鸡蛋的声音停了，柳母没出来，可是显然也在凝神听柳青阳怎么说。柳青阳一时不知道怎么回答，他挠了挠头：“这……”

老齐叹了口气，接过话茬：“老柳做这个项目之前，是跟我们几个老哥们儿商量过的。大家跟着这些大地产商干了这么多年，可以说是没吃过猪肉也见过猪跑了，之前那个项目大伙儿都觉得能干，没问题。虽然嘴上说着不敢想大买卖，听到有机会，谁又忍得住不干呢？只是后来不知道怎么着就……哎，阳阳，你知道吗，老柳那时候是主动跟我们签的借据，说好的投资，他给当借款扛了，哎，我们对不起你们孤儿寡母啊！”

“齐叔您别这么说。”柳青阳还真不知道这些债务竟然是这么背上的，倒是挺符合他爸爸一向的风格。他笑了，先给抹眼泪的诸位工友递了盒纸巾，然后才说：“我爸知道兄弟们都有难处，这项目是他拍板的，他自然要负责到底，这钱，我们应该还。”

先哭了的工友抹了一把鼻涕，不屈不挠地绕过柳青阳的避重就轻：“柳总到底是不是被别人给害了？是不是就是那个混蛋明德集团？”

其他工友也纷纷附和：“当时他们一分钱都没给就接走了我们

项目，买走了公司，是不是根本就是他们做的圈套？”

甚至连柳母都不再继续假装做饭，她走出来，站在厨房门口，关切地看着柳青阳，等他的答案。

“这……”柳青阳尴尬地揉了揉鼻子，“这事很复杂，我之前那些话，不算瞎说，但是也没证据。不过我觉得不是明德，明德现在不也被那些混蛋算计着吗？”

老齐点了支烟，深深地吸了一口：“是那个什么四大集团？”

“不一定。”柳青阳连忙拦着，他知道这些工友里很有几个有血性的，万一冲到四大集团去闹事，反倒不好，“这里面真的特复杂，我现在正在观察，大家放心，有机会我肯定要给我爸报仇的！”

工友们群情激奋，纷纷向柳青阳表示有用得着他们的地方，他们一定赴汤蹈火。柳青阳一一答应了，客客气气地将大家送走，老齐临走用力地拍了拍柳青阳的肩膀：“阳阳，好好干，你爸以前就老说，你比他强。”

“齐叔放心，我不会让我爸失望的。”柳青阳这样保证着，终于将这些哭哭啼啼的汉子送上了电梯。等他回到家，柳母已经给他摆好了一碗热腾腾的鸡汤面，上面两个又大又圆，煎得嫩嫩的荷包蛋。

他咬了一口，被烫得差点流眼泪，他这一天过得跌宕起伏，好在此时此刻，他在家里，有这么一碗美味的热汤面，会妥帖地抚平他所有的伤痛，让他知道，有那么一些人，会一直支持他，陪伴他。

他忽然觉得无所畏惧，哪怕四大集团有权有势，刘念有才有财，陈一凡不会像爱梅恒那样爱他，梅道远只是在利用他争夺明德……他都不在乎了，他大口地吞着他妈亲手做的面条，就仿佛吞下了力量与斗志。

3

陈一凡是第一次去西郊艺术区，她的少女时代忙着对抗陈秋风近乎专制的家庭教育，急不可耐地要长大，她一心认定，只要自己足够强大，就可以脱离原生家庭体积巨大的阴影，获得独立的生活。没有独立与自由，谈什么幸福？

所以，中学时代的陈一凡在同龄人都在玩耍或者偷尝“早恋”时，只管读书，用优异成绩换取有限的自由；读大学的时候，同学们都忙着打游戏谈恋爱，她已经迫不及待地离开学校，跟着梅道远开始创业；事业才刚有起色，她买了自己的公寓，开始觉得对自己的生活有所掌控，能够品尝“过日子”的滋味时，梅恒的意外去世将她整个人钉死在十八层地狱，每一天都自觉不自觉地被歉疚遗憾后悔等等诸般滋味折磨，工作是为了梅道远留下的明德，工作以外，她就没滋没味地活着，几乎忘了什么叫“休闲”。

已近黄昏，艺术区里游人寥寥，热闹了一下午的“芳菲画廊”也正要打烊。陈一凡进门的时候，曹菲一只胳膊已经穿上了外套，见到陈一凡，又把穿了一半的外套脱了，转身走到冰箱那边：“你好呀，要喝点什么吗？”

“不用了，我……”陈一凡有点不知道如何开口。她跟曹菲也不过是在艺术品拍卖会上有过一面之缘，后来将她介绍给柳青阳买房子，已经算是欠她一个极大的人情。此时此刻，无论她说什么，又都会太接近于质问曹菲与柳青阳的关系，然而这样又显得她太过无理取闹——毕竟，从任何层面上讲，柳青阳都不是她的男朋友，她无权打听他的交友状况，甚至来到这里，都涉嫌骚扰曹菲。

“我觉得我应该向你说声抱歉，整件事针对的都是明德和我本人，把你拖进风口浪尖，是我们的错。”陈一凡毕竟在商场多年，艰难地找到了一个角度之后，话就能说得比较顺畅了，“我也要感谢你，愿意这样帮助我们。”

“其实我是帮柳青阳。”曹菲认真地在她的小冰箱里挑挑拣拣，最后摸出一排草莓味的益生菌饮料，自己拿了一瓶，又分了一瓶给陈一凡，“喝这个呀，对皮肤好。”

陈一凡几乎没喝过这种酸酸甜甜的少女饮料，她有点不知所措地看着曹菲像个小女孩似的咬吸管。曹菲眨巴眨巴眼睛，接着说：“这些话他下午打电话的时候就跟我说了。没事，我过几天就要去欧洲了，要好几年呢，这点负面新闻，我看没几天他们就都忘了。对了，刚刚我还卖掉好多本画册呢，也算是蹭了个热点。”

陈一凡看她这么大方，也不知道说什么才好了，她换了个话题：“你要去欧洲好几年？那这个画廊怎么办？”

“租给别人呗，有个地方免费存那些大木头框子的油画，还能小赚点租金差价，挺划算的。”曹菲干脆像柳青阳那样坐到了工作台上，她没有柳青阳那么高，双脚不着地，依然像个小孩子一样晃呀晃的。她盯着陈一凡，忽然认真起来，“我真羡慕你，真的，特别羡慕。”

陈一凡愣了一下，她大略知道曹菲家境优渥，从小是爸妈呼风唤雨的小公主，长大又是少年成名，名誉地位金钱一样不缺，还能从事自己喜欢的事业，可以说是人生赢家了，她想不出曹菲为什么要羡慕她。

曹菲望向桌上那朵香槟色的玫瑰花，轻声说：“我问过他，要不要跟我一起去欧洲，帮他还债什么的也就一两张画的事，我都没问题的……”她微微一笑，看向陈一凡，后面的话她不用说出来，陈一凡都明白，柳青阳一定是拒绝了她，因为从始至终，他和曹菲就只是朋友，他心里的人，唯有陈一凡。

所谓爱情，本来就不讲道理，总有人求而不得，总有人轻而易举地得到了却不珍惜，还有些人越珍惜越不敢接受……众生各有各的辛苦，曹菲羡慕陈一凡，陈一凡也羡慕曹菲，两个女孩在没开灯的画室里相对无言，玫瑰和草莓牛奶的味道交织出一种甜甜酸酸的香气，就像她没开始就结束的爱情，或者她不知道要不要开始的爱情。

“就算你不能接受他，也不要伤害他好吗？”这是曹菲送陈一凡离开时，跟她说的最后一句话，“因为这辈子那么短，我们都应该对喜欢自己的人好一点，而且……以后可能再也遇不到这样一颗真心都给你的男孩子了呢。”

4

张小同打发走了最后一拨来打探消息的记者，身心俱疲地准备打烊，却看到陈一凡穿过马路，迎面向他走来。张小同从来没学会过“赶走熟人”这项神奇的技能，以至于等他反应过来陈一凡不适合出现在他店里的时候，陈一凡已经占领了有电源插座的角落卡座，点了沙拉和咖啡，打开电脑开始加班了。

“我觉得吧……”张小同给她送沙拉的时候艰难地开口，“虽然很晚了，但是万一再来一拨记者，看到你在这里，没准又要问那些……绯闻了……”

“没关系，他们要来问，我就给他们讲讲本城最近的房地产行业趋势。”陈一凡被张小同送来的海鲜沙拉惊呆了，她还是第一次看到这种盖了满满一层甜虾、金枪鱼、鱿鱼圈和北极贝，几乎看不到菜叶的海鲜沙拉。她忍不住说：“你这样肯定会亏钱的。”

张小同挠挠头，笑起来：“熟人得加码呀，其实这些刺身都是柳青阳存在我冰箱里的，他妈不让他吃这些冷飕飕的生东西，所以就藏在我这儿偷吃，没出息着呢。”

陈一凡忍不住笑起来，她用叉子戳起一只甜虾，尝了一口，果然是鲜甜美味：“我有点事要问他，你能帮我联系一下他吗？嗯……

他不接我电话。"

张小同的脸立刻就红了,原因无他,这个从事服务业的咖啡馆老板活了二十多岁,依然没有学会"撒谎"这种高级技能。对待记者们,他还能靠一问三不知糊弄过去,对待陈一凡,他就没辙了,尤其是刚刚陈一凡一进门,他就躲在储藏室里呼叫过柳青阳,可惜柳少拒绝过来。"你傻吗?"柳青阳当时是这么说的,"我好不容易把这帮人的重点转移到四大集团上,这时候跑到你那个小资的咖啡馆里跟陈一凡见面,又要被传成'约会'或者'偷情'了,你赶紧叫她回家,我明天去公司再说。"

"那我等他。"陈一凡看张小同的样子,就明白了大半,她客客气气地说了谢谢,就开始认真地吃东西,然后对着电脑加班。张小同都不知道说什么好了,只能叹了口气:"那我再给你热杯牛奶吧。"

他这杯牛奶还没弄好,又有人来了,而且根本不理门口挂着的"打烊"标牌,开始不屈不挠地敲门。张小同不得不一路小跑出去开门,陈一凡也放下手里的工作,期待地看向门口,她希望是柳青阳,她有很多话要跟他说。

可是来的并不是柳青阳,而是春雨,已近深夜,她依旧穿着一丝不苟的职业套装,妆容精致,抱着一个厚厚的资料夹,踩着十公分的高跟鞋,就像早晨走进会议室一样,十分干练地走到陈一凡的桌边,递上资料夹:"刘总让我把资料交给您,明天早晨十点,明德在金融中心开媒体发布会,请您准时参加。"

"其实你可以用邮件发给我,最多再打个电话。"陈一凡仰头看着她。春雨在明德工作了好几年,却始终跟着刘念,与陈一凡不过是点头之交,发封电邮就能解决的事,她为什么要亲自跑一趟?

"所以你肯定有别的事跟我说,请坐,喝点什么?我请。"陈一凡说着,把桌上的电脑挪了挪,给春雨腾了块地方。

“这件事本来不该我说，不过……”春雨从包里掏出一只U盘递给陈一凡，“照片和视频泄露的事，与刘总无关。”

陈一凡并不知道这就是陈秋风给刘念的那只U盘，她疑惑地接过来，却没有插在自己电脑上，而是放在指尖转来转去：“除了他，我想不到别人。”

“负责布置练习室的孙思明是四大集团放在明德的内线。”春雨把她前阵子在孙思明电脑里放监控软件的事说给陈一凡听，“但我考虑到他的级别根本接触不到集团的核心机密，就不想打草惊蛇，于是没有上报。U盘里就是他给四大集团传递消息的证据，如果陈总不信，可以再到公司的网络监控中心调取原始数据。我想，这些视频可能早就到了四大集团手里，他们现在才觉得配合那些……”她环视了一下这间小小的咖啡馆，“……在这里拍的绯闻照片放出来。”

陈一凡半信半疑，表面上却不露声色，她向后靠在卡座上，刻意与春雨拉开距离：“为什么是你来跟我说？”

春雨低头专心致志地品尝张小同送过来的咖啡，并不回答这个问题。

陈一凡接着说：“你和刘念……我不想评价他也不想干涉你们的关系，但是……何苦呢，值得吗？”

春雨的笑容和她的妆容一样，标准而精致，丝毫看不出她真实的情绪：“这是我的工作，我做一天刘总的助理，自然就要全心全意巨细无遗地帮他做一天事。”

陈一凡略一沉吟：“你在指责我吗？我们原本……原本没打算‘扮演’商界的偶像情侣，后来……大概是我们没有缘分，却不得不为了明德，继续走下去。”

“刘总的内心，比你想象的更温柔也更容易受伤。”春雨说到刘念，眼神变得很温柔，“他以前吃了很多苦，对于如今所得就格外执着，从小没有人给予他最基本的尊重，所以现在就格外心高气傲，无法容忍任何指责乃至背叛。我也不想谈论你们的关系，毕竟，只有当事人才知道，到底这么多年，是谁亏欠了谁，谁付出真心，谁又只是逢场作戏。”

陈一凡的脸色变得很难看，刘念是她不知道如何应对梅恒的时候，慌不择路抓住的备胎。时隔多年，她没办法否认，因为这就是事实，而刘念对她，无论之前之后，始终比她用情更深。从这个角度上讲，无论刘念有多少不是，始终是她不对在先，是她对不起刘念，也对不起梅恒，甚至，可能又对不起柳青阳。

春雨说完就站起来，径直走到张小同那边结账。她笑眯眯地说：“这里的咖啡真的比我们会议室里那个咖啡机做出来的好喝，嗯，我要办张会员卡。”她好像忘了陈一凡说要请她，飞快地给自己买了单，然后选了个猫咪头的印章，在积分卡上戳了今天这杯咖啡的印花，然后就与来时一样，踩着高跟鞋，噔噔噔地走了。

陈一凡看着她纤细的背影消失在门口的夜色里，沉默良久，收起了自己电脑和文件，对张小同说：“我不打扰了，非常感谢，如果柳青阳……如果他回来，麻烦你告诉他，明天有时间的话，给我打个电话。”

张小同当然赶紧点头，帮她拎着电脑包，一路把她送上出租车。见陈一凡走远了，他转回身，只见柳青阳站在街对面的路灯下，双手插在裤兜里，静静地望着陈一凡离开的方向，不知道已经在那里站了多久。

5

明德集团和本城其他大型地产公司一样，一般只有在有重大事项的时候才会到金融中心开媒体发布会。之前明德集团修缮养老院的工程出了垮塌的重大事故，他们也只是选了一家五星级酒店的会议中心开媒体发布会。如今，在柳青阳抛出一个“地产界惊天大阴谋”之后，明德选在金融中心开发布会，就十分耐人寻味了，尤其是截至此时，四大集团依然保持沉默，并没有给被吊足了胃口的媒体扔料，于是明德这场发布会，几乎惊动了国内所有够分量的财经记者，以及数十家影响力巨大的网络自媒体。

果然，发布会刚开始，一家权威的财经杂志记者就抛出了一个非常尖锐的问题：“明德集团几个月前收购了柳源地产，据柳源地产的前员工爆料，明德一分钱也没有付给他们，这是真的吗？”

“我想那位前员工大概并不清楚管理层的账目，或者没有告诉诸位记者真实状况。事实是，柳源地产当时负债超过四千万，资不抵债，明德收购柳源地产，是全额承担了对方的全部债务，并不是没有付钱，事实上，价码开得十分厚道。”陈一凡猜到记者们一定会问这个，对答如流，并叫秘书连夜整理了柳源地产收购项目相关的文件，整理得简明易懂，与媒体通稿一起，发给了诸位记者。

“那么柳源地产破产是否跟本城行业垄断有关？”记者接着问。

刘念不等陈一凡开口，就抢答了这个问题：“明德收购柳源，确切地说并不是收购了一个公司，而是收购了一个即将烂尾的项目，所以明德从未参与过柳源地产的内部管理，鉴于当时柳源地产的总裁已经去世了，我们可能再也没机会知道，他们公司内部到底发生了什么。不过我可以向诸位和公众保证，明德集团自梅总创立至今，始终秉承诚信为本，服务社会的经营理念，从未做过触犯法律或者对不起良心的事。”

“不过听说收购柳源地产的项目是陈总力主的，请问这个决策是不是因为柳青阳呢？”另一个记者问。

陈一凡微微皱眉，这个问题是真的不太好回答。一方面，收购柳源地产的项目她问心无愧，明德集团接手之后，项目已经顺利完成，再过几个月就可以开盘销售，一切顺利的话，利润率甚至会略高于集团其他项目的平均值。然而，要她当面否认收购柳源地产就是因为柳青阳，她又实在说不出来，过去几年，她曾经太多次对自己撒谎，无论是梅恒或者刘念，甚至柳青阳，结果造成了所有人的悲剧，她终于意识到了人是不能逃避自己真心的，无论是感情，还是工作。她刚想说话，没想到刘念又把问题接了过去："几千万的项目，陈总当然不能一个人决定，收购柳源地产的决策，是我们共同的决定，并且经过了董事会的同意。"

公众场合，当着这么多媒体，陈一凡不可能直接否定刘念的话，何况刘念说的也不完全是假的，这些手续后来也都是有的，所以她端起面前的茶杯，假装喝茶来掩饰自己的不自然。

"所以刘总否认陈总和柳青阳……"后排一位自媒体的记者问，三角关系总比商战更容易炒作成互联网的热点，他甚至举起双手，食指碰了碰，做了一个两个人亲亲的手势，"……都是假的？"

"我想，谣言止于智者，事件发展到现在，真相已经很明白了，我想不管是一凡或者柳青阳先生，都已经没什么可以继续解释的，更何况他们本来也没有这个义务和需要。"刘念顿了顿，望向陈一凡，目光温柔而深情，"我想您问出这个问题，大概也是知道了我和一凡最近有些小矛盾。我得承认，这件事主要责任在我，我从小到大，都忙着往前冲，后来追到了自己学生时代的女神，诚惶诚恐，害怕这些幸福都是假的，害怕明天一觉醒来发现这都是幻想，害怕她觉得我不够优秀，想给她最好的却又不敢问清楚，只自顾自地给她我以为最好的最珍贵的，然而那却不一定是她想要的。说到底，是我并没有学会真正地尊重她，了解她，珍惜她，我想大多数男人可能都是这样想的，以为女朋友要的是安稳富足的生活或者言听计从的宠爱，以为可以用玫瑰手包口红解决她们所有的不愉快。但是，我想说，这是错的，一凡，你愿意再给我一个机会吗？让我能和你一起，生活，工作，互相扶持，走完这可能会遇到一个又一个困难、起起伏伏的人生吗？”

他说完，竟然单膝跪下，摸出一只首饰盒，缓缓打开，把一枚闪闪发光的钻戒送到了陈一凡面前。

他竟然在这里求婚！

陈一凡被这个公关资料里完全没出现过的环节给吓住了，也气疯了，她和他如今的关系可以说是“相敬如冰”甚至“如履薄冰”，距离“谈婚论嫁”可能有一光年的距离，但刘念此时此刻，在这里求婚，就是没有给陈一凡任何拒绝的余地。如果她这样干了，事件的焦点就会再次从“有人垄断操控地产业”转移到“明德集团两男一女的三角关系”，这是她完全无法承受的，所以此时此刻选择变得唯一，陈一凡短暂地闭上眼睛，深深吸了口气，将手递给刘念，任由他给自己戴上了冰冷的金属圈。

所有的记者都为这个爆炸性的转折惊呆了，无论是专业的财经记者还是围观八卦的自媒体，都开始疯狂地按动快门，在闪光灯此起彼伏耀眼的光芒里，没人注意陈一凡略显苍白的脸色和越发急促的呼吸，也没有人注意，一直站在门边的明德集团总裁助理春雨，咬破了自己涂着完美口红的嘴唇，终于转身跑开，顾不得眼泪哭花了从来都精致专业的妆容。

那天下午，“明德总裁求婚副总裁，金童玉女终成眷属”的标题刷爆了所有的媒体和自媒体，明德集团还顺势放出消息，表示“理想国”项目的开发已经进入实质性的操作阶段，相关专家则表示，该项目一定会是本城最美的风景，同时，明德集团也会一飞冲天，成为新的地产龙头，行业领头人。

第十八章

1

这是陈秋风第一次收到学生的休学报告。Z大规定，如果申请休学，除因病休学之外的其他理由的书面报告，必须由学生本人向导师当面提交，一来为了加强师生沟通，尽量减少学生休学的可能性；二来，很多学生在和导师约时间、等待、面谈的过程里，发热的头脑很有可能就冷静下来。因此，当陈秋风拿到报告并且看清了封面上黑体的"休学申请"四个大字之后，就立刻怒不可遏地把它丢进了废纸篓。

站在一边的春雨倒吸了一口冷气。

"你想干什么？"陈秋风问她。

"出国。"春雨说。

"出国干什么？"

春雨的视线越过陈秋风的额头，看到窗外去："上学。"

“哪个大学，什么专业？”

春雨收回视线：“LBS，战略管理。我可以说服刘念提供一份漂亮的推荐信，如果您——”她被陈秋风的目光逼得收回了下半句话。

“‘说服刘念’……”陈秋风微笑着问，“你花了多久才学会说服他，又花了多久让他可以被你说动，只是为了一封推荐信吗？”

春雨的嘴角浮起一个残忍的微笑：“我干不下去了。”

陈秋风脸上的和善渐渐消退：“分析一下？”

春雨无数次在陈秋风的办公室里分析自己。“分析一下”是一个命令，也是一种惩罚，每当陈秋风说起这句话，就表明春雨已经做错了什么，分析，只不过是让她在这里自己找到错误之处并且提出解决办法。最初，这种惩罚让春雨感到窒息，几乎无法来Z大正常读书，每当想到她要去陈秋风的办公室里思考问题，她就紧张得吃不下饭；后来，她开始享受每次陈秋风提问前后都会有的那几句短暂的聊天，他们说起天气，说起春雨留长的头发，说起咖啡馆的芝士蛋糕，还有她最痛恨的春季的杨树毛、夏季的暴雨、秋季的风和冬季没完没了的寒潮；再后来，随着春雨在明德集团的工作逐渐如鱼得水，这种对话变成了例行公事，又是一番味道，春雨偶尔可以坐下喝茶，甚至同他分享Z大食堂的点心，她开始对答如流，也开始有自己的主见和脾气，但她始终不喜欢这种压迫感和紧张的气氛。然而她拗不过陈秋风，甚至，她依靠也崇拜着他，更甚，她把这种惩罚当作接近他的唯一筹码，有时候她会为了站在办公室里同他讲话，而故意做错一些无关紧要的小事。但是今天，她不打算长篇大论，也不想在这里多留一会儿，她直视着陈秋风的眼睛：“我爱上了刘念。他订婚了。”

陈秋风愣了片刻，继而笑了：“没想到……百密一疏！我只以为这么多年来，以你的聪明和能力，以及厘清利害关系的天分，一定会马到成功，但是……”他笑着把那份休学申请捡了回来，“终究是个女孩子，居然中了‘动真情’的邪！”

春雨没有做任何解释，只是说抱歉。

陈秋风一页一页审视着她的休学申请：“终究还是要让我失望。这么多年了，春雨，我给了你什么，你现在给我的又是什么呢？”

春雨抑制着自己的情绪：“对不起……” 她迟疑了一下，“……老师。”

陈秋风拿起签字笔在休学申请后面批复了同意，但他却把它锁进了抽屉里：“理想国项目完成之后，来找我拿——明德现在什么情况？”

春雨死死咬着自己的嘴唇，眼眶发红。她深呼吸了好几次都无法稳定情绪，最后死死掐着自己的手腕，眼泪一滴一滴掉在陈秋风的办公桌上。没有安慰，也没有哪怕一张纸巾，陈秋风端坐着等着她恢复平静。她放肆地哭了一会儿，安静地流光了所有失望和痛苦的泪水，最后终于能够笑着抬起头：“梅先生今天约见了刘念。”

陈秋风面容冷了下来：“他行动了——不过，我要是没猜错的话，梅道远一分钱都拿不出来的。”

春雨怔了怔：“那明德的资金链……”

陈秋风又露出和蔼的微笑：“是啊，他能怎么办呢？我所认识的梅道远，就喜欢去做这种不现实的事，去干这种不可能完成的任务。我大略知道他会给刘念出什么主意。”他在手机上敲出文字，拿给春雨看。

春雨大惊失色：“这怎么可能？”

陈秋风摆摆手：“先别说不可能，以你的知识，这件事有哪三个难点？”

春雨想了想：“资金监管、风险承担、利益分配。”

陈秋风满意地点点头：“资金监管，需要极其强大的控制力和执行力——这一点最不需要担心，无论是梅道远还是刘念，都可以在一夜之间组建一个能够胜任的精英团队。风险承担……明德是置之死地而后生，没有'输不起'的可能。但利益分配……”他摇了摇头，“利益面前，所有人都是赌徒。越丰厚的回报就代表越高的风险，但过高的利益会蒙蔽人们的眼睛，让他们无视风险——你听懂了吗？”

春雨皱着眉点了点头：“您是说，刘念和陈一凡订婚，只不过是梅道远为理想国抬高回报的杠杆，是……是一个步骤而已……”

陈秋风轻轻拍了拍春雨的后背：“你的眼泪，不值得。”

春雨尴尬地勾了勾嘴角。

“你放心，只要你继续听我的话，我会让你得到你想要的。”陈秋风说。

春雨有些惊讶，抬头看向陈秋风，仿佛刚刚认识他不久。她知道这就是今天的结束语了，于是拿出一个小小的纸袋放在桌上。她知道陈秋风常年讲课，腰和腿都不好，所以她总是买关节类的进口保健品带过来——他舍不得自己买，春雨想着，她有义务买给他。陈秋风欣然接受了，送她到门口，嘱咐她路上小心。春雨礼貌地欠欠身子：“老师再见。”

“以后，他不听你讲的事，我可以听。”陈秋风说。

春雨当然知道那个他是谁。她忽然鼻子一酸，紧紧抱住了怀里那个已经没有休学申请书的空文件夹，手指绷得发白。

“你找我的时候，我从来都在吧？”陈秋风问她。

有学生从走廊经过，轻快地对他说“陈老师好”，他回以温柔的笑。春雨的牙齿在口腔里小幅度地打着架，最后，她说：“您一直在。”她快步离开，陈秋风目送她的背影消失在走廊尽头。

关上办公室门的瞬间，陈秋风脸上所有温和的样子都褪去了。他从抽屉里拿出那份休学申请，放进了碎纸机。

2

明德大厦的高层会议室里，梅道远、柳青阳、刘念、陈一凡环绕而坐，每一个人似乎都气定神闲，但是总体气氛却剑拔弩张。刘念死死盯着柳青阳，柳青阳把印着明德LOGO的纸杯一会儿捏成三角形，一会儿捏成五角形。最后他不耐烦地看了刘念一眼："我又不是人民币，你盯着我我也不能给你弄出四十亿来啊！"

刘念把目光转向梅道远："梅先生就不要再拿我寻开心了吧？推手大赛办过了，私人教学也搞过了，代理人也入驻了——"

梅道远摆摆手："——我确实没有办法，你问问他。"

柳青阳立刻高举双手投降："求求你们放过我。真的。"

刘念叹了口气，几乎失去耐心。

柳青阳凑到梅道远身边，几乎不动唇地悄悄问："您不是真没有钱吧？"

梅道远朗声回答："当然没钱。梅家庄几间屋子，能够理想国用吗？"他笑着看着刘念，"我有没有钱一点也不重要，换句话说，我没钱，就代表明德一定也没钱吗？"

刘念怔了一下。

柳青阳忽然想起前几天他闲来无事，借口"跟大师学推手"跑到梅家庄去，不过是想再探探和陈一凡相关的口风，结果梅道远当真教了起来，不但把柳青阳累得半死不说，还逼他背了一大堆口诀，接下了无数"家庭作业"。柳青阳正要发誓再也不来的时候，梅道远忽然转了话题，问他最近给明德做了什么工作。柳青阳心想您还真把我当大老总，表面还是只能客客气气地说他什么也不会，什么也帮不到明德，况且明德现在差着四十亿，就算把他卖了也凑不出这么多钱。梅道远又转了话题问刚才学了什么，柳青阳一时间摸不准对方要干吗，迟疑了半天说："站稳……然后借力……"梅道远说："做生意也是这样，发力前立身要稳，总是指望着钱从其他地方来，不如想想，这个行业真正的基石在哪儿？"此时此刻，柳青阳忽然觉得他比刘念更懂一些事：他之前在工地上干活的时候，所有人都羡慕"柳哥有房"。最开始他不理解没房能怎样，毕竟可以租房，直到后来一个搬水泥的年轻男孩说，没房就没有媳妇，没有媳妇就没有家，没有家就是个孤魂野鬼，就是飘着的草，没着落的——柳青阳不用去思考他们为什么买不起房了，他不再是柳少，已经尝过了差点为了几万元去玩命的辛酸，他知道这些人和明德的困境一样——没钱。

"我有一个不成熟的建议。"他说。

刘念怒视着他，在刘念看来，柳青阳这个活体就从来没有成熟过，更别提他的建议了。

梅道远倒是很开心："我的代理人有建议，就是我的建议。"

陈一凡几不可闻地叹了口气。

柳青阳站起来清清嗓子："你看，明德，没钱盖房，要买房的人，没钱买房，同时明德最擅长的事就是盖房，要买房的人最擅长的事就是买房，对吧？那不如你们一起干呗！"他把纸杯在桌子上敲得咚咚响，"你们和四大合作，也是让四大把钱先给你们，那群大屁——"他迅速捂住嘴看了陈一凡一眼，"对不起——那群老流氓又不真给钱，不如你们去和买房子的人合作啊？反正他们要把钱给你们买房子，不如让他们先给钱，监督你们盖房子，不就完了？"

刘念团了一个纸杯，飞扔过柳青阳头顶："众筹？这种过家家一样的销售手段，亏你想得出来！"

陈一凡看着柳青阳，皱起眉头，但柳青阳一点也不慌张，他看得出来，陈一凡现在不是为了刚才那句差点出口的脏话生气，更不是因为他胡说八道，而是正在思考这个方案的可行性。

"柳青阳提的建议不错。"梅道远说，"和我想到一起去了。目前在地产市场选择众筹的案例都是体量极小的楼盘，像理想国这种地王级别的楼盘，全世界还没有成功案例。明德既然要求一个出路，不如置之死地而后生，一旦重生，你们又创造历史了。”

刘念嘲讽一笑：“梅先生此时此刻要明德创造历史，不妨说让明德推倒大厦，从零重来。”

梅道远微微一笑：“不但如此，你们也要从账面上的零重来。”

一直没说话的陈一凡忍不住开口：“梅先生……我们现在什么都没有，而利益分配才是众筹能否成功的执行关键，明德能提供什么？”

“嗨，这不简单吗？”柳青阳插话，“我都懂，有钱出钱，没钱出力，明德没钱，让别人拿钱，那你们就一分钱都不赚不就公平了？”

“明德不是慈善基金会！”刘念懒得看柳青阳。

柳青阳挠了挠头：“我就不懂，你又没钱，又想赚钱，天上掉钱吗？明德自身难保了，这是大家众筹给你一个活着的机会，你还想从中赚钱？”

刘念紧紧抿住嘴唇。

“理想国的名字挺好的，如果这里住的都是一些有理想的年轻人，在这里生活、创业、交朋友，最后安家落户，多好！你们要做的，就是让购房者明白，理想国这个项目，明德只是统筹规划的角色，而他们这些参与投资的人，从建造到销售，从集团到客户，其中每一个环节的参与者，都是项目的股东。偌大的一个理想国社区，应该是一个生机和希望的国度，而不是一个充满铜臭味的商品，不能只服务于有钱的年轻人，而是给大家一个平等的机会。”梅道远说。

“没错，”柳青阳说，“你看我哥们儿张小同就特穷，就只能租房住。所以我在想，你们能不能让没钱买房的人先租住，再和他们签个合同，给他们一个承诺，不管他们在理想国出了多少年的租金，等到他们将来有钱了，想买这个房子的时候，租金可以折算进买房子的钱里面！”

梅道远笑了：“非常好！以租代售，会成为理想国众筹的最核心主题！”

刘念迅速在心中衡量着计划方方面面的可行性，表面上却仍旧态度冰冷。

柳青阳继续兴奋地蹂躏着他手里的纸杯：“我看他们干革命的，都是这么干的，点燃年轻人的热血，让年轻人帮你们突围，推翻四大集团的统治，明德集团从此站起来了！”

陈一凡的手指在桌上敲了两下，柳青阳立刻噤声坐了下来。

“机不可失，你们尽早做决定。”梅道远说。

刘念站起来同他握手：“我会尽快做出决定的！今天——就到这儿吧。谢谢梅先生非凡的创意与智慧。”

梅道远微微一笑：“你这样说，让我好像一下子回到了从前。”

陈一凡和刘念不由得低下了头，柳青阳只好站起来圆场：“我送梅先生回家——不是，我跟梅先生回家，我还去学推手呢。”他跟着梅道远进入电梯，梅道远眼见着电梯门关上，笑眯眯地回头看着他：“‘推翻四大集团的统治’？你这么恨他们？”

“他们办事不地道。”柳青阳笑笑，“您不觉得吗？”

“所见略同。”梅道远拍拍他的肩膀。两人到了楼下才发现陈一凡已经乘另一部电梯先下来等着了，看见梅道远来了，便一步上前：“梅先生我……”她似乎下了很大的决心，“过去我做过一些错误的选择……我不奢求您的原谅，但是从现在开始，我会尽一切努力，支持您的决定！”

梅道远静静地端详了她一会儿，只是点点头便走。柳青阳欲言又止，又不好意思不跟着梅道远。梅道远走几步发现身边落空，回头说：“今天不教推手，放你假。”

“好嘞！”柳青阳如蒙大赦，两步追上了陈一凡，一把抓住她的手，“让我看看你的戒指。”陈一凡想甩开他，柳青阳却用推手的招数黏住她的腕子，抓到眼下：“真闪啊！”他看着陈一凡，“你知道梅先生说什么？他说求婚也是一步棋。我就不懂，现在发生的所有事，有没有不是一步棋的？有没有任何一件事，是真心实意发生的？”

陈一凡用力抽回自己的手：“你想说什么？”

“我想知道我能得到什么。”柳青阳看着她的眼睛，“刘念说给我钱，梅先生说给我‘你想得到的东西’——你们没有人知道我真正想要的是什么吧？”

陈一凡退了一步，冷冰冰地说：“有人在乎吗？”

柳青阳点点头：“说得好。我不是人？我不能在乎吗？”

陈一凡进入电梯，柳青阳没有跟上去。他们的目光彼此都没有移开。关门的瞬间，陈一凡说：“你——”柳青阳说：“一凡——”

电梯门没有允许任何一个人把话讲出来。

3

刘念觉得自己马上就要失去理想国了。马上的意思，就是差一点点、很快、几乎是立刻，但是又不知道事情将在什么时候发生，他被这种感觉撩得五脏六腑都十分难受。他最不解的是，陈一凡直截了当地告诉他，她支持梅道远的计划，决定全力帮助梅道远推广众筹方案。这次，刘念再也没有办法用柳青阳来指责陈一凡“冲昏了头脑”了，毕竟他们都知道，不管这计划是从谁口中说出来的，终究都是梅道远的作品。刘念相信梅道远的实力，更害怕这个实力，还要借助这个实力：他要么会失去明德，要么会失去自己，除非……

他被熟悉的香水味拉回现实：“不出去读书了？”

春雨笑吟吟地站在他面前：“周末去考雅思迟到了，口语被判了零分，今年剩下的场次都约满了，所以……暂时读不了了。”

刘念伸出手:“谢谢你留下来。”

春雨握住他的手:“谢谢刘总。”

他们紧紧地握了一会儿,意义远大于上司与助理之间的寒暄。是春雨先松开了手指,留下了梅道远刚刚派人送来的众筹策划书,转身离开。

刘念只读了三页就知道,他无法拒绝这份几乎无懈可击的策划书,尤其是,它出自一个已经退出地产界五年的老人之手。更令他感到不安的是,梅道远从昨天离开明德大厦到现在还不到二十四小时,就做出了这样一份无论从执行还是构建角度都异常优秀的策划书,证明这个人的战斗力非但没有削减,甚至也许比五年前还要旺盛。刘念总以为自己在面对的是一场速战速决的搏击,像剑道那样,可以快速而准确地分出高下,但他被梅道远拖进了推手的鏖战,现在被对方的力道黏住了,脱不开身,迈不开步,甚至没有喘息逃脱的机会。刘念没有学过推手,不知道其中的运动学奥秘和哲学精神,但是他学过剑道,他知道,此时此刻如果不进攻,就真的完蛋了。但是刘念却还没有拉到任何一个愿意与他一同进攻的盟友,陈一凡就不提了,她甚至在家都不能跟他同处一间客厅读书。

刘念能找的人只有陈秋风。刘念心里非常清楚,他的老师能提供的只是人脉、信息和建议,至于这些东西带来的后果,他却完全没有必要也无力负担,刘念孤军奋战,甚至找不到一个可以完全信任的对象。

这次去陈家,是为了宣布他同陈一凡订婚的事。

晚饭后,陈秋风在书房里看完了计划书,击节称赞梅道远的方案是“地产界的革命”。刘念却默然不语。

“我知道你在想什么——怕丢掉所有的主动权?”陈秋风问。

刘念苦涩地笑了笑:“我剩的……也不多了。”

陈秋风放下计划书:“覆水难收。当初你执意找出梅道远,就应该预见这个结果，不过，你也实在是太小气了！”

刘念不解：“……小气？”

陈秋风抿了一口茶才说：“梅道远时隔五年出山，就为了在明德和你争一口气吗？他可不是这种人。他真正想要的，是完成五年前的那一局——打破四大集团对地产界的控制。”

刘念闻言，面色一变：“那他就是在利用明德。”

陈秋风把计划书还给了刘念：“你为什么不以其人之道还治其人之身呢？”

刘念回到车上的时候，心里的念头只是刚刚成型，陈一凡已经在里面等他了。不出意外，陈一凡对“回家吃饭”仍然抵触，只不过这次为了向家里宣布订婚的事，她勉强多待了一阵而已。刘念没有着急开走：“你刚哭过？如果后悔的话，我们可以不结婚的。”

陈一凡用手指遮住戒指，并不想继续这个话题：“对于梅先生要做的事情，他怎么说？”

刘念也不打算接她的话茬：“那天给杂志拍婚纱照的时候，在摄影师电脑那边，我预览照片的时候，一度以为这一切都是真的。但是我知道，你是嫁给了明德的计划书，而不是我，我随时可以接受你的离开，但是我没办法掩盖这种痛苦……我会难过，但是一凡，因为我太爱你了，所以我不想让你难过。”

陈一凡没有回应刘念的眼神：“谢谢你，我没有难过……真的没有，如果要说有什么负面情绪的话，我为自己不是自己而感到悲伤。”

刘念悚然惊醒。他被手上的戒指圈住了全身血脉，却因为陈一凡这一句话，释放了内心最狂野的念头。他想要的是明德吗？他想要的是地产界吗？他想要的是理想国还是千万客户欢呼的刘总？他终于知道了。

从小到大，他都受制于世界，无论是亲情还是金钱，小到破了洞的校服裤子,大到几十亿的合同,他永远都被一些东西支配着,现在,理想国是他唯一打破所有束缚的武器,他可以为这个项目死去,但项目不能死去——他是要斗争出一个自己的世界,不受任何人任何事物支配,一个全权掌控在自己手里的世界。

他必须是自己。

那个刚刚成型的念头在当晚就膨胀成了巨兽，刘念在高级餐厅以正式的商业礼仪约见了柳青阳,单刀直入地提出了他的问题:“满足什么条件,你可以立刻离开梅道远？”

第十九章

1

价码的问题，是个大问题。一向如此。

柳青阳小学的时候，最不爱写作业，碰巧他的小组长就是班里的学习委员，最喜欢跟老师告状。只要这位小组长在他旁边站超过五秒钟而柳青阳还没有把作业本放在他手里的话，他就会用超过女同学哭泣的分贝大喊："老——师！柳青阳又——没写作业！"柳青阳真的是要被气死了，他不是没写，他是写得慢或者没写完，但是带回家签字的"告知书"上，永远是"忘记写作业"。这近乎于侮辱的事情发生了一次又一次，柳青阳终于忍无可忍，在一个风和日丽的下午把这位小组长兼学习委员堵在小操场上，打算跟他好好干一架。他忘了具体是怎么回事，反正，对方当即决定投降，并且让柳青阳开条件，柳青阳不知道怎么就说"你去给我买可乐吧"，随后还真的拿到了一瓶可乐。惨剧发生在隔天下午，老柳被叫到学校来了，因为柳青阳“欺凌同学”，连小卖部的老爷爷都做证说，两个小孩确实来买了一瓶可乐并且只有一个人喝了。柳青阳被老柳揍得吱哇乱叫，过了很久很久才明白，他开价太低了，不应该要可乐，应该狠狠打对方一顿，并且告诉他如果再胡说八道就会再打他一顿才对。

可惜悟出这个道理的时候，柳青阳已经上了大学。他并不是因为傻才花了这么多年思考一个小朋友之间的问题，相反，柳青阳十分严肃，他一面质疑着他设想中的价码是不是另一种欺凌，一面想知道他能提出的更好的条件是什么，毕竟当时的他已经开始玩车了。这个圈子里的买卖交易不仅仅是金钱过手，更重要的是人情往来：一些国内买不到或者不好买到的配件需要别人从国外捎带，还有一些绝版的珍稀部件，得通过加价和加东西才能从别人手里“匀”过来。柳青阳没少花费时间去打理这些事情，甚至弄了一个小本子明明白白记下来某月某日因何事与何人交易——柳少的名声好，不仅是因为有钱，更重要的是，柳少从来不欺负任何人，他的价码从来都公平透明，他的条件一直磊落，就连那些谈崩了的交易，都有一个“麻烦你了”的红包。

但是现在，柳青阳不知道自己能要什么了。刘念手里有钱、有房产、有权力，还有陈一凡，除了陈一凡，他大概什么都能给，而柳青阳除了陈一凡，什么都不想要，偏偏只有陈一凡不是可以用来交换的事物，她是他的女神。柳青阳碰到了活到这么大以来最难开的价码。

其实，他也可以让刘念滚的，并且有一部分的他，当时在餐厅就想让刘念滚。柳青阳知道自己在刘念眼里不过是一个朝三暮四的小混混，是可以用商品价值来衡量的一块人形砖，哪里需要就往哪里搬。他已经替他送过请帖、学过推手、玩过谈判了，现在他甚至还可以拿钱离开——就算是网游都没有这么丰厚的任务回报吧——柳青阳觉得十分可笑,他的人生价值在另一部分人眼中,甚至都够不上谈及“价值”这个概念,这让他当时就产生了另一个念头,新念头很快压过了“让刘念立刻滚蛋”的念头,成为了他这两天思考最多的问题。

如果他按照自己的决定行动,就不能找任何人商讨对策,也不能同他们提起细节,甚至,他可能失去所有人的信任和最起码的尊重——包括陈一凡的。这是他想要的吗?柳青阳非常不确定。给陈一凡的短信编辑了好几次,总在点击“发送”之前一秒就撤了回来,柳青阳甚至跑到梅家庄去了一趟。正好东叔带保洁阿姨在摘外墙上干枯的爬山虎,他问柳青阳怎么不进去坐坐,柳青阳竟然胆怯了,连声说着“路过而已”,马上开溜。

这样没有担当的自己,又怎么可能完成这个计划?柳青阳站在马路边,等着绿灯。几个飙车的年轻人停在他面前,穿着带反光条的赛车服,戴着金色的头盔,摩托车锃亮无尘,一看就是刚摘了膜的新鲜货。柳青阳距离他们不过一米,甚至能闻到新车那种特殊的机械香味,过去的时光奔马般来到眼前,直到交通灯变色,摩托车几乎是一秒消失,留下巨大的回响和满地烟尘。柳青阳忽然觉得身体变轻松了一点,生命中一直纠纠缠缠又无足轻重的某些部分彻底离他远去了,他要去的,不是他们要去的那个方向。

柳青阳趁着绿灯最后的空隙穿过马路,掏出手机,拨通了刘念的电话。

“我想好了,”他说,“我要你和陈一凡加起来的三分一的股份。”他开出了自己认为满意的条件,并决定对它负责到底,“让明德多一个混吃等死的大股东,少一个梅道远,怎么样?”

电话那边很久都没有人说话,这让柳青阳怀疑他是否真的拨通了。他焦急等待着对方回复,灵魂从小学操场上飞过,穿越他飙车时跑过无数次的环城高速路,来到此时此地,他几乎能感觉到灵魂归位一瞬间带来的刺激。

“我希望你说到做到。”刘念说。

柳青阳笑了，他开的价，又成功了。

2

自从采访的记者走后，刘念和陈一凡那张临时用来装饰房间的“结婚照”就一直在客厅墙上挂着。陈一凡穿洁白的礼服，捧一束浅色的小花，眉眼间都是笑意，刘念穿着礼服站在她身后，一只手扶着她的腰，目光落在她的面颊上。这张照片被冲洗了几百份，作为通稿的一部分发给各个媒体，刘念在春雨做的剪辑文件里看到了无数份大大小小的同样的照片，有那么一小会儿，他想扔下所有的事情，真正地拥抱陈一凡，同她过特别普通的，会为一把香菜两颗橙子三斤大米而纠结的生活。

可是在众筹计划书投票的前一天晚上，刘念一进家门，就看见客厅的墙面一片空白，婚纱照不见了，就连装它的框子都已经分拆完毕，妥帖地躺在门口那个标着“其他分类”的垃圾袋里。

陈一凡在厨房里煮什么东西，电磁炉和雪平锅把热气传到她附近小小的空间范围里，让这个房间忽然有了一点点真正的家的样子，这和空白墙壁的对比深深刺激了刘念。他没忍住，冲过去问她为什么要摘掉那张照片。

陈一凡头也没回：“我不喜欢在家说谎。”

刘念冲动地说：“就等不到我或者理想国死去以后再摘吗？”

陈一凡关掉电磁炉转过身来：“你不会死，理想国也不会。”

刘念自知失言，却不想道歉，等冲了个澡出来，陈一凡已经吃完了饭，用过的厨具洗得干干净净放在沥水篮里。而她本人正提着公文包和电脑包，在客厅里找东西。

"这么晚了,你要去哪儿?"刘念问。

陈一凡似乎很惊讶,看了看腕表才确定:"才九点半。我去公司再做一次众筹的演算,明天如果结果出来,就可以立刻布置任务。"

刘念深深吸了一口气:"你要为这事通宵吗?"

"……你想说什么?"

"你之前说不喜欢在家说谎,那我可以讲真话吗?"

陈一凡放下包,坐在沙发扶手上。

"你的一票,无关紧要。"

陈一凡点点头:"我知道你拉到了柳青阳,这样我们是二比二。董事会和大股东们那边,我的'一'票确实无关紧要,我们只要占多数票就可以了。"

刘念几乎笑出声来:"老师说你天真,果然如此。"

陈一凡站了起来:"你又去找他了?"

"如果'他'指的是你爸,没错,我是去找了他。老师说他最了解你这个女儿——"

"够了!"陈一凡摆摆手,"他不了解我,你不用再说了。刘念,我们没有必要为这件事在家吵架,这既然是一件公事,就让我们公办,明天见分晓。"

"这不是公事!"刘念突然大吼,"你不知道我为了你的一票,都做了什么!"

"能有什么?"陈一凡笑了笑,"给柳青阳钱,给我爸一点梅先生的消息,再回来给我施压——哦对了,再去四大集团那里坐一坐?"

刘念的头皮被这种气氛绷得发麻。下午他确实去了四大集团几个老总最喜欢去的会所,"恰到好处"地碰到了他们。事到如今,他没有必要向任何人隐瞒自己的计划和实质目的,单刀直入,他主动提出了合作。从兵法上讲,这是最正确的一步棋:目前想让梅道远从明德彻底滚蛋的,只有他和四大集团,无论过去有多少尔虞我诈，此刻，他们的利益取向完全相同。五年前，刘念就成功借助四大集团的托举之力一步登顶，现在，他认为自己可以复制成功。尽管陈一凡总是说四大集团动机不纯，就连柳青阳这样的混子都讲得出“人不能两次踏进同一个泥巴坑”，但是刘念深知，他们都看得太浅了。商场不过是另一种形式的战场，过程不重要，死亡和消耗都是必需品，唯一重要的是战果——他不会输的。他为陈一凡真正的天真而感到失望，毕竟他以为他们是灵魂的伴侣：“四大集团将在梅道远离开之后，与我们共同开发理想国，注资的协议已经拟好了，梅道远离开当天就可以签约。”

陈一凡竟然一点也不惊讶：“你手里有一张连我都猜不到的王牌对吗？这么自信，以至于等不到明天再打出来？”

刘念轻轻反锁了房门：“一凡，如果你肯放弃梅道远，我不会打这张牌。”

“我不会。”

“一凡，我求求你。”

陈一凡充满了疑惑。她所认识的刘念，从来不是一个会低头求人的男人，至少，他从不用这样的语气，如此急迫而直白地恳求放弃，这让陈一凡真正感到了不安。她快速而谨慎地推断了一下，忽然悟到了玄机：“刘念，你有什么事瞒着我？你做了什么？你要做什么？”她抓住刘念的肩膀，“你最好现在出牌——你是赌上了我，对吗？”

刘念痛苦地闭上了眼睛。那天在陈秋风的办公室里，他答应陈秋风，会打出这张王牌来阻止梅道远再次掌控明德集团，陈秋风问他能否做到，他笑笑说当然可以。现在他后悔了，他质疑当时的自己为什么能回答得这么轻率，现在陈一凡这样看着他，他一个字也说不出来。

“好吧，”陈一凡松开了他，“我们明天见，刘念，我不会害怕的。”

“你应该害怕！”他挡在门口，“一凡，求你放弃。”

陈一凡摇了摇头:“我坚持。”他们在门口纠缠了一小会儿,刘念忽然放开了门把手,陈一凡打开锁定开关,打算离开。

“你的坚持毫无意义。”刘念站在她身后,轻柔而冷漠地环住了她的肩膀,趴在她耳边说,“你打算用支持来换取梅道远的原谅,求得五年前的心安,对吗?”陈一凡被这种语气震慑,在他的冰冷的怀抱里微微发抖。“不,他不会原谅你的,永远不会,”刘念的唇贴近陈一凡的耳朵,“你心里那些斑斑点点的质疑从来都没有错——梅恒的死,根本就不是意外。”

陈一凡静静地站在那里,时间凝固,空间压缩成一粒不起眼的火种,穿透巨大的失重感做成的气场,把她捅了个对穿。她花了五年时间勉强拼起来的这套精美的躯壳就地散落化灰,刘念好整以暇地看着,把所有废料都卷进了吸尘器。

死亡也许不过如此,陈一凡想,如果她消失了,就不会再痛苦下去。

3

春雨站在教室门口等着陈秋风。陈老师的课一如既往地受欢迎,学生早早过来占座,教室里一片细细密密的讲话声,春雨一身职业装站在走廊里,与天真的学生们格格不入。有 MBA 班级的同学路过,问她怎么两周都没来上课,春雨笑笑说要出国了,在考 GMAT。陈秋风进门前看了她一眼,轻轻摇了摇头,春雨上前一步:“请您现在……我现在就想说。”

陈秋风把测试的卷子发给第一排的学生,然后关上了教室门:“你的话,最好足够重要。”

春雨似乎是笑了笑,又仿佛带着哭腔,她低头想了想才说:“五年前,我说我才不要做别人的助理,您说,助理是助力和管理,做得好的人能尝到核心的甜味；三年前，我说我做够了，您说，明德需要一个聪明的局外人；上次，我说我要放弃，您让我想想您给了我什么。”春雨抬起头，瞧着陈秋风，眼里满溢失望，“我想了很久，老师，您给我的机会是甜的，我尝到了，聪明的局外人，我做到了。”

陈秋风压低声音：“我没有工夫听你抒情。”

“这是我第一次抒情，也是最后一次。”春雨说，“从一开始，我就只是您放在刘念身边的影子而已，现在我明白了，刘念是我尝到的最甜的核心。聪明的局外人我会做到底，但是我不会再做影子了。”

“你想干什么？”

“我想做阳光。”春雨微笑着，“我想让我喜欢的人感受到我的温度。”

“胡闹！”陈秋风极力控制着自己，一指走廊尽头，“去办公室等我！”

春雨从包里掏出一份盖好了教务公章的《自愿退学说明书》放在陈秋风手里：“我不会影响您的‘大事’——半小时后，计划书的投票就要开始了，我需要到公司去。”春雨说完，转身离去。

出租车里的春雨还被红灯堵在市中心的时候，梅道远的车已经到了明德楼下，柳青阳穿着他十万块的行头先下车，然后替梅道远拉开了车门。刘念站在门口迎接，保安让出了通道，打开了直通会议室的专用电梯。会议室已经摆好了热茶和水果，等他们二人落座，刘念就先关上了门。

“还少一个人啊？”柳青阳说。

“一凡还没有到——这是高山乌龙，两千五百米海拔的云雾茶，”刘念为梅道远倒茶，“请您尝一尝。”他开了外放，拨打陈一凡的手机，始终无人接听。柳青阳也喝了一点茶，吐吐舌头，小声跟梅道远抱怨这个树叶子没有梅家庄的好喝。梅道远颇有深意地笑了笑，转而问刘念：“四大集团怎么反应？”

刘念有些尴尬:“有点急。”

“只是急吗?”梅道远放下茶盅,“我以为他们要开始结盟了。”

刘念当然不能说他已经和四大集团的四位老总深谈过至少三次了。几乎可以确定的是,只要他可以赶走梅道远,四大集团就会源源不断地为理想国继续注资,并且很快,变成五大集团。他又拨了一次陈一凡的手机,依旧无人接听。柳青阳怀疑地瞧了电话一眼,从口袋里摸出了自己的手机开始捣鼓。

春雨敲了敲门进来,刘念摆摆手说不需要其他东西了,快点去叫陈总。春雨一愣:“陈总没……”她翻开平板电脑查了一下,“陈总今天还没打过卡。”所有员工进入明德大厦时,门禁会自动读取他们的工卡信息,并自动打卡签到,除非陈一凡没有带工卡就进了大厦,否则只能证明她今天根本没有来上班——自从明德成立,陈一凡没有任何一天缺勤。

“去家里看一下。”刘念把钥匙丢给春雨。

二十分钟后,春雨打回电话到会议室座机,刘念摁了免提。家里没人,也看不出陈一凡的去向,刘念是开车来上班的,陈一凡的摩托不在车库,春雨的备忘录里,也没有陈总今天要外出或者会客的任何安排。“啊,我看到陈总的包了,”春雨忽然说,“我看一下……计划书和其他文件,都在包里,电脑也在。”

“一凡怕是有什么急事耽搁了。”刘念果断地挂掉电话,“我们还要等吗?”

“等等呗。”柳青阳看着天花板,“闲着也是闲着。”

刘念看了看表:“迟到超过三十分钟了,就算高考也是不能进场的,我们开始投票吧,陈一凡……弃权。”

柳青阳从牙缝里挤出了一声鄙夷的“哼”。

“刘念,你真的要投票来决定吗?”梅道远突然开口,“除了众筹之外,还有其他办法可以挽救明德吗?”

“梅先生，我并不是针对您。”刘念说着，举起手，“我先声明我的立场，出于各方面的综合考量，我认为，理想国并不适用众筹的开发方式，如果有人同意我所说的，可以一起举手。”

一直在玩手机的柳青阳头也没抬，举起了手。

梅道远看了他一眼，露出了一个意味深长的笑。

“二比一。梅先生，还有必要再反过来问一遍吗？”

梅道远面沉如水：“不必了。”

“那么……除了众筹这一方案之外，梅先生，您还有其他的选择，来帮助明德开发理想国吗？”

梅道远摇了摇头：“没有了。”

刘念似乎是叹了口气，又似乎是如释重负：“既然这样，作为明德集团的总裁，我只能遗憾地宣布，我们之间的合作到此为止了。”刘念先一步过去伸出手，“劳烦您了，梅先生。”

梅道远站起来同他握手：“刘念，这么多年，你还是没变。”

刘念像学生那样低下头说：“梅先生，我的压力也是很大的。”

“完全理解——那么，我也该走了。”梅道远看了柳青阳一眼。

柳青阳盯着手机屏幕站了起来，一言不发地跟在后面。刘念送他们到电梯口，再次道谢。梅道远没有回应，柳青阳终于抬起头，灿烂一笑：“别客气啊刘总，那我明天几点来上班？”

刘念的脸色微微一变，电梯门关上了。

柳青阳用标准军姿向后转，对着梅道远深深鞠了一个九十度的躬，语气却还是笑嘻嘻的：“对不起啊，梅先生，那个什么……人嘛，你懂的，都有所求。”

梅道远也笑着点了点头：“我还能不懂这个？按照你说的，我可是‘大拿’。”

柳青阳用称兄道弟的方式拍了拍梅道远的肩膀：“对对对！那就……谢谢您理解！我改天上您家玩去，咱们再比比？”

梅道远欣然答应，却在柳青阳转身之后，立刻沉下了脸。他早就料到自己会再次离开明德，甚至，可以说他是按照剧本在规划自己的行动，但是柳青阳的倒戈和陈一凡的弃权令他心生疑虑，就连东叔一路上急切说的事具体是什么都没听进去，直到回家看见梅太太在沉睡，他才反应过来。就在他们投票的时候，保安说陈一凡陈小姐来了一趟，只见了梅太太，梅太太最近状态很好，两人就在花园里说笑，还拿了自拍杆拍照。梅太太又问梅恒怎么不回家，陈一凡却破例没有哄她，而是说她这就要去把梅恒带回来，梅太太因此非常兴奋，甚至太兴奋了，以至于一向有些低血糖的她，当场就晕倒了。大夫来之前，陈一凡一直在照顾梅太太，但是大夫来了之后，保安们在慌乱中也没有记起来她是什么时候走的，等他们听见摩托车响再追出去的时候，陈一凡已经走了。

梅道远悄悄看了一眼，梅太太吃了药，还在熟睡。他回到书房，脱掉外套，把口袋里那支打算用来签字的钢笔拿了出来，放在笔架上。那天，陈一凡受柳青阳之托来还钢笔，就站在书桌一步之外。她依旧是规规矩矩地叫他一声老师，又说钢笔她仔细检查过了，没有被柳青阳那个混蛋玩坏，她又说看笔尖还是F尖，不知道写起来会不会太细，如果需要的话，她可以带去柜台，换个笔尖。当时梅道远只觉得她是找点话说，现在想来，忽然觉得哪里有点奇怪——按理说，陈一凡是第一次见这支钢笔，却能“检查”确保柳青阳没有弄坏上面细小的雕刻。梅道远拿出放大镜。他老了，眼睛开始花了，甚至让东叔给放大镜上装了一个小小的灯泡，方便照亮。他仔仔细细看着钢笔上繁复的雕花，终于，在水晶视窗侧面发现了一排和笔身上的装饰铆点很像的斑点。

那是四个字母，和梅家庄WIFI的密码一致，都是H、E、N、G。

两天后，梅道远在报纸头条上看到了四大集团与明德联手开发理想国的新闻，他拈起钢笔，将“明德”两个字，重重地圈了起来。

第二十章

1

柳青阳小时候第一次知道老柳是“大老板”的时候，足足高兴了一个礼拜。亲爹是大老板的话，他就是小大老板，以后就可以坐在办公室里跟秘书说，那谁谁，把报纸给我拿过来，再倒一杯茶。后来他曾经因为在班里招了一个小秘书帮他抄作业而被老师叫了家长，回家又被老柳劈头盖脸骂了一顿，当时柳青阳很是不服气的，觉得老柳特别小气，自己都当大老板了，就不能让儿子也当一下？可惜他终究没有继承到老柳的公司，甚至没办法把公司留住，这让柳青阳一直感觉亏欠了老柳许多东西，不止是事业金钱上的实事和实物，更是一种情感的维系——他身为大老板的儿子，没有变成小大老板，真不是老柳的错。

现在，柳青阳凭借一张反对票，成为了明德集团的大老板之一，可惜，他坐在明德集团为他准备的办公室里，感到非常不满意。

春雨拿着平板电脑等着他“指示”，柳青阳环视四周，敲了个响指：“我不要这间。”春雨皱起眉头：“您看上哪一间了？”

“刘念那间呗。”柳青阳靠在墙上，“这个，小，显得惨兮兮的。”

春雨合上平板电脑：“那请您稍等，我得让刘总搬出去。”

柳青阳立刻瘫进了沙发里：“没问题，你让他快点。”

没过五分钟，刘念就来了，很有礼貌地敲了三下原本就开着的门：“你想要我的办公室？”

柳青阳躺着点了点头。

刘念笑了一声又说：“你还有什么要求，提出来。”

柳青阳一个鲤鱼打挺坐了起来：“我要几个属下，一叫就来的那种！”

“把名单给他。”刘念对春雨说。

“我早就想好了。”柳青阳说着，点了几个他做销售的时候喜欢的同事，然后又看了看春雨，“这个妹子也挺好的。”

春雨冷着脸问：“刘总，我要把我的名字也写上吗？”

“当然了，”刘念笑着说，“这是柳副总，四舍五入也是‘柳总’，他说什么你就要听。”

春雨一言不发地退到刘念身后开始操作平板电脑。

柳青阳站起来说：“哎，你看，我啥也不会，在你们这儿挺碍事的，你们给我弄点设备打发时间吧，省得我烦你们。”

“好啊，”刘念说，“你要什么？”

“来个平板电视吧，就挂墙的那种，我看索尼新出的那个超薄的，嘿，特厉害！还有那什么，PSP 来一个，电视都是索尼了，机器也得配上——Switch 也来一套吧，我特喜欢玩《马里奥》，还有那个《分手厨房》——春雨春雨，你问问员工里谁玩得好，叫一个人过来跟我一起打，一个人玩不了。”

“记下来了吗？”刘念问。

春雨点了点头。

“还有吗？”刘念继续问。

“你什么时候搬走？”柳青阳嘿嘿笑着。

“理想国什么时候剪彩我就什么时候搬走。”刘念背着手，微笑着看着柳青阳，“现在我那儿特别乱，资料都堆到天花板了。”

“那我就不太开心了。”柳青阳说。

刘念拍拍他的肩膀：“那你就找点开心的事做。办公室算你借给我用的，怎么样？我付你租金如何？”

“嚯——”柳青阳拍拍手，“阔气！有了四大集团给钱就是不一样！行吧，刘总，那就算我便宜租给你了，租金……你就给我换成个摩托车怎么样？”

“条件是最近几个月，你好好打游戏和赛车，别来找我玩。”

“成交！”柳青阳拉起刘念的手拍了拍，“过去我觉得你这个人不行，现在觉得你还是挺够义气的。”

刘念头也没回走了出去，春雨刚跟了几步就被柳青阳叫了回来：“Switch 游戏要买个 *Just Dance* 啊！跳舞那个，这样就不用给我买 Xbox 了，节约点，你们还得做理想国呢。”春雨怒视着他。“你会不会拼，just，j，u——对了，你是美国留学回来的……”柳青阳夸张地做了个道歉的动作，“明天，这些都能装好吧？”

春雨说：“嗯。”

“真能？”

春雨把平板电脑给他看：“已经交给采购部了，您明天就能看见所有东西——还有什么吩咐吗，柳副总？”

“没了，”柳青阳关上办公室门，“我回家了，昨儿没睡够。我也放你假，你快去伺候刘念吧！”

春雨气得嘴唇发抖，怒气冲冲进了刘念办公室，手一松，门哐当一声撞合，正在算融资比例的刘念吓了一跳：“怎么回事？”

"对不起。"春雨生硬地回答着,"下次不会了……"

刘念看着她的脸色,语气忽然软了下来:"他的话能当真吗?"

春雨哼了一声:"刘总听见他说的了?"

刘念微笑着:"'伺候'我,就这么难听吗?"

春雨猛地抬起头。

"你名义上是助理,其实兼职了太多工作,"刘念抱歉地笑了笑,"涨工资已经不足以体现我的诚意,我准备了一份小礼物。"他从抽屉里摸出一个信封递过去,春雨犹疑地看着他:"这是什么?"

刘念把信封放在她怀里。春雨抱着四大集团送来的文件,还拿着平板电脑和一堆资料,刘念见状就接过了所有东西。他们的手碰在一起,春雨指尖冰冷。信封里只有一张双色凸版的名片,上面印着春雨的名字、手机号码、邮箱和新头衔。

"CIO?"春雨抬起头,"刘总您……"

"有困难吗?"刘念温柔地看着她,"一直缺一位首席信息官,我想来想去,你再合适不过,我希望你能好好'伺候'下去,但是不是伺候我,而是明德集团。"

春雨的眼泪不听话地涌上来,就连她最喜欢的防水睫毛膏都没有挡住。她并不是为了升职或者职业前景而动容,而是她终于可以和刘念平等地站在一起。她的爱从来都不卑微,她甚至怀疑过自己作为"影子"的身份太过卑鄙,是不是根本配不上刘念这样好的人,现在一切都尘埃落定了,她从刘念手里分批分次地拿回了那些属于助理春雨的资料和文件,然后把漂亮的名片放在最上面。她终于可以腾出一只手,紧紧握住刘念伸过来的手:"我不会让您失望的,刘总。"

"就叫刘念吧,"他笑了笑,用力捏了捏春雨冰冷柔软的手指,"一凡只有在骂我的时候才叫我刘总。"

春雨笑了:"好的,刘念。谢谢你。我……我还是先补个妆。"

刘念目送她出门之后，拿起了手机。快速拨号设置里第一位是陈一凡，第二位就是陈秋风。他摁下数字“2”：“老师，春雨接受了。”

陈秋风站在Z大的校园里，看着来来往往的学生说：“知道了。果然还是个小女孩——刘念，这次，你可不能输。”

刘念放下电话，环视着办公桌上的文件和资料。不会输的，他想，怎么能输？他拧开钢笔，翻开四大集团送来的财务状况说明。忽然，他感到一种别样的目光从桌角传来，然而办公室里没有别人。为了宣传而拍的几组互动合影早就被春雨装框立在桌上充氛围，照片里的陈一凡眼神游离在镜头以外的地方，绕过那些不知名的记忆，回看到刘念脸上。

刘念把相框扣在桌面上，开始埋头工作。

2

陈一凡在梅恒的墓碑前面坐了十几个小时。墓碑很朴素，上面嵌着一张小小的彩色照片，二十三岁的梅恒沉默地微笑着，再也不会开口叫她一声姐姐。下葬的当天，陈一凡见过梅恒的骨灰盒，也是很简单很小巧的一只，她在人群里站着，一直思考为什么比她还高半头的像松树一样结实挺拔的男孩子，最后只用了两手合捧大小的盒子就能装下。骨灰盒落进小小的墓穴的瞬间，陈一凡心里的理想国骤然崩塌。她再也没有凝视过这堆废墟，就让它永久地在那里，看上面的杂草长了又退了，梁木上生出小小的鲜红色的蘑菇，碎石缝被青苔渐渐填满——直到那天。

当她听完刘念亲口讲出真相之后，在客厅里坐了几分钟。趁着刘念给她煮咖啡的工夫，她拉开门跑了出去，骑上摩托车，到了墓园。为了防止刘念追过来，她在第一个红灯路口就关掉了手机。墓园早就关门了，陈一凡告诉管理员，如果她不能从正门进去，就会从某一个地方翻墙进去，如果都不行，她就骑着摩托车撞烂围墙进去。管理员被这个飙车的疯女人吓到了，悄悄打开了大门，并且给了她一盏应急灯。陈一凡走在深夜的墓园里，却没有看到任何人的灵魂——包括自己的——她很快就找到了梅恒的位置，按照她的订单，鲜花公司每周二都会送一个花束过来，这周送的是两支盛开的洁白的重瓣阿弗雷，哪怕是夜里也还蓬勃地昂着头。她坐在梅恒身边，同他讲话。

早晨，巡视墓园的保安发现了她，夸她胆子大，她说我和我弟弟待在一起，弟弟是武术冠军，我怕什么呢？照片里的梅恒依旧微笑着看着远处的湖水和朝阳，晨风吹过，阿弗雷的花瓣颤动，发出轻微的噗噗声。

柳青阳发信息的时候，陈一凡正在墓园边的早餐店里吃东西。她开机了，但是关掉了所有手机定位和声音，屏幕上是四十多个来自刘念的未接来电，柳青阳发的是微信，格外显眼："你怎么了？"

不是"你在哪儿"，也不是"来开会"，更不是"为什么迟到了"或者"几点到"，他已经觉出了陈一凡哪里不对，正在深究原因。陈一凡当然知道她已经失去了对明德未来的控制权，甚至再次失去了请求梅道远原谅的机会，但是已经无所谓了，她心里的废墟永远不可能重建了。如果刘念说的都是真的，如果她怀疑的所有巧合都是人为的，那么她有必要现在就开始准备，爆破掉这座堆在心里五六年的东西，还自己一个清净。

十点整，刘念发来一条短信："不再等你了。"

十点一刻，刘念又发了一条："二比一。"

柳青阳的短信随后就到："到底怎么了？你还好吗？"

陈一凡失声痛哭，用她昂贵的职业装擦着鼻涕和眼泪，许久，她划掉了屏幕上所有关于刘念的提示，转而回复了柳青阳："下午到车行见个面吧。"

自从她买下柳青阳的车行，就锁了大门。她不缺这个小小的实体店铺，也没打算经营，就把它认作一个微利的定期存款，再也没有打开过。柳青阳也从没问过他的车行现在归谁、是否还在营业的事，倒是陈一凡忍不住提过两次，柳青阳都是一副"关我屁事"的态度。只有一次，他们练推手的时候，柳青阳忽然说有点怀念在车行里改车的日子，那代表了一种精神和物质上的富足，是他现在完全不能再达到的状态。陈一凡知道，摩托车从柳青阳的生命里彻底消失了，不管他是沮丧认命也好，还是潇洒甩开也好，总之，柳青阳再也没有提过这些事。这让她对自己做出的"车行见面"的决定稍微有点愧疚，但当她到达车行的时候，发现大门已经敞着，柳青阳蹲在门口仔仔细细擦着他过去的那辆车。

"别问我怎么进来的！"柳青阳挥舞着擦车布，"锁都没换！不怪我！"他打开新风系统，还开了几盒空气清新剂，也扫了地，码齐了配件区的所有小零碎。

陈一凡说："关掉手机，关上窗子，我们谈谈。"

"你想干什么？"柳青阳夸张地退了一步，"孤男寡女的，你没被偷拍够啊？"

"我想请你帮忙。"

柳青阳眯起眼睛："陈一凡，我要问问你，你打算——"

"——报酬好说。"

"嘿！"柳青阳扔下擦车布，"我还真不怕你不给钱。我是想问问，第一，陈大美女，你要我做的事，是什么下贱的事，还得关门关窗说？第二，这么下贱的事，怎么就想到让我干呢？我就配干这个？"

陈一凡掉头就走。

柳青阳三步并作两步拦住了："好了好了，我正经问你，你干吗去了？"

陈一凡挑衅地看着他："你需要知道吗？"

“不需要吗?”柳青阳推了她一把,“好好一个人玩失踪,工作不干,电话短信不回,定位也不开,去哪儿飙车鬼也不知道——我之前就问你,你飙车是想死吗——我看你是。”陈一凡死死咬着嘴唇,眼泪没有流下来,暗红的血从伤口里渗出来。柳青阳吓了一跳,差点拿擦车布给她擦,想想不对,到处翻口袋没有纸巾,最后从包里几下掏出来十万块的套装配的,已经揉得皱巴巴的真丝领带。“你疯了是不是?”他一手扶着陈一凡的脑袋一手把领带堵在她的嘴唇上,“咬自己呢? 你别吓我啊!”

“我不想死。”陈一凡忽然开口,“我飙车是为了找人。”

“我?”柳青阳第一反应就是自己跟梅恒太像了。

“肇事者。”

柳青阳讪讪地放下领带:“骑摩托的可多了……怎么确定就是我们圈的……不是,那个什么,我是说,摩托圈的——我跟他们不是一个圈的。”

“我找交警要过当时的监控录像, 反反复复看了可能有几个月,”陈一凡说,“那个人骑车的姿势、刹车的技术,以及在前几个路口的时速和加速的方式,一定是玩车的。”

柳青阳坐在他的爱车上听着。

“所以我也买了一辆车,想通过认识这个圈子的人,把肇事者找出来。”

“他没坐牢吗?”

“没有逃逸,还对梅恒进行了抢救,主动打了报警和急救电话;对肇事事实供认不讳,态度良好,交了罚款,赔了全额;没有前科,没有酒驾,毒驾也不是……”她忽然梗住,迟疑了一下才说,“总之,只判了一年半,还有缓刑。”

柳青阳的表情十分古怪:“你话里有话。”

陈一凡一愣:“哪里不对吗?”

柳青阳摇摇头:“哪里都不对。我玩车这么多年,从来没听人讲交通事故讲得三百六十度无死角的这么像‘意外’的——没有真正的意外——我们玩车的真的忌讳这个，前些年有个富二代跟我们飙,车好,技术也好,有一次我们玩花样,他轧了一条走错路的野狗,肚子里还有小狗,挺惨的。这小孩再也没来玩过,听说车都卖了,再也不玩了——非常忌讳,出事也没有任何借口,就是技术不好,再说,看不见狗还能讲通,人行道上梅恒那么大个活人也看不见?”

陈一凡倒吸了一口冷气:“你在说什么……”

柳青阳哼了一声:“我也不知道我在说什么，我也不知道你在怀疑什么,反正我知道,你对梅恒出事的原因,总结归纳起来,都是你的错,说得好像是你把他撞死了一样。现在又说飙车为了找到肇事者,怎么样,法律都判过了,你找到他打算把他绑在路中间撞死吗?”

陈一凡摇了摇头:“我现在只想知道真相。你说得对，梅恒的死,不是意外,昨天晚上,刘念已经亲口告诉我了。”

柳青阳从他的车上滑了下来。他早就知道陈一凡表现出来的“迷信”和宿命论调远远超出了相信因果报应之类的基础层面,甚至她隐隐透露过,几年前她就在怀疑“怎么会这么巧”。柳青阳最初只觉得这个姑娘在梅恒的事上太婆婆妈妈又太纤细敏感，和那个商场里铁腕搏斗的陈一凡完全是两个人，但自从他们在一起学推手,慢慢地,柳青阳理解了,梅恒的“意外”是陈一凡心里永远的痛和越挖越深的沟壑,如果有一天,证据证明这个“意外”其实根本不意外的话,无异于在陈一凡的旧伤和情绪地基里引爆原子弹。柳青阳恍悟到陈一凡缺席投票会议的真正原因了。

“不但如此,你刚才的一番话,更加坚定了我的看法,这场意外正因为太像一个完美的意外,才露出了破绽。”她从衣服里摸出一张带着体温的照片，“我想让你帮我找到这辆车。”

柳青阳打了一个寒战。他接过照片，能感受到上面的体温正在飞速散去，照片里的肇事者穿着标准的赛车装备，蹲在人行道上打电话，梅恒的身体呈现一种扭曲的姿势摊在一旁。他看了陈一凡一眼，几天不见，陈一凡似乎变得透明了，简直马上就可以被风吹走，他下意识地拉住她的手，她没有挣扎，他就把她紧紧抱在胸口，怕她就在眼前变成空气，再也不可见。

他紧紧环住她的肩膀，在她耳边说：“我绝不让你再为此受苦了。”

3

柳少变成了柳总的消息，一夜传遍了整个摩托赛车圈。没人知道最开始的朋友圈照片是谁发的，总之，半夜三点的时候，传言已经成了“柳青阳控股明德，要把理想国做成赛车主题的”。始作俑者张小同当然已经沉入梦乡，假装什么都没发生过，幕后黑手柳青阳则还在挑灯夜战。几小时前，陈一凡给了他监控视频的拷贝，并且要他用命担保不会外传，柳青阳当然有这个担当，但是他反反复复看了几遍之后认为，想要在摩托车圈子里把这样一辆车和一个人突然找出来，凭他自己的时间和力量是完全不够的。他必须要发动所有人去找。张小同本来对这个计划很不放心：“你想想，那个人都能撞死梅恒，什么事做不出来？要是他听说有人找他的摩托车，连夜逃跑了怎么办？一怒之下去把陈一凡撞死了怎么办？”柳青阳为这个不吉利的设想，暴打了张小同一顿，并且勒令他去散播消息，告诉所有人，柳少又开始玩车了，但是柳少现在成熟了，不玩涂装和速度了，专门做中古绝版。

第二天一大早，挂着黑眼圈的柳青阳就跑到明德大厦去，当着一屋子人的面推开会议室的门，要刘念现在就给他买摩托车。新上任的CIO春雨冷静地从公文包里抽出一本图册把他请了出去，让他从里面选。柳青阳苦苦思索了一阵子，勾了三辆滥大街的现货，春雨反倒有些惊讶："不要最新款的吗？"

"你懂什么？"柳青阳眨眨眼睛，"买车不是买衣服，买的是速度，心跳！"

第三天下午，春雨给柳青阳打电话，说车已经放在明德一处停工的工地库房里了，请柳副总验货，没问题了就让人带去上牌。柳青阳说他先去场地里跑几圈感受一下再答复，当场就叫张小同开车去把三台新摩托都拉了回来。车行大门紧锁，所有的窗子都拉起了遮光罩，就连新风系统都停了，没有人知道柳青阳正冒着被毒死的危险，正在对着图纸重新喷涂和做旧这几辆摩托车。

要说柳少改车的手艺，是圈里一绝。早年他玩心重的时候，曾经收过国外的旧零件DIY成整车，照着绝版照片喷漆，做成以假乱真的"古董车"到处兜售。尽管上当的土豪没有几个，柳青阳也不是认真骗人，但是大家都知道了，柳少是喜欢玩旧车的，不但能收藏，还会修会改。因此，听说柳少又弄了三辆中古车还要为此开个派对，几乎半个圈子的人都到齐了，一方面，很多人为了看看东山再起的柳少到底手里有多少钱；另一方面，路子广的那些买卖人，都想重新搭上柳青阳的线。

派对地点就设在柳青阳的车行。他把三辆"古董车"用碳合金的架子举到半空中，还拉了一条一米的观赏线围着，打了八盏能把人闪瞎的大灯。所有人都惊讶于柳少集齐了圈里"念念不忘，也没屁声响"的三辆绝版好车，成色还都不错，一时间闪光灯和开香槟的声音不绝于耳。张小同板着脸站在围栏里，抄着一根警用电棍，提醒沸腾的人群离这几辆宝贝车远点。柳青阳叫了舞剧团最漂亮的女孩子在门口的空地上跳HIP-POP，还请了网红的说唱歌手助兴,果盘饮料和各色小吃始终没有停过,参加派对的人还都拿到了一个小小的礼袋,里面不仅有个刚好充抵打车费的红包,还有柳青阳在明德集团的新名片——柳少比先前更气派了，玩房地产的人就是不一样!

玩到十点多,柳青阳抢过话筒开始致辞,最后才说:“明人不说暗话,我给大家发红包,请大家吃喝玩乐,也是有所图的。”他看着大家的表情,没有任何人一个人感到反感。“我柳少,很少有求人的时候,对吧？”大家纷纷表示没错,柳青阳继续说,“今天,我就要求求各位,求求大家给我一个花钱的机会。”他打开投影仪,把一辆蓝色的摩托车投在墙壁上,“我要买这辆车。”

会场里有短暂的交头接耳，以前经常和柳青阳一起飙车的一个外号叫大头的男孩说:“这不是很常见的吗？‘油漆厂’那年夏天的特别色呗！”他们圈里管换涂装不换实质的车厂叫油漆厂,这辆蓝色的摩托车,就是当年市面上特别普通的一个中档赛车型号,为了卖货特意改作的夏季限定涂装,因为蓝得非常耀眼,所以还是有很多人买了。

“这不一样！”柳青阳沉下脸,“我要这车,有特别的意义。我之前家里有事,你们都知道了,中间我为了躲债,跑到日本去了一段时间,在那边,我认识了田中奈奈。奈奈家以前是做发动机生意的,那几款咱们都买过的发动机,奈奈爹的厂子里做的,厉害吧？但是你们知道吗？奈奈是个残疾女孩，从小小儿麻痹症，骑不了摩托车——偏偏她家就做这个生意,讽刺不讽刺？我看完真的……心疼死了,我就跟奈奈说,我柳少,上天入地,一定要给你弄一个,你能骑的摩托车！”他切换了一下图像,图片里是一对形状特别怪异的义肢,“看见没,这个东西,就是奈奈的腿……唉……小姑娘年纪轻轻的……唉不说了，总之，我要的这个车，必须是五年前的版本——你问为什么？那我就实话说了,只有五年前,‘油漆厂’没换图纸的那个旧版本的踏板和座椅的高度比例刚好，就这么巧，完全一致，嘿，就符合要求！”

所有人都被柳青阳和田中奈奈的故事打动了，现场低语一片，有人甚至已经开始发朋友圈。柳青阳知道赛车圈的这些男孩子最听不了的就是这种人生缺憾无法圆梦型的悲剧故事，他们也不是好骗，也不是蠢，单纯就是非常容易被简单而冲动的事物打动，这本质上跟飙车有异曲同工之妙。

“柳少真性情！”张小同举起电棍带头喊叫，“是个爷们儿！”大家纷纷举起酒杯表示，这有何难，只要柳少准备好钱，分分钟把这辆车找出来！柳青阳在微信群里又发了一轮大红包，然后走入人群，挨个亲口嘱咐车型和颜色，添油加醋地描述着田中奈奈和他跨国的友情和伤感的约定。

张小同把演讲视频发给了陈一凡，陈一凡许久才回复了一串省略号。后来她等人都走光了，过来帮柳青阳打扫车行的时候问他，怎么编出这么些破烂剧情还说得大家都信了的。柳青阳苦笑了一下：“玩车的，谁心里没个女神啊？”

陈一凡哼了一声：“你们的女神，一天能换三十个。”

“那是他们！”柳青阳一面捡啤酒罐子一面说，“我的女神，就是别人碰都碰不了的，谁碰我打谁的。从来就只有你一个。”

陈一凡掷给他一罐啤酒，又扔给张小同一罐：“就剩两罐，喝了吧。”

柳青阳打开拉环，先递过去：“你先喝，我不嫌你脏。”

陈一凡悬空往嘴里倒，一下倒进去半罐，递给柳青阳。

柳青阳接过来，小口啜着：“换成以前，我肯定说，这就算是间接接吻了，现在我就不这么想。”

“我就等着你的下一句，看你这张嘴里还能吹出什么花。”陈一凡说。

“真的，我现在就想着，陈一凡这么好的姑娘，不能用这种黄笑话逗，我得堂堂正正把她追到手，摁在墙上亲。”

张小同堵着耳朵走出去了。

陈一凡轻笑出声：“我现在没工作了。”

柳青阳脱口而出：“我没见刘念开除——你等会儿！”他猛然想到之前陈一凡说过的“我太忙了，没有时间谈恋爱，等我不忙了再说”。他认真地看着陈一凡：“我可以追求你了吗？现在可以吗？”

陈一凡没有回答。

“我不。”柳青阳一口饮尽剩下的啤酒，把罐子捏得啪啪作响，“我得先帮你平了这事，还有明德，我得平了明德的事……”他念念叨叨地收拾着东西，发觉陈一凡还呆呆站在原地，便直起腰来说：“很奇怪吗？是我，柳青阳，我要追你——我不想做梅恒的替代品，我也不想帮他骗你——不认识他，就觉得吧，那是个挺好的小孩，他应该希望你谈个痛痛快快快快乐乐的恋爱，而不是像现在这样——你看你看，又哭了！”

陈一凡不想再强忍了，她放任眼泪大颗大颗地滚出来，放任柳青阳用不知道多脏的抹布小心地抹着她的脸，她放任自己冲进那座五年都不敢正视的废墟，她爬到废墟的顶端上去，等待真相的曙光。

第二十一章

1

柳少找摩托车的事，拖了差不多一周多才有结果，其间不乏有人买了“油漆厂”同款的车，涂成蓝色冒充，柳青阳总是带着张小同颇有派头地去验货，然后从漆面、零件数据之类的细节地方挑一些根本不存在的问题出来，证明是仿品。实际上，他非常清楚，视频里那辆蓝色摩托车最大的识别性在于车尾的装饰罩，那款罩子是带夜灯的，半夜跑起来仿佛后面拖着一团火，特别酷炫，唯一的问题就在于，想要装上这个东西，就必须得把摩托车原装的塑钢部件锯出一个豁口——无论是锯还是装，都不是一个能在自家卧室里动手完成的工作，这辆车的主人必然要去车行改车或者找圈子里的熟手代工。这就更说明，这个人不但是圈内玩家，还是资深玩家。

为了演戏，柳青阳天天泡在车行，时不时叫人过来喝酒玩平地花样，半夜关起门来说是自己改车，其实是一面收拾屋子一面心疼陈一凡的钱。所有的费用，陈一凡全额负担，她以柳青阳的名义开了一张卡，往里面存了令人咋舌的数额，就留下三个字“看着花”。也曾花钱如流水的柳少看着这张卡，却有些花不出去里面的钱：不仅因为这是他喜欢的姑娘的钱，更因为，他现在非常知道银行卡余额背后代表着巨大的付出和艰苦卓绝的努力。他不知道陈一凡牺牲了多少休息时间、付出了多少难以想象的代价才赚到这些钱，他只知道，就算他再也追求不到陈一凡，也不能花得太随意了。张小同跟着他鞍前马后跑了几天，半夜只能在车行里啃炸鸡块，叫苦连天，柳青阳却一本正经地教育他：“有钱人的钱不是赚来的啊？你这个‘均贫富’的思想太落后了！”

曾经是“有钱人”的柳青阳花了一点时间收拾出来一些值钱的配件，一一拍照，打算出手变现，添补这几天可以算是疯狂的花销。在柜子深处，他翻到了一本相册，里面全是当年的照片。记得那会儿他沉迷拍照，不但让老柳给买了特别贵的单反相机，还弄了一堆影棚三脚架之类的东西，可惜热度没有持续几天，专业级摄影器材被他用成了十几万块的傻瓜机，照片倒是冲了一大堆，贴了满满一本。他和张小同回味了很久，一页一页看过去，聊着照片里那些人的现状，忽然，他盯住了一张合影。

合影里至少有十几个人，大部分都是熟脸，背景就是这个车行。他已经忘了这次派对的主题和目的，总之，大家看起来都很开心，背景里有一些摩托车屁股朝外并排放着，其中有一辆蓝色涂装的车尾，装着那盏夜灯。照片洗得不大，他无法确定是不是要找的那辆车，于是他和张小同把车行里所有的储物柜都倒腾了一遍，终于在一个爬了蜘蛛网的袋子里找到了一台昂贵的单反相机。柳青阳要感谢自己的懒惰，多年前的存储卡还好端端地插在里面，他只翻了一会儿就找到了那张照片的电子原件。老柳给他买的单反像素极高，他把照片放到最大，最后拍板确定：这就是撞死梅恒的肇事摩托车,并且,车主就在照片里——柳少的派对上,只有和柳少关系好的玩家才有合影资格。

柳青阳旁敲侧击打听了那天在场所有人的近期动向，并且挨个列在了 Excel 表格里。这就要感谢明德集团给他的基础办公培训了,柳青阳现在看着表格对比,一眼就发现,有一个人从五年前某一天突然说“淡坑”之后,就再也没了消息。“淡坑”,只是一种友好的表达,既不是退圈不玩,也不是发烧友了,按照现在的说法,应该是“佛系玩家”,意思就是“哥们儿最近手头紧或者心思不在这上面,但是有什么好玩的事你们还可以叫我”。柳青阳认识的几个真正“淡坑”的玩家,大多是为了短期出清一下手里囤积的设备回点款，或者因为受伤之类的原因暂时休息个一年半载的，只有这个人,强哥,说是“淡坑”却彻底转行了——柳青阳前不久还在片场和他打过交道,他起了个叫俊哥的艺名,完全和摩托圈划清了界限。柳青阳查证了当天的所有照片之后,对照人名,标注了照片里出现的所有摩托车,最后用排除法确定,俊哥就是当天骑着带尾灯的蓝色摩托车参加派对的人,不出意外,就是他受人之托,撞死了梅恒。

怒火中烧的柳青阳抄起一根改车用的钢管就往外走,被还有一丝理智残存的张小同及时拉住了。两天之后,俊哥在影视城外面被六个篮球队的青壮球员挟持到了饭店后面的冷库里,并且在柳青阳还没给这些篮球运动员结清劳务费的时候,就已经开始求饶了。

问到真相只花了不到二十分钟。穿着羽绒服的柳青阳和张小同一出现,俊哥就开始磕头,说上次特技的事是他不对,他不应该拿那点钱打发柳少。“这辆车呢?”柳青阳拿着照片问他。

“我不玩车了啊！柳少！”

“咱走吧。”柳青阳扭头对张小同说。

“别别别,柳少是看上这车了吗?哥哥给你弄去啊,现在就去!”

“我就要你的这辆,带夜灯的,花了不少钱改的吧?”

俊哥笑得很尴尬:“这车真的转手了,便宜转的,不想要了。”

“怎么了?车型虽然一般,改得挺拉风啊,怎么不要了?撞过人不吉利了?”

俊哥脸上有转瞬即逝的恐惧。

就在柳青阳把冷库温度又调低了五度之后,嘴唇都白了的俊哥终于对着手机摄像头亲口承认,是当年有人给了他一大笔钱,让他去撞一个年轻男孩,唯一和计划不同的是,那个人要求他撞伤,而他则因为太紧张,真的撞死了那个男孩。“我他妈也很倒霉啊!”俊哥声泪俱下,“我就想挣点钱,结果差点坐牢不说,车也不能玩了,朋友也不能认了,我容易吗我?”

柳青阳抄手就对着俊哥的脑袋抽了过去:“你他妈闭嘴吧!你害得多少人不能好好过日子你知道吗?畜生玩意儿啊你!”张小同假惺惺地劝着架,也没有忘记偷偷补几脚过去。最后他们打开了和陈一凡的视频通话,拿着刘念的照片问俊哥:“是这个人让你去撞的吗?”

头破血流的俊哥已经冻得脸无血色,就差磕头求饶了:“不是他!”

“你看仔细!”柳青阳暴怒了。

“真不是!”俊哥哭号出声,“柳少!我要是说半句谎话,你把我剁了!真的不是这个男的,是个拿着烟斗的老头啊!”

本来在电话那头静静看着这一切的陈一凡忽然坐直了身体,切断了通话。

2

就在柳青阳动用了明德的律师团队以“无效合同”为由头,组织了特技演员们把俊哥联合告上法庭的当天,他收到了来自陈一凡的快递。陈一凡把车行的转让合同和钥匙都还了回来,这是他们事先约定好的酬劳。尽管柳青阳根本不需要这把钥匙也能打开车行的大门,他还是老老实实打了一个答谢的电话。

电话那头的陈一凡似乎刚刚哭完,嗓子是哑的。柳青阳知道这几天她一定被真相缠绕,肯定吃不好睡不好,但是他也有要紧事要做,没办法过去陪她,只能开玩笑说“我给你买只狗吧”“要么给你买只小猫怎么样”,陈一凡没有破涕为笑,只是沉默地挂了电话。

她已经住了两天酒店。其间刘念找过她几次,除了例行关心以外,只有一次是谈公事。他说四大集团已经在注资协议上签了字,正在等待专业团队论证实施,尽管四个老大哥都非常不满意利益分配的比例,但现在手握“地王”的是刘念,他们没有选择。更何况柳青阳上次抛出的阴谋论还没过有效期,随时可以再拿出来让他们喝一壶。

“你要赢了吗?”陈一凡问。

“是我们,一凡。”

“是你。”

刘念沉默了一会儿,接着说:“还在为梅恒的事烦恼吗?”

“没有,”陈一凡说,“我不再为梅恒的事烦恼了。”

刘念不知道该说什么。他本来是想把这件事瞒一辈子的,无论他是不是要得到陈一凡,他都希望她永久活在“意外”的真相里。但是理想国太关键了,每每想到自己可能会失去它,他就会勾勒无数穷途末路的景象来恐吓自己,借此咬紧牙关,艰难度过,唯独这一次,没有陈一凡的弃票,他是真的过不了关了。陈秋风最开始给出这个提议的时候,刘念是从心底里表示拒绝的,但陈一凡越战越勇,几乎就要成为自己的对立面——他不能把她在商战中杀死,因为他真的爱过她——他选择了杀死她的唯一可以算作慰藉的真相。

“刘念,你在家吗?”陈一凡问。

“我在。我今天休息。”

“我想见你。”

刘念飞快地回应:“我们找个地方谈。”

“不,”陈一凡说,“我马上回去。”

半小时后，已经几天没有见到陈一凡的刘念，为她打开了房门。陈一凡明显憔悴了不少,头发也没有打理,她把两个精致的饭盒放在桌子上:“酒店准备的点心，我尝过一个，中式开酥向来难做,这盒做得很好。”

刘念不知道她怎么忽然讲起了甜点，于是决定打开盒子尝一个。他一面煮着咖啡一面试图和陈一凡聊家常,余光忽然看见盒子里面有张照片,他把它从最底下抽出来。那是梅恒车祸现场监控的截图,右上角用别针夹着一个男人的一寸免冠照,还有一辆摩托车的官方照。

“人和车,我都找到了。”陈一凡观察着他的表情,“从微表情看,你居然很惊讶——你真的是第一次见到凶手和凶器吗?”

“怎么,你要演名侦探柯南吗?”刘念强笑了一下。

陈一凡露出一个微笑:“果然,买凶的不是你。”

“从来也不是我!”刘念移开摩卡壶,把照片放在煤气炉上烧了个干净。他把煮了一半的咖啡倒进水池里,深呼吸了半天才转过身来:“一凡,没有人想要杀掉梅恒,从来没有——”

“——是我做的。”卧室的房门开了,陈秋风站在那里。

陈一凡丝毫不惊讶:“我在楼下看着您上来的，本来只想放下点心就走，没想到刘念居然能这么淡定地装作家里没有别人——我受够了二位的戏码,五年了,我的亲生父亲和……”她咬着牙看着刘念,“……和同事,把我当作小白鼠一样观察记录不说,还投给我有毒的饲料。谁能告诉我为什么?”

“你进去。”陈秋风一指卧室,对着刘念说。

刘念没有动。

“进去！”陈秋风吼了一声。

刘念进去卧室，关紧了卧室的门，静静地坐在床上。客厅里平静的谈话变成了争吵，争吵变成了嘶吼，嘶吼里夹杂着摔东西的声音，最后，陈一凡哭了。陈秋风让她走近一点，她拒绝了。陈秋风威胁说你不能站过来听我说，就永远不要承认是我的女儿，陈一凡的那句“你不配”还没说完，就被一个清脆的巴掌打断，客厅里沉默了几秒钟，又一巴掌落在她脸上，她发出了惊讶的呼声。刘念不知道什么时候站起来的，也不知道什么时候把手放在了门把手上。

“一切都是我做的，你现在可以恨我了。”陈秋风说，“这不是你能理解的真相，也不是你能参与的事实。一凡，我对你很失望，你口口声声说梅道远是受害者——你以为你看到的就是真相吗？”

陈一凡的声音嘶哑：“我现在看到了魔鬼。”

房间门打开又关上了。刘念被地心引力施了法，一步也动不了。没几分钟，陈秋风打开了房门：“好了，一凡这边，让她自己去疗伤吧。从明天开始，你只有一个任务：做好理想国。”刘念机械性地捡着地下的食物残渣和器具碎片，这才看到自己的手心被掐出了血痕。

可他一点都感觉不到疼，他蹲在桌子底下的时候悄悄给陈一凡发信息，可是始终得不到任何回复。

陈一凡离开了这个不是家的家，却也无处可去。她不想再住酒店，再从噩梦中醒来了，脸上挨的两巴掌火烧火燎地疼。她钻进一辆出租车，司机问她去哪儿，她愣住了，许久，她打开手机，上面刚好存着前几天给柳青阳发快递的信息，她把手机递给司机：“就这里。”

柳青阳听到敲门声的时候，已经打算睡觉了。前阵子又要开派对又要到处看车还要“买凶”打人佯装黑社会，真的是太累了，刚好这几天柳母没在家，和几个要好的工友姐妹出去参加老人旅游团了，他只穿着一个大裤衩开门一看，发现外面站着陈一凡，立刻关上了门。

陈一凡也愣了。这个名副其实的闭门羹让她不知所措，在尴尬中纠结了一会儿，没想到门又开了，慌乱中套上了衣服的柳青阳顶着乱七八糟的发型，强睁着睡迷的双眼说："哎呀，稀客——谁打你了？"

"我能进去……睡一觉吗？"陈一凡说。

柳青阳瞪大了眼睛："你要……睡……睡我？"

陈一凡强行挤出一个笑意："我几乎三天没合眼了。"

柳青阳找了干净的床单铺在沙发上，又给她放了两个柔软的垫子，最后拿来了毛毯。陈一凡蜷缩在那里，一边的脸因为两巴掌而肿了起来。柳青阳的冰箱里没有冰块，他下楼买了两根雪糕为她敷着。陈一凡没有再哭，但是渐渐精神不支，一向精力充沛的她，现在几乎再也支撑不住了，她抓住柳青阳的衣服："你能不能……坐在旁边……"话没说完，人就闭上了眼睛，头也沉了下去。柳青阳托着她的脑袋，放也不是，不放也不是，最后没办法只好滚到地下坐着，把她的头放在手臂上。

他不是第一次这么近距离地看着陈一凡。他们练推手的时候，陈一凡偶尔会跟他脸贴脸擦身而过，他觉得她像一种名贵的宝剑，就是小说里的男主角需要历尽千难万险才能获得的那种，她有她出鞘的美。而现在，她在痛苦中睡着的样子、她的黑眼圈、她脸上的伤，让柳青阳格外难过，她黯淡无光，变成了几乎吹口气就会消失的火星儿，让他不知道如何呵护才好。

本来打算多睡几天的柳青阳暗自下了一个决定，等陈一凡醒来，他就要做他应该做的事了。

3

柳青阳站在梅家庄门口的花砖外面，东叔站在里面，两个人剑拔弩张的对峙已经超过五分钟了。“要么咱们石头剪刀布吧！”柳青阳说，“我赢了就进去，输了就滚蛋，怎么样？三局两胜！”

东叔冷笑了一下：“我不跟小孩玩游戏。尤其是不跟两面三刀的小孩玩。”

柳青阳气得差点翻白眼：“您说话真不客气——我要见梅先生——这是梅家庄，又不是东家庄！”

东叔点点头：“那你试试。”

柳青阳一抬腿就要往里冲，东叔抖开腕子，一步扎稳，把他挡在面前。

“不是吧？”柳青阳大叫，“这什么意思，需要打赢才能过去吗？”

“你赢不了我，你也过不去。”东叔不紧不慢地说着。

柳青阳卷起袖子：“咱们先说好，我打赢您，也没什么光彩的，年轻人打老头，本来就不像话！所以到时候您可别说我不尊老爱幼！”

话音没落，东叔一掌已经推了过来，柳青阳沉下一口气应对。陈一凡教的招数还都没忘记，虽然生疏了一些，但是挡一挡攻势倒是没有问题。没想到东叔也是一个推手高手，柳青阳一面小心跟他盘桓着，一面嫌弃自己没有深思熟虑：推手是两个人才能玩，如果东叔没有两下子，那梅道远平时和谁对练呢？这是一个不算陷阱的陷阱，因为东叔平日里在梅家庄从来都是本本分分做着管家的工作，从未出手，这么显而易见的答案，竟然就被柳青阳给忽略了。他五分钟就被推倒了三次，东叔发力出手又是一番特色，又准又快，几乎拦不住。柳青阳的大腿肌肉被拉扯了几下，疼得龇牙咧嘴，但还是爬起来继续同东叔比试。不过东叔明显不打算和小孩玩下去了，这次一出手没有直接发力，而是绕着柳青阳的腰盘起了手，几乎把他横提起来，打算就此扔出梅家庄。

柳青阳眼看要吃亏，正想办法挣扎，忽然听到一个熟悉的声音说："你就非要逃脱才行吗？"

"那我有别的选择吗？"柳青阳头朝下憋红了脸，"您的管家也太凶了吧？"

"你想想你的优势——逃跑固然可行，跑不了也不能等死，杀敌一千，自损八百，到底还是赢了两百个数量呢！"

"什么乱七八糟的，您直接救救我好吗？"

梅道远呵呵一笑："那么，东叔，就把这个不速之客丢到马路那边去好了。"

东叔果然开始运气发力，柳青阳知道，这一丢，他无论是屁股着地还是其他什么部位着地，都一定会疼得死去活来，上次梅道远只是随便扔他一下，他就龇牙咧嘴了三天，现在东叔真的生气了，后果不堪设想。但是陈一凡从来没有教过他如何逃脱，所有关于"躲避"的技巧，几乎都来自于那一个月中的亲身实践，柳青阳又挣扎了几下，忽然想到梅道远挂在嘴边的"借力"。他没有发力点，借来力气也打不出去，唯一的办法也许就是……

柳青阳顺着东叔的力道把身体沉了下去，顺势一甩，用自身重量当作杠杆，一下就挣脱了钳制，还把东叔推了出去。眼看东叔要倒，他着急拉一把，没想到梅道远抢步过来稳稳扶住了东叔的后背，柳青阳一下扑空，咚一声，双膝跪倒在两人面前。

梅道远点点头："行了，起来吧！"

莫名其妙就差点给人磕头的柳青阳相当不服气："您二位是算计好的吧？"

东叔还在气头上："不服再来？"

梅道远笑吟吟地瞧着柳青阳："你在我家门口喊了半上午，想干什么？”

“和您谈条件。”柳青阳盘腿坐在地下，累得直喘，“我有重要的事实要跟您坦白，但是我也不能白说。”

梅道远想了想，俯身伸出一只手，柳青阳也伸出一只手，他们友好客套地握了握，柳青阳只觉得一股力量将他向上揪了揪，整个人就站起来跟着梅道远走了进去，连衣服上的浮土都没来得及拍干净。梅道远进入书房就顺手拿起了放在竹榻上的书籍和平板电脑，一指：“躺下。”

“干吗呢？”柳青阳下意识退了半步，“我站着说，站着就行了。”

梅道远缓缓卷起了一只袖子，又去卷另一只。

柳青阳尿了，一瘸一拐地蹭过去躺平，梅道远抓住他的脚腕轻轻拽了拽，刚才拉伤的部位一阵酸痛，柳青阳几乎是号了起来。“这里？”梅道远戳了戳那块肌肉。柳青阳奋力点头：“对对对——哎哟我×——”脏字刚一出口，他就迅速憋了回去，梅道远瞧了他一眼，用眼神表示暂不追究，继续为他推拿伤处。

“你说吧，想要什么？”

“你们都觉得我想要东西，要钱，要车，要房子——哎疼，真疼——我有这么无赖吗？您都让我进门了还给我捶腿呢，咱们就都别装了好吗？”

梅道远被他气笑，在伤处狠狠推了两掌，柳青阳的眼眶都红了，差点哭出声：“我错了行吧？梅先生，对不起，我投反对票真不是为了那点钱，我——”

“你是想帮陈一凡，我知道。”

柳青阳瞪大了眼睛：“您怎么知道的？”

梅道远笑了笑，停下了手，把他扶起来坐着：“作为明德的股东之一，公司里天降了一个大股东，我也会收到一份通知的。”

“您就……就……一点都不生气吗？”柳青阳问。

梅道远微微一笑:“我生什么气?为哪一件事呢?是五年前刘念和陈一凡联手四大集团逼走了我? 还是儿子出车祸、夫人得了病呢? 或者他们五年后又一次把我找出来, 替明德去擦屁股? 又或者——哦,对了……还有一件,你为了拿到刘念手里那一点股份背叛了我,帮助他们把我又一次赶出明德? ”

柳青阳小声嘀咕着:“我都说了不是这样的……”

梅道远说:“我没有选择。我无论是怨天尤人、打滚上吊,还是诉诸法律、找人报复,都无法改变已经发生的事带来的影响。你以为刘念当时选择让我出来帮忙,没有后顾之忧吗?他早就料到了有一天我会重新净身出户, 也料到了我对此不会有任何反抗——我早就说过,这是一场自私的游戏。”

“您是在打推手吗? ”

梅道远一怔。

“您和刘念知己知彼,互相借力,轮番出手,陈一凡就是用来黏手的兵器,现在刘念已经制胜了,您还这么淡定……”柳青阳撇了撇嘴,“有大招吧? ”

“我的大招已经使完了。我只是要赌一赌‘梅道远’这个名字,在地产界还有多少分量,我已经得到答案了,这局推手对我来说,已经结束了。”

“那我算干吗的呢?”柳青阳站起来走了两步,双腿竟然血液通畅,肌肉也不再疼痛了。

梅道远笑了:“你是个意外。”

柳青阳深吸了一口气,走到窗边。这个书房他来过很多次了,甚至已经有点喜欢上了这里的布局和永远都有的淡淡的“树叶子冲水”的香气,他甚至有点喜欢正和他四目相对的这个老头,在了解了对方的喜乐与哀愁之后,柳青阳找到了一种想要倾诉的感觉。可这个老头筹划的每一件事,都和感性的倾诉毫无关系,他似乎把所有商场里的金钱战和心理战都化成了推手的招数，正在和什么不知名的大魔王决一胜负。柳青阳当然知道自己只是其中一枚无关紧要的棋子——按照对方的话说，他是个意外，是无法预料也不可掌控的——他开始暗自怀疑，自己想帮陈一凡是不是算自不量力。

“你这个变数，让我想了很多。”梅道远说，“我开始只认为你是刘念找来的演员，陪我玩玩而已，后来我发现你有过人之处，不在刘念和陈一凡之下。”

“别夸了别夸了……”柳青阳摆摆手，“我自己什么德行，我有数，真的！”

“你还不知道自己的长处，柳青阳，你是个很有意思的孩子，如果我们不是因为这种机缘相处的话，我希望可以好好认识你——腿还疼不疼？”

柳青阳摇摇头。刚才疼得火烧火燎的地方，仍然带着梅道远手上的温度，像是父亲一样的温度。柳青阳喉间吞咽了两下，有些话，终究憋了回去。

“你回吧，有空可以来找我推推手，别再和东叔抬杠啦，你打不过他的。”

“我还没说要走呢。”

“难不成，你真有事要说？”

“真有啊！”柳青阳皱起眉头，“您也知道，我是为了股份的事情，想帮陈一凡，才故意投反对的，所以我不是来认错的，我来是想说……”他看了看梅道远，梅道远温柔地回望着他。

“我就想说，陈一凡根本不喜欢梅恒！他们俩骗你的！”柳青阳假装对桌子上的报纸产生了兴趣，避开梅道远的眼睛，临时决定改口。他忽然不确定要不要说出真相了，面对梅道远，他第一次觉得胆怯。

梅道远缓缓站了起来:“你为什么要撒谎?”柳青阳往后躲了一步。“你知道了什么事,以至于对我难以启齿?”梅道远走过来,忽然提高了声音,“柳青阳,你的长处就是你最大的缺点,你内心澄澈,初心赤诚,所以你根本不会撒谎。你宁可被东叔教训了一顿都要见我,这件事对你来说一定是很要紧的,然而你又退缩了——陈一凡和梅恒是不是恋人,这无关紧要,我儿子已经不在了——你到底知道了什么?”

柳青阳跌坐进梅道远的椅子里:“梅先生……我……我不太想说了。”

梅道远凄然一笑:“关于梅恒?”

柳青阳悄悄攥起了拳头。

“是了,梅恒,也只有这件事能够再次刺激到我——这又是什么计划吗?”

“不是!”柳青阳喊了出来,“梅先生,相信我,我只是为了帮一凡找到真相,这不是任何人的任何计划——我再也不想参与什么计划了,我想做自己。”

“那你告诉我,”梅道远的眼神重新温柔起来,“你作为自己,柳青阳,你觉得我应该知道这件事吗?”

柳青阳沉沉地叹了一口气,目光不经意落在桌上的一摞医疗报告单上,有几行字吓得他都顾不上遮掩偷看的行为,一把抓起来看了个仔细:“这是……梅太太……”

梅道远从他手里接过报告单,反扣在桌面上:“是的,笑妍脑部的肿瘤突然增大,已经影响了她的记忆和行动能力,按照医院的估计,我能做的只有临终关怀了。”

柳青阳捂着自己的嘴。

“我有心理准备,但是笑妍没有。她的人生永远在那天反复着,现在因为这个肿瘤,她连一天都过不完整,早晨说的事情,下午就忘记了。生活对她来说，是一个永无止境的徒刑，可她不知道，她以为走下去，走到底，梅恒就回来了。”

柳青阳的鼻子酸疼难忍，攥着的拳头捏紧了又放开。他不知道为什么面前的人要经历这么多次的伤害，但是如果他现在不说出真相，就等于用谎言把梅道远圈在同样的监狱里消耗，任凭他耗尽最后的生命。

“梅恒是被谋杀的……”柳青阳抬起头，眼泪止不住地掉下来，“……买凶的人，是一凡的爸爸，陈教授……”

梅道远的身体轻微地晃动了两下。许久，他缓缓抬起手来，抹掉了柳青阳的眼泪：“好了，你该回家了，去……和一凡在一起吧。”

第二十二章

1

梅道远允许东叔进入书房的时候，已经是第二天早晨。房间都收拾干净了，茶宠和两只陪了他十几年的紫砂壶都在垃圾桶里，书柜的玻璃门碎了一扇，房间主人的手上多了几圈纱布——东叔什么也没有问。梅太太睡着的时间一天比一天长，这点动静根本没有惊醒她，梅道远悄悄上楼看了一眼，他最爱的女人沉浸在有梅恒的梦境里，脸上带着安宁的微笑。

“梁大夫之前说这个药……”

梅道远打断了东叔：“不要给了。她想吃就吃，不想吃就算了。”

东叔为之一怔：“先生是……”

“不能让笑妍意识到她的病加重了，”梅道远一面走一面低声嘱咐，“我查了很多资料，她的这颗肿瘤无异于定时炸弹。梁大夫说估计超不过一个月——区区三十天的人生，我们何苦再折磨她！”

梅道远推开前厅的门，晨光铺出了一条温暖的路，直通正门，路的尽头，站着一个熟悉的人。

“哟，我竟然没听到保安的提示铃！这不是……陈教授？”东叔说。

梅道远如同雕塑般愣了一会儿，快步走了过去：“好久不见！”

陈秋风叼着烟斗转过身来：“这爬山虎该打理了。”

梅道远亲自拉开闸门，伸出手去：“我们有——”

“——五六年没见了。”

“感觉比这时间要长得多——吃早饭了吗？”

“还没。”陈秋风笑笑，“早晨起来，助教说Z大今天断电断网，全都停课了，我忽然想到那年，也是上着上着课，整个楼都黑了。”

“你的班长还跑到我的教室来，说什么‘看看梅老师这儿有没有电’——我又不会发电！”

陈秋风哈哈大笑：“我就是想到了你，忽然决定过来看看。你看我连门都没打算叫，怕打扰你和笑妍。”

梅道远把他请到小花园里落座，说了梅太太的近况。陈秋风皱起眉头：“听上去不好。”

“很不好。”梅道远让东叔拿了茶具和早点过来，“我的心已经死了，剩下的，就是陪着她。笑妍这几年太苦了，我只想让她安安稳稳地，过一天就是赚一天。”

“大夫说能有多少时日？”

“说不好，肿瘤的位置不妙啊。”

陈秋风抿了口茶，望着二楼那个专属于梅太太的露台，沉沉叹了口气：“最近就……多陪陪她吧。”

“最近吗？”梅道远笑了笑，“最近我可没闲着。”

“我知道。”

“你应该知道。”

“老梅,话里有话啊!”

梅道远把茶盅递过去，陈秋风接了。他们沉默地共饮了一会儿,陈秋风放下茶盅:“明德的事,就让孩子们自己去折腾吧。你管多了,他们觉得你烦。”

“他们既然把我骗出来管，我就不能不管到底，否则愧为师长。”

“不是被学生又赶出来了吗?”

“学生背后有高人。”梅道远望着陈秋风,“陈教授没少给刘念补课。”

陈秋风摸出烟斗,梅道远摆了摆手,指指桌上的盆景:“别熏着它。”

陈秋风收了烟斗说:“这话说的,好像是我要把你赶出去一样。老梅,你不会是还记着当年离开学校的‘仇’吧?你这个争强好胜的念头,该收收了。”

“我哪儿还有仇可记,”梅道远说,“自从梅恒……出事,就没有什么事能在我心里待三天以上了,每天收拾收拾院子,陪陪笑妍就很好。要说有什么旧事忘不掉,只有一件,也只能问你。”

陈秋风似乎有点不安,却也不慌张:“说来听听。”

梅道远半眯着眼睛,靠坐在藤椅里,不紧不慢地说:“当年你买了那栋宅子的时候，我真的是嫉妒了——那宅子怕不是有两百年了,差点评成市重点文物单位,不过因为是四大集团里面鼎力的产业,政府一直没有找到合适的由头去收。那段时间,帮鼎力上市的人是你,虽然没上几次经济新闻,但是圈里大多数人都知道,上市做得漂亮极了,不久之后,你就住进了新宅子,我当时想——”

“——老梅,”陈秋风摆摆手,“我来找你,不是为了吵架。”

“哪里是吵架,我只是想问问你,老陈,宅子是怎么到你手里的?要说是咨询费用,你可是开了行业先河。”

“这么些年没见,我们就说这个吗?”

“说别的也行啊——你尝尝这个,”梅道远打开一个小罐子,“我自己腌的茶梅,去了核,清心平气,好得很。”他拈了一颗放在嘴里含着,“你总说我争强好胜,老陈,为了一凡退学的事,你骂了我多久?现在又帮着刘念撵我,我都不知道你还能对我做什么。”

陈秋风抿了一口茶,望着他:“我还能对你做什么呢?”

梅道远的目光投向远方:“是啊,还做了什么呢?”

“老梅,你的话,一句比一句难听了。”

“我只想知道,这么些年,你到底要跟我争什么?在Z大时,我先辞职退出;在地产界,你的女儿和得意门生把我清退;我现在是个闲人了,你又要上门来告诉我少管明德的事——为了一凡吗?”

“姑且算为了一凡。”

“一凡不应该承担这些。她不能当你的借口,当刘念的借口,当这么多年。”

“这话过分了,老梅!”

梅道远平静地看着他:“我们知己知彼,争了一辈子,现在不妨明着过招吧。一会儿笑妍醒了,我还要上去陪她吃早饭。”

“那我就不客气了?”

“请。”

陈秋风放下茶盅,脸上带着笑:“我不恋旧,也不记仇,要说的都是新鲜事。明德一局,你已经赢了,现在刘念拿住了四大集团,也算是圆了你当年的梦,我只想劝你放放手,不要把刘念追得太紧。他是个好孩子,也有能力魄力,你我的时代终究要让给他这样的人,我只是想劝一句,老梅,何苦呢!”

梅道远点了点头:“讲得好——我来告诉你何苦。四大集团和你,都以为这五年来我是‘卧薪尝胆’和‘韬光养晦’,你们都大错特错了,我只是在自我放逐而已。若不是刘念投下柳青阳这样的石子，我这潭到了年纪的死水，早就干得见底啦！老陈，你的学生，学尽了你的谋略和心思，也学到了你最大的弱点：沉不住气——但凡你稍微沉得住气，鼎力送你的四合院就能从账上抹得更加干净，不至于让我一查就查到了；但凡你沉得住气，叫刘念与四大集团周旋一年半载，就不必来折腾我这个老头子；但凡你沉得住气，今天就不会来找我摊牌——你是刘念的大招，你先出了手，我甚至不用换手，借着你的力就能痛打！”

陈秋风审视着桌上的盆景，小巧的山景顶端有一座藤编的凉亭，里面坐着两个老头正在对饮。阳光从梅道远精心照料的藤萝里挤挤挨挨地投下一片亮白的光斑，就像Z大那棵玉兰树下春末的地面，掉落的白色花瓣总是把他的自行车筐底都铺满了，他装着资料的小布兜摩擦着花瓣，等他骑回家，布兜上都是玉兰花的味道，陈一凡走过路过，总要皱皱鼻子。有一些曾经美过的东西被时间从记忆里搬走了，陈秋风凝望着空荡荡的深渊，深渊却并没有回望，而是卷起了可怕的涡旋，让他半步也不敢靠近。

东叔低声说：“太太起来了。”

梅道远缓缓站了起来。

陈秋风跟着站了起来，伸出了手，梅道远同他握了握，他把另一只手搭了上去：“一辈子就这样过啦，老梅！”

“快得很哪，”梅道远点点头，“我们第一次是在哪儿见面的？”

“Z大的西餐厅吧？”

“那会儿你都是教研员了——我做本科辅导员的时候，你就在隔壁的研究室吧？”

“那会儿我们还没见过面。”

“见过！聚餐的时候肯定见过，那时候还不熟。”

“你肯定记错了，”陈秋风拍拍梅道远的肩膀，“你老了，就胡说吧。”

“你比我还大两岁，”梅道远推了推陈秋风的后背。陈秋风回过头，从口袋里掏出烟斗：“现在可以了？”

梅道远笑了笑：“门口这条路不是我的产业，你随意。”

陈秋风点燃烟斗：“那么……再见。”

“再见吧！”梅道远欠欠身子，一直背在身后的那只捏紧的拳头，终于松开。

2

陈一凡在柳青阳家里住到第三天的时候，柳青阳终于忍不住开口问她打算什么时候走。陈一凡想了想说现在就可以走，柳青阳又急忙说他根本不是想赶人，是不知道拿她怎么办。“你说你吃我的，住我的，我开心死了，真的，特别特别开心，但是你也不能一直这样吧？明德不要了？刘念……哎，刘念虽然不是东西但是你总得见他吧？天天坐家里，也不打游戏，也不看视频，我也没什么书给你读——你就这么坐着不如离开我家。”柳青阳说到最后这个“离开”，几乎是抱着大义灭亲的心态了。陈一凡点点头：“你说得对。”

“别走啊，一凡！”柳青阳抓住她，“我反悔了！”

她拍拍柳青阳的肩膀：“我去明德办点事。”

她在卫生间里收拾了一下自己，借了柳青阳一件T恤换上，妆也没化，随便捋了捋头发就到了明德大厦。乘坐员工电梯的时候，所有人都噤声，只有几个大胆点的低声说“陈总好”，陈一凡点点头，大概明白了自己已经是明德的外人。她甚至懒得去了解刘念对员工说了什么，反正报纸上他和四大集团会谈的照片幅面已经比报道“刘念与陈一凡还没结婚就分道扬镳”的整块新闻面积都大两倍了。分手风波过去之后，很快就不会再有人记得陈一凡，只要理想国顺利开工，刘念就永远不曾输过。把这一切舆论导向捋得顺风顺水的，是明德的新任 CIO 春雨，可惜陈一凡还不知道任命细节，见春雨路过便叫住她："调一下刘念的日程，我只要十分钟就够了。"

春雨愣了一下，二话没说拿起了平板电脑低头操作，反倒是陈一凡先看见了她胸牌上的新头衔："什么时候的事？"

春雨不好意思地回答："上周……我也没有……"

"不，你很合适，"陈一凡点点头，"现在总裁助理是谁？我要见刘念。"

说话间，刘念打开办公室门送鼎力集团的副总出门，对方看见陈一凡的打扮也是一愣，不知道要不要讲话，干脆点个头就离开了。刘念站在门口说："你来上班了？"

"我来辞职。"陈一凡说。

办公区有一瞬间的寂静，刘念脸上最后的一点微笑也消失了，春雨清了清嗓子："销售的四个组长、营销部的部长们，还有工程部昨天参会的几位设计师，请跟我到大会议室开会。"员工们动了起来，打破了尴尬的局面，刘念沉默地敞开办公室门，陈一凡当先走了进去。

"你最近在哪儿？"

"在柳青阳家。"陈一凡不打算掩饰。

"你们……在一起了？"

陈一凡勉强勾了勾嘴角，算是笑了一下："你的 CIO 发出去的通稿上面，不是已经暗示过我终究被小三挖了墙角吗？"

"一凡！"刘念提高声音，"事到如今，我们不能好好开始建设理想国吗？"

"我来就是知会你，从现在起，我无限期退出明德管理层，相关的文书报告我会在三天之内补齐给人事部和你。"

刘念深吸一口气："不要赌气。"

“我没有。”陈一凡疲惫地坐在刘念办公桌对面的椅子里，从包里掏出一沓纸，顺手抓了刘念的笔，在纸上签了自己的名字。“其实我可以打电话知会你，也符合规定——我希望亲口对你说——更重要的事是这件。”她用手指敲了敲纸面，“我已经在清醒、自愿的情况下，由你见证，亲笔签署了这份股权转让许可书……”

“陈一凡！你想干什么！”

“……默认代理方可以代表我完成后续的所有交接工作，把我的所有股份永久性转让给股东柳青阳。”

刘念结结实实打了个寒战。他拿起协议书看了一下，一个字也没有看进去，反倒看见了自己的手在微微发抖。“不用想着撕掉，我包里还有五张备份。”陈一凡说。刘念把协议放在桌上，没有讲话。陈一凡站了起来，扣好自己的包。

“这就想走？”刘念问。

“还有什么需要我做的？”陈一凡反问。

“还有很多。陈一凡，你旷工这些天都在做什么我不管，你和柳青阳在一起，我甚至可以祝福你们，但你突然辞职并且决定把股份转给一个商业白痴，我劝你冷静一下，好好回味自己的抉择是不是符合一个有智力有能力的成年人的身份。”

陈一凡说：“非常符合。我有智力，所以我知道现在的明德已经不需要我了，或者说，在我洞悉了真相之后，迟早会和梅先生一样，离开这个鬼地方；我有能力，所以我可以在力所能及的范围里把损失减到最小。”

“就用让柳青阳这种混蛋控股明德的方法吗？”

陈一凡挑了挑眉毛：“我也劝你冷静，刘念，你已经两次使用攻击性很强的词汇形容柳青阳了。他是全然不会做生意，没什么抱负，也不是一个好搭档、好同事，甚至我也不知道他是不是一个好的生活伙伴，但是柳青阳有的东西，你没有。你认为他是个白痴、混蛋，刘念，你想想，你被我爸牵着鼻子走的时候不白痴吗？你同意‘让梅恒出点小事故’的时候不混蛋吗？你甚至是恶毒了，五年来你瞒着我，却又在利益相关的时候可以泰然算计我，你和我爸真的是一模一样的人，你们赌上一切，盘算一切，就为了坐拥一切！好了，一切都在眼前了，拿去！”陈一凡指指隔壁，“除了我的。你和爸爸，不配拥有我的任何东西，所以我把我的那份，给了配得上它的人——懂了吗？这不是赌气，这是深思熟虑的结果。”

“你知道结果是什么。你和柳青阳的股份加起来几乎过了半数，你正在亲手毁掉你亲手建起来的高楼。”

“那也是我发现了，高楼的地基里埋着一个完全无辜的二十三岁的生命。”陈一凡说完这句话，忽然失去了战斗的姿势，肩膀几乎挂不住那只小小的包，她扶着门站了一会儿，安静地离去。

刘念站在原地，一个字都没有再说。

柳青阳一直站在明德大厦外面等着陈一凡出来。陈一凡出门前，他劝了三四遍，要跟着来，陈一凡坚决不允许。但是柳青阳总觉得她走路都是飘着的，十分不放心，于是悄悄跟在后面，直到她进了明德大厦才放心。按理说，他作为明德集团的大股东，可以大大大方方跟到顶楼去，但是他一走进明德大厦就有一种“到别人家做客”的拘束感，尽管他要的办公室早就装点好了，挂墙的超薄索尼电视下面并排放着好几种游戏机，甚至还有几个方向盘手柄和 VR 系统，但他一点也不想进去，甚至为自己过分爆棚的演技感到羞愧：他只想让刘念接收到“柳青阳还是个不学无术的混子”的信息，却没想到对方真的把他当作好打发的混蛋，这让那间办公室无形中带上了一点戏谑和嘲讽的意味，使得他宁可在明德大厦下面的广场上瞎溜达，都懒得上去当“副总裁”。陈一凡出来的时候走得很慢，柳青阳躲在喷泉后面，还在想要不要现身——他怕自己的跟踪举动让陈一凡感到厌烦和不信任，但是又担心对方已经看到了他，不现身显得自己非常愚蠢。就在这时候,陈一凡忽然停下脚步,弯下了腰。柳青阳以为她要系鞋带,仔细一看她穿的高跟鞋根本没有鞋带,就在这个瞬间,她忽然跪了下去,开始干呕。

柳青阳当然知道陈一凡这几天吃进去的东西加起来都装不满最小号的碗,一个箭步冲了上去,还没等他到身边,陈一凡身子一歪,头部撞击地面的声音清脆可闻。柳青阳一把抄起她,一面跑一面大声喊路人帮忙拦车。

明德大厦所在路口是市区最繁忙的主干道之一,路边很少有停车区域,柳青阳手心冰冷,后背却全都是汗。陈一凡咬紧牙关倒在他怀里,浑身软得像煮过头的面条一样。刚好有一辆巡逻的警车停在红灯下面,柳青阳失控地抱着陈一凡冲到了马路中间,警车立刻挂上警笛,把他俩送到了医院。

医院可以说是柳青阳最近半年来最熟悉的地方了,他麻溜地办好了所有手续再回到急诊病房的时候,大夫正在找陈一凡的家属。"把她最近吃的药拿来。"大夫给他展示报告单,"血检很成问题,还有,这个姑娘几天没吃饭了?睡觉了吗?你们日子怎么过的?你这个有家庭暴力的嫌疑啊——是她老公吗?"

柳青阳蒙了。陈一凡这几天没怎么吃东西是真的,他又哄又劝又逗的,把能点的外卖全点了,冰箱里塞满了各种餐盒也无济于事;陈一凡不睡觉他也知道,由于她坚持要睡客厅沙发,所以柳青阳半夜都不好意思起来上厕所,有那么两次实在憋不住了,出去一看,陈一凡还开着一盏小灯,抱着笔记本看什么东西;但是陈一凡在吃药的事,他一点都不知道。抱着愧疚但是可以救人的心态,他躲进男厕所里,悄悄打开了陈一凡的包。包里东西很多,除了日程本、化妆包、充电宝之类的东西以外,真的有一个贴着英文标签看起来就像从医院里拿出来的密封袋,但里面已经空了。柳青阳最后才打开她的钱包,陈一凡用一个长款钱包,现金不多,夹层里放着她的各种卡片,终于,柳青阳在外面的收纳位里找到了几张纸条。

看起来,陈一凡已经去这家心理咨询中心看病很久了,出于保护病人隐私的目的,纸条上只有必要的联络电话和预约时间,其他的什么都没写,柳青阳只好把那个密封袋交给了大夫。

“你老婆得了抑郁症你不知道?”大夫质问,“这药她多久就全吃完了?这一袋按理说是三到四周的量,但这个开药的日期可是上周。”

柳青阳完全答不上来。

“家里最近有什么大事吗?”

终于是一个柳青阳知道答案的问题了,他想了一下,说:“有人去世了。”

大夫写了一张转科室的条给他:“醒了带去心理咨询那边问一下,她身体问题不大,但精神垮了。”

还没等柳青阳查出来到底哪家医院最会治疗抑郁症,陈一凡就醒了,坚持要求回家。柳青阳摁住了她:“你家在哪儿呢?”

陈一凡愣住了,身体软了下去。

柳青阳撩起她的头发看了看之前撞过的伤处,陈一凡抬起胳膊抓住他的腕子:“带我走,我不想住院。”

“那我也不能让你死我家里啊!”柳青阳从牙缝里挤出几个字来。

陈一凡抓住他不放:“我不会死——我之前是没有想通,刚才在明德,我已经把我所有的股份都转给你了,也辞掉了工作。柳青阳,我现在是孤身一人,和梅先生一样,净身出户,从零开始——你不是要追求我吗?现在可以了,我现在有空了。”

“我不想要这样的你。”柳青阳双手捧着她插着吊针针头的手,放在嘴边暖着,“我想要那个骑摩托车的时候很酷,不骑摩托车的时候更酷的女孩,还有那个会用推手打人的女孩,还有那个既能鞠躬道歉,又能指着刘念鼻子骂的女孩。我柳少什么时候降低过标准？从来没有。我要玩最快的车，开最热闹的派对，要追的姑娘，也一定要是天底下最好的那个。病恹恹的，不要；伤心欲绝的，也不要；一面病着一面伤心着还要拿我当药引子的，更不要。”

陈一凡呆呆地望着他。

“你是不是净身出户、是不是和刘念有关系、是不是放不下梅恒，谁他妈在意呢？我不在意。我追的是陈一凡，又不是陈一凡的历史记录，我怕的是陈一凡看不上我，又不是怕陈一凡的人际关系看不上我。你还不懂我吗？我是真心希望你好好的——当然了，你把自己搞成破烂也行，你掉进垃圾堆我也要跟你混出一样的臭味，但也得先捞你一次对不对？我把你从垃圾堆捞出来，洗干净，晒干，擦亮了，你要说‘我还想去垃圾堆里玩’——行，咱们马上再去！我在垃圾堆里跟你过一辈子！但是你让我先捞你一次，好不好？就一次，就像当时你捞了我一下那样，这次，换我。”

柳青阳一面说一面腾出一只手，用蘸着矿泉水的棉球小心地润着陈一凡的嘴唇。陈一凡似乎是一个被抠掉了电池的机器人那样呆呆地坐着，柳青阳帮她梳了梳因为抢救而凌乱的头发，在她耳边说：“等你舒服一点，这瓶水挂完，我就带你回家。逃跑路线我都看好啦，一会儿给你弄个轮椅去，咱们装中风患者怎样？”

陈一凡无声地笑了，笑着笑着就哭了起来，她掀起身上穿着的柳青阳的T恤擦眼泪，哭着哭着又笑了起来。柳青阳吓坏了，紧紧抱着她，叫她的名字。她的脸埋在柳青阳的胸口，听到对方的心脏极速跳动如同擂鼓，她抱住他的脖子往下拽，昂起头吻了上去。柳青阳特别会胡说八道的嘴唇也是一样干涩，她狠狠地咬了他一下，他手忙脚乱地扶住了她的头，又因为怕碰疼了她伤口而双手舞动，不知如何安放。

她奋力挺起身子，抱住他：“带我回家——我跟你回家，我会好好的，好好地等着你来追我。”

3

陈一凡的辞职给刘念带来了无穷无尽的麻烦。先是董事会追着他,质问媒体反应和通稿措辞,后来开股东大会的时候他又专门拿出了十五分钟用于挨骂。就连狗仔队都没有放过他,跟着他从原来金融区的顶层豪宅搬到了很久以前明德开发的洋房小区，每天蹲在小区外面，试图拍到陈一凡和刘念分手吵架或者悄悄一起回家的画面。刘念不得已带上了一个明星同款的黑口罩,每天直接把车开到小区地库,然后坐电梯上楼,晚餐都叫外卖送到门口。

就在四大集团和明德集团合作的融资协议初稿正式通过的那天,刘念破例早回家了一点,他最近已经吃遍了周围能吃的所有外卖,实在不想再看见任何形式的餐盒了,但明德总裁在这个风口浪尖上不能去逛超市,更别提买菜了。刘念几乎是灰溜溜地回到了家里,更可气的是,他收拾出来的陈一凡的东西昨晚堆在门口,一进门就把他绊倒了，正在用手机看微博热搜上关于明德集团的评论的他,半个人都飞了出去,差点磕破脑袋。踉踉跄跄爬了起来的刘念,发现手机屏幕碎了,怎么戳都没有反应,备用机还锁在办公室里,更惨的是,他的工作电脑因为涉及商业机密太多,需要和手机同步验证才能解除开机锁,带回家的工作就这样泡汤了。

刘念从窗帘缝隙里望着对面的居民楼，明德开发这个小区的时候,这里还是一块连公交都很少到的老旧居民区,绝大多数人都是退休的老头老太太。梅道远不知怎么就看上了这块地皮,几乎是用清仓价格拿下,不但建了非常时尚的几栋高层住宅,还在前面的还迁区域里开发了一大片带电梯的六层洋房，老人住进了洋房区域，顺带着刺激了家里的年轻人为了和父母拉近居住距离而踊跃购买高层的小户型,一举盘活了整个老旧城区,还顺手带起了周边大量的快递、外卖服务。刘念打心底佩服梅道远的商业眼光和见识，但是，梅道远的时代应该结束了——他和陈一凡当年以内部员工的价格买入的房子，已经升值了几倍，时间过去了，环境也变化了，如果其中的人不跟着动起来，整个系统仍然会像老旧的电脑一样，受制于小小一块 CPU 的性能。这半年多时间，他几乎没有睡过一个完整的觉，一直低头耕耘，收获的时间马上要到了，刘念被最后冲刺阶段的工作量折磨得身心俱疲，但想到他将重新谱写的明德新时代，他就能稍稍感到一些安慰，尽管，他很希望身边还有一个人，能同他分担此时的喜乐和哀愁。

本来是“他们”的房间，现在只有他了。

可视门禁系统响了几声，他怕是记者摁的，于是只开了声音，也没有先说话。对方是个女性，只是简单地说给刘念先生送餐，刘念哼笑一声：“我没有订餐。”对方不依不饶地又摁了一遍，刘念只好遮着摄像头打开了视频画面，戴着棒球帽的女孩子穿着比萨店的制服，端了一个巨大的纸盒，遮住了半张脸。门禁画面并不是很清楚，刘念却一眼认出了那双漂亮的眼睛。

几分钟后，他打开了家门，春雨笑吟吟地站在门口：“先生是刷支付宝呢，还是结现金呢？”

刘念把她请了进来：“你从哪儿弄的衣服？”

“大学的时候，我在这家店打工，不过这是美国的款式。”她打开盒子，里面真的有一张看起来就很诱人的比萨，“这个口味的最好吃，因为上面的肉多。”

刘念很感激，一直道谢，又说要送她到车库。春雨笑笑说她走不了了，几个小报记者一直守在车库附近，她才出此下策。为了让对方看见真的有一个送比萨的女孩子离开这里，她真的花了一百元叫外卖店的小姑娘故意从另一个门走掉。“我晚上再回。天气预报说十点开始下雨，记者会撤的。”

刘念忽然有了一种被“绑架”的感觉。他邀请春雨一起来吃比萨，春雨却说打工的时候吃够了，再也不想吃比萨了。他们聊起打工的缘由，说到过去的时薪和现在的物价，甚至聊到了世界贸易体系。春雨的眼睛亮晶晶的，笑起来的时候弯弯的，她的头发从棒球帽后面的洞里穿过，扎了一个规规矩矩的马尾，她妥善而从容地接着刘念的话茬，看着她的平板电脑却并没有心不在焉，所有的金融话题都言之有物。这让刘念想起了当年陈一凡在面试之后说的话，她说春雨是个“像宝石一样的姑娘”，刘念当时只是见了春雨一面、互相打了招呼而已，彼此印象没有太深，于是问她哪里像。陈一凡一面批着春雨入职的相关文书一面说：“会是一个很好的助理，你不要凶她，温柔一点。”

刘念从未凶过春雨，因为春雨几乎没有做错过任何要紧事，当他需要她的时候，她总是笑吟吟地站在那里，似乎早就准备好了；当他不需要她的时候，她似乎从来没有存在过。即使成为明德的CIO，她一样兼着助理的工作，刘念也是前几天才发现的，春雨说，在新助理调教好之前，她不可能把他丢开。

就像现在，她送来了晚餐，甚至已经叫好了上门换屏的服务，再过一会儿，刘念就能正常使用自己的手机了。

“春雨……”他几乎是下意识地叫她。

“嗯？”春雨回应。

刘念猛然清醒：“啊……我……没有，我只是……”

春雨侧着头瞧着他：“是伤口很痛吧？”

刘念愣了一下。他之前要她帮忙换块纱布的时候，觉得自己脆弱得可耻，全部的信任都交给了一个女助理，时隔这么久，他被陈一凡刺伤的地方血流不止，所有人都在关心他什么时候能站起来，只有春雨问他是不是在痛。

“……快要不痛了。”刘念说。

春雨停下手里的工作，静静地看着他。几分钟前，刘念从冷冻室里翻出来一袋看起来还挺美味的年糕，打算让春雨垫垫肚子，空气炸锅完成了解冻程序，忽然发声启动，刘念和春雨都吓了一跳，再回神的时候，他们仍然是对视着，都尴尬地笑了笑，仍然是无话，仍然是等着对方先开口。春雨的手指在锁定的漆黑的屏幕上缓慢地胡乱划着，刘念喉间吞咽了两下，短而低沉的几个字音被炸锅呼噜噜的工作声完全淹没。食物的香气和厨房声响终于让这个家再次看起来像个家，春雨打了个小小的哈欠，靠在沙发里。

“我是不是误解了你？”刘念低声问。

“什么呢？”春雨反问。

“一直以来，我……”刘念似乎是轻轻叹了口气，“我从未想过……”

春雨的手机响了，上门换屏的人就在楼下大厅，刘念带着手机下去，半小时后再上来时，春雨正在餐桌前面吃那份炸年糕。他把手机展示给她看，像个小孩一样炫耀说像新的一样。她咬着叉子笑了笑，忽然说：“我喜欢你，刘念，我很喜欢你，一直一直地……喜欢着你。”

刘念坐在她对面。

“你呢？”她问他。

有些话几乎要脱口而出，刘念咽了回去。

“我知道你的世界里，除了陈一凡，没有其他人。所以，你不要害怕……”春雨笑着，一滴眼泪飞快地掉进盘子里，“我……我只想喜欢着你，我不会强求你也——”

刘念摆摆手：“我始终知道我的女助理喜欢我，但我从未正式回应或者禁止过，可以说是我放纵了你的喜欢，让你误以为这样可以。”

春雨脸上的笑容全都消失了。

“事实上，不可以……”刘念说，“春雨，你不应该喜欢我，与工作和身份无关，是我的问题……是我不配喜欢你。”

“刘念——”

“你亲眼看到了陈一凡是怎么离开我的，是我一步一步，把她推到了我的世界以外。以你的信息整合能力和聪敏，你肯定知道其中的原委——我是一个脑袋里除了理想国什么都没有的商业机器，你不该喜欢这样的人！”

“你说晚了，我评估过我的决策，喜欢你，这没问题。”她突然站了起来，走到刘念身边，直直盯着他，“刘念，如果有可能，你会喜欢我吗？”

刘念看着她：“你是个好姑娘——”

“——会还是不会？”

“会，我会喜欢你的，春雨。”

春雨的嘴角慢慢上扬，终于像平时那样笑了起来，她的眼泪大颗大颗地滚落，顺着微笑的弧度灌进喉咙，她品尝着事实的苦涩和幻想的甜美，终于释然：“谢谢你，刘念，我牢牢记住了你现在的样子，你的语气，你的眼神，就算今天只是一个笑话，我也不会忘记你这句话。我把这当成一个承诺，如果有可能，请你记得喜欢我。”

刘念试图抓住她的手，她迅速躲开了，抓起了桌上的平板电脑：“我们看一下过几天发布会的媒体通稿吧，有些用词细节，我需要和你商议。”

刘念只抓到了一团空气，可空气却用力地抚平了他剧痛的伤口。

第二十三章

1

算起来柳青阳已经断断续续在明德工作了不少日子，然而老实说，他从未有机会独立地接触明德真正核心的业务，尽管一直在恶补，对于“如何当一个大集团的高级管理人员”依然一知半解，刘念甚至不用特意防备他排斥他，那些厚厚的英文项目书本身就是柳青阳无法逾越的天堑了。

不过今时不同往日，柳青阳很清楚，他从陈一凡手里接过的明德股份并不是一份单纯的馈赠或者爱意的表达，更多的是责任——在某种程度上，她和梅道远一样，在柳青阳身上投射了太多难以言说的情感，把明德未来交给柳青阳，就如同交给梅恒，明德是他们的“理想国”。于情于理，无论是为了活着的陈一凡和梅道远，还是不在人世的梅恒，柳青阳都必须得做到最好。

但是，他埋头在“理想国”相关的项目中不到十分钟，春雨就来了，还带来了一大包新奇的外国零食和一大摞广受好评的新游戏，她笑吟吟地把那一大堆东西放在柳青阳办公桌上："刘总说，您要是需要充值或者买装备什么的，直接跟我说就行，不用走财务那边。"

"哎，等等，别这么客气啊。"柳青阳有点脸红，他之前为了塑造"纨绔子弟""不学无术"的形象，给自己弄了一屋子游戏机，此时十分骑虎难下，"在办公室打游戏……还是有点影响不好。"

春雨瞟了一眼他桌上那一大堆项目书和学习资料，就知道他正在钻研"理想国"的项目，但她好像没看见一样，接着跟柳青阳说游戏："喏，这个典藏版好像是最热门的，我的助理说要秒杀，很少有人能立刻拿到呢。"

尽管跟刘念有诸多冲突，柳青阳还是觉得他跟春雨没什么私人恩怨，因此不愿意当面给她难堪，便把那一口袋游戏和零食都接过来，塞在办公桌底下："行，等我打完'理想国'这个高难度游戏，就玩这个。"

春雨还是那么无懈可击地微笑着："只有理想国不行呢。"

柳青阳放下手里的文件，警惕地看着春雨。春雨也看着他，还是微笑着，语调却变了，吐字清晰语速略慢："这个游戏只有一个玩家，'理想国'属于明德，明德属于刘念。"

"你可能不知道，我现在……"柳青阳刚开了个头，春雨就打断了他："对不起，我知道陈总把她名下的股份给了你，也知道她在过去这几天联系了所有熟识的明德股东，希望他们能够站在你这一边。然而很遗憾，明德的大股东还是更愿意相信刘总的能力和判断，你们所能掌握的股份，最多不超过百分之四十七。"

这跟陈一凡之前判断的一样，她跟柳青阳说的时候差点哭出来，大概觉得明德还是被人抢走了，对不起梅道远和梅恒。柳青阳当然也知道，但他表面上特镇静，不置可否地看着春雨："我知道，少数服从多数,跟小学生选班长一样,刘念控制百分之五十三的股份,明德就是他的,这点数,我还是算得过来的。”

“所以你应该知道,你们不可能掌控明德,不如变现……”春雨变魔术一样掏出一份文件递给柳青阳,“足够你和……”她微妙地停了一下,抿嘴一笑,“足够你和陈总好好过一辈子。”

柳青阳很热心地接过来,翻了一下就扔在一边,露出了他在曹菲画廊忽悠记者们的那种浑不吝的笑容:“我觉得，你们真挺有意思的,尤其是刘念,他到底有钱没钱?”他不等春雨回答就接着说,“你说他有钱吧，理想国那边施工经费都三天两头要借要想办法,你说他没钱吧……一会儿要给四大集团赔违约金，一会儿又要收购我手里的股份，他兜里是揣着几千万上亿的零花钱随时准备怼人吗？还是打算给我打白条?”

春雨脸色一变，勉强维持住了职业化的笑容:“只要你同意股权让渡,钱自然是不会少了的,你可以放心。”

“你是不是从来没看过电视剧呀?”柳青阳在舒适的办公椅里转来转去，一只手抽了一摞文件，十分装模作样地往春雨面前一扔,“你们应该把现金搬过来甩我脸上，然后特有气势地说:‘离开明德,这些都是你的!’真金白银,我没准就从了呢,现在……我觉得拿着百分之四十七给刘念找点不痛快,也挺痛快的。”

“少数服从多数。”春雨的眼神有些凌厉,“你只有百分之四十七,所以永远不可能给刘总造成任何麻烦……”

“永远?”春雨话没有说完,一个声音忽然在她背后响了起来,柳青阳都吓了一跳,他下意识地站起来,只见梅道远笑眯眯地走了进来,背着手欣赏他那套豪华的家庭影院系统和一大堆游戏机。

“老头……哦不对……”柳青阳看到梅道远身后还跟着陈一凡,总算想起在办公室他不应该太过没大没小,咳了一声,十分端正地迎过去,“您怎么来了?”

“我有事要跟刘念谈谈，路过你这儿，就进来看看。”梅道远饶有兴致地捡起一个硅胶手柄把玩着，春雨也站起来，客气地欠了欠身：“梅先生，您好。”

梅道远打量着她：“春雨，CIO，首席信息官，真是很年轻，你原来是刘念的助理吧？”

春雨点点头，梅道远接着说：“姓春吗？这倒是很少见。”

春雨退了半步，明显回避了这个问题：“刘总在开会，您可能要等一下。”

梅道远笑起来：“好，没关系，到了我这个年纪，最不缺的就是时间，跟你们年轻人不一样。”

春雨迟疑地看着陈一凡手里的公文包——那款式一看就是替梅道远拿着的，她猜不出他们这又是什么新戏码，显然连柳青阳也都蒙在鼓里，刚刚梅道远截住她的那句“永远？”则让她隐约有些不安，于是便快步走出去，给刘念打电话说明情况。刘念自然不能放着不管，于是几分钟以后，柳青阳、梅道远、陈一凡就一起来到了刘念的总裁办公室。

梅道远几乎没给刘念客套的时间，他从陈一凡手里的公文包里抽出一个厚厚的公文袋，放在了刘念桌上：“你还记得它吗？”

刘念的脸色一下子变了，这个有些褪色发黄的牛皮纸公文袋就像是会咬人，他甚至不敢碰。

“五年前，梅恒葬礼之后，你和一凡送我回家……”梅道远的目光有些飘忽，他看向刘念的方向，却又没有看他——刘念背后巨大的玻璃窗映出了他们一行人的影子，他自己坐在中间，身后是陈一凡和柳青阳，模模糊糊的，依稀是长大的梅恒和他一直爱着的一凡姐，梅道远的声音不由变得柔软，他对刘念说：“你亲手把这个交给我，股权让渡书，你将名下百分之十的股份转让给我，没错吧？”

陈一凡显然也记得这件事，她微微侧头，不忍回想最后一次送别梅恒的时候，梅道远死灰般绝望的脸色，柳青阳赶紧伸手扶住她，握着她的手，给她温暖的依靠。

刘念把这一切看在眼里，胸口刺痛，整个人似乎被切成了两半，一半咬牙切齿地叫着“谁也别想抢走明德和理想国”，另一半则哀哀泣血“一凡你真的不要我了吗”，愤怒和伤心到了极致，他整个人动弹不得，一句话也说不出来。

站在另一边的春雨看得分明，一样是五味陈杂，不知道应该伤心还是愤怒，然而在这样的时刻，女性总是更能抵御痛苦处理问题：“您手里这份股权让渡书，我们需要交由法务部门和财务部门共同验证……”

“当然可以。”梅道远若有所思地看着她，话却是跟刘念说的，“五年前，我并不想接受这些，毕竟，再多的钱也无法把我的儿子换回来，但是你……你和一凡坚持这份补偿，我就放着没动，我昨晚看过，所有的手续都有公证，我现在要求兑现，应该不难吧？”

刘念似乎从一场漫长的梦中醒来，他摆手阻止了春雨的纠结和挣扎，然后伸出一根手指，按灭了桌上的电子相框，那里面依然放着他和陈一凡的婚纱照。他知道这就是结束的时候了，自欺欺人毫无意义，他站起来，指指他的椅子，对柳青阳说：“这里归你了。”

柳青阳对于这个结果也毫无心理准备，他愣愣地看着刘念只拿了那个电子相框就开始往外走，春雨则用内线电话叫人上来帮忙整理东西。她做了公司的首席信息官，可是涉及刘念，她永远比最好的助理还体贴。

刘念在陈一凡面前停了一秒钟，他看着她，千言万语不知道从何说起，他想说你是真的恨我，又想问你是不是从来没有一天爱过我，可是今时今日，他却一个字也说不出来。陈一凡毕竟跟他相处多年，纵使从未相爱，却依旧能感受到他的凶狠悲伤愤怒和绝望，可是梅恒的死彻底断绝了她最后的温柔和怜悯，她什么也不说，只是往柳青阳身边凑了半步，握紧了他的手。

刘念转身离开，他知道，他们之间已经永远结束，再无瓜葛。

2

柳青阳并没有立刻坐到刘念的椅子上去，虽然在此之前，他比谁都迫切地想要得到明德的实际控制权，然而当他真的得到了，真的成为了明德的老板，他的脑子非常亢奋，心里却隐隐有些不安。

他跟着陈一凡一起送梅道远上车回家，他想说些感谢的话，然而梅道远给他的不仅仅是一份沉甸甸的财富，更是这个老人无法给予梅恒的一切。柳青阳知道自己并不擅长说一些抒情的话，想要仔细打个腹稿，一不留神便错过了时机，梅道远已经上车走了。

“哎……我这就……成明德总裁了？”他看着身边一身休闲装像个学生似的陈一凡，依然觉得难以置信。

“我也没想到梅先生会这样帮助你。”陈一凡若有所思，她在明德工作了很多年，却总是行色匆匆，多数时候出入都是走车库，竟然从未试过坐在明德门口的休闲广场上，看看行人，喂喂鸽子。

“我第一次来的时候，只觉得明德的楼真高，里面进进出出的人都可高级了。”柳青阳坐在她身边，仰视明德高耸而冷硬的大楼，“没想到……哈哈，没想到我竟然成了明德的老板，我竟然真的做到了。”

“现在的明德，跟那时候不一样了。”陈一凡叹了口气，时至今日，追究刘念拍下15号地王的行为是不是过于贪功冒进已经毫无意义，现在，这个麻烦属于明德，也就属于柳青阳。

“我知道，表面光鲜，但是一个‘理想国’就能让明德资不抵债，跟老柳那时候的剧本一样，这我有经验了，你放心。”柳青阳拍着胸脯保证，“一回生二回熟，我扛得住。倒是老头，他主动叫你陪他来的，那是不是就是说那个事……他想通了？”

陈一凡被他的前一句话逗笑了，却被后一句撩起了无限感慨，她捋了捋耳边的头发，低垂着头，想了想才说："也许吧，经历了这么多事，师母又是……身体不太好，生离死别，梅先生可能不愿意再计较，或者愿意试着放下。”

“那你也应该放下了吧？”柳青阳握住陈一凡的手，动情地说，“真的不是你的错，你得好好生活，才对得起死了的……以及活着的。”

陈一凡侧头看他，微微一笑，像是答应了。

柳青阳拉着她站起来，一路往明德大厦里冲："那就好，我们现在就去把‘理想国’搞定，明德不能倒，日子还得过。”

陈一凡和他手拉手飞奔着，穿过整个广场，却在明德大楼的门口停了脚步，她笑着摇了摇头："我不行，以后你得自己想办法了，这明德是你争取到的，要对它负责到底的人也是你。”

柳青阳理解她要离开明德重新开始，也不勉强，挠挠头说："情况紧急，你给我点建议呗，友情的那种，场外支援？电视里那些综艺节目还能求助一次亲友呢，你就帮帮忙？”

“谁是你‘亲友’呀？”陈一凡微微笑着哼了一声，却很正经地给出了建议，“刘念离职，无论是之前支持他的大股东，还是他手下的老员工，都不会愿意听你的，你得先搞定内部的这些矛盾，才能去打外面的硬仗。”

“威逼利诱，棒子加枣，这个我懂！”柳青阳钩住陈一凡的手指，“不过我觉得他们肯定更愿意听你的……”

“我可以帮你打几个电话，这也是……梅先生交代过的。”陈一凡咬着嘴唇，像个女大学生一样，“不过以后，真的要靠你自己了，我先走了，我打赌，你今晚要加班，所以我就不等你吃晚饭了，拜拜。”

说完，她竟然真的拦了辆路过的出租车，就这么走了。

3

春雨焦虑的声音从电话里传出来的时候，刘念有点迟疑，按理说，他刚刚失去了倾注全部心血的明德集团，向来体贴的春雨一定会安排好一切，给他几天时间恢复精神，这个时候会打给他，一定是有非常严重的事发生了。刘念深吸一口气，花了好几秒钟才听清楚，春雨说："老师进医院了！你快过来！"

刘念不可能不管陈秋风的事，他立刻简单地换了身衣服，快步下楼，用最快的速度赶到了医院。陈秋风显然刚刚结束了什么检查，床边除了春雨，还有一个熟悉的面孔——四大集团的李总。

陈秋风坐在病床上，神情萎靡憔悴，脸色也十分苍白，看到刘念，想要说什么，却被咳嗽打断了。春雨连忙拿了件外套给他披着，眼神关切而焦虑。

"老师……"面对陈秋风，刘念总是本能敬畏，尤其是他刚刚搞砸了明德的事，他羞愧歉疚地低下头，"对不起，我……"

"我以前就告诉过你，必须让梅道远彻底离开明德，而你……"陈秋风冷冷地说，"而你，非要用股权去交换他的原谅。刘念，就算你没有做过别人的父母，也总该知道，多少钱也不能买回别人的儿子吧？"

刘念像是犯了错的小学生一样，无地自容地低下头，本能地退了半步。

春雨挪到他的身边，安慰地握住了他的手。

陈秋风在他们贴得紧紧的身体上扫了一眼，不置可否地挪开了目光，轻轻咳嗽了一声："都过去了，刘念，我今天叫你过来，是有正经事的。"他说着看向李总，"我答应过梅道远，不会再参与你们之间的争斗，明德也好，四大集团也好，谁输谁赢，与我陈秋风，其实没有半点关系。但是李总，刘念是我视为家人一样的弟子，他现在有难,我希望你能帮帮忙。”

李总哈哈一笑:“当然,我们四大集团里,永远有刘念的一席之地。”

陈秋风闻言,摇了摇头:“如果只是寄人篱下,我今天也不用叫你们过来了。”

李总坐正了一些,谨慎地问:“哦?那陈教授的意思呢?”

陈秋风看了看春雨,又看了看刘念,对李总说:“你和老杨老张他们商量一下,帮助刘念,重新夺回理想国,搞垮明德——彻底打败梅道远!”

刘念都愣住了,他看向陈秋风,又看向李总。李总犹豫了一下才说:“教授,您是德高望重,您吩咐的事,四大集团总要给些面子,只是……老杨他们不一定肯接这个烂摊子,毕竟,这事不是我们搞砸的。而且……明德现在在梅道远的手里,想把明德搞垮,虽然不是不可能,但我们也一定会付出相应的代价,这样的买卖,是不是有点不值得呢?”

陈秋风叹了口气,向后靠在了病床上,缓缓地说:“李总,你就当帮我一个忙,抵我们早年间的人情,如何?”

李总闻言抬头盯着陈秋风,陈秋风向他点了点头,李总便站了起来,走向刘念:“刘念,做好准备,我们要和梅道远开战了!”

刘念当然知道这里面涉及多少钱多少成本,他不明白为什么陈秋风一句话,老李就同意了,还没等他反应过来,老李已经向外走去:“再联系,我去跟老杨老张他们打个招呼。”

刘念还想说什么,被陈秋风一阵剧烈的咳嗽打断了,他回过头,只见春雨满面担忧,十分关切地给陈秋风倒了一杯水。

陈秋风接过来抿了一口,然后看着刘念说:“我能为你做的,我都做到了——记住,一定要拿下明德,拿下梅道远!”

刘念刚想表决心,陈秋风已经提高了声音,近乎呵斥:“你记不住……刘念，你的性格太软弱，不把这一点改正，你永远都不是他的对手！”

“我明白，老师。”刘念紧紧攥着拳，指甲掐破了自己的手心。陈秋风盯着他，又咳嗽起来：“最好明白……你有了四大集团李总的帮助，剩下的事，就靠你们自己了。”

正好护士进来送药片，春雨便用眼神示意刘念先走，刘念却站着没动，他等护士走了才轻声问：“老师，能不能告诉我，今天……你和李总？”

“不过是多年前的一场人情，我不提，他始终不敢忘——现在，你知道为什么，你一次次开罪他，他都能放你一马了吧？”陈秋风说得轻描淡写，“不过，这也只能是我最后一次帮你的忙，你们是地产商，我毕竟只是个教书匠，刘念，你唯一能依赖的，就是你自己——还有她。”说着，他轻轻拍了一下春雨。春雨低下头，轻声说：“嗯，我会的。”

陈秋风点点头，随即闭上眼睛，摆手让他们回去。

刘念和春雨不敢再打扰他，便一前一后地走出门去，刘念本来有许多话想要问春雨，比如她为什么会送陈秋风到医院，比如陈秋风到底和李总他们有什么交情等等，可是他还没想好从哪儿开始，就看到护士站那里站着的陈一凡。

她看到他们俩走过来，立刻转身就走。刘念踌躇了一下，不知道此时此刻，他应该用什么样的身份去跟他爱了很多年也伤害了很多年的女孩说话，没想到春雨却大步冲了过去：“你不进去看他吗？”

“与你无关。”陈一凡想要绕过她，春雨却抢在陈一凡前面，堵住了电梯：“他是你爸爸！”

“所以我签过字了，还交了押金。”陈一凡皱眉，要不是她妈妈接到陈秋风突然住院的消息受了刺激，此刻只能卧床休息，她根本不会到医院来。

刘念也追了过去，及时握住了春雨的手——她看起来要打陈一凡，眼神凶狠如同马上就要吃人。陈一凡也愣了，她不明白为什么春雨这么激动。春雨大声说："不管他做过什么，他都是你父亲。"

陈一凡也有些不高兴了："你有什么资格跟我说这个？"

春雨咬着自己的嘴唇，目光复杂，欲言又止。陈一凡也不追问，她绕开春雨，自顾走向电梯。

"春雨，刘念，你们吵什么？"就在这时，病房的门开了，陈秋风站在门口，看到陈一凡，也是一愣，"一凡？"

医院泛着消毒水味道的楼道里，四个人就这么站着，一时都不知道说什么才好。良久，春雨艰难地打破了尴尬的场面，她绕过陈一凡去扶陈秋风："教授，外面凉，您先回去休息吧。"

陈秋风站着没动，只是看着陈一凡："你不想见我？"

陈一凡一言不发，春雨气不过吼道："陈一凡，你毁了刘念还不够吗？教授是你父亲，他现在住院了，你还要这么气他吗！"

陈秋风伸手拍了拍她的肩膀："我想和她，单独聊聊。"

春雨还想说什么，陈秋风眼神凌厉地一扫刘念，刘念立刻反应过来，拉着春雨就走："我们先去给老师添些必需品。"

春雨气得浑身都在发抖，却无法违逆刘念和陈秋风，只得狠狠地瞪了陈一凡一眼，跟着刘念走了。

陈秋风咳嗽着，在病房门口的椅子上缓缓坐下，指指身边："来，一凡，过来坐。"

陈一凡向前走了两步，却没有坐在他的身边，陈秋风无可奈何地叹了口气："她说得也有道理，你毕竟是我生的，这……就算是我们父女之间，最后一次谈话吧，坐下说。"

陈一凡犹豫了一下，还是坐得与陈秋风隔了一个座位。

"在你心里，我们还是父女吗？"陈秋风叹了口气，和他过去许多年一样，措辞严厉，语气却多了很多苍凉和无奈，“回答我，你还把我当父亲吗？”

陈一凡低下头，沉默不语。

陈秋风苦笑，望向陈一凡，比上一次见面，女儿瘦了好多，没有化妆，脸色微微有些苍白，显然这些日子，她过得并不好。他叹了口气：“这就是你的答案了，是吗？我还要问你，如果我死在梅道远手上，你会怎么想？”

“梅先生……不会的。”陈一凡低声说。

“如果呢？”陈秋风苦笑，“你会很难过，但是，你会理解他？”

陈一凡闭上眼睛，梅恒站在遥远的黑暗里，背着运动包，清脆地叫她“一凡姐”，使劲地向她挥手。她终于点了点头。

“说到底，说到底，在你心里，我还是不如老梅啊……我有时候真想问这是为什么，你到底是谁的女儿。”

陈一凡难以置信地看着她爸爸：“你从来没有关心过我想要什么，不，你从来没有关心过任何别的人，你在乎的只是别人是不是按照你的意思去生活和工作，当我试图脱离你的控制时，你就归咎于梅先生。”

她说的就是事实，陈秋风无法反驳，他摇了摇头。陈一凡接着说：“就算我让你失望了——这是你误杀梅恒的理由？”

“你是真的恨我，为了外人，恨你爸爸。”陈秋风的眼神变得锋利而冷漠，他盯着陈一凡。陈一凡深吸了一口气，昂头直视她爸爸的眼睛：“自从知道真相以来，我无数次幻想，如果你不是我父亲就好了。那样的话，我就可以放下一切负担，向你讨一个公道！”

陈秋风看到她颤抖的嘴唇，就知道一切已经无可挽回，他冷笑：“所以这大概是我们父女今生最后一次聊天了，我问你，对你来说，我死了，是不是更好？”

陈一凡止不住地掉眼泪，她双肩颤抖，隔了好几秒钟才终于回答:“杀人偿命,我不能改变过去,也无法左右将来。”

陈秋风平静地点了点头,似乎了然,他站起来,不再看陈一凡,往病房里走,刚到门口,人一趔趄,就剧烈地咳嗽起来,一口鲜血喷在地上。

“爸!”陈一凡下意识地一声惊呼,她站起来冲了过去,陈秋风却不让她扶:“你走吧,从今以后,你自由了。”

路过的护士看到地上的鲜血,吓得立刻开始呼叫急救医生,同时不悦地推开陈一凡:“病人情况不稳定,你们家属能不能注意点?”

陈一凡看着医生和护士呼啸而来,转眼就把陈秋风推到治疗室去了,她在门口站了片刻,眼泪不住地流,却决然地转过身,大步离开。

没想到她刚下楼,就被提着一些食物和日用品回来的春雨和刘念堵在了大厅里。春雨显然已经接到了医生的通知,见到陈一凡往外走,眼睛都红了:“你根本没资格做他女儿!”

陈一凡不悦地抬起头看向她,泪痕未干,怒道:“你以为我愿意吗?”

“他这个年纪,什么都没有了,你甚至不能体谅一下他的身体,一定要气到他吐血吗?”春雨咄咄逼人,大厅里其他排队的病人、家属都开始频频注视这里,甚至引起了保安们的警惕。

“你以为你是谁?我们家的事与你无关。”陈一凡冷冷地扔下一句,“就跟公司的事一样。”

刘念本来一直拉着春雨,听到陈一凡这么说,心里就像是被插了一把刀,对明德和陈一凡最后的眷恋似乎都被彻底切断。他想,时至今日,他还有什么舍不得的呢?他确实应该按陈秋风和四大集团的意思,亲手毁了理想国和明德集团。

春雨的脸色也很难看,她一字一句:“我是谁不重要,你已经毁了明德，伤透了刘念，以后，请你也不要再来打扰教授了。”

说完，春雨拉着刘念就匆匆上楼，陈一凡在后面叫她说清楚，她也完全不理。陈一凡疑惑地看着她和刘念的背影，总觉得有什么不对劲。

第二十四章

1

入驻明德的第二天，柳青阳觉得十分不对劲。按理说不应该，因为陈一凡嘴上虽然说不管明德的事了，还是给他写了一份非常详尽完善的工作计划，梳理了整个明德的组织结构，告诉他上位以后需要跟哪些员工重点谈话，许之以利，动之以情，稳住局面，再图将来。柳青阳也这么干的，他甚至还把原来跟他有点不对付的张森提拔起来做自己的助理，开始构建属于自己的明德。

然而状况出乎他的意料。首先，明德大厦里明显少了一多半的人，还有不少人在收拾桌子，人事部门的经理不知所终，因此甚至无法统计到底有多少人交了辞职信；另一方面，柳青阳接到他爸爸的工友老齐的电话才知道，理想国的工程，竟然停工了。

“你之前不是安排我们在理想国项目帮忙吗，今天工程队都撤走了，说工程无限期停止，还给我们开了双倍工资，就地解散，这是什么情况？”老齐估计是想起了老柳那个倾家荡产的项目，他忧心忡忡地压低了声音，“资金链断裂了？不会吧？能开双倍工资就不能把活干完吗？”

柳青阳匆匆敷衍了几句，嘱咐老齐先帮他盯住工地的负责人，一面打给陈一凡说明情况，一面扯住了一个路过的员工：“喂，你们这是什么意思？”

那个小姑娘还真是个熟人，当年柳青阳做销售的时候，他们俩在同一组里，养老院坍塌那回，柳青阳还算救过她。小姑娘歉疚地看了一眼柳青阳，低声说：“哎，柳青……柳总，是刘总发了邮件给我们，四大集团那边提供了一些职位……”

“卧槽？”柳青阳十分不相信地瞪大了眼睛，“他们这是当面挖墙脚？”

“岂止，他们出双倍薪水呢。”张森刚从人力资源部那边回来，带来了更多坏消息，“刘总说，柳总您呢，没有经验的，明德集团在理想国的项目里亏损过大，资不抵债，马上就要完蛋了，以前的老员工跟着他那么多年，他不忍心看大家失业，所以向四大集团申请了一些职位……数量有限，待遇从优，先到先得。”

柳青阳都快气乐了，他大概知道明德现在的资金非常紧张，然而也谈不上“资不抵债”或者“资金链即将断裂”，如果外面的报纸这么说，他们的员工估计还会义愤填膺地要求法务部门去打死造谣的记者。但是现在，给他们发邮件的人是刘念，他们英明神武从来没犯过错误的前任总裁，大家就不得不相信了。更何况这些金融精英们也大概能算出来，“理想国”项目的成本太高，盈利率几乎为零，偏偏体量数十亿，确实是可以拖垮整个集团的项目，因此连刘念也这么说的时候，他们几乎是争先恐后地要脱离明德。

柳青阳拨通陈一凡的电话。陈一凡听柳青阳说完，声音也变得十分凝重：“你先不要慌，立刻停止办理离职手续……嗯？你怕他们转身就走？这个不用担心；明德不是打零工的小饭馆，员工们都有正式入职和离职的手续，为了自己的简历和档案，没有人会不管不顾的，你只要说分期办理就可以。”

柳青阳还真不太懂这些大集团的手续问题，大概是因为他当年入职和离职都十分随意，他有点脸红地点了点头：“然后呢？”

“我现在去理想国的工地跟负责人谈谈，你在公司内部把理想国的项目说清楚，不是为了挽留那些离职的人，而是为了让他们不要到外面乱说话——记住，明德的资金链运转正常，我们在其他项目上的盈利率高于去年，也高于过去五年的平均值，明德是安全的。至于理想国项目，地王会升值，就算我们放着不开发，几年之后也完全可以收回成本甚至盈利，完全不用担心。”陈一凡的声音淡定而专业，连柳青阳都要相信她说的都是真的了。他忍不住说：“那就好，我知道了。那我们过两年卖地皮躺着收钱不是更好吗，刘念拿这个威胁我们？”

陈一凡在那边差点气乐了，她压低了声音：“当然不是，你知不知道集团每天运营需要多少钱？理想国投入了多少现金和贷款，每天产生多少贷款利息？我们必须尽快完成全部项目建设并且开始销售，不然的话……明德撑不了多久。”

柳青阳还真不知道，他讪讪地揉了揉自己的鼻子：“哦……那好吧，我现在去安抚员工，用不用告诉老头啊？”

“师母的状况不太好，先……不要打扰吧。”陈一凡说完，就匆匆挂断了电话。柳青阳依照她的吩咐，交代张森去办，自己在办公室转了几圈，实在放心不下，于是干脆下楼，直奔理想国工地。

一直喧嚣热闹的工地现在冷冷清清的，柳青阳刚到门口，就看到老齐蹲在门口抽烟。刘念从里面走出来，身边跟着工程队原来的负责人。柳青阳瞧见工地里的吊车叉车都没了，气到一把揪住负责人的衣领：“喂，你们怎么回事，为什么停工？”

负责人吓了一跳，想逃跑却被老齐从后面拧住了胳膊，痛得大叫一声：“柳总！柳总！有话好好说！好好说！”

刘念皱眉，却不说话。陈一凡也从工地里走出来，见这里快要打架，连忙叫住柳青阳：“你放开他，跟他没关系。”

柳青阳训练有素如同警犬，立刻放开了工地的负责人，转头盯着刘念：“那就是你小子搞鬼了对吧？刘念啊刘念，你这人是真够不地道的，得不到的就要毁掉？你自己以前的梦想啊追求啊都喂狗了吗？”

刘念才不怕他，抱着肩膀冷笑：“成王败寇，商场如战场，柳青阳，不走到最后一步，谁也不知道谁胜谁负。”他说完，就拉着工地的负责人离开，笑眯眯地对那人说，“走，我带你去跟四大集团签合同，未来三年，我们的工程都是你的了。”

老齐肯定还想打人，然而柳青阳拦住了他，等刘念他们走远了看不见了，他才问陈一凡：“我们是不是得……告他们违约，打官司什么的？”

“没有用的。”陈一凡轻轻叹了口气，“刘念之前代表明德跟四大集团签过合作协议，理想国不仅仅是明德的项目，也是四大集团的项目，他们的董事会做出了撤资的决定，我们几乎没有任何办法。”

“那不是……这里面，就没有人管管吗？我们玩车的打起来了还知道找个人调停一下——”柳青阳为难地挠了挠头，“你们这儿没有？”

“也有……”陈一凡微妙地停顿了一下，转过身，看向荒芜的停工的理想国，轻声说，“有仲裁，但是……你知道谁是地产界最有权力的人吗？”

柳青阳想了一下：“四大集团都快成鬼故事了，老柳不就是他们害的？做大项目钱最多的人最有势力。”

陈一凡轻轻摇了摇头："不，财富积累到一定程度，你就会发现，有钱不一定有势，这个圈子里，掌握着判断对错的权力的人，才最可怕。也就是说，我们做的任何事，无论大小，值不值钱，值多少钱，是对是错，都不由我们做主，而是由有资格做出判断的人决定。我这么说，你能明白了吧？"

"就是仲裁委员会的人？"柳青阳摩拳擦掌，"都是谁呀，我们给他们送红包去！"

陈一凡苦笑，她都不知道怎么跟柳青阳说，仲裁委员会最有分量的人，就是刚刚跟她决裂的爸爸陈秋风，而联合四大集团要彻底搞垮明德的人，明面上是刘念和老李老杨老张他们，背后的主谋始终都是陈秋风。

她在风里长长地叹了口气，转身在柳青阳头上拍了一巴掌："送贿赂是要判刑的，别瞎想了，我们先回去，再想想别的办法。"

柳青阳最突出的优点就是心宽，尤其是经历了老柳破产还高利贷之类一系列的麻烦之后，现在心理承受能力非常强，就算立刻天塌了，他也能淡定地扯过来当被子盖，此刻心爱的女孩就在身边，他更是无所畏惧，立刻牵了陈一凡的手："行，咱们一块儿回家。"

陈一凡回握他的手，只觉温暖又踏实。

2

梅道远给妻子盖上被子，刚刚打了镇静剂和止痛针的笑妍脸色苍白，睡得却还算安稳，嘴角甚至微微有笑意，或者在梦里，梅恒正等着她，大声地催妈妈给他做好吃的。

梅道远再次检查了一下房间的温度和湿度，然后把床头灯调整到幽暗的"睡眠模式"，才慢慢地走出去，轻轻地关上了门。

东叔刚刚送走医生，见梅道远出来，迎过去低声说："柳青阳和陈小姐来了,在书房等您。”

梅道远摩挲着手腕上的木头手串,点了点头。东叔的目光在那手串上停留了一秒,欲言又止。梅道远轻轻拍了拍他的后背:“快要结束了。”

东叔不知道他说的是里面的梅太太还是明德集团的事，也不好搭话,梅道远也不再说下去,大步走进了书房。

陈一凡看起来疲倦而略带病容,斜靠在书架旁边,静静地看着相框里的梅恒发呆。柳青阳则十分勤快地把梅道远书房里散落一地的文件归置起来,甚至按时间顺序给摆好了。

梅道远站在门口,看到他忙忙碌碌的背影,一时百感交集,时光倒转,明知道是幻觉却不愿意醒过来,竟然就这么呆住了。

“梅先生?”陈一凡先看到了梅道远,连忙站直身子迎了出来。柳青阳转过身,对梅道远露出一个阳光灿烂的微笑:“老头,我们又来麻烦您啦。”

“刘念和四大集团联手,一面架空明德一面试图让理想国工程停摆?”梅道远不慌不忙地坐下,“他们砸这么多钱,就为了赢我一场,我真是……不亏了。”

“他们有病。”柳青阳殷勤地接过东叔送来的茶水,给梅道远送过去,“但我们不能陪他们发疯是吧?真金白银的,浪费社会资源太不环保了!”

梅道远发现无论多少次，他总是不能习惯柳青阳自来熟似的亲密,也没法直视少年闪闪发光的眼睛,他真的太像梅恒,甚至梅恒都不曾这么跟爸爸没大没小地胡说八道。梅道远低头喝了一口柳青阳端过来的茶水,只觉从头顶暖到了脚指头,这个冷冰冰的书房似乎都被暖意给融化了。

“明德现在是你的了,你要陪他们玩也可以。”梅道远这么说着,嘴角却又漾起一丝笑意。

“两败俱伤，也太蠢了。”柳青阳十分夸张地摆了一个推手的姿势，“我想了半天，感觉还是得借力打力，而关键就在刘念。”

“还有春雨。”陈一凡插了一句，“我查过她的资料，档案上说她是在国外读书，后来加入明德的，但是我发现这些资料不太靠得住，很有可能是编造的，而且她的第一个工作岗位竟然是明德在开曼群岛的分公司，这也太奇怪了。”

梅道远看柳青阳一脸迷惘，主动给他解释：“开曼分公司是我们当时为了海外融资方便，设立的离岸公司，一般情况下都会交给专业的律师团队帮忙运营，并不需要实际派遣员工过去。”他说着，站起来从书架上拿出一个文件夹，抽出一张手写的信纸递给陈一凡，“笑妍病了以后，我偶尔整理过去的文件，才发现了这封信。”

陈一凡疑惑地接过来，立刻就被熟悉的字迹震了一下：“是……我爸？写给师母的？”

“嗯，当时我们俩有些矛盾，都是笑妍居中调停。”梅道远点点头，“你爸爸说他有个学生，在国外留学刚刚回国，希望能让我太太帮忙，让这个学生在分公司镀镀金以便于以后她就业……本来是个很简单的请求，我当时也没太在意，就扔在了一旁。直到不久前……我见到了这个姑娘。”

“春雨她……”陈一凡想起她在医院里见到刘念和春雨的情形，微微皱眉，“您是想告诉我，她和我爸爸，恐怕不只是老师和学生的关系吧？”

梅道远点点头：“如果我没猜错，她应该是你父亲的私生女。”

柳青阳从来不是一个狗血电视剧的爱好者，因此对这种经常出现的狗血桥段不太适应，他看看梅道远又看看陈一凡，凑到陈一凡身边，轻轻拱了她一下：“哎，你也别太……我看她比你还大呢，估计是跟你妈结婚之前的事。”

陈一凡痛苦地闭上眼睛，过去几年，她其实一直都知道春雨喜欢刘念，就算是她和刘念还维持着情侣关系的那些日子，她也从未厌恶过春雨，反倒隐约有些亲近的感觉。可能是因为她从来没有爱过刘念，隐约希望他找到一个更好的姑娘，也有可能，这就是神秘的血缘的力量，让她本能地不会排斥春雨。

“这都不重要了。”陈一凡深深吸了口气，艰难地开始说正经事，“我父亲把春雨放进明德，绝对不只是像他信中写的那样，‘为了以后的就业镀镀金’，相反的，把春雨先放在开曼公司，后来又放在刘念身边，一定还有别的目的。”

“如果我猜得没错，春雨应该是陈秋风钉在你和刘念身边的一颗钉子。”梅道远的表情十分严肃，甚至吓到了旁边正在算计茶点的柳青阳，他抬起头：“什么意思？一凡的爸爸想跟你打架，于是派他私生女来监视一凡和刘念有没有好好经营明德好好谈恋爱？他这目的何在啊？”

陈一凡被他逗笑了，她摇摇头：“他怎么会想知道那些鸡毛蒜皮，关键是开曼公司。用你能听懂的话讲，就是陈秋风可以通过春雨，从明德集团神不知鬼不觉地转移一部分资本，变成自己的海外资产。”

“等等，这是犯法的吧？”柳青阳本能地开始担心陈一凡会无法面对违法犯罪的爸爸，于是立场很不坚定地开始找借口，只想否定这种可能性，“不可能吧，至少刘念看着挺精明的，再说就他以前维护明德那个劲儿，跟狗守着骨头似的，怎么能容忍别人挖明德的墙角呢？”

“以陈秋风的地位，他在公众场合的一句话都可能影响整个地产格局的震荡，这样的人，你觉得值多少钱？刘念知道什么钱必须要花，什么事只能装糊涂。”梅道远话是跟柳青阳说的，却看着陈一凡，“而且，这个环节里的每个人，都是忠诚可靠的人，比如将自己视若父亲的学生，或者……私生女。”

柳青阳吸了口气，陈一凡低下头，默然不语。

梅道远接着说："一凡，其实你也不必难过……他瞒着你，恐怕也是明白你的性格，不愿让你搅这摊浑水，也是为了你好。"

"他这违法犯罪的，也没看他有多少钱啊！"柳青阳轻抚陈一凡的后背，"我有一回还看到他骑个破自行车呢。他的资产都藏哪儿了，准备干吗使啊？"

"他就算没有动过那些钱，也是犯罪。"陈一凡的声音都在颤抖，她隐约想起小时候搬进那栋四合院的时候，周围人羡慕的眼神，一个大学教授怎么会有本事住进那样的房子……细细想来，陈秋风瞒着她的事，只怕不止梅恒，不止春雨，不止海外资产。

梅道远的眼神冰冷："侵吞公司资产，害死梅恒……他的罪应该坐一辈子牢。"他看向陈一凡渐渐充满泪水的眼睛，接着说，"我知道，你心里很痛苦。我也一样——明德是我送给柳青阳的礼物，明德存亡与否，对我而言，并不是最重要的，但是陈秋风，必须为他做过的事情付出代价，这是我唯一的目的。作为他的女儿，你可以现在就退出，也可以把我今天的话告诉给他，但是无论如何，我不会改变我的意愿——"

柳青阳被房间里突然紧张的气氛吓住了，他握住陈一凡的手，底气不足地想要跟梅道远谈条件："老头……"

陈一凡却摆摆手阻止了他，她沉重地叹了口气："恐怕，他不会再把我当成女儿了。"

柳青阳不知道他们父女在医院的那次见面，然而却能感受到陈一凡混着难过的决然，他和陈一凡贴得更紧了些："他是他，你是你，那老狐狸做了什么……哎，不对，我不是故意要骂你爸的……"

"这没什么。"陈一凡几乎用尽了全身力气才能挤出一个安抚的笑容，"如果骂他能弥补他做错的事，我早就骂了。无可弥补的错，确实应该付出应有的代价。别误会，我不是在因为要和我父亲对立而矛盾，正相反，我觉得我能做的，实在太少了。”她的目光飘向书架上那张梅恒的照片，梅道远不喜欢摆儿子黑白的遗照，那是一张梅恒十八岁时得了推手冠军时的照片。隔了这么多年，凝固在照片上的笑容依旧灿烂，那少年似乎在跟她招手：“一凡姐，我喜欢你呀。”

柳青阳也意识到了她在看梅恒，他又看了看梅道远，发现梅道远在看他，目光中的留恋和难过又似在看自己死去的儿子，于是柳青阳深吸一口气，干脆利落地对陈一凡说：“不是你害死梅恒的，这件事从头到尾都和你没关系，你别再钻牛角尖了好吗——”

这句话陈一凡听了很多次，但是这次是在梅道远的书房，甚至当着梅道远的面，她猛然回头看向梅道远。梅道远却只是低头喝茶，隔了好几秒钟才若无其事地指了指东叔刚刚送过来的茶点：“一凡，尝尝这个，酥皮豆沙的，以前你最喜欢。”

陈一凡知道这就是原谅了，梅道远终究放下了她当年少不更事的背叛，不再把她当作害死梅恒的帮凶，她的眼泪再也抑制不住，哭得像个小朋友。柳青阳一只手搂着她，一只手向梅道远挥了挥，用口型说：“谢啦，老头。”

梅道远想哭又忍不住要微笑，原谅无辜的人，某种程度上也是对自己的救赎，甚至，还有和梅恒一样神采飞扬的柳青阳，对他露出那么真挚灿烂的微笑。他喝干了那杯茶，才问柳青阳：“说说眼前吧，你打算怎么办？”

“我得见见刘念，跟他谈谈。”柳青阳也尝了一个据说是陈一凡最喜欢的酥皮点心，果然很好吃，他舔了舔嘴角的酥皮，“其实他那人也没有特别坏，就是走错了路，让你爸给利用了。”

“你想跟他说春雨的事？”陈一凡摇摇头，“没用的。我最了解刘念，他这个人，就算知道自己错了，宁可再错下去，也不会向别人承认做错了。你这样做，只会更加刺激他。更何况……他和春雨现在，可能已经在一起了……”

“那也太糟糕了，无论是对他还是对春雨。”柳青阳挠挠头，又摸了一个豆沙酥皮的点心，边啃边说，“他那么执着于明德和理想国，真要是毁了，他也会很难过吧？”

“就算是，他也没得选。”陈一凡想起了刘念当时要炸掉理想国时的决然，不得不承认，柳青阳说的有道理，“然而，我父亲在他背后，操纵的不仅仅是他，还有四大集团，如果刘念不按我父亲说的做，他就什么都没有了。”

“我怎么觉得，刘念这么可怜呢？”柳青阳把求助的目光投递到梅道远那里，“冤有头债有主，我觉得我们还是得分清楚主次。”

此时东叔又进来给他们续茶水，还切了一盘水果，梅道远从手腕撸下他一直把玩的手串，递给柳青阳：“你是应该见见刘念，顺便，把这个给他。”

东叔一震，手里的茶壶差点掉在地上，漾出的开水烫到了自己的手腕也浑然不觉。陈一凡连忙站起来帮他。柳青阳疑惑地拿着手串，还没来得及问，就被梅道远下了逐客令：“很晚了，我要休息了，你们先回去吧。”

说完，梅道远放下茶杯，转身离开了书房。

3

陈秋风出院那天，陈一凡当然没出现，他连老婆都没通知，只叫了春雨。

春雨是和刘念一起来的，春雨帮陈秋风收拾东西的时候，刘念就先去办各种手续。陈秋风的眼神在他手腕上那串珠子上停留了几秒钟，然后说：“你直接开车在楼下等吧，不用跑上跑下，我想直接回学校。”

刘念点点头，跟春雨也打了招呼，就先下楼了。

"终于可以出院了……一想到要回去讲课,胸口也不那么闷了……"陈秋风说着,却忍不住又咳嗽了几声。春雨小心翼翼地给他递了张纸巾:"教授,您脸色不太好,要不要先回家休息几天?"

陈秋风摇摇头,又叹了口气:"别叫我教授了,春雨,那里也不再是我的家了。"

春雨一愣,陈秋风接着说:"这么多年,委屈你了。"

春雨脸色变了,下意识地退了半步,缓缓关上房门:"您……别这么说。"

"其实那天我就想跟你说,我已经失去了一个女儿,如今,我只剩你了。我不怕你知道……从你出生以来,我无数次问过自己,当初我为什么要有一段自己无法负责的感情……但是每一次,我看到你的时候,我又都告诉自己——我不该后悔。"陈秋风观察着春雨的表情,语速很慢。

春雨侧过头,眼泪就在眼眶里转,只听陈秋风接着说:"这些年,我命令你,人前人后,我们只能以师生相称……你做得很好,但我清楚,你越这么听话,你心里就越难过。生活就是这么不公平。一凡有的,你全都没有。我给她的,她全都不想要,可我又没办法给你……现在,她彻底走了……春雨,都结束了,以后,你是我陈秋风,唯一的女儿。"

春雨的眼泪终于止不住,她痛苦得几乎站不住,陈秋风一把把她搂在怀里,轻抚她的头发:"一个人待在国外,有家不能回……回来了,父亲又不能认……你受了天大的委屈,却还能任劳任怨地帮助我,春雨,你做的一切,我永远都不可能忘记的。尤其是——让你盯好刘念的事,你从来也没有辜负我——"

春雨的身体一颤,僵硬地抬起头看着陈秋风,陈秋风叹了口气:"你在他身边五年,现在……你们在一起了?"

春雨转身拿了张纸巾,擦了擦脸上的眼泪,点了点头。

“很好，这是我要你去做的。你曾经和我说过，你喜欢他，但我也告诉过你，不要被这种无聊的感情左右。现在，告诉我，你还陷在这种无聊的感情中吗？”陈秋风的声音又变得严厉起来，恍惚让春雨想起来那些在他办公室里“分析一下”的惩罚，她觉得有点冷，迟疑着没有回答。

陈秋风追问：“你是不是还喜欢他？告诉爸爸！”

“没有。”春雨几乎是本能地说出来否定的话，似乎怕陈秋风不信，立刻补充说，“刘念在四大集团立足未稳，明德还有梅道远在后面，我是……为了帮助他。”

陈秋风露出一丝笑容：“好，很好，这才是我陈秋风的女儿。”他望向窗外，叹了口气，“快要结束了……都快结束了……”

春雨觉得他的样子有些奇怪，几乎不假思索地问：“教授……呃……爸，什么快要结束了？”

陈秋风转头看向她，神情冷漠又严厉：“最后这件事一结束，你就可以离开刘念了。”

“爸……”春雨还没来得及再问是什么事，房门忽然开了，刘念站在门口，戴着手串的那只手还维持着敲门的动作，脸色却十分难看，他看向春雨，眼神就像是受了重伤的野兽，难过不解又愤怒：“柳青阳跟我说的时候，我还不敢相信，没想到……”

春雨着急地向前一步，想要跟他解释，却顾忌身后的陈秋风，硬是站着没动，表面上维持着理智和冷静：“柳青阳是梅道远的人，为了离间我们，他说的什么都不能相信。”

刘念盯着她，好几秒钟才干笑了一声：“你是真的……不愧是老师的女儿，甚至可以直视我的眼睛对我撒谎，春雨，我们的相遇就是一个阴谋，还是分开比较好。”

春雨几乎站不稳，可是陈秋风说的话还在耳边，在这个时候，她不能跟刘念解释，也无法离开陈秋风，她的指甲把自己的手掌都掐出血，却只是淡淡地点了点头："你是要和我分手吗？"

刘念试图在她精致的妆容里找出一丝裂缝，却再次发现，春雨和陈一凡果真是亲姐妹，她们一样的坚韧和决绝，哪怕刚刚哭过，也不会让刘念捕捉到任何的妥协与软弱。他点头，话却是看着陈秋风说的："老师，您的女儿，我一个也不要。"

陈秋风的目光再次停留在了那个手串上，话却说得残酷而严厉："刘念，你不仅软弱，还很自大，甚至愚蠢到自欺欺人。你不要我的女儿？哈，连我都听说了，是一凡不要你！纵使你使了多少手段，跪下来求她，她也弃你如敝屣，宁可去跟一个混混！至于春雨，你自己刚刚说过，你们的相遇是我计划的一部分，轮得到你来评价要与不要吗？"

字字句句，都像是锋利的尖刀，精准地戳在刘念的心口上，刀刀致命，刘念甚至站立不稳，一只手扶住了门框。春雨想要去扶他，却生生忍住了，她从他身边走过去，转头对陈秋风说："爸，我先下去叫车。"陈秋风点头，春雨快步走出病房，转过楼梯，才在监控都拍不到的墙角，蹲下身子，痛苦地抽泣起来。

病房里，陈秋风望着窗外，刘念望着陈秋风的背影，一时气氛沉默而凝重。隔了好几分钟，刘念才艰难地开口："我……刘念……在你眼里，是什么？"

陈秋风转过身，看着刘念："你是我最得意的学生。我甚至想把女儿嫁给你。"

刘念摇摇头："不，一凡说得对，你从来没有在乎过我或者你的女儿们，你只是想要控制我们，我是你和梅道远斗争的打手、爪牙、看门狗……更是让你赚了大钱的摇钱树！而一凡或者春雨，都是你用来控制我的棋子！"

"闭嘴！"陈秋风两步冲到他面前，劈头一记耳光，冷笑说，"没错，刘念，但是你搞错了因果。没有我，就没有你。反过来，这个命题不成立。别忘了,是谁在你连学费都掏不起的时候帮你入学!是谁帮你搞走梅道远,让你占有了整个明德!是谁让明德能一步步做大,甚至让你敢去想和四大集团平起平坐,在你搞砸了以后帮你收拾烂摊子!是谁,是谁啊?”

“是你。”刘念低下头,片刻之后,他目光复杂地看着陈秋风,“我……很小就没了父亲,家境不好,性格也软弱,总是被人欺负……我觉得我来到这个世界上,除了拖累我妈妈之外,完全就是个多余的……直到我遇见你为止——你帮我很多,教给我很多,让我来家里吃饭……我妈妈去世以后,那是我吃过的最好吃的饭菜……梅道远瞧不起你,你的家人和你很疏远——连一凡,她都不喜欢和你在一起,但是我不这么想。我知道你有你的骄傲,我也希望有一天,我能成为你骄傲的一部分……我从来没说过,但在我心里,我拿你当我的父亲……”

陈秋风不置可否地听着,手指轻轻敲打着桌上的一只茶杯。

“对,没有你,就没有属于刘念和陈一凡的明德,你从明德获利,也完全无可厚非——但是老师,这么多年,我经手的一笔笔巨款打入你的海外账号,那都是犯法的!可是我从来没多说过一个字,你觉得为什么?是我刘念想要贿赂、讨好一个惹不起的权威吗?不是,不是!”刘念的眼眶发红,渐渐激动起来,甚至无法控制自己的情绪,“我刘念永远不会去讨好任何人!我只是想报答你,我希望你的才华和地位,能够通过我,通过明德,兑换成等价的财富!我希望你能过上更好的生活!结果呢?我的一片诚心,换来的是什么?五年……五年的骗局,五年的监视,如果我不知道这个秘密,你一定会让春雨嫁给我,对吗?我在你眼里,就是一个随意拿捏的傻子吗?!”

陈秋风的目光第三次落在刘念的手串上:“是梅道远让人跟你说的这些吧?春雨是我的女儿,我想让她在明德历练几年,以后能有好一些的生活，这是我对她的补偿。至于为什么没有告诉你？刘念，我以为你是要跟一凡在一起的，我不想让她受到伤害。后来春雨对你日久生情，并不是我能控制的，而你愿意跟她在一起，难道也是我逼迫的吗？”

刘念一时不知道用什么话来反驳，只得沉默。陈秋风接着说：“梅道远最擅长的，也是最可怕的一面，就是蛊惑人心，我早就知道了，但是……刘念，我没想到，他竟然这样轻而易举地击溃我们之间的信任！我很伤心。”

刘念沉默了片刻，把手上那个木头手串摘下来，托在手上给陈秋风看：“老师，您一直在看它，您有什么想要告诉我的吗？”

陈秋风冷笑：“梅道远的东西，我很好奇它为什么到了你的手上。你喜欢木雕，你来告诉我，这个东西是不是很值钱，是不是梅道远用来收买你的？”

刘念半信半疑地看着陈秋风，又把手串戴回了手腕上：“也许吧，老师，我先走了，明天还有公事。”

陈秋风盯着他看了几秒钟，终于点了点头。

春雨回来的时候，刘念已经走了，陈秋风站在窗前，用耳机跟什么人在打电话，她躲在门口，依稀听到她爸爸跟电话那边的人说：“梅道远可能找到了那个人……嗯？还能怎么办？你说能怎么办？……刘念不是我养的狗，他只要知道了那件事，就是随时可以咬人的狼……嗯，就这么办吧……狼，当然是不能留的。”

春雨只觉浑身发冷，她哆嗦着把耳朵贴紧医院的木头门，听到陈秋风最后说了一句：“做得干净些，别再留麻烦了！”

她又在门口呆呆地站了好几分钟，等到陈秋风挂了电话，才装作急匆匆跑回来的样子，干练利落地走进病房，拎起装着陈秋风私人物品的旅行袋，轻快地说：“爸，出院手续都办好了，车在楼下等，我送您回去？”

第二十五章

1

夜已经很深，梅道远的卧室里，像刚刚经历过一场飓风。东叔小心翼翼地拾掇着梅太太刚刚发病时掀翻了的玻璃夜灯碎片，梅道远抱着刚刚打过针的梅太太，镇痛剂和镇静剂还没有完全发挥作用，她的眼睛里甚至有一丝清明，一只手握着梅道远的手，低声说："不吃药了，好吗？"

梅道远轻抚她的头发，低声说："不吃药怎么能好呢？笑妍，等你好了，我们去你最喜欢的饭店去吃顿好的。"

梅太太凄然一笑，摇了摇头："好不了啦，道远，我都知道。"她闭上眼睛，也许是镇痛剂正在起作用，她因为疼痛而皱紧的眉头微微舒展了一些，似乎又回到了那些永远醒不过来的梦里，声音低低地，近乎呓语，"好呀，梅恒从小就爱吃那家，这么多年也吃不腻，你记得要订一只八宝烧鸭，再叫上一凡……"

梅道远亲吻她的额头，轻声说：“好，等梅恒回来，我们就去。”

话音未落，一旁的东叔不知怎的，被玻璃的碎片割破了手指，他慌忙带着拾掇好的玻璃碎屑退出门去。梅道远安顿好了在药物的作用下终于入睡的妻子，走了出去。

梅道远在书房坐了一小会儿，东叔进来送茶，顺便汇报了几件梅家庄日常的琐事安排。梅道远听完，例行赞许地点了点头，却不动他送来的茶水，而是从酒柜里拿出一瓶红酒，递给东叔一只酒杯，说：“我们喝两杯吧。”

“先生……”东叔犹豫了一秒钟，梅道远举起酒杯，有意无意地露出了没戴手串的手腕。东叔见状便叹了口气，在梅道远对面坐下：“那就……陪先生喝两杯吧。”

梅道远给两个人的酒杯都斟满，递给东叔一杯，然后和东叔碰了一下杯：“这一杯，是我自罚的，有件事，我必须要向你道歉。”说完，就将整杯红酒一饮而尽，咳嗽了两声才接着说，“我说过……关于你的过去，我不过问。对不起，我说谎了。”他观察着东叔的脸色，不轻不重地说，“其实，我早就知道，你就是刘念失踪多年的父亲，没错吧？”

东叔本就苍白的脸色变得有些难看，他整个人像是瞬间就老了好几岁，无力地靠在椅子上，隔了好几秒，他轻轻放下一口没动的酒杯：“先生……您什么时候知道的？是在您收留我之前，还是之后。”

那些年的回忆对于梅道远来说也并不愉快，他叹了口气：“就在五年前，我离开明德，你……送我手串的时候。刘念以前是我的学生，他跟其他十几岁的大学生不一样，不喜欢上网打游戏，也不爱打球，除了学习，就喜欢做点木雕，我见过他的手艺，所以你送给我手串的时候，我就已经有些怀疑了。更何况，人过往的经历总会留下烙印，你看起来，跟其他的流浪汉不一样。”

“所以您调查过我的过去？”东叔轻轻叹了口气，“您不用道歉，要收留一个人在自己家里，调查一下总是无可厚非的。”

梅道远再次斟满了酒杯，也不说话，只是看着东叔。东叔接着说：“当年，我被人陷害，不仅生意丢了，还欠下一大笔债。当时抛下刘念他们母子两个出去闯，本来是想着，也许我三年五载就可以东山再起……没想到一蹉跎就快二十年，等我再看到儿子的时候，他已经不认识我了。所以那时候，我经常在明德大厦附近徘徊，就是为了有时候，能够远远地看看他。”

梅道远又喝了一大口酒：“为什么不认他？”他永远不会告诉东叔，他有多么羡慕他们父子俩，纵然相见不识，却总好过他和梅恒的阴阳永隔。

东叔摇摇头，苦笑：“我抛弃了他们母子，我哪来的脸去认他？这么多年来，我一直当自己已经死了，我不配当他的父亲。”

梅道远笑了：“不止如此，我猜。”

东叔看着梅道远，半晌终于叹了口气，他再次端起了酒杯，一口一口慢慢喝着：“什么都瞒不过您。没错，我不去见他，是因为他正在和当年骗我的人合作，我不愿让他为了我这样的废人，耽误自己的前途。”

“再后来，你留在我家里，也是怕我会报复，对吗？”梅道远说。

“那时候，我并不知道梅恒的事不是意外……在我看来，他侵吞明德已经是大错了，早晚会有报应，我想留在您身边，总能看着他，若是真有那么一天……”东叔长长地叹了口气，把杯子里的红酒一饮而尽，又给自己倒满了一整杯，“他既然参与了害死梅恒，您的任何惩罚或者报复都是天经地义，我没资格干涉。”

“可怜天下父母心。”梅道远把玩着酒杯，“不过，还有件事，你恐怕不知道。”

东叔疑惑地看着他，梅道远接着说：“当年陷害你的人，不只是四大集团的李总，还有一个人，那个人才是真正的幕后黑手。”

东叔想起梅道远和陈一凡、柳青阳的对话，就明白了：“您是说，陈秋风？”

梅道远点了点头：“那个时候，全国的地产市场才刚刚起步，我和陈秋风这种在大学里的人，都看出了未来的商机。不过陈秋风和我一样，只是个教书匠，李总当年也不过是个高级打工仔，大家资源有限，想要入市分一杯羹，太难了。可是一个偶然的机会，陈秋风得知了有个家具城的大老板也想要进军地产界，他告诉李总，这是个机会……”

“我就是那个老板。”东叔的脸色极冷，每个字都像是从牙缝里挤出来的，带着陈年的鲜血和仇恨。

“跟五年前一样，他们调换了协议，侵吞了你的资产，就跟侵吞明德一模一样。”梅道远说，“我也是在调查你的时候，才知道他们为什么能做得如此干净利落，不留痕迹。”

东叔的手指紧紧捏着酒杯，勉强冷笑：“是惯犯，自然轻车熟路。”

梅道远伸手跟他碰了一下杯，自己笑起来：“哈，老家伙就是老家伙，你我相识五年，居然到今天才互相说了实话……”

东叔的脸上也有醉意：“您明知道我藏了秘密，为什么不一早就拆穿我？就不怕我……”

梅道远摇摇头，打断了他：“我们像家人一样生活在一起，我知道，你其实并没有恶意，你甚至没有替刘念说过一句好话。”

东叔叹了口气，又喝光了杯子里的酒：“做错了事，就要受惩罚，我逃了半辈子，才算明白了这个道理。”

梅道远仔细观察他的神情：“你不恨他们吗？陈秋风、李总……他们毁了你的一辈子，害得你家破人亡。”

东叔摇了摇头：“我只恨我自己，要不是我不敢承担失败的恶果，要不是我离开了他们母子俩，这一切，就都不会发生。先生啊，我活了半辈子，就活明白了一句话，人呢，是不能给自己找借口的，我落到今天这个地步，归根结底，还是我太软弱，不敢面对。”

梅道远坐直了身子，他知道或许自己都做不到像东叔一样通透：“你该和刘念见一面了。”

东叔瞧着他笑了：“您要用我去动摇刘念，我不阻止，柳青阳不是已经把我的手串给了刘念吗？我想您只要跟他说说今天这些话，他总不会继续帮着陈秋风和李总他们。至于我……不见。”

事到如今，明人不说暗话，梅道远也坦诚相待：“开始，我确实想把你留在手中，作为最后击垮陈秋风的王牌。但是现在，我只是作为一个老朋友，一个曾经为人父的人劝你一句，见见刘念。”

东叔为那个“曾经”微微动容，只听梅道远接着说：“哪怕他不会帮我对付陈秋风，你都该去见见他。我怕……陈秋风会做出五年前一样的事情来。”

东叔惊异地看向梅道远，梅道远却转过头，一口一口啜着杯中冷酒，看着书架的方向，再不说话了。

书架上，有一个永远擦得光可鉴人、没有一丝灰尘的实木相框，相框里面，十八岁的梅恒笑容灿烂，意气风发。

2

春雨不是第一次走进四大集团位于市郊的豪华会所，不过之前几次，她都是跟刘念一起来的，而这一次，却是跟陈秋风一起来的。

陈秋风和李总在包间里谈了很久，春雨等在门外，焦虑得如同等候判决的病人家属，却比病人家属更难受——她不能表现出来，她不能让陈秋风看出她对刘念依然有深深的爱和难以割舍的情。

房门终于打开了,李总一言不发,脸色阴沉地大步离开。春雨见他走远了,才望向包间里的陈秋风。陈秋风端着茶杯,脸色却比他在医院咳血的时候还要难看,他看见春雨走进来,就干脆利落地站了起来,说:“走。”

春雨不解地看向他:“回学校吗?”

陈秋风摇摇头,神情冷漠而又带着一丝仇恨:“我说过,我们总是要走的,现在,只不过是提前了而已。”

“那……刘念的事……”春雨试探着问。

“不用再提他了。”陈秋风的态度突然变得严厉起来,“刘念随时可能会变成置我们于死地的敌人,你大概听到了我和李总说的话,梅道远找到了刘念的亲生父亲,而他父亲之所以破产,就是因为我和李总调换了一份重要的协议。”

春雨下意识地咬住了自己的嘴唇,口红微甜的味道混合着一丝血气,她强迫自己点了点头:“李总……他没事吧,看上去脸色不太好。”

陈秋风盯着春雨,露出一个温和的笑容:“不用管他们,我们父女俩一起到国外去,你是爸爸在这个世界上最后的也是唯一的亲人了。我就当一凡不存在,你也……就当刘念不存在吧。”

“爸……”春雨本能地又点了点头,后面的话她一个字也不敢说,跟着叼着烟斗的陈秋风,快步走出门。

春雨回家取了护照和简单的行李,就直奔机场。

到了人来人往的候机大厅,春雨依然觉得不真实,电子屏幕里不断变换的航班信息就像是某种魔咒,让她心烦意乱。陈秋风都看出她的魂不守舍,终于问:“终于可以离开这里了,你不开心吗?”

春雨动了动嘴唇,却真的说不出开心,她不仅不开心,还十分忧心,李总临走时的神情更让她不安。陈秋风接着说:“就算不开心,也没办法了,梅道远既然使出了撒手锏,我们总不能坐以待毙吧。”

“可是……爸，您还有家人和同事，这样离开，无论学校那边还是家里……”春雨叹了口气，“还有陈一凡……您这一走，可能很久都不会再见面了，您真的不告诉他们一声，或者再见一面吗？”

陈秋风难以理解地看向春雨，似乎不相信他的女儿怎么会突然变得这样多愁善感：“你目前有两个选择，现在和我离开，还是回去等着梅道远的报复，都是你的自由，但是，你只能选一次。你难道还是舍不得刘念？”

春雨几乎是想也没想就断然否认：“不，是我不要他的。”机场广播正好响起，她立刻找了个正经的借口岔开关于刘念的话题，“时间差不多了，我们进去吧。”

陈秋风拉着行李箱，往前走了两步，手机恰好响了，春雨便接过行李箱，只听那边传来李总的声音：“刘念那边，我已经安排好了……”

陈秋风看了春雨一眼，她立刻假装对旁边的广告屏产生了巨大的兴趣，拖着行李箱去看秋季新款大衣的展示了。

陈秋风这才点了点头，目光滑过一丝冷酷：“这次一定要做得彻底，做得干净，你已经错过两次了。”

李总叹了口气：“我简直不知道为什么会走到这一步，教授，这件事做完，我们之间就两不相欠了。”

陈秋风哼了一声，只听李总接着说：“因为这个乱子，我们恐怕要损失掉理想国。陈教授，你是不是——”

陈秋风笑了，就像在本城最权威的仲裁办公室里那么淡定从容：“放心，只要有我陈秋风在，你们多少损失，都能补得回来，不是吗？……先这样，不多说了。”

春雨给陈秋风找了个等候的位子，安顿好了行李箱，给陈秋风买了一杯热牛奶过来：“爸，喝点热乎的，休息一下。”

陈秋风爱怜地拍拍她的肩膀："还好有你。爸现在只有你了。"春雨坐到他身边，轻轻地叹了口气："爸……我有点怕……真的……没事吗？"

陈秋风大口地喝掉了那杯热牛奶，笑着拍拍春雨："为什么要怕？放心——我们离开，是干干净净地走，没有人会知道我们的事。"

春雨心里一震，几乎哆嗦着追问："那刘念要是跟梅道远……"

陈秋风狠狠捏扁了那个纸杯："他会闭紧嘴的，放心。"

春雨就像被刀子捅了，强撑着接过陈秋风手里的杯子，站起来要去扔垃圾："爸，您歇一会儿吧，要登机的时候我叫您。"

陈秋风看着她忙前忙后，觉得十分安心，他大病初愈，身体本就还虚，这几日来又耗尽心血诸多安排，也确实是累了，明明只是想闭目养神，却一不留神，竟然真的睡着了。

等到他再次被候机厅的广播惊醒的时候，玻璃窗外已经是夜幕低垂，他吓了一跳，整个人一下坐直了，睡眼蒙眬地叫了一声"春雨"，回答他的却是另一个熟悉的声音。陈秋风睁大眼睛，只见梅道远坐在他对面，

不愧是陈秋风，这样的情况下还是很快就冷静下来，甚至还微笑了："老梅，你还是赢了。"

梅道远摇摇头："我从没想过要和你分胜负，但是……你触犯了底线。"

"对，一直以来，都是我一个人，单方面把你当成对手——没办法，梅道远，你离间了我的女儿，我最好的学生，我还能怎么办？困兽犹斗，只好跟你死磕了。"陈秋风抖了抖外套，叹了口气。

梅道远差点笑出声，他摇摇头："老陈，我真没想到，你竟然真的把这一切归咎于我。如果不是你害死梅恒，我不会认识柳青阳，你就不会丢了明德这棵摇钱树；如果不是你害得刘念的父亲家破

人亡，刘念不会背叛你；如果不是你，竟然还想要杀刘念灭口，春雨……春雨本是最心疼你的孩子。”

陈秋风哈哈一笑：“你蛊惑了他们，又要来蛊惑我了吗？梅道远，我可以认输，但是你别指望，我会向你道歉。”

“你啊……”梅道远无话可说，他摇了摇头，不再说下去。陈秋风站起来，整了整衣服：“时间快到了吧？外面——有人在等我？”

梅道远也站起来：“很多人。”

陈秋风摩挲着他的烟斗，看向梅道远：“能不能告诉我，复仇成功的这一刻，你现在在想什么？”

“我在想，我儿子，永远都不能回家了。”梅道远看着他的老朋友老对手，笑了，“但是还好，东叔的儿子还能回家，一凡、柳青阳或者春雨，甚至是刘念，都是很好的孩子，他们都不必体验我和笑妍经历的痛苦和绝望。”

陈秋风冷着脸，最后看了他一眼，大步走出了休息室。

梅道远没有凝视他的背影，而是转头看向了夜幕笼罩的窗外，梅恒在那一片黑暗的虚空里，向他招手，然后转过身，转眼，连他那生气勃勃的背影，都永远地消失了，再也看不见。

休息室外，陈秋风被闻讯赶来的警察带上警车，陪梅道远过来的柳青阳进去找梅道远。陈一凡则抱着哭得站不住的春雨，她等警察们走远了，才拍着春雨的后背说：“谢谢你，给了我们那段录音。”

春雨微微一抖，那天她去医院接陈秋风的时候，不小心把自己用来记录工作和会议的录音笔掉在了陈秋风的病床上，阴差阳错录下了陈秋风和李总的电话，他们谈到梅恒的死，谈到要用相同的方式杀死刘念。她爱陈秋风，从小到大，她一直憧憬着爸爸的爱，可是那毫不留情地说“所以，梅恒是个意外，但这一次，我们不能再出意外”的爸爸，让她只觉得恐惧。刚刚在休息室里，她听见陈秋风再一次对李总下了“动手”的命令，终于下定了决心，把录音和陈秋风要外逃国外的事一起发给了陈一凡。

“你不难过吗？”春雨轻声问，“他毕竟是……你的父亲。”

“他必须为他做过的事付出代价，更何况，我们阻止了他再错下去，我可以说服自己，我做得对，我想，你也可以。”陈一凡看向春雨，掏出纸巾给她擦眼泪，“想不到你真是我的姐姐，怪不得我以前……一直有点喜欢你。”

春雨勉强站直了身子，随即又想到一个重要的问题，她一只手抓住陈一凡的胳膊：“刘念呢？刚才我听到爸爸让李总……”

陈一凡露出担忧的神色，她和柳青阳都听了春雨的录音。那里面，陈秋风告诉李总，刘念是狼，随时会反过来咬死他们，所以不能留。李总当时有些犹豫，还说：“刘念和梅道远儿子不一样，他可不是个小孩子。”

陈秋风冷漠的声音大概击溃了春雨和陈一凡心中对父亲最后一丝幻想，他说：“所以，梅恒是个意外，但这一次，我们不能再出意外。安排人动手吧，越快越好。”

春雨求助地看看陈一凡又看看柳青阳：“他已经不信任我了，不可能听我的，怎么办呢？”

柳青阳刚好走出来，他从陈一凡手机里把那段录音转发给自己，然后说：“别担心，我去找他。”

春雨再次蹂躏了自己的嘴唇：“那……你打算怎么办？”

“看老头的意思吧，说到底，刘念也是受害者，这么多年，其实是在给害了自己爹的人打拼卖命，真挺可怜的。所以，他们要怎么结束这么多年的恩怨，是他们的事，我们不能看着他被李总那拨人害死。”柳青阳说完，转身要走，陈一凡立刻追上去：“你……注意安全。现在的状况很危险，李总当年能找人撞死梅恒，现在只会更凶狠，更何况这里面关系到他们多少年前做的缺德事，一旦曝光，这些老家伙很可能都脱不了责任。”她看着柳青阳，眼圈微微一红，

“我确定我没办法承受第二次。”

“我懂！”柳青阳搂住陈一凡，在她额头上小心翼翼地亲了一口，“等我回家。”

春雨看着他们亲昵的样子，百感交集，她擦干了眼泪，轻声说：“谢谢你柳青阳。注意安全。”

柳青阳笑起来：“都是自家人，不用谢，这儿就交给你们了，我现在去找刘念。放心！”

春雨和陈一凡并肩站着，看着他十分不稳重地跑出门，还差点撞上一个拖着行李进来的乘客，都忍不住微笑了。

3

跟陈秋风预想的不太一样，刘念直到他仓皇带着春雨出逃海外的那天早上，才终于想起来，梅道远托柳青阳给他的那个手串，属于他失踪二十多年的亲生父亲。这也不能怪刘念，他爸爸负债出逃，刘念和他妈妈孤儿寡母，自然被债主们赶出了原来的房子，身无长物，仅有的一张合影还被他愤怒绝望的母亲撕成了两半，有他爸爸的那一边不知所终。当时的刘念还没上幼儿园，这么多年后，早忘记了父亲的长相。手串的质感的确唤醒了他一些最深刻的记忆，不过他还是花了好久，研究了那半张合影里父亲仅剩的半条手臂，才终于确定，梅道远就是要告诉他——你爸爸在我这里，你可以来问问当年你家出事的真相了。

刘念犹豫了几乎整整一天一夜，到了傍晚，终于决定去一趟梅家庄，跟他传说中的亲生父亲见一面。他坐在车里，摩挲着属于父亲的手串，试图在纷乱的思绪里找出一些关于父亲的记忆，可惜失败了。他们家出事的时候，他实在太小，儿时的记忆唯有四处颠沛流离，遭人白眼。他记得母亲去世时的绝望，记得被同龄人排斥和欺凌，记得拿不出午餐费的青春期，记得为了几块钱的学费在夜市摆摊卖荧光飞碟之类的小玩意儿……这些年来，他刻意地忽略那些愤懑和不好受，可是那些过往早已在他的生命中留下了不可磨灭的痕迹。他羡慕别人的爸爸能够撑起家庭的重担，为妻子儿女遮风挡雨，因此对自己那个缺失了的父亲，那个给他们母子俩留下无数债务让他们承受苦难的父亲就格外仇恨。他确实想见他父亲一面，然而绝对不会像梅道远希望的那样，上演一出“父慈子孝”的戏码，他只是想要问清楚，当年到底发生了什么，他这三十年来所有的苦难，到底是成全了谁的贪婪与野心。

他知道自己的情绪不太稳定，因此车速始终略低于城市晚高峰的平均水平，通往梅家庄的市郊公路上，此时并没有太多车辆。刘念心事重重地开了一阵子，就觉得有点不对——一辆中型货车和一辆黑色的皮卡已经一前一后，尾随了他三个路口。

刘念试着减慢车速，货车和皮卡也减慢了速度，刘念故意提速，这两辆车也提速，刘念想要变道，这两辆车也恰到好处地挡了一下，让他动弹不得。

刘念手心有点冒汗，纵然他还是个正值壮年的男人，又学了多年剑道，单打独斗并不一定吃亏，却始终是个普通人，一路读书、工作，只会衣冠楚楚地当总裁，要他应付来者不善的飞车党，显然是远远超出了他的能力，让他心里发毛。

他伸手按亮手机，想要让智能手机的语音助手帮他报警。可是他实在倒霉，当年梅道远为了躲清静，把梅家庄建在了偏僻的市郊，通讯基站本来就比城里少得多，那天又偏巧为了防范即将登陆的台风，不得不停机检修加固，刘念连试了三次，竟然一个电话都拨不出去。

正这时，中型货车突然变道，显然要插到刘念前面。刘念多少是看过一些电影的，知道他要是被对方的两辆车夹在中间，就等于任人鱼肉，于是他使劲一打方向盘，反向别了一下那辆货车，没让对方超车成功，却没想到另一边的皮卡开始加速，占据了刘念左边的快车道。

在刘念的角度，甚至能看到皮卡里面，坐着两个全身黑衣服，只露出一双眼睛的年轻人。副座上的年轻人也看到了刘念，他伸出一只手，向刘念比了个“枪毙”的手势，十分嚣张地摇下了车窗。

刘念更紧张了，下意识地踩了一脚油门加速，寂静的市郊公路上，只有他们这三辆车发动机的轰鸣声。

突然，在经过一个小路口的时候，第四个引擎的轰鸣声加入了他们。一听声音，就知道是经过严格改装的特殊跑车，那辆车唯恐别人看不见似的，嚣张地涂满了各种荧光色的涂鸦，也不知道怎么通过了年检。刘念警惕地看了一眼那个飞速别了一下皮卡抄到身边的荧光跑车，只见驾驶座上坐的是柳青阳。他向着刘念对了下眼神，伸手打开了他车上的音响。

这种典型纨绔子弟飙车用的改装车，喇叭自然是外放的，只可惜柳青阳借的这辆车原来的主人品位肯定有些清奇，放出来的不是什么酷霸狂拽的摇滚电音，而是一些脍炙人口的广场舞专用音乐，辣耳朵程度令人发指，涵养如同刘念，都差点没在震耳欲聋的“小苹果”里扔了方向盘。

货车和皮卡里的业余杀手们显然也被这不知道从哪儿冒出来的脑残飙车族给吓到了，柳青阳毕竟是专业的，立刻抓住机会，仗着自己这辆车四面八方都做过改装加固，假装加速加塞，要从刘念和皮卡之间强行超越。那皮卡的驾驶员紧急打把，却没想到柳青阳这个漂移是带拐弯的，皮卡驾驶员躲闪不及，车子在尖锐的刹车声中失控，撞上了另一侧的大树，眼见开始漏油。

柳青阳向刘念比了个手势，示意他紧跟着别掉队。刘念不敢多想，连忙加速，没想到后面那辆货车也是改过的，竟然同时开始加速,而且比刘念的车速更快,显然是打算给他来个“恶性追尾”。

这种不要命的刺杀让柳青阳都冷汗直冒，毕竟他们飙车圈虽然嘴上说着“飙爽了不怕装进骨灰盒”,这帮富二代却也是惜命的,这种程度的飞车刺杀,他也只在电影里看过好吗!

然而此时此刻,已经来不及多想了,因为那辆货车在几秒钟内就加速到了极限,耳边只听一声巨响,货车撞上了刘念的车,两辆车一起失控。刘念的车头撞断了护栏,半边车子悬在路边的隔离带上,安全气囊全开,刘念被死死地卡在了驾驶座,能闻到汽油泄露的气味,却动弹不得。

柳青阳的改装车发出尖利的刹车声,靠边停了下来。他打开车门,端着车里的灭火器冲到刘念车前,二话不说先喷了几下,然后开始把刘念往外拖。

刘念从来没想到这种狗血的桥段会发生在自己身上，偏偏救他的人还是他的情敌，凭着一张神似梅恒的脸就上位夺取了自己一切的柳青阳，柳青阳甚至在后车的火光中还埋汰了他一句:“你不行啊,年纪轻轻都有将军肚了,卡得太紧了吧！吸气啊大哥！”

刘念的八块腹肌从来没受过这种程度的诋毁,但是此时此刻,他也别无选择,只能拼命地配合柳青阳的救援,连滚带爬地被他扯出了车厢。

他们跌跌撞撞地冲向柳青阳的车,刚走出几步,柳青阳就狠狠地把刘念按在地上,抱着他就地一滚,落进了路边的隔离沟里。他们刚落到沟底,那边就爆炸了,刘念大概是吸入了太多汽油的挥发物,又被货车撞了一下,肋骨剧痛,在震耳欲聋的爆炸声中,他干脆利落地晕了过去。

柳青阳护着他,只觉后背被狠狠撞了一下,他龇牙咧嘴地拍了无知无觉的刘念一巴掌,忍不住骂了句脏话:“卧槽,四大集团真他大爷的不要脸啊！”

第二十六章

1

没想到明德两代重要人物基本在医院里聚齐了。

陈一凡和春雨一起来的，刘念伤得不太重，一根肋骨有轻微骨裂，需要留院观察一夜。柳青阳后背被散落的玻璃和金属零件扎成了筛子，好在那天他穿的飙车夹克有厚实的减震层，最重的伤口也就是划破了皮肉，血流了不少，看上去视觉效果十分惊悚，然而护士给他消毒包扎以后，就宣布他可以交钱走人了，甚至不需要缝合。

真正有些严重的是梅太太，她突然昏迷抽搐，东叔慌忙把她送到了这家最近的医院，医生们紧急把她推进了急救室，不一会儿，梅道远也赶到了。

于是带着一身消毒水味儿的柳青阳和陈一凡一起过去看他。刚刚把宿敌陈秋风送进监狱的梅道远丝毫没有大仇得报的快意，他头发凌乱,面容憔悴,望向抢救室的眼睛里都是焦虑,还有因为预知了结局而无法排遣的绝望，以及沉淀了这么多年依然无法放下的悲伤。他看了一眼陈一凡又看了一眼柳青阳,隔了良久才叹了口气:“都要结束了。”

两个年轻人都觉得在老人沉重的悲伤里喘不过气来，不过柳青阳还是艰难地开了个头:“那……陈教授能被判刑吗？”

“很难说,我们只有一段录音,最多再加上之前那个摩托手的供词,是不是能将真凶关上一辈子,可能要看刘念愿意说多少。”梅道远摇摇头,这个地方,这样等着医生的宣判,对他来说是非常刻骨铭心的惨痛记忆，他跟陈秋风说的最后一句话是发自肺腑的真心话,无论他再怎样复仇,他年轻的儿子,生气勃勃的梅恒都不会回家了。

陈一凡默然不语，柳青阳揉了揉自己的额头:“希望他能坦白从宽,也不枉我这么拼命,真的,我今天可知道当枪战片主角有多难了！”

梅道远看着他,医院楼道里的灯不算太明亮,柳青阳的侧脸看上去与梅恒尤其相似,梅道远忍不住多看了几眼,隔了半晌才问陈一凡:“你怎么想？”

陈一凡低下头:“做错事总要付出代价，这对他来说并不一定是坏事。至于刘念……我觉得不重要,重要的是明德。”

演了半天公路追车电影的柳青阳忽然恍悟自己其实是商战片的男主角，他当然知道明德现在账面上捉襟见肘，管理上乱七八糟,理想国还处于停工状态,他忽然想起一件重要的事:“那我们是不是有可能追回他们这么多年侵占的海外资产？”

“流程会很复杂,不过我想,正因为这样,刘念很有可能会扛下所有的责任。”陈一凡的目光落在走廊尽头,春雨正跟医生说着什么,隔着那么远,依然能看出她的焦虑,她看向柳青阳,“当务之急,必须想办法先控制住刘念手里的股份。”

“他手里的股份比你还多,明德根本没有这么多流动资金。”柳青阳明白,如果其他大股东或者外人收购了刘念手里的明德股份,事情就会更麻烦。他看向春雨,眼睛一亮:“能说服刘念把股份转给春雨吗?都是一家人……”

陈一凡被他这种突发奇想给震惊了,她本能地看向梅道远,梅道远摆摆手:“我跟明德已经没有任何关系了,你们的事,自己决定。”

“老头都这么说了,你就去试试呗。”柳青阳戳戳陈一凡,“你也知道,这是现在损失最小的方案,再说春雨熟悉明德的运营,有她帮我,我觉得也是对明德更负责的方案。”

他说得有理有据,陈一凡无法反驳。柳青阳从口袋里掏出刘念放在仪表盘上的手串,也难为他当时情况那么危急,还能顺手扯过来塞在自己兜里,虽然有些破损,但总体还算完整。他把手串递给陈一凡:“顺便把这个物归原主。”

陈一凡知道东叔还在刘念的病房门口徘徊,但谁也不知道那父子俩会用怎样的心情面对二十年后的重逢,她点点头,接过手串,转身走了。等她和春雨一起消失在走廊的尽头,柳青阳才叹了口气,又往梅道远身边凑了凑。

梅道远看了他一眼,不露声色地吐了口气:“你有话想跟我说?”

“我一直以为抓了罪魁祸首,我得出门放鞭炮。”柳青阳看着手术室的门,“我之前也以为,赢了会有多爽,但是真赢了,感觉完全不是那么回事。”

梅道远转过身,认真地看着柳青阳,似乎在重新打量这个酷似梅恒的年轻人,只听柳青阳接着说:“本来也没什么好开心的,虽然赢了,却也不是我赢,连这种赢了的方式,我也谈不上喜欢。”

“因为都是我的安排？”梅道远笑了，他微微昂起头，“一凡也好，刘念也好，其实他们早都被我看得一清二楚，他们根本没有别的选择，只是等着我一张张把牌打出来。从头到尾，我只是在利用身边人的弱点，不夸张地说，甚至是操纵身边的人，包括你。你生气了？”

柳青阳无所谓地耸了耸肩：“我有什么好生气的？陈秋风、刘念、李总这些人，连裤子都输给你了，一凡比他们幸运点，不过是丢了事业，没了老爸，可能以她自己的想法，还算是解脱。就算我胡说八道吧，老头，你赢了，又得到了什么呢？这个局里，只有我柳青阳是赢家，我得到了明德，得到了女朋友，就跟中彩票一样，干脆利落地解决了绝大部分我自己的麻烦，我有什么好生气的？”

梅道远看着他，忽然觉得自己可能太轻视这个年轻人了，柳青阳不是梅恒，他看上去是个混子，不学无术，却有直达问题本质的天赋，反倒比他们这些人更能跳出条条框框解决问题。他笑了一下：“看来我没把明德给错人，一凡也没有看错人。不过……对我来说，一切都结束了，我们互不相欠。”

柳青阳扬眉，下巴微抬：“老头，你这是什么意思？”

梅道远不再看他，而是望着急诊室：“你只是一个长得像我儿子的陌生人，我给一份大礼，你帮我报了仇，我们，本来就毫无瓜葛，以后也不要再见面了。”

柳青阳上前一大步，转到梅道远面前：“老头，你这话不对，你问过我怎么想的吗？”

梅道远哼了一声，显然不打算回答这个问题，他想绕过柳青阳，可是那个年轻人在挡路阻止别人突然变线这样的操作上，有多年飙车积累的丰富经验。他把去路挡得严严实实，仔细端详着面若死灰的梅道远，然后一字一句地说：“你不能掌控所有的事，不能操纵我。在我看来，我们还不算两不相欠。对你来说，我是一个长得像梅恒的陌生人，对我来说，你是一个有点像老柳的倔老头，你把没来得及给梅恒的东西给了我，我呢……也得把没来得及给老柳的东西送给你，老头，我们来日方长。”

梅道远愣了一下才反应过来“老柳”是柳青阳没了的爸爸，他心中一震，还没来得及说什么，手术室的门忽然开了，梅太太被推了出来，护士大声地叫：“家属呢？”

柳青阳当先挤了过去，梅太太已经清醒过来，她躺在手术车上，目光几乎是散的，看到柳青阳凑过来，几乎是下意识地抓紧了他的手。柳青阳十分自然十分大声地叫：“妈！”

梅道远正在签手术单据的手微微一抖，护士刚刚递给他的笔掉在了地上，他看着柳青阳跟着手术车去了病房，听见他喋喋不休地跟梅太太聊着“学校”里的事和要参加推手比赛的事，这个活了大半辈子能算计所有人的老人，眼泪夺眶而出。

旁边的医生大概以为他是为妻子忧心，轻声说：“我们也没有什么能为病人做的了，您……也该做些心理准备。”

2

刘念靠在病床上，护士早已拉上了窗帘，看不到窗外，再说这里不是他和陈一凡合租的那个位于金融中心的豪宅，就算没有窗帘，也看不到他奋斗了很多年的地方。

陈一凡走进来的时候，刘念甚至还微笑了一下，他们两个“最熟悉的陌生人”沉默了好久，最后还是刘念先说：“没想到，最先来看我的人是你，替我谢谢柳青阳，他救了我的命。”

陈一凡拉开一张椅子，坐在刘念床边：“你可以自己跟他说。”

“恐怕来不及了。”刘念笑笑，“明天出院，我打算直接去公安局，自首。”

陈一凡没说话，刘念向后靠了靠："我不敢奢望你的原谅，此时此刻，你要是再骂我一次，我倒是会更轻松一些。或者像柳青阳，好好地嘲笑我一番，毕竟我这么个自大的人，也算走到了末路。"

陈一凡摇摇头："你……父亲的事，我听梅先生和春雨说过了，是我爸爸害了你们全家，也害了你。至于柳青阳……"她想起刚才在楼道里看到柳青阳的神情，"他现在也挺纠结的，我想这个结局，谁也笑不出来。"

刘念又沉默了，他隔了好久才说："一凡，其实我没想到你会来见我，我心里并不想让你看到我狼狈的样子，但是见到你，我又觉得很幸福。虽然我很早就知道，你并没有真的喜欢过我，而且出了梅恒的事，我早就失去了喜欢你的资格，可是，我一直都不甘心，始终想要抓着你，始终以为自己什么都不能失去，却从来都不知道什么才是我真正需要的。"

"是我对不起你。"陈一凡咬了一下嘴唇，"我不负责任地答应了你的告白却又不能真的喜欢你，我也有责任。"

"我多少次暗暗地想，如果没有梅恒……哎，我知道没有如果，所以说我真是羡慕柳青阳。"刘念又笑了，"他在正确的时间出现，然后得到了一切，但是我无话可说，因为他确实比我强，他也有个破产的老爹，也经历了很多困难，可是不管生活变成什么样子，他永远都知道自己要什么。这样的人才配得上你，一凡。"

陈一凡笑了，笑容甜蜜："可别让他听见，会骄傲的。刘念，柳青阳想让你把名下的明德股份转给春雨，以后春雨继续在明德工作，对明德或者理想国来说，可能是最负责任的。梅先生也没有异议。"

刘念吃惊地看着陈一凡，他是真正的商界精英，知道这个决定意味着什么，不光是很多钱，还有很多信任以及对他这么多年工作的肯定。

"现在的明德比五年前的明德强大太多，你做出来的成绩，可能够柳青阳再追十年。”陈一凡是认真的，“这是谁也无法否认的事实，无论你做错了多少事，都不能抹杀你的成绩。”

刘念笑着点点头：“好，我答应了，手续可以立刻办。不过，一凡，这五年的明德不是我一个人的成绩，你也不可以一句话抹掉自己的努力啊。”

曾经明德的金字招牌，刘念和陈一凡相视一笑，他们都知道彼此已经走上不同的路，却不妨碍他们依然可以做朋友，甚至……陈一凡想想病房外忙前忙后的春雨，就知道以后她和刘念，也依然是家人。

她站起来，把柳青阳从车里抢救出的手串放在床头柜上：“柳青阳说物归原主，我觉得，你应该见见东叔。”

刘念的脸色微微一冷，他还没来得及说一些尖刻的话，陈一凡温和地说：“我们都没资格管你的家务事，这是真的，但是刘念，以前有个女孩子跟我说过，我们都应该对爱自己的人好一些，毕竟这辈子那么短，一转身也许就是永别，我们也许再也碰不到这些一颗真心都捧给我们的人了。我以前辜负了你，辜负了梅恒，现在很后悔，你……你总该给他五分钟，至少你可以骂他不负责任，骂他的软弱逃避，而柳青阳或者梅先生，都再也见不到那个能争吵能彼此指责的人了。”

刘念无言以对，他终于点了点头。陈一凡笑着转身离开，她站在病房门口对刘念招了招手：“再见了，刘念。”

刘念凝视着她的背影消失在视野里，轻轻舒了口气，让她带走了自己关于过去所有的执念，从此以后，不问过去，只念将来。

春雨看到陈一凡走出来，也看到刘念的爸爸东叔走进去，她站在门口，不知如何自处，从此以后，又应该以什么样的心情什么样的身份与她心爱的人相处。陈一凡出来告诉她刘念决定将自己名下来不及处理的明德股份转给她，巨大的狂喜与巨大的悲伤让她干练敏锐的头脑彻底停摆，她整个人都是呆呆的，动弹不得。

不知道过了多久，病房里的争吵声都停止了，春雨抬起头，只见刘念跟东叔一起走出来，两个人的眼圈都是红的。东叔站在门口，还是迟疑了一下："刘念，你真的要……"

"我跟你不一样，人如果无法面对自己的过去，无法为做错的事承担后果，就永远不能活成一个堂堂正正的人，无法对自己爱的人负责。"刘念声音是冷的，目光却很温柔，春雨惊讶地发现，他那样温柔看着的人，是自己，她的脸立刻红了，眼睛里泛上泪水。

东叔不知道重复了几百次："对不起，是我对不起你们母子俩。"

"这些话，轮不到我这个当儿子的判断。"刘念摆了摆手，"我走了以后，你好好保重自己，等几十年后，跟我妈说吧。"

春雨早就知道刘念打算自首，可是亲耳听到他如同交代后事般说出来，还是难过得无以复加，她流着眼泪听到东叔也哽咽了："好，我会去……看你的。"

刘念点点头："我应该当面感谢梅先生这么多年来照顾你，当面跟他忏悔，但是……我想此时此刻，他不会想要见我……以后，好好保重自己。"春雨和东叔都看出来，他最后的口型，是个无声的"爸"。

东叔走的时候，老泪纵横。春雨站在原地，看着刘念，不知道说什么好，刘念抽出纸巾递给她："我知道你是故意骗我，跟在你爸身边，是为了保护我，如果没有你通知柳青阳他们，我已经死了。"

春雨不知道要摇头还是点头，刘念一把把她抱进怀里，他刚刚送别了过去，此刻开始，他只想拥抱自己的未来。

3

理想国的未来,是真要化作泡影,扑棱着翅膀飞走了。

刘念自首之后的第三天，过去七十二小时只睡了不到六小时的柳青阳黑着眼圈,抓着外套,离开家去公司。虽然刘念临走给员工们发了邮件,暂时稳住了局面,明德的离职潮平息了,然而钱始终是个大问题。四大集团的李总已经被逮捕,剩下三家都在观望,陈一凡自然也是知道的，她也换上了干练的职业装:“我约了几个投行的人喝咖啡,看看有没有融资的机会。”

柳青阳撇嘴:“做好心理准备哦，理想国早就从香饽饽变成臭狗屎了。”

陈一凡又要被他气乐了:“我又发现你一个特别突出的优点,连自己遇上的倒霉事,说出来也都好像是在幸灾乐祸。”

柳青阳特别开心,好像是真的遭到了表扬,他笑眯眯地搂过陈一凡亲了一下:“我早跟你说了嘛,一回生二回熟,资金链断裂欠好多钱什么的,我有经验了！”

柳青阳说的还真没错,他开车去公司,发现财经新闻里都在播放李总被抓、刘念自首、理想国项目要完之类的新闻。等他到了公司，恢复任职明德 CIO 的春雨就告诉他:“四大集团的杨总和张总在会议室等你。”

“他们来干吗?这离过年还差好几个月呢!”柳青阳对于四大集团那几个老总都没有好印象,他和春雨一起坐电梯上楼,象征性地翻了翻春雨给他的资料——春雨非常经济地省掉了英文部分,然而那些中国字……反正柳青阳每个字都认识，连起来就比较怀疑了。

“想要说服我们出让理想国。”春雨言简意赅地给他总结了材料的内容。

柳青阳若有所思地点了点头:“没想到啊，四大集团自己的屁股还没擦干净,就跑来捡便宜了,我倒要看看,他们还能出多少贱招。”

他们说话间,就到了顶层,杨总竟然直接迎了出来,十分殷勤地跟柳青阳握手:“柳总,好久不见！”

柳青阳调动了所有的肌肉勉强挤出一个营业性的笑容，跟老杨握了手,老杨低声说:“柳总,我听说你有意让理想国复工？”

“这不是废话吗?”柳青阳解开西装的扣子,没型没款地在会议室中间的位子坐下，点了点头就算跟另一边坐着的四大集团老张打过招呼,“留着一片烂尾楼干吗使?我又不打算在城里种蘑菇。”

“据我所知,明德的资金已经无法支撑了。”张总谨慎地开口,“现在老李出了事，我们不可能把钱扔到一个几乎完不成的项目里。”

“柳总,你到明德的时间太短,可能刘念也没来得及告诉你,理想国项目虽然说是明德与四大集团合作的,实际上呢,四大集团一直是在李总牵头下同进退，真正和明德签约的只有我们鼎力集团一家,所以……”老杨啰啰嗦嗦地解释着。

柳青阳一只脚干脆架到了桌子上,哼道:“照直说,别远兜远转的。”

老张皱紧了眉,老杨的脸色也不好看:“柳青阳,老李那边就不说了,可能要破产清算,其他两家……张总和没来的那位都已经决定撤资,只剩我们鼎力,是支撑不住理想国这个烧钱的项目的,更何况,那块地皮要四十亿,你有概念吗?就算这个项目完成了,利润率也是几乎为零的。”

“巨额的风险,几乎为零的利润,理想国项目本来就是刘念疯了才会搞,你是个聪明人,梅道远没有让你赶紧放手吗?”老张补充说,“现在卖掉理想国还能收回成本,保证明德的安全。”

“哦，真是好心啊！我今天是不是遇到助人为乐的超级英雄了？我倒要问问两位，那到底是谁多年来一直不遗余力地打压其他地产公司？是谁把刘念逼得丧心病狂，把地皮炒到四十亿，带着整个明德走钢丝？你们当年但凡给明德留一点发展的空间，刘念至于把整个明德的声望和价值捆到他自己一个人身上，让自己自生自灭吗？哦，今天刘念栽了，他就成罪魁祸首了？”柳青阳一拍桌子，仿佛就要打人。不得不说，他这种混混的做派对于两位老总来说相当有威慑力，那两个人暂时都闭嘴了。柳青阳卷起袖子，接着说：“明德必须得做理想国，就跟我家老柳必须得做那个完蛋了的项目一样，当年那个项目做成了，柳源地产就不再是个小装修队了，而是个真正的地产公司。理想国对于明德也是一样，我今天要是退了一步，让你们把理想国给卖了，那刘念就白折腾了，经过了这么多事，明德又回到原来的局面——替你们擦屁股、啃烂尾楼、拆钉子户……你们吃肉明德嘬嘬骨头渣子，你们倒是美滋滋啊？”

“柳总，我们是诚心要和明德合作……”老杨赔着笑说。

“少扯了，老头……梅先生当年就看出你们不安好心，刘念也看出来了，才豪赌一把，我要是也被你们给吓唬得卖理想国，不就是在同一个臭屎坑里摔第三次？我看起来那么傻那么好骗吗？”柳青阳哼了一声，干脆利落地站起来，“没什么好谈的，理想国不卖，你们怎么合作我不管，反正，鼎力跟明德是白纸黑字签过合同的，你们再玩撤资那套背后捅刀子的事，就等着收律师信吧！”

他双手插着裤兜，就这么酷酷地走出去了。春雨等在门口，几乎听了全程，她不得不承认，刘念、陈一凡、梅道远一致挑选的这个年轻人倒是真不赖，尽管没有大学文凭看不懂英语，倒是真能看出事情的轻重缓急，还有决断。柳青阳当着自己人一般都会收起他嚣张的混混脸，十分诚恳严肃地问她：“你说，我们理想国开众筹的事，是不是可以搞起来了？”

春雨忍着笑点头:“不搞不行了，账面上的流动资金……下个月工资都要开不出来了。我马上去准备文件和通稿,最快明天,就可以开发布会。”

柳青阳当然立刻答应了。果然,第二天明德关于众筹理想国的新闻就刷爆了所有的媒体和网络,柳青阳一番关于“理想”的演讲声情并茂,广受好评。不少年轻人给他们发来电邮甚至亲自跑到明德集团来咨询详情，柳青阳都交给张森接待，这家伙确实是个人才,把那些大学生哄得团团转,甚至收了一大摞实习生职位申请。

“但是还是解决不了钱的问题,一句话,远水解不了近渴。”陈一凡是这么说的。柳青阳也知道他女朋友就是真理的化身,可怜兮兮像个受了委屈的大狗子一样,把下巴放在陈一凡肩膀上:“哎,我跟你说,谁要能给我弄来钱,让我立刻叫他爸爸都行,可是怎么就没人来呢？怎么办呢,我是不是还是不如刘念？”

“他是他,你是你,现在明德做主的人是你,你就得扛着,跟他比较毫无意义。”陈一凡拍拍他的头,却又笑了,“我觉得一定会有人支持你,理解你的。”

他们俩正说着，春雨来敲门了:“柳总，有一位唐先生想要见您。”

陈一凡显然知道这个人,趁对方没进门,她飞快地给柳青阳补课:“唐先生是本城互联网行业的风云人物,有‘热钱’,可以合作。”

柳青阳热情洋溢地迎了出去,笑眯眯地把唐先生请进会议室。唐先生也十分客气地跟他们打了招呼:“我听说，明德现在需要资金支持？”

“网上净瞎说,明德的资金链十分健康安全,倒是唐先生,是打算进军地产业,缺个带路的？”柳青阳立刻发挥他最大的特长——强行五五开,强行将谈判对手拉到跟自己一样的高度,哪怕现在明德就是缺钱缺到快要完蛋了。他刚刚还跟女朋友说“谁能弄来钱我就立刻叫他爸爸”,现在会走路的人民币来了,他也能脸不变色心不跳地让对方来求他。

唐先生瞧着他,又瞧了瞧陈一凡,随即笑起来:“柳总果然名不虚传。我听了柳总在发布会上的演讲,很是佩服。原本理想国这个项目已经成了烂摊子,没想到,被你三言两语,不但将你的前任刘念造成的负面影响全都消除,还大大打了一回广告!”

“我没有刘念那么有本事有学问, 所以只能选择跟大家交朋友,交心。朋友多了,害怕没有路吗?”柳青阳对唐先生说,“您是做互联网的,大概更了解‘社交’的价值,不需要我多说。”

唐先生点点头:“有道理,我可以为理想国的开发注资,但我有个条件。”

柳青阳的心激动得怦怦乱跳,不过他还是维持了那种“你说来听听我不一定答应啊”的酷酷的表情,只听唐总说:“我可以提供理想国后续开发的全部资金,只要求百分之六十的股份。”

“就是说您是要做这个项目的决策方了?”柳青阳偷偷瞄了一眼陈一凡。陈一凡沉吟了一下:“您知道这个项目的利润率会非常低,与巨大的投入和由此带来的高风险并不匹配,然而您依然决定注资甚至做整个项目的决策方?”

唐先生确定地点了点头:“陈总是聪明人, 大概是明白我们交换到了什么。”

柳青阳也明白, 跟柳源地产必须要接那个最后毁了他们几十年努力的项目一样, 这是他们唯一上升接触到地产业核心商圈的机会,明德必须做好理想国,而唐先生必须通过理想国才能够真正进入地产业。

现在的明德没有别的选择, 柳青阳伸出一只手表示合作:“如果您愿意按照如今的方案走下去,我们没有意见。”

唐先生用力与他握手:“那是当然, 对于年轻人将来会实现的

‘理想国’,我也很期待。”

他说完,又与陈一凡握手:“陈总的能力我也早有耳闻,很高兴能有机会和您合作。”

陈一凡笑着与他握手,然后说:“我已经辞职了,现在只是友情帮忙。”

“那真是太可惜了。”唐先生疑惑地挑起眉,“不知道陈总能否考虑到我们公司任职,互联网行业不会让你失望。”

这人怎么回事,合同还没签就要挖墙脚吗?柳青阳内心疯狂吐槽,却也知道不能说出来抢白来送钱的金主大人,只听陈一凡笑着摇了摇头:“我已经接受了母校的邀请,在大学里教书,可能更适合我。”

唐先生是场面人,立刻赞扬说:“陈总在商场多年,经验丰富,学生们能学到真东西。‘理想国’未来的年轻人,还要靠陈总多多辛苦。”

柳青阳又说了些场面话,陈一凡先离开,叫了春雨张森等人,跟唐先生企业的工作人员对接签约事宜。几天以后,柳青阳与唐先生手拉手出席了签字仪式,理想国项目正式复工,并且开始按照柳青阳之前的计划——只租不售,以众筹的方式,让怀揣理想的年轻人可以从这里开始,一砖一瓦地建设自己真正的“理想国”。

尾声

可能全世界只有梅道远不知道柳青阳拯救了明德和理想国，他也不关心。那天之后，他把梅太太从医院接回家。正如那天抢救的医生所说，现代医学已经帮不了她，她的时间不多了，梅道远决定放弃那些过度的治疗，让自己心爱的妻子尽量平静而有尊严地走完最后的日子。他遣散了包括东叔在内的梅家庄所有的工人和保镖，闭门谢客，每天只是长久地陪着妻子，不问世事，不想将来。

没想到这平静却被人打破了，有人敲门，梅道远不打算理会，然后就接到了柳青阳的电话。柳青阳笑眯眯地，话却说得让人无法拒绝："老头，要不你赶紧开门，要不我就要翻墙了。"

梅道远深知柳青阳说到做到，自己要是不开门，他肯定会干脆利落地翻墙进来。梅道远向来反对毫无价值的负隅顽抗，于是他打开了门。

然后他就惊呆了，梅恒站在门口。

不，那是柳青阳，可是柳青阳理了和梅恒一模一样精神的短发，穿了清爽利落的运动装，他笑起来都不是那种招牌式的有点浑有点坏的样子，而是像梅恒一样温暖灿烂。他大摇大摆地在梅道远面前转了一圈，然后干脆利落地叫了一声："爸！"

泰山崩于前也能面不改色的梅道远差点晕过去，他退了两步，才看到柳青阳身后的陈一凡，她没有化妆，像大学的时候一样，头发简单地梳了个马尾辫，穿着浅蓝色的牛仔裤和白衬衫，就是当年儿子天天挂在嘴边的"一凡姐"。

梅道远感觉要被他们弄出心脏病了，他深深吸了口气："胡闹！一凡，你怎么也跟着他……"

陈一凡抱歉地笑了一下，柳青阳大模大样地从他身边挤进门，压低声音："你把欠儿子的给了我，我得把欠老柳的还给你呀，你自己说的，要跟我'两不相欠'。"

梅道远纵横一世，连陈秋风那样的人都斗不过他，可是却被柳青阳堵得说不出话。柳青阳风一样掠过他直奔卧室，同时大声嚷嚷："妈，我回来了！"

本来病恹恹地靠着床上的梅太太被他突然闯入吓了一跳，眼眶立刻就红了，大颗的泪水顺着脸颊滑到脖子上，把衣领都打湿了："儿子……你终于回来了。"

柳青阳给梅太太擦眼泪："妈，瞧你说的，我才在学校住了几天啊！我现在是大学生，天天回家同学要笑话我的。"

"可是，妈好像好久好久都没有见过你了。"梅太太手指放在柳青阳脸颊上，似乎不敢相信这都是真的。

"妈，肯定是爸天天让你加班，你都忙糊涂了！放心吧，学校放假了，我打算在家里多住几天，好好陪陪你，别哭了啊。"柳青阳一边说，一边轻轻拍着梅太太的后背，好一阵子，她才终于平静下来，搂着柳青阳的肩膀，轻声地问他晚上想吃什么。

梅道远手足无措地站在门口，隔了好一会儿，终于咳嗽一声，艰难地开口:“梅恒,你出来,我有事跟你说。”

还没等柳青阳说话,梅太太先不高兴了:“老头子,儿子刚回来,你又骂他干吗?”

梅道远差点把自己的牙咬碎,又不能当面戳穿柳青阳,只能说:“一凡也来了,总不能让人家一个人干坐着。梅恒,你还不赶紧去陪陪她。”

柳青阳笑起来:“妈,那您先歇一会儿,我去跟一凡姐说一下,都不是外人,爸就知道瞎客气。”

梅太太笑起来:“就是,跟一凡说,等下一起吃饭,不许她回家。”

柳青阳立刻大声答应了,才跟着梅道远到书房去。梅道远气疯了,陈一凡给他倒茶他也不喝,差点把杯子摔到柳青阳脸上,半晌憋出一句:“胡闹!”

柳青阳挖挖耳朵:“这句你刚才就说过了,反正现在你也不能赶我走了,一会儿妈醒了,肯定要找我的。”

梅道远从来没被人这么威胁过,然而他纵然身披坚甲,却有这么一道软肋,被柳青阳牢牢捏在了手心里,他的额头青筋暴露:“你到底要干吗?”

“老头,人人都说你是世外高人,从来没算错过,那你猜,我要干吗呢?”柳总现在严肃起来还是有点唬人的,梅道远现在投鼠忌器,又怕太太突然过来,于是只能摇了摇头:“我已经没什么能帮你们的了。”

“为了让你帮我,我已经演了好久的梅恒。说实话,一开始我不愿意,甚至还有点生气,但是现在……”他看向卧室的方向,“我看到师母那么高兴的样子,觉得这样也不错。”

陈一凡坐在一边,听得眼圈微微发红。柳青阳接着说:“老头,说实话,师母没了,你是不是打算跟她走?”

梅道远愣了一下，还没想好怎么回答，柳青阳就接着说："我说想把欠老柳的还给你，也不是瞎说的，他死的时候我不在他身边，甚至连他走的时候，我都没心没肺错过了最后的告别……所以老头，我知道你失去儿子的心情，知道你现在自暴自弃，还特绝望，恨不得干脆死了算了，反正活着也是受罪。但是，人总得活着啊，日子总得过下去。你看，像我，一个辍学瞎混的货，被高利贷逼得差点家破人亡，现在不也混得像个人样了，还能给社会做点贡献。你说你，一个高级知识分子，本事那么大，有智慧有能力，你也得好好活下去，为更多人去创造去服务啊！"他的余光瞥到陈一凡在偷偷笑，于是也笑了，"哎，我编不下去了，这些大道理真不是我的风格，总之呢，我是准备代替梅恒，陪着师母高高兴兴地走完最后一程，也是怕你跟老柳似的，想不开，咔吧一下，没了。"

"想不到，我活了这把年纪，竟然还会被人指着鼻子骂。"梅道远轻轻摇晃着手里的茶杯，喝了一小口，"你说得对，柳青阳，你真是……总能给我惊喜。"

"我替梅恒说的。"柳青阳说着伸手从口袋里拿出一个信封递给梅道远，"我有个礼物送给你和师母。"

梅道远疑惑地打开，只见那是一张金光闪闪的请柬，请"选手梅恒"的家属到现场观看推手大赛。

"一凡的魔鬼训练真的有用，喏，我都进前八名了。"柳青阳的声音轻而严肃，又充满了真切的感情，"我知道那场推手比赛是你们永远迈不过去的坎，我改变不了过去，但是就当是做一场梦吧，我想梅恒也会同意，就让我来帮他替你们圆梦吧。"

梅道远的手竟然在微微颤抖，他还没来得及说什么，梅太太竟然走了进来，她梳了头发，换了衣服，甚至微微化了一些淡妆，戴了她最喜欢的一对翡翠耳环，容光焕发地走进书房："儿子，晚上想吃什么？妈现在就去买菜！"

柳青阳立刻站起来，笑眯眯地迎上去：“妈，我刚拿了比赛奖金，得给我个机会孝顺爸妈呀，我刚订了您最喜欢的那家八宝鸭子，还有他们家好几种招牌菜，估计就快送来了，咱们今儿就好好享受一下，我就想陪您多说说话。”

梅太太高兴地摸摸他的脸：“儿子都赚钱了！太好了！”她说着，看到梅道远的脸色，又吼了他一句，“不许再骂儿子了，今晚上谁也不许提公事，就好好聊聊家常。哎，一凡，你怎么又瘦了，你们小姑娘老嚷嚷减肥，小心伤了身子。”

说话间，外卖已经送到了，四个人围坐在一起，吃着梅太太和梅恒最喜欢的菜，真的像一家人一样，聊着陈一凡“新买”的公寓，或者梅恒的推手训练。对于梅太太来说，梅恒死后五年的岁月并不存在，她开心地听着这些“新闻”，柳青阳不失时机地邀请梅太太去看他的决赛，梅太太立刻答应了，还跟梅道远说：“儿子参加决赛，你可得找身好衣服穿，不许给儿子丢人。”

梅道远自然是答应了，还承诺跟她一起去做头发，梅太太一直在笑。等到他们终于吃完饭，柳青阳送梅太太回房休息，陈一凡默默地收拾餐桌，轻声对旁边还在发愣的梅道远说：“师母这么高兴，我也支持柳青阳了。”

“替我谢谢他。”梅道远的眼眶是红的，他低下头，不愿在陈一凡面前失态，“梅恒……梅恒的事本来不该你们……”

“您给了他不能给梅恒的东西，他代替梅恒给您和师母尽孝，是应该的。”陈一凡说，“他说的很有道理，所有应该受罚的人已经伏法，您也要原谅自己，才能继续走下去。”

梅道远闭上眼睛，惨然一笑，他恨陈秋风，恨刘念，甚至恨过陈一凡或者东叔，却也恨自己。五年来，午夜梦回，他总会想，如果他没有离开学校，没有创办明德，没有一意孤行地对抗四大集团，如果比赛当天，他没有急着去签约而是直接陪着梅恒去比赛，是不是梅恒就不会发生“意外”，他那么优秀的生气勃勃的儿子，就不会惨死街头？

一切如果都没有意义，他的理智知道，梅恒已经不在了，他注定要承受老年丧子的惨痛，如今他让害死梅恒的人都受到了应有的惩罚，又认识了柳青阳，已经是上天十分眷顾了。

陈一凡接着说：“我听柳青阳说，打算搞一个明德精神康复中心，还想搞传统推手推广中心，还要请您主持大局呢。”

梅道远明白他们这是要给自己找一些事做，免得自己胡思乱想：“好，等笑妍……”

“那是当然。”陈一凡也知道了梅太太的身体已经到了油尽灯枯的时候，她红着眼圈点了点头，“到时候我们一起去。”

几天后，柳青阳参加的那个推手比赛终于到了决赛，梅道远真的跟梅太太一起做了头发。梅太太换上了梅恒当年送她的一件裙装，还化了妆。陈一凡和梅道远扶着她，她却笑着看向比赛场上的柳青阳，对身边忧心忡忡的两个人说：“没事，我吃了药的，不管怎么样，我得看完儿子的比赛——梅恒！加油！”

柳青阳是真的出场了，梅道远看着他，想起不到一年前，柳青阳第一次翻墙跑到他家，要他教推手时的样子，看看现在，这孩子在推手方面确实有天赋，竟然一路杀到了决赛，起手投足，真的像极了当年的梅恒。

梅道远和陈一凡的眼睛都湿润了，却不敢在梅太太面前露出一点点。梅太太专心致志地看着比赛，每当柳青阳和对方的选手胶着起来，她都紧张地捏紧了手包，身子前倾，恨不得要替他发力。每当柳青阳抓住对手的破绽，借力打力，把对手远远甩开的时候，她都开心得像个孩子，使劲地拍手欢呼。

在台上的柳青阳看不到黑暗的观众席，可是他知道梅太太在看他，陈一凡在看他，梅道远也在看他，他们看着他，就像看着活生生的梅恒，所以哪怕专业级的对手们对他来说都像是一座一座山路坎坷的高峰，他也并不害怕，借力打力，竟然真的一路过关斩将，赢到了最后。

陈一凡妥帖地准备了一束鲜花，准备让梅太太拿着，全家一起去与冠军柳青阳合影。梅太太眼泪不停地流，却开心地把花捧在怀里，深深地嗅了一下："真好，谢谢你，一……"甚至连最后一个字都没说出来，她忽然感觉到一阵天旋地转，随即整个人软在梅道远身上，抽搐着昏了过去。

柳青阳连冠军奖杯都没来得及领，直接冲下台，和梅道远、陈一凡一起，飞车把陈太太送去了最近的医院。经过短暂的抢救之后，梅道远签字放弃了毫无意义却会让她多受折磨的安慰性抢救。最后的时刻，他们围在梅太太的床前。

梅太太伸手握住陈一凡的手："别哭了，一凡。"

柳青阳搂着陈一凡的肩膀，凑近梅太太："妈……"

梅太太看着柳青阳，笑中含泪，她那么珍惜地用手轻轻抚摸柳青阳的头，柳青阳赶紧握住了她的手。她轻声说："辛苦你们啦，我的两个好孩子。以后……我不在了，你们都要好好的……"

陈一凡听她这样说，眼泪掉得更厉害了。柳青阳紧紧握住梅太太的手："妈！你说什么呢！你马上就能出院了，我还想吃你做的饭呢！"

梅太太笑起来，明知道已经不可能了，却还是点了点头，然后看向梅道远："老梅。"

梅道远俯下身子，握住她的手，梅太太轻声说："这一天我等了很久，终于就要解脱了，只是……有点对不起你。当年我们说好的，什么都要一起承担，一起走到最后，这些年，我没做到。现在，我又要扔下你一个人，先去享福了。"

梅道远的眼圈红了，他哽咽着，被巨大悲痛掌控了的头脑半晌才反应过来："笑妍，你……"

"我都想起来了，过了五年，已经到了不能再逃避的时候。"梅太太笑了，或许是回光返照，她的眼睛很亮，一如年轻时那么光彩照人，她又握了一下柳青阳的手，"我要谢谢你们，尤其是你，小伙子。"

柳青阳吓了一大跳，不知道应该说什么好，他尴尬地咬了一下自己的嘴唇，只听梅太太接着对梅道远说："我能想到，这些年，你是怎么过来的……你太累了……老梅，但是我还是希望，你能答应我最后的请求，行吗？"

梅道远凑过去，轻轻搂住妻子的肩膀，一如几十年前他们恋爱时那样，强忍着眼泪回答："当然，你说什么我都答应你。"

"活下去，老梅，那边，我和儿子能互相照顾，你啊，不用这么着急。"梅太太颤抖着擦掉梅道远的眼泪，"前半辈子忙事业，后半辈子忙家人……老梅，你什么都没错，谁也不亏欠……答应我，好好地活下去，好吗？"

梅道远握着梅太太的手，额头抵着她的额头，使劲点了点头。

梅太太笑了，她把柳青阳的手拉过来放在梅道远的手上："小伙子，我家老梅就交给你了，替我多陪陪他。"

柳青阳也连连点头，梅太太又对陈一凡说："一凡，我以前还答应过你，要参加你的婚礼，看来我要爽约了。现在，我最放心不下的就是你了，梅恒肯定也特别担心你……"

柳青阳连忙搂住哭成泪人的陈一凡，对梅太太说："师母，您放心，我永远都爱一凡，我们互相照顾，这辈子会很幸福的！"

梅太太笑起来，她摸摸柳青阳的脸："那我就放心了，对了，小伙子，你还没告诉我你叫什么名字呢？"

"柳青阳，我叫柳青阳。"柳青阳连忙回答。

"柳青阳啊……如果梅恒长大了，现在也一定和你一样，是个很好的孩子……你能不能……再叫我一声妈。”梅太太也哭了，她的目光有些迷离，看着柳青阳的眉目，恍惚看到儿子来接她。柳青阳哭着抱住她：“妈！妈！”

梅太太闭上眼睛，在丈夫温暖的怀抱里，在儿子的声声呼唤里，含笑离开了这个给予她无数快乐与无数痛苦的世界。

梅道远再也控制不住，多年的痛苦，在这一刻彻底爆发，这个永远不假辞色的男人，失声痛哭。

梅太太葬礼那天，小雨一直下，缠绵悱恻，像是天在代替梅道远流眼泪。柳青阳代替梅恒捧了梅太太的遗像，陈一凡抱着骨灰盒，没有媒体，只有一些亲戚和梅太太生前的好友，葬礼非常简单。结束以后，梅道远想要多陪太太一会儿，柳青阳和陈一凡便先离开了墓园。他们牵着手，穿过墓园茂盛的林荫路，走了很久很久，后来柳青阳问：“所以……你真要去大学里教书了？”

陈一凡点点头：“下个月就开学了，先带本科生。”

柳青阳挠挠头：“其实……我也报了个自考的本科生，也就……你们学校……你们专业……我得补习经济课程嘛！”

陈一凡一挑眉，柳青阳接着说：“哎，我不是之前拿了个假的糊弄老柳吗，我是想下回扫墓，给他拿个真货瞧瞧。”

陈一凡笑了：“我判分可严了，作业还特别多。”

柳青阳夸张地小声叫起来：“喂，我还打算读到研究生呢，没有好日子过了？”

“什么，你还要读研？”陈一凡认真地看着柳青阳，柳青阳也认真地点了点头，陈一凡接着说，“那我得去读个博士了，免得被你追上。”

柳青阳立刻伸手抱住她：“我早就追上你了！你还要读博士，是要压着我吗？”

陈一凡脸一红：“你有意见？”

“没有没有，你最好一辈子不要改变主意，永永远远压着我！”柳青阳一高兴，直接把陈一凡抱了起来。他也不怕弄湿了身子，丢下雨伞，快乐地抱着陈一凡，吧嗒吧嗒跑过停车场，就像他当年在码头飙车的时候一样，不怕雨，不畏风，越过一切障碍，带着他心爱的姑娘，就这么大步地奔向他们的理想国。